ars vivendi
Krimi

Markus Flexeder wurde 1973 im niederbayerischen Eichendorf geboren. Seit 1988 lebt er in Landshut. Mit *Blutwinter* erschien 2014 sein erster Kriminalroman bei *ars vivendi*.

Markus Flexeder

Böse sind die anderen

Kriminalroman

ars vivendi

Originalausgabe

Erste Auflage Mai 2016

www.arsvivendi.com

Dieses Werk wurde vermittelt durch die
Montasser Medienagentur, München.
Lektorat: Stephan Naguschewski
Umschlaggestaltung: FYFF, Nürnberg
Motivauswahl: ars vivendi
Cover- und Rückseitenfoto: © Archiv »Die Förderer« e. V./Michael Hackl
Stadtplan: © 2016 Verkehrsverein Landshut e. V.
Druck: CPI Ebner & Spiegel, Ulm

Printed in Germany

ISBN 978-3-86913-633-2

Böse sind die anderen

In stillem Gedenken an meinen Freund Holger.

Der verwendete Name Eduard Roschmann stellt eine Hommage an Maximilian Schell dar.

Geboren am 8. Dezember 1930 in Wien; verstorben am 1. Februar 2014 in Innsbruck.

Schauspieler, Regisseur, Produzent und Oscarpreisträger für die Hauptrolle in *Das Urteil von Nürnberg*.

Im Jahre 1974 verkörperte er in dem Film *Die Akte Odessa* eine Figur mit Namen Eduard Roschmann, die mit dem historischen Eduard Roschmann wenig gemein hat. Der Film basiert auf einer Romanvorlage von Frederick Forsyth.

Liebe, Hiebe, Völlerei

Zeitreise mit einer halben Million Zuschauer: In Landshut wird im Juli wieder die Hochzeit von Prinzessin Hedwig Jagiellonica und Herzog Georg dem Reichen nachgespielt.

Süddeutsche Zeitung, 25.06.2013

Landshuter Hochzeit lockt 100.000 an

Böllerschüsse vom Burgberg kündigen den mittelalterlichen Hochzeitszug in Landshut an. Darauf haben die Besucher zum Teil stundenlang gewartet. Schließlich wird nur alle vier Jahre das historische Spektakel in Landshut aufgeführt.

Abendzeitung, 30.06.2013

Runder Tisch sagt Nazis in Landshut den Kampf an

Der »Runde Tisch gegen Rechts« sagt den braunen Umtrieben in und um Landshut den Kampf an. Am Montag, 12. Dezember, lädt er zu einer Mahnwache in die Altstadt (18 Uhr) – und sollte die NPD-Tagung am HLG nicht verboten werden, dann werde man sie blockieren.

Wochenblatt Landshut, 05.12.2011

Neonazi Wiese nimmt Landshut ins Visier

Noch aggressiver als die NPD: Seit der Neonazi Martin Wiese wieder auf freiem Fuß und in die Nähe von Landshut gezogen ist, häufen sich dort Aktionen rechter Gruppen. Am Wochenende kam es zur größten Demonstration seit Monaten. Die Kommunalpolitiker sind besorgt, Ostbayern entwickelt sich immer mehr zum Schauplatz rechtsextremistischer Umtriebe.

Süddeutsche Zeitung, 29.02.2012

»Türke oder Araber – ist mir wurscht! Ich mag keinen von denen«, sagte Sepp laut.

»Ich kann's ja auch nicht ändern«, rechtfertigte sich der Mann hinter dem Schreibtisch. »Und jetzt stell dich nicht so an; der frisst ja keine kleinen Kinder.«

»Bist dir da sicher? Aber in Herrgottsnamen, wenn's sein muss. Aber gefallen muss es mir ja trotzdem nicht! Wie heißt der denn überhaupt?«

»Ali.«

»Jesusmaria, das auch noch!«

Zwei Wochen später:

Der Besenstiel hämmerte auf die Blechkante des Handkarrens und wie an jedem Morgen ließ sich der Sepp davon auch diesmal nicht beirren.

Kopfsteinpflaster ist nun einmal uneben. Beschwert hatten sich schon genug: Er sei zu laut und würde die Anwohner aufwecken. Aber er war hier, um zu arbeiten, und nicht, um leise zu sein.

»Ist ja gar nicht schlimm, Chef«, sagte Ali.

»Was meinst?«, fragte Sepp.

»Nicht viel Arbeit.«

Sepp ließ vom Karren ab, sah die Altstadt entlang und sagte: »Du bist noch nicht lang in Landshut, oder?«

Ali schüttelte den Kopf.

Unter einer Tribüne baumelte eine Plastiktüte. »Wirst morgen schon sehen, wenn's losgeht«, sagte der Sepp, während sein dicker Bauch im Weg umging. Aber jetzt lag die Tüte im gesammelten Abfall auf ihrem Karren.

Die Glocke der Martinskirche schlug sechsmal.

»Herrschaftszeiten!«, rief Sepp. »Um die Uhrzeit müssten wir schon am Dreifaltigkeitsplatz sein.«

Sogleich stemmte sich Ali hinter den Handkarren. Der Besen klackerte munter, und Ali fragte: »Ist jedes Jahr?«

»Oh mei, Bua. Du weißt ja gar nix, oder? Jedes Jahr, ja, du wärst recht. Das Spektakel findet alle vier Jahre statt. So was hast noch nicht gesehen, glaub's mir.«

Ali deutete nach vorne und sagte: »Chef, schau.«

Im Schritttempo fuhr ein Streifenwagen die Tribünen ab.

»Brauchst dich nicht fürchten, Ali. Die tun dir da bei uns nix. Bei uns geht alles friedlich ab.«

»Morgen, die Herren«, sagte der Sepp durch das heruntergekurbelte Seitenfenster zu den beiden Polizisten.

Ob alles in Ordnung sei, erkundigte sich einer von ihnen.

»Freilich«, sagte der Sepp und wechselte Ali an der Karre wieder ab. Dann sagte er zu ihm: »Siehst, bei uns tut dir keiner was.«

»Ich keine Probleme«, sagte Ali. »Nur arbeiten und Geld verdienen.«

»Bist eine ehrliche Haut, Ali, und drum mag ich dich; auch wennst kein Deutscher bist.«

Ali strahlte. »Danke, Chef.«

»Bedank dich nie dafür, weilst fleißig und ehrlich bist«, sagte Sepp.

Ali hörte nicht hin. Stattdessen bückte er sich und griff nach einem Haufen getrockneter Hundescheiße.

»Ali!«, stieß der Sepp lauthals aus. »Nicht mit der Hand.«

»Aber hab doch Handschuhe.«

»Siehst, genau deswegen mag ich dich. Wart«, sagte Sepp und kam mit einer Schaufel. Bevor er sich der Scheiße zuwendete, klopfte er dem jungen Mann auf die Schulter. »Das macht man nicht mit der Hand.«

»Aber ... ich Müllmann.«

»Ja, ja, schon«, sagte Sepp. »Aber alles hat seine Grenzen, und wenn dir einer was anders erzählt, schickst den zu mir.«

Ali schaute ihn mit großen, braunen Augen an und fragte: »Alle in Landshut so nett wie Sie, Chef?«

»Freilich, drum tät ich auch nie wegziehen. Aber ein paar Deppen gibt's immer, bloß bei uns nicht so viel wie woanders.«

Wände aus sonnenverbrannten, gesplissenen Brettern, ein offener Dachstuhl in zwölf Metern Höhe, dicke Balken, Spinnweben und ein betonierter Fußboden mit zahlreichen

Schrammen; Fenster gab es keine, und durch das offen stehende Stadeltor vermischte sich der Geruch von ausgedörrtem Gras mit kühlem Mief aus Staub und Moder.

»Was ist Sicherheit?«, schrie Eduard Roschmann durch den Stadel.

Passend zu seiner Erscheinung verfügte er über ebensolche Stimmgewalt. Tiefe Laute verliehen jedem Satz eine Respekt einflößende Note.

»Sicherheit heißt, risikofrei und ohne Gefahr leben zu können! Nicht wahr?«, sagte er jetzt gemäßigter. »Doch *ich* gehe noch einen Schritt weiter. Für mich bedeutet das nicht nur, sicher zu leben, sofern man das überhaupt kann, sondern sich auch in Sicherheit zu fühlen! Wer von euch fühlt sich völlig frei, unbeobachtet und ohne jegliches Risiko, angepöbelt, bestohlen oder sogar angegriffen zu werden? Wer? Hebt die Hand, wenn das auf einen von euch zutrifft. Na los!«

Mit gespielter Frustration fügte er leise, aber für alle hörbar, hinzu: »Dacht ich's mir doch. Also niemand.«

Zu jedem Satz bewegte er energisch Hände und Arme, und bevor er weitersprach, zog er den Janker aus und warf ihn salopp zu einem seiner Vertrauten in der ersten Reihe.

»Ganz schön heiß bei euch, puh«, sagte er und wedelte sich mit der Hand Luft zu. »Umso schöner ist es, dass ihr an diesem Donnerstag hier hergekommen seid. Anstatt jetzt im Biergarten ein Weißbier zu trinken, seid ihr nach der Arbeit hier herausgefahren. Ihr habt alle meinen tief empfundenen Respekt. Danke, dass ihr nicht zu denen gehört, die alles laufen lassen, so wie es ist, und sich um nichts kümmern. Danke, dass ihr eigenständige Menschen seid, die ihr Schicksal in die Hand nehmen. Und ein herzliches Dankeschön, dass ich hier sprechen darf.«

Er hüpfte vom Podium, rieb sich die Hände und marschierte vor der ersten Reihe hin und her. »Wir leben in Deutschland«, sagte er und hob die Kinnspitze. »Deutschland. Ein großartiges Land, findet ihr nicht auch?« Er sah verschiedenen Zuhörern ins Gesicht.

»Schon, oder?«, sagte er. »Entschuldigt, dass ich abschweife, aber ich bin ein echter Fan unseres Landes. Doch egal: Jetzt geht es um Sicherheit. Wie gesagt, wir leben in Deutschland. Und hier bei uns herrschen sicherlich nicht Sodom und Gomorra. Wir haben einen Rechtsstaat mit Gesetzen, Paragrafen, Verordnungen und überhaupt ist alles bis ins Detail geregelt, stimmt's? Eigentlich ist das Sicherheit, oder?«

Einige Zuhörer nickten, andere flüsterten ein »Ja«.

Roschmann schrie jedoch »Falsch!«, um gleich darauf eine denkerische Pause einzulegen, bevor er sagte: »Wieso das falsch ist, fragt ihr euch jetzt? Weil das Dinge sind, die auf dem Papier existieren, mit der Realität aber nichts, rein gar nichts zu tun haben. Was nützt es mir denn, wenn man meine Frau vergewaltigt hat? Wenn man den Täter überhaupt findet, bestraft man ihn nach unseren Gesetzen. Schön und gut. Vergewaltigt hat man sie trotzdem! Man hat sie körperlich und seelisch verletzt, missbraucht und das kann man nicht wieder rückgängig machen. Davon, wenn jemand getötet wird, ganz zu schweigen. Da helfen auch keine Paragrafen mehr, oder?«

Er breitete die geöffneten Handflächen aus und zuckte mit den Schultern. »Also muss man dafür sorgen, dass solche Dinge gar nicht erst geschehen. Und wenn doch, muss man unverzüglich und mit aller Härte eingreifen.«

Dann wedelte er mit dem Zeigefinger und sprach: »Womit wir bei unserem Polizeiapparat angekommen sind. Unser Freund und Helfer.«

Er schmunzelte.

»Stimmt doch! Die Polizei ist dazu da, die öffentliche Sicherheit aufrechtzuerhalten. Sie ist es, die kommt und sagt: Du, du, du, das darfst du aber nicht machen!«

Daraufhin sagte er lauter: »In anderen Ländern hackt man den Leuten ihre Hände ab, wenn sie jemanden bestehlen, und bei uns? Bei uns muss sich ein Polizist rechtfertigen, wenn er einen Verbrecher schief anschaut.«

Er spähte aufmerksam in die Runde.

»Aber jetzt mal Spaß beiseite, ich will keinem die Hand abhacken. Aber wie, bitte schön, soll uns unsere Polizei vierundzwanzig Stunden am Tag, egal wo wir sind, beschützen können? Unmöglich! Absolute Sicherheit gibt es nicht und wird es nie geben. Aber ...«, die kräftige Stimme legte zu, »... ein Mehr an Sicherheit definitiv!« Als Nächstes schrie er: »Das sage *ich*!«, riss den Arm nach oben und deutete mit dem Zeigefinger über die Köpfe der Zuhörer. »Ich spreche von Sicherheit auf unseren Straßen, wenn ihr abends mit euren feschen Frauen einen Spaziergang durch eure romantische Altstadt unternehmt. Von Sicherheit, wenn ihr eure Kinder morgens zur Schule bringt; ohne Angst haben zu müssen, dass ihnen auf oder vor dem Schulhof jemand auflauert! Wenn etwas geschieht, ist die Polizei doch erst da, wenn eine Tat schon vollbracht wurde – und dann? Dann heißt es wieder bloß: Du, du, du! Nur ein völliger Idiot begeht eine Tat vor den Augen eines Polizisten. So etwas passiert nie, da gewinnt man ja eher im Lotto.«

Pause, bevor er gemäßigter sagte: »Wir wollen doch alle nur in Frieden leben.«

Allgemeines Nicken.

»Und in Sicherheit!«, schmetterte er dann übertrieben laut.

Vor dem Podest waren mehrere Reihen Bierbänke. Alle besetzt. Zusätzlich standen dahinter Männer beisammen und lauschten. Bis auf einen, der flüsterte gerade: »Servus, Ernstl, wundert mich, dass du da bist.«

Ernstl gab ein Nicken zurück und reichte die Hand.

Vorne sagte Roschmann: »Hat man euch nicht alle schon einmal auf irgendeine Art und Weise belästigt? Ein absichtliches Streifen mit der Schulter – grölende Betrunkene; Männer, die eure Frauen mit ihren Blicken ausziehen. Kennt ihr das? Ein solcher Rempler und respektlose Blicke tun nicht weh, niemand ist verletzt und in unseren Geldbörsen fehlt kein Hundert-Mark..., ähm Euroschein. Aber ich spreche nicht nur von körperlicher Sicherheit, sondern auch von dem Gefühl der Geborgenheit und einem Maximum an Gewissheit, dass unseren Kindern nichts geschieht, wenn sie ein paar Meter von uns entfernt herumlaufen. Ich spreche davon, keine Angst haben zu müssen, wenn die eigene Frau um drei Uhr früh durch die Innenstadt geht. Auch wenn nichts geschieht: Die Gewissheit, dass nichts passieren kann, das ist es, was das Leben angenehm macht, oder? Ihr hier in Landshut habt es ja noch verhältnismäßig gut. Aber wie lange noch? Landshut ist nicht mehr die Oase, die es einmal war. Der Geheimtipp, dass euer Städtchen ein gutes Pflaster ist, um angenehm zu leben, hat sich herumgesprochen. Immer mehr Fremde kommen und werden kommen, da könnt ihr euch sicher sein! Ein Problem, das andere längst haben. Schaut nach Neukölln! – Ich weiß, ich weiß, ich bin kein Landshuter. Aber ich habe mich informiert und mit den Leuten auf der Straße gesprochen. Morgen beginnt eure *Landshuter Hochzeit* – ein tolles Fest, und zigtausend Menschen werden kommen und begeistert sein, da bin ich gewiss. Diese Besucher werden zwar hinterher wieder nach Hause fahren, doch ihr werdet über kurz oder lang trotzdem ein Problem bekommen. – Außerdem wird die Mehrheit der Jugend immer aggressiver. Sie besaufen sich und randalieren. Die bräuchten alle eine härtere Hand und mehr Werte in ihrer Erziehung. Und schlagt die Zeitung auf: Kinderschänder sprießen regelrecht aus dem Boden. Und zu allem Übel versiegt der Strom an Zuwanderern und Asylanten nach Deutschland keineswegs. Aus aller Herren Länder wollen alle nur zu uns. Und immer mehr und mehr. Dann, wenn sie da sind, reden sie von Respekt. Aber sie respektieren weder unsere Kultur noch unsere Sprache oder unsere Ansichten, und trotzdem kommen sie zu uns. Geht in ein islamisches Land und versucht, eine christliche Kirche zu bauen, und sagt mal zu denen dort unten, ihr müsst das respektieren. Versucht das mal! Ich denke, da ist es gleich vorbei mit dem Respekt. Und was machen wir? Wir bauen ihnen Moscheen. Und was tun die? Die machen unsere Frauen auf offener Straße bei helllichtem Tage an. Sie schauen euch, ihre Männer, mit finsteren Blicken an, und parallel zwinkern sie den Müttern eurer Kinder zu. Ist das gefühlte Sicherheit, frag ich euch? Wenn Abdul eure Frau begehrt?«

Nächster Tag: München, Freitag, 28. Juni 2013

Gleißende Vormittagssonne schien durch die Glasfront im achten Stock. Dass Korbinian Lallinger auf dem Bildschirm nahezu nichts erkennen konnte, war allerdings egal. Statt zu schreiben, döste er seit zwei Stunden.

Wiederholt hatte er zur Wanduhr hinübergeschielt, so wie jetzt gerade. Mit einem Mal war er hellwach, gleichwohl ihn im Halbschlaf keine Muse geküsst hatte. Der Cursor blinkte gemein in der linken Ecke. Doch jetzt durfte er endlich abhauen.

»Hallo, Herr Lallinger.«

Verdammt! – Aumüller stand im Türstock.

»Gut, dass ich Sie noch erwische«, sagte der. »Haben Sie an den Artikel gedacht?« Aumüller trug sogar bei brütender Hitze einen faltenfreien Anzug.

Wie er das immer anstellte, blieb Lallinger rätselhaft. Ob Regen, Sonne, Einsatz oder Kantine: Aumüllers Klamotten sahen allzeit frisch gebügelt aus.

Abwertend haftete dessen Blick jetzt auf Lallingers angeknittertem Hawaiihemd, als dieser sagte: »Sorry. Bin nicht mehr dazu gekommen.«

Lallinger hasste genau jenen vorwurfsvollen Gesichtsausdruck von Aumüller, den der auch jetzt aufsetzte, als er erwiderte: »Aha, ja, hm ... versteh schon.«

Was heißt hier »aha« und »hm«?, dachte Lallinger. *Wie ich solche Versuche, mir Schuldgefühle einzureden, hasse!*

Dem nicht genug, schaute Aumüller jetzt mitleidig auf den Ring an Lallingers rechter Hand. *Es reicht!* Das war nun wirklich etwas, das einzig Lallinger anging.

Er versuchte, sich an Aumüller vorbei auf den Flur zu drängen, und sagte: »Schön, dass Sie Verständnis für meinen Urlaub haben, Herr Aumüller. Aber wir haben Ende Juni, und das Ganze soll erst im Oktober erscheinen.«

Korbinian Lallinger, Journalist aus München mit einer Vorliebe für Hawaiihemden, Anfang vierzig, mittelgroß, braunes Haar, hatte früher durchaus markante Gesichtszüge.

Inzwischen hatte er ein paar Kilo mehr. Sportabstinenz und Unachtsamkeit, was die Ernährung anging, hatten das Erscheinungsbild verändert.

Im Job erging es ihm ebenso – bis vor drei, vier Jahren, da hatte er Artikel über ungelöste Morde, Wirtschaftsverbrechen und Politik verfasst. Heute sollten er und sein *geschätzter* Kollege eine Reportage über den Münchener Zentralfriedhof schreiben und dabei die letzten dreihundert Jahre Revue passieren lassen.

Zwanzig Minuten nach der Begegnung mit Aumüller wechselte Lallinger vom mittleren Ring auf die Autobahn.

Obwohl es kurz vor zwölf war, strömten erste Pendler aus München. *Typisch Freitag,* weshalb er das Gepäck auch schon am Morgen im Wagen verstaut hatte, um gleich direkt aufzubrechen.

Lallingers Ferienziel lag keine achtzig Kilometer entfernt. Trotzdem nervte die kaputte Klimaanlage im Wagen. Die Außenanzeige stand bei 34 Grad. *Wer braucht da schon die Malediven*, dachte er.

Lallinger fuhr ins niederbayerische Landshut.

Zufälligerweise war sein Geburtsort nicht weit von dort. Nach dem Tode des Großvaters hatten seine Eltern der Provinz jedoch den Rücken gekehrt und ihn in München eingeschult.

An das Leben auf dem Land erinnerte sich Lallinger nur blass und bruchstückhaft, wie durch einen grauen Schleier.

Lediglich einmal waren seine Eltern mit ihm dorthin zurückgekehrt: zur Beerdigung einer entfernten Verwandten. Überraschenderweise blieb dieses Begräbnis besser in seiner Erinnerung haften als der Bauernhof, auf dem er die ersten Lebensjahre verbracht hatte.

Den offenen Sarg, an dem jeder vorbeigeschlichen war, sah er noch heute gestochen scharf, und an die weißhaarige Frau, die darin lag, erinnerte er sich in allen Details, obwohl sie ihm unbekannt war.

Wer an einer toten Frau vorübergeschleift wurde und felsenfest der Meinung war, dass die ihm zugezwinkert hatte, der vergisst das niemals.

Als er das gruselige Ereignis aufgeregt seiner Mutter schilderte, führte das zu einem Rüffel: Er solle brav sein und das Begräbnis nicht stören.

Trotzdem: Man hatte einen lebenden Menschen in der Holzkiste zu Grabe getragen. Diese Meinung vertrat er bis heute.

Die kalte Dorfkirche im Hochsommer, an die erinnerte er sich auch noch gestochen scharf, und an die vielen Alten, die Rosenkränze heruntergerattert hatten.

Der dicke Pfarrer haftete ebenso in seinem Gedächtnis; wie der ins Wirtshaus gekommen war, um beim Leichenschmaus ein Weißbier nach dem anderen zu bestellen.

Zwischenzeitlich glich der Wagen einer fahrenden Sauna, und in seinen Augen brannte der Schweiß. Er drehte das Seitenfenster herunter und zündete eine Zigarette an. AC/DC ließen die Boxen vibrieren, sein Hawaiihemd flatterte in der Zugluft, und mit einer Kippe im Mundwinkel gab er Vollgas.

Nachdem er die Autobahn verlassen hatte, glitzerte linker Hand die Isar in der Sonne. Der Fluss nahm die Stadtgrenze mit Leichtigkeit.

Fünf Minuten später befand sich Korbinian im Herzen der Stadt. Es war exakt, wie er es im Vorfeld gelesen hatte: Wohn- und Geschäftshäuser säumten einen Platz und gaben einen großzügigen Blick auf den oberen Teil der Altstadt und das Hauptportal der Martinskirche frei.

Herrschaftshäuser zurückliegender Jahrhunderte, die aus Backsteinen gemauerte Kirche, Kopfsteinpflaster, das Grün frisch geschnittener Birken, die an den Häusern lehnten, Fahnen in verschiedenen Farben und auf beiden Straßenseiten Tribünen aus Holz. Unmittelbar hinter den Dächern stieg ein Berggarten empor, auf dessen Gipfel die Burg Trausnitz lag; dazu ein strahlend blauer Himmel.

Eine trockene Hitze stand in der Stadt. Ein Rollerfahrer ohne Helm, aber mit Sonnenbrille flitzte übers Kopfsteinpflaster. Korbinian fühlte sich an seinen letzten Italienurlaub erinnert.

Vor der Fußgängerzone ging's scharf rechts, und nachdem er durch eine erschreckend schmale Gasse manövriert war, fuhr er geradewegs auf das Gebäude des Polizeireviers zu. Anhand des blauen Schilds mit weißer Schrift war das sogar für einen Nicht-Landshuter sofort zu erkennen.

Landshut verfügte über den Luxus, gleich zwei ausgedehnte Prachtstraßen zu haben: die Altstadt und die parallel verlaufende Neustadt. Die Dienststelle der Polizei lag am oberen Ende der Letzteren. Und genau vor deren Eingangstür wurde Korbinians Fahrt abrupt gestoppt.

Eine Horde Frauen hatte sich versammelt, und ein weißhaariger Mann tapste auf die Straße, um die wütenden Damen zu bitten, den Weg freizugeben.

Durch das Seitenfenster hörte Lallinger eine Frau rufen: »Die sollen sich wieder schleichen!«

Auch hier hingen Fahnen aus den Fenstern, und zwischen den Giebeln hatte man Leinen mit Fähnchen gespannt. Wie in der Altstadt: Birken, die an den Häusern lehnten. Tribünen sah Lallinger hier allerdings nicht, am Kopfsteinpflaster hatte sich jedoch nichts geändert.

Während Lallinger seinen Blick schweifen ließ, war es

dem alten Mann gelungen, die Damen zu besänftigen. Die Straße wurde freigegeben, und Lallinger gab Gas.

Sein Hotel lag geradeaus: Ein zur Neustadt quer gestellter Bau, der den Straßenzug beendete und seitlich nur noch eine schmale Gasse zur Durchfahrt ließ.

In der rustikalen Herberge empfingen ihn drei Meter hohe Decken, verzierte Bordüren, Holzböden mit roten Läufern und goldfarbene Klinken an den Türen; nicht zu vergessen: eine adrette, junge Dame im Dirndl an der Rezeption.

Er ging in das Doppelzimmer im ersten Stock, das er gebucht hatte, und links neben der Eingangstür standen das breite Bett und zwei Nachtkästchen. Möbel aus Teakholz, Teppichboden, prächtige Aussicht; Korbinian war zufrieden.

Direkt gegenüber der Eingangstür lagen zwei Fenster mit Blick zur Neustadt. Einziger Wermutstropfen: Manche Hotels haben hervorragende Schreibtische, andere eine Platte mit Stützfuß. Zumindest sah der gepolsterte Stuhl bequem aus.

Nachdem er die Zimmertür zugemacht hatte, entdeckte er den dahinterliegenden Kleiderschrank mit Kofferablage. Auf dem Nachtkästchen hießen ihn eine gefaltete Stadtkarte und ein gebundener Buchskranz willkommen.

Er schüttelte den Kopf: Woanders hatte er leckere Pralinen oder bunte Gummibärchen bekommen – hier Grünzeug ... *Man muss ja nicht alles verstehen.*

Außerdem beschäftigte ihn die Frau von der Rezeption: *Wär mal wieder Zeit ...*, dachte er, sackte auf die Bettkante und kippte nach hinten in weiß-blau karierte Decken.

Lichtkegel huschten über den finsteren Friedhof, und kleine Flammen flackerten hinter rotem Plastik.

Ein Holzkreuz, ein Sterbebild war darauf angetackert, lag mitten auf dem Kiesweg. Das Begräbnis hatte gestern stattgefunden – die Erde auf der Grabstelle war wüst zertreten worden.

»Schau dir das einmal an. Eine Sauerei ist das!«, sagte einer der anwesenden Polizisten.

Ein Mann lief in der Dunkelheit herbei und fragte: »Wer macht denn so was?«

»Grüß Gott, Herr Pfarrer. Keine Angst«, antwortete der Beamte. »Die werden wir schon finden, versprochen!«

Grabsteine lagen umgeworfen auf dem Boden, und ein Kreuz aus Metall war verbogen worden. Dem nicht genug, hatte man wahllos Blut verspritzt.

»Sperrt alles ab, und zu niemandem ein Wort!«, sagte der Beamte.

Der Gottesacker lag auf halber Höhe den Hofberg hinauf, und der Ermittler starrte geistesabwesend über die Friedhofsmauer hinweg auf leer gefegte Straßen mit Laternen in der Dunkelheit.

Ein Kollege fragte: »Aber die Presse?«

»Die – wird vorerst nix erfahren.«

Samstag, 29. Juni 2013

Die Tür ging einen Spalt auf, und eine rothaarige Frau lugte mit einem »Hallo?« ins Zimmer.

Korbinian riss die Augen auf und schnellte mit dem Oberkörper empor. Die Haare zerzaust, das Hawaiihemd verknittert, stierte er der Unbekannten ins Gesicht.

»Oh, entschuldigen Sie. Ich komm später noch einmal«, sagte diese und zog die Tür ins Schloss.

Korbinians Nacken quälte ihn, die Gelenke waren steif, und ein Blick auf die Uhr lieferte die Erklärung für seinen komatösen Zustand: fast achtzehn Stunden hatte er geschlafen.

Er musste gestern sofort nachdem er sich rücklings in das Bett fallen gelassen hatte, eingeschlafen sein. Selbst die Schuhe hatte er noch an.

Mit steifen Bewegungen wackelte er ins Bad. Gleich darauf fluchte er und spülte das Haargel, das er auf die Zahnbürste gedrückt hatte, wieder ab. Nach einer kalten Dusche wollte er einen neuen Versuch mit Zahnpasta wagen.

Das Café mit Bar und angrenzender Hotelrezeption nahm nahezu das komplette Erdgeschoss ein. Einen separaten Speisesaal für Hotelgäste gab es nicht. Passend zu massiven dunklen Tischen und ebensolchen Bodendielen reichte die Vertäfelung an den Wänden bis unter die Decke. Trotz deckenhoher Fenster, gegenüberliegend an Vorder- und Rückseite, wurde man bei strahlendem Sonnenschein zuerst an eine Höhle erinnert. Umso heimeliger wirkte das Ambiente, sobald die Augen den Kontrast verarbeitet hatten.

Korbinian und die nette Frau vom Vortag, die ihn an der Rezeption empfangen hatte, waren die Einzigen im Lokal. Sie flitzte sofort aufmerksam durch den Raum.

»Ja, der Herr Lallinger«, sagte sie. »Bitt schön, was darf's denn sein?«

»Ich hätte gerne noch gefrühstückt«, sagte er.

»Oha, das ist jetzt schlecht. Ist ja schon Viertel nach und Frühstück gibt's bloß bis um zehn.« Sie zwinkerte. »Aber weil Sie's sind, frag ich einmal, was wir da machen können.«

Sie kurvte daraufhin zwischen den Tischen hindurch. Korbinians Blick folgte ihren Bewegungen. Bei ihrer Rückkehr stand ihm vieles im Sinn, Nahrungsaufnahme gehörte definitiv nicht dazu.

»Also«, sagte sie lächelnd. »Sie können alles kriegen, was Sie möchten. Und wie wär's zum Einstand mit einem guten Landshuter Weißbier?«

»Kein Bier«, sagte Korbinian. »Bitte schwarzen Kaffee, Orangensaft, eine Butterbreze. Haben Sie Kirschjoghurt?«

Die Frau nickte.

»Dann bitte einen solchen. Mehr brauch ich nicht.«

Nach dem Frühstück ging Korbinian nach draußen. Vor dem Gebäude, auf der gegenüberliegenden Seite zur Neustadt, standen Sessel und Tische des Hotels unter ausladenden quadratischen Schirmen. Die Sonne strahlte über die Satteldächer auf das Kopfsteinpflaster und reflektierte flüchtig auf vorbeifahrenden Autos.

Korbinian schnappte sich einen Stapel ausgelegter Zeitungen und ließ sich an der frischen Luft einen weiteren Kaffee kredenzen. Dann brummte er selig. Die erste Zigarette des Tages war immer noch die beste.

Gewohnheitsmäßig tastete er nach seiner Lesebrille.

Vor ein paar Jahren hatte er gemeint, damit kompetenter zu wirken. Gebraucht hätte er sie nicht, weshalb er eine mit Fensterglas hatte anfertigen lassen. Nachdem er in letzter Zeit jedoch mehrmals vergessen hatte, die Brille im richtigen Moment aufzusetzen, bemerkte Aumüller, dass da wohl was nicht stimmen konnte. Nach zig Witzen auf Korbinians Kosten hatte der sie vor drei Wochen in den

Mülleimer geworfen. Doch die Gewohnheit blieb – irgendwie.

Nachmittags unternahm er einen Spaziergang, und die nette Bedienung – Korbinian hatte sie bisher nicht nach ihrem Namen gefragt – hatte recht behalten, als sie sagte: »Da hab ich ein schönes Platzerl für Sie. Am Maxwehr hinten, direkt an der Isar. Gar nicht weit.«

Bunte Häuser lehnten an Teilen der historischen Stadtmauer, rot blühende Kastanienbäume und ein Grünstreifen mit Holzbänken flankierten den schimmernden Fluss. Ein kleines Kraftwerk, das vermutlich besagtes Maxwehr war, lag kurz dahinter.

Korbinian setzte sich auf eine schattige Parkbank. Ein Schmetterling taumelte durch die Luft, es roch nach Gras und Wasser. Am Wehr fiel die Isar in die Tiefe, ihr Rauschen und das Zwitschern der Vögel untermalten die Szene.

Als Korbinian eine Zigarette anzündete, vernahm er eine Männerstimme: »Servus, ich hock mich da her, wenn's dich nicht stört.«

Und ruck, zuck saß ein Fremder neben ihm. Und wie der Kerl auch noch aussah ...

Korbinian schaute nach links und nach rechts. Auf beiden Seiten standen andere Bänke, freie Bänke. Bis auf ein Pärchen, das hinter ihnen vorüberging, und eine alte Frau, die fette Enten mit Brotkrümeln mästete, war niemand da.

Korbinian zog missmutig an seiner Kippe. Er fühlte sich bedrängt. Noch dazu bekam er eine Prise Schweißgeruch in die Nase. Der nackte Oberkörper des Unbekannten entließ Ausdünstungen in die Freiheit, die er abgefüllt garantiert als Pestizid hätte verkaufen können. Korbinian war nun das erste Lebewesen, auf das jene Wolke des Grauens traf. Der Schmetterling hatte Glück und war zwischenzeitlich außer

Reichweite. Trotzdem wollte Korbinian nicht sofort aufstehen, um nicht unhöflich zu erscheinen.

Der Mann in den Vierzigern trug schulterlanges Haar, das eindeutig mehr Shampoo nötig hatte. Ein T-Shirt lag zusammengerollt über seiner Schulter. Der Oberkörper war so tiefbraun wie der eines Straßenarbeiters nach einem heißen Sommer.

Zwischen sich und Korbinian platzierte er dann eine Flasche Bier auf der Bank und mit einem »Ah, ein Superwetter, oder?« plapperte ihn dieser Typ schon wieder an.

Korbinian schwieg, was der Fremde mit einem ordentlichen Schluck Bier kommentierte, wobei er die Beine nach vorne ins Gras streckte. Die Konturen seiner Bauchmuskeln traten unter der braunen Haut hervor.

Korbinian sah unabsichtlich hin. *Blöder Arsch.*

»Du kommst nicht aus Landshut, oder?«, fragte der Fremde.

»Nein«, sagte Korbinian.

»Ich bin viel in der Stadt unterwegs, und vom Sehen her kennt man ja die Leute. Aber dich hab ich noch nie gesehen. Wo kommst denn her?«

»München.«

»Ah, auch super ...«, sagte der Fremde, streckte sich und gab Korbinian einen Klaps auf die Schulter.

Korbinian zuckte. *Es* hatte ihn berührt, und zu allem Übel zog eine weitere Wolke Höllenduft herüber.

»Ich komm grad von der Arbeit«, sagte der Fremde. »Und jetzt hab ich mir gedacht, genehmigst dir eine Halbe an der Isar.«

Die Bierfahne verbesserte Korbinians Situation keineswegs.

»Mei, und mein Kreuz tut mir heut weh. Das kommt von der ganzen Bückerei.«

»Wieso? Was machen Sie denn?«, fragte Korbinian und erschrak vor sich selbst. *Hab ich ihn jetzt tatsächlich etwas gefragt?,* dachte er. *Na, so komm ich hier nie weg.*

»Ich arbeite bei einer Hausverwaltung«, erklärte der andere. »Räum den Dreck weg, leer die Abfalleimer aus, kehr die Tiefgarage und klaub die Zigarettenstumpen auf.«

Ein verlegenes »Oh« war alles, was Korbinian dazu einfiel. Beide Männer schauten auf den rauchenden Zigarettenstumpen, den er soeben ins Gras geschnippt hatte.

»Wurscht«, sagte der Mann. »Bin ja froh drum, sonst hätt ich keine Arbeit. War schon viel zu lang arbeitslos. Bin um alles froh.«

Korbinian seufzte: »Ja, zu leben ist manchmal gar nicht so einfach.«

Zwischenzeitlich hatte er sich dem Fremden zugewendet, und der beißende Geruch erschien ihm auch nicht mehr gar so furchtbar. Er musste mehr rauchen, das sollte helfen ...

Vor zehn Minuten hatte Marianne noch Zimmerreservierungen eingetragen. Jetzt hetzte sie die Stufen einer Tribüne nach oben, drehte sich um, nahm ihre Sonnenbrille ab und schrie: »Stefan, da schau her! Ich hab einen Platz gefunden.«

Ein junger Mann auf der gegenüberliegenden Straßenseite nickte und kam herüber. Die beiden hatten sich zur Platzsuche aufgeteilt. Marianne hatte ohnehin die Befürchtung, jetzt schon keinen Platz mehr zu bekommen. In einer Stunde würde es aber noch voller werden. Vier Jahre Wartezeit auf die *LaHo* trieben am Eröffnungswochenende einen jeden in die Innenstadt.

Sie saßen auf der Tribüne gegenüber des gotischen Rathauses. Die Altstadt hinauf, in Richtung der Martinskirche, war jetzt schon alles besetzt.

Eine Gruppe von sechs Leuten hatte neben Marianne und Stefan alles in Beschlag genommen. Eine Sitzreihe unter ihnen hatten sie zugleich eine Tischdecke ausgebreitet. Im Korb daneben lagen Weinflaschen, eine dicke Salamistange, Käse in Alufolie und Baguette.

Aus dem Hotel hatte Marianne zwei Pappbecher mit Kaffee mitgebracht. »Na Stefan, wie geht's dir denn so?«, fragte sie, reichte ihm einen Becher und nippte von dem ihren.

»Find's schad, dass es so selten klappt«, sagte er, schaute hingegen in eine andere Richtung.

Sie stieß mit dem Ellenbogen an seinen Arm. »Hey! Schau du den Weibern nicht so nach, wenn du hier mit mir sitzt.«

Er lachte. »Ach Marianne, du weißt doch: Ich bin für dich kein Mann, und du für mich keine Frau.« Er deutete ansatzweise mit der Linken und fragte: »Wie findst denn die Blonde da vorn?«

Sie verdrehte die Augen.

»Na gut, ich reiß mich zusammen«, sagte er. »Wie geht's denn deinem Papa?«

»Mei, der Papa ...« Sie zuckte die Schultern. »Inzwischen eigentlich immer gleich. Bin froh, dass er sich wieder gefangen hat. Hat mich schon gescheit fertiggemacht, wie's ihm so schlecht gegangen ist.«

»Marianne, denk nicht immer bloß an die andern. Dir ist's genauso schlecht gegangen.«

»Ja, schon«, sagte sie und schaute auf den Bretterboden. »Aber wenn's dem Papa nicht gut geht, geht's mir noch viel schlechter.«

Stefan grunzte.

»Hey!«

»Sorry, war nicht auf dich und deinen Vater bezogen«, sagte er.

Marianne fragte: »Habt's ihr immer noch keinen Kontakt?«

»Hey, du Depp!«, schrie Stefan unvermittelt und drehte sich nach hinten. »Ich klatsch dir gleich ein paar, wennst nicht aufpasst!«

»Ruhig bleiben«, sagte Marianne und legte ihre Hand auf Stefans Schulter.

In der Reihe hinter ihnen hatte jemand eine Flasche Bier mit dem Feuerzeug geöffnet. Der Kronkorken war an Stefans Hinterkopf geflogen.

»Du lebst doch noch, oder?«, stellte Marianne klar und zwinkerte.

»Trotzdem! Muss mir ja nicht alles gefallen lassen.«

»Was gibt's denn bei dir Neues?«, versuchte sie abzulenken.

»Ach nix. Du weißt doch, dass bei mir nicht viel passiert«, erwiderte er und hob den Kronkorken auf. Mit Daumen und Zeigefinger drückte er ihn zusammen und sagte gleichzeitig: »Aber letztens ist er mir übern Weg gelaufen, und ich hätt fast kotzen müssen bei seinem Anblick.«

»Meinst deinen Papa, oder?«, fragte sie.

Passanten schauten Doktor Müller verdutzt an. In wattiertem Unterzeug stand er direkt an der Wittstraße. In ein paar Metern Entfernung zog ein knapp drei Meter hoher Bretterzaun die Grenze zum Zehrplatz. Streng genommen hätte

Doktor Müller längst in den Stallungen, hinten vor dem Zeughaus am Turnierplatz, sein sollen. Zwei Knappen warteten dort, um ihm den Harnisch anzulegen.

Stattdessen sprach er gerade in sein Handy: »Ja, grüß Gott, Frau Bernstein, hier Doktor Müller.«

»Herr Müller, jetzt bin ich aber schon ein bisserl überrascht, dass Sie mich noch mal anrufen«, antwortete eine zittrige Frauenstimme.

»Warum denn überrascht?«

»Na, so sauer, wie Sie letztens fort sind«, sagte sie.

»Aber das war doch nicht so gemeint, Frau Bernstein. Ich wollt mich noch mal erkundigen, ob ich Sie nicht doch noch einmal umstimmen kann.«

»Zwecks was denn?«

»Na, zwecks dem Grundstück, Sie wissen doch«, sagte er.

Sie erwiderte: »Aber das haben wir doch ausgeredet. Sie kriegen's nicht. Ich wär ja schön blöd, bei dem Preis, den mir der Haschberger zahlt.«

»Aber – aber Frau Bernstein, bis jetzt lässt der Sie doch bloß am ausgestreckten Arm verhungern. Oder war der Termin beim Notar schon?«

»Nein, aber ...«

Doktor Müller unterbrach: »Na eben, sehen Sie! Wenn Sie das Geschäft mit mir machen, krieg ich über Nacht einen Termin beim Notar, und Ende nächster Woche haben Sie Ihr Geld.«

»Ich hab's ihm aber versprochen und schon ein bisserl was gekriegt.«

»Wie bitte?«, fragte er lautstark.

»5.000 Euro in bar fürs Vorkaufsrecht.«

Müller ließ die Hand mit dem Handy nach unten hängen und flüsterte: »Haschberger, du Mistviech!« Dann presste er die Lippen aufeinander und überlegte, bevor er erneut in das Telefon sprach: »Na gut, auch das wär für mich kein Problem. Ich zahl 10.000, wenn Sie ihm sein Geld zurückgeben und ich das Grundstück bekomm.«

»Herr Müller, ich bin zwar alt, aber nicht verblödet. Das ändert alles nix dran, dass Sie mir das Grundstück billiger abkaufen wollen. Auf Wiederhören!«

In der Telefonleitung begann es zu piepen, und Doktor Müller schnappte nach Luft.

Jemand schrie: »Ja, da bist! Komm endlich rein.«

Der Mann, der gerufen hatte, trug das Kostüm eines Pferdeführers, stand an dem Tor im Bretterzaun und winkte Müller herbei.

Der Zehrplatz hatte bereits Tausende Besucher angelockt.

Am Abend: Korbinian stand frisch geduscht an der Hotelbar und studierte die Programmkarte.

»Ihre Zimmernummer, bitte?«, fragte der Portier und schob einen Espresso über die Theke.

»Siebzehn«, erwiderte Korbinian mit gesenktem Blick. Er konnte dem jungen Hotelangestellten, der sich vermutlich noch in der Ausbildung befand, unmöglich ins Gesicht schauen. Dafür besaß er zu viel Feingefühl.

Ohne Zweifel wäre es dem jungen Mann nicht entgangen, worauf Korbinian zwanghaft gestarrt hätte: nämlich auf den Mordspickel auf dessen Nase. Der pralle, rote Hügel glänzte, und wenn er aufplatzte – was jederzeit passieren konnte –, würde man besser in Deckung gehen.

Eine schlechte Alternative zu dem netten Fräulein von heute Vormittag, dachte Korbinian. Eigentlich hatte er vorgehabt, nach Veranstaltungstipps zu fragen, doch jetzt wollte er sich am liebsten wegducken. Die Gefahr, einen Eiterbatzen abzukriegen, brachte ihn aus dem Konzept. Der menschliche Zwang, Grauenvolles sehen zu wollen, beherrschte allerdings auch Korbinian Lallinger, und sobald der Junge in das Rezeptionsbuch schaute, starrte ihn Korbinian unbeobachtet an.

Nichtsdestotrotz besann er sich irgendwann auf das Tagesprogramm: *Mal schauen ... Fechtschule ... klingt interessant ... was zum Henker ist denn Laudate Dominum? – Egal ... ›Lagerleben‹ hört sich nicht schlecht an ...*

Korbinian verließ das Hotel durch den Haupteingang zur Neustadt hinaus. Von einem mysteriösen Rauschen angelockt, kreuzten zahlreiche Fußgänger die breite Straße und verschwanden in einer der Gassen zur Altstadt hinüber. Wie die Lemminge. Korbinian folgte.

Die Geräusche rollten über das Kopfsteinpflaster und hallten in der Enge zwischen den Hausmauern. Je weiter er in die Gasse vordrang, desto mehr offenbarten die Geräusche einzelne Stimmen, Gelächter und Jubelschreie. Am Ende der Gasse stand Korbinian vor einer menschlichen Wand.

Einzig die getreppten und geschwungenen Giebel der gegenüberliegenden Häuserreihe vermittelten unveränderliche Ordnung, wie wuselig es vor ihren Mauern auch zugehen mochte.

Korbinian kam aus der Gasse direkt neben dem Rathaus und wohin er sah: Menschen überall. Links und rechts, auf einer Länge von ungefähr tausend Metern, drückten und schoben sich die Besucher vor und hinter voll besetzten Tribünen; verschwitzte Hemden, in die Haare gesteckte Sonnenbrillen, Dreiviertelhosen und Menschen mit sonnenverbrannten roten Gesichtern. Zwischen den Häusergiebeln baumelten Fähnchen an Leinen, was dem Ganzen einen wohligen Abschluss verlieh.

Im Fremdenführer hatte Korbinian schon davon gelesen, dass sich die Altstadt zur *LaHo* in eine Freilichtkneipe mit Ausblick auf ein Ensemble aus historischen Residenzen, der Burg und dem alten Kirchturm verwandelte.

Eine Frau mit einem geflochtenen Handkorb voller Brot, Käse und Wein bahnte sich den Weg durch die Massen, während ein Mann, scheinbar der ihrige, mit einem Leiterwagen hinterherholperte. Das hölzerne Bierfass darauf erschwerte es ihm, Schritt zu halten.

Diejenigen, die keinen Platz auf den Tribünen ergattern konnten und auch keine dreißig Liter Bier hinter sich herzogen, strabanzten umher und ließen sich treiben. Zum Umfallen gab es ohnehin keinen Platz.

Als Korbinian unter den Bögen einer Häuserfront, die einen Gang mit offenem Gewölbe bildete, entlangging, sah er zwei Streifenpolizisten entspannt neben einer Tribüne stehen. Sie unterhielten sich mit einem alten Mann und lachten herzlich.

Abseits der Altstadt passierte Korbinian die gewölbte Durchfahrt des Ländtors, eines Überbleibsels der Stadtmauern. So stand es in einem Stadtführer, den er vor dem Urlaub gelesen hatte. Passend zur historischen Bedeutung dieses Tores hatte hier die Gruppe der Stadtknechte (eine Art mittelalterliche Polizei) einen Unterstand aus Holz.

Nach ein paar Schritten sowie dem Lösen einer Karte trat Korbinian in das Areal des mittelalterlichen Festes ein.

Wenige Hundert Meter von der Altstadt entfernt grenzte die Wiese des Zehrplatzes auf einer Seite an das Flussufer der Isar. Um die restlichen Flanken wurde ein blickdichter Zaun aus Holzbrettern errichtet. Obwohl man sich inmitten der Stadt aufhielt, verschwanden Straßenlaternen, parkende Autos und die Hauptverkehrsstraße, sobald man den Zehrplatz betrat.

Ein abgeschotteter Bereich, wie aus einer anderen Welt. Man tauchte in eine vergangene Epoche mit Rittern in glänzendem Harnisch, Edelleuten in feinen Gewändern und Gesinde, das unter Dächern aus Stroh hauste.

Auf dem Areal gab es Unterteilungen, auch davon hatte Korbinian gelesen. Jede *LaHo*-Gruppe hatte ihren eigenen Bereich. Hinter einem hüfthohen Zaun sahen die Besucher Kostümierte vor Lagerfeuern hocken, und Spanferkel brutzelten neben duftenden Suppenkesseln. Ein paar der Teilnehmer zogen diesseits des Zaunes durch das Lager, um die Besucher zu unterhalten.

Korbinian blieb stehen. Von Zuschauern umkreist stand ein Bursche mit einer Strumpfhose bekleidet da und zeigte mit nacktem Oberkörper seine Muskeln. Die Adern auf den Bizepsen schwollen an, er stieß heftig Luft aus und stemmte eine Stange über den Kopf, auf deren Enden jeweils ein Kind saß. Die Menge applaudierte.

Der Körper des Goliaths zitterte. Anstatt die Last abzulegen, ließ er sie kontrolliert in seinen Nacken gleiten, um sie ein weiteres Mal nach oben zu drücken. Achtmal hintereinander. Schweiß tropfte von seinen Haarspitzen. Trotz der Anstrengung zauberte er ein Lächeln in sein Gesicht.

Andernorts zogen Fanfarenbläser, Fahnenschwinger und Gaukler unter dem Getöse ihrer Zuschauer durchs Lager. Rhythmische Trommelschläge hallten, und der Duft von würzig Gebratenem wurde intensiver ...

Eine Durchsage dröhnte aus einem Lautsprecher. Ein Vorzeichen, dass die festlichen Spiele im nächtlichen Lager bald beginnen würden.

Mittlerweile strahlte die Burg auf dem Hügel in gelbem Flutlicht, und unten auf dem Zehrplatz erhellten lodernde Fackeln und Lagerfeuer den Schauplatz. Elektrisches Licht gab es nicht, und manche Ecke tauchte in geheimnisvolles Dunkel …

Der braun gebrannte Mann, Mitte dreißig, eins neunzig groß, packte Anette von hinten an den Hüften und zog sie zu sich.

»Hey, du Tiger«, sagte sie lächelnd. »Nicht so schnell. Hab was dabei.«

Er küsste ihren Nacken, bevor er entgegnete: »Gestern hat's dir ja auch nicht schnell genug gehen können. Was'n los?« Er liebkoste sie am Hals und strich mit den Händen über ihre Brüste.

»Wart mal«, flüsterte sie. Mit sanfter Bewegung befreite sie sich aus seinen Armen und ging zum Nachtkästchen. Dorthin hatte sie ihre Handtasche gelegt.

»Jetzt kommst mir aber bitte nicht mit so einem komischen Spielzeug daher, oder?«

Sie schaute erwartungsvoll und antwortete: »Besser, viel besser!«

Er grinste. »Wie alt ist deine Tochter noch mal? Karin heißt sie, oder?«

»Untersteh dich«, sagte sie energisch und zog eine Tablettenschachtel aus der Handtasche.

»Ja spinnst du? Viagra!«

Sie griff ihm zwischen die Beine und drückte zu. Nicht zu fest, aber doch aggressiv. »Du fickst mir heut mein Hirn raus, klar?«

»Was treibt denn dein Alter das Wochenende?«

»Der? Der spielt mal wieder Helden in Strumpfhosen.«

Er grinste, gleichzeitig setzte sie sich auf die Bettkante und öffnete seinen Gürtel …

Sonntag, 30. Juni 2013, 1 Uhr 58

Der Mann peilte mit zittrigem Zeigefinger mehrmals die kreisrunden Löcher an. Es fiel ihm schwer, die Wählscheibe des veralteten Telefons zu bedienen: 1-1-2; er hatte es geschafft und stammelte in die Sprechmuschel: »Ich, ich glaub, ich hab nen Herzinfarkt.«

Der Mann stand im Gang vor der Eingangstür zur Wohnung und lehnte mit dem Rücken an der Wand. Mit schmerzverzerrtem Gesicht rieb er mit der Linken über seine Brust.

Auf die Fragen des Mannes am anderen Ende der Leitung ging er nicht ein. Er nannte einzig den Straßennamen und die Hausnummer, bevor er murmelte: »Ist hinterm Maxwehr – eine Seitenstraße. Erster Stock bei Stöckmüller. Bitte schnell, ich bin allein!«

Ohne den Hörer auf die Gabel zu legen, rutschte er an der Wand nach unten und kippte zur Seite.

10 Uhr 45

»Ja, ich weiß jetzt auch nicht, was ich noch sagen soll.« Karin Haschberger, die Tochter des Hauses, rang um Fassung. In ihren Augen sammelten sich Tränen, und sie atmete tief durch.

»Wir verstehen das völlig, Frau Haschberger, und Ihre Frau Mutter soll sich jetzt auch erst einmal ausruhen. War ja doch ein großer Schock. Aber, wie geht's denn Ihnen?«

Bei der Frage des Kripobeamten versteinerte ihr Gesicht und sie zuckte wortlos mit den Schultern.

»Bitte rufen Sie uns an, wenn Sie Hilfe brauchen. Wo ist denn eigentlich Ihr Bruder?«

»Ach, was weiß denn ich«, antwortete sie. »Wahrscheinlich ist der gestern wieder irgendwo versumpft. Hab ihn am Donnerstag das letzte Mal gesehen, und am Handy erwisch ich ihn nicht.«

»Aber wohnen tut der schon hier, oder?«

»Ja. Aber am Wochenende lässt er's halt immer recht krachen und bleibt oft bei Freunden über Nacht.«

»Sagen Sie ihm Bescheid, oder sollen wir das machen?«, fragte der Polizist. »Ihre Mutter, glaub ich, scheidet ja aus, so schlecht, wie sie jetzt beieinander ist.«

»Nein, ich mach das schon«, sagte sie und blickte zu Boden.

»Und Sie, Sie waren also seit Freitag bei einem Bekannten?«

»Ja, und bevor ich da hin bin, hab ich den Papa Freitagnachmittag zum letzten Mal gesehen.«

Nachdem Karin heute früh von ihrer Mutter per Telefon die Nachricht mitgeteilt worden war, war sie sofort nach Hause gefahren.

»Bitte geben Sie uns die Daten Ihres Freundes. Sie verstehen sicher, dass wir das überprüfen müssen. Reine Routine.«

»Freilich«, stimmte die junge Frau zu und schrieb Namen, Adresse und Telefonnummer auf einen Zettel.

»Ähem, Frau Haschberger, wir täten bitte noch was brauchen.«

Karin blickte den Beamten fragend an. Der sagte: »Wir bräuchten eine Zahnbürste oder einen Kamm von Ihrem Herrn Vater, um die DNA mit dem Leichnam abzugleichen.«

»Komm gleich wieder«, erklärte Karin. Kurz darauf kam sie mit einer Zahnbürste die Treppe vom ersten Stock herunter und sagte: »Herr Zeilhofer, ich weiß ja auch nicht ... aber ... muss ihn denn keiner von uns identifizieren?«

»Nein, braucht's nicht. Seine Identität ist schon überprüft worden. Der DNA-Abgleich ist reine Routine.«

Die Frau senkte den Kopf.

»Sie möchten ihn wohl noch mal sehen, oder?«, fragte der Mann.

»Wir haben am Freitag gestritten, wissen Sie.« Sie schluchzte, und ihr Körper bebte. »... und ... und ich hab ihn doch so lieb gehabt.«

»Setzen Sie sich doch bitt schön hin«, sagte Zeilhofer, der ältere der beiden Ermittler. Aufgrund seiner Erfahrung führte er das Gespräch. Sein Kollege stand stumm daneben.

Sie lehnte ab und reckte energisch den Kopf nach oben, fasste sich binnen Sekunden wieder und sagte: »Schon gut.«

»War's denn ein schlimmer Streit?«, fragte Zeilhofer.

»Ach, eigentlich überhaupt nicht! Er hat immer gesagt, dass ich sein Mäderl bin, und wollt mich halt ein bisserl zu viel bevormunden.« Sie blickte aus dem Fenster. »Ist um Männer gegangen. Im Grund hat er mir's bloß gut gemeint.«

»Er hat Sie sicher sehr geliebt«, erwiderte Zeilhofer. »Aber ehrlich gesagt würden wir Ihnen lieber davon abraten, den Leichnam Ihres Herrn Vater anzuschauen. So ein Anblick ist nicht leicht.«

»Versteh schon«, sagte sie leise.

»Nochmals unser herzlichstes Beileid, und wir sehen uns dann morgen um neun in der Dienststelle.« Unbeholfen tätschelte Zeilhofer sie an der Schulter. »Bitte schauen Sie drauf, dass Ihr Bruder auch dabei ist, und falls es Ihrer Frau Mutter immer noch so schlecht geht, rufen Sie uns bitte vorher an, ja?«

Christian Zeilhofer, Ende fünfzig, mittelgroß, stämmig, schütteres Haar, hatte als Kriminalhauptkommissar der Landshuter K1 schon vieles gesehen.

Sein dreißigjähriger Kollege, Oberkommissar Sebastian Gruber, hochgewachsen, schneidig und lebenslustig, stand am Beginn seiner Karriere.

Sie fuhren gerade zurück in die Dienststelle, als Gruber fragte: »Hm, auch hart, findest nicht?«

»Was meinst denn?«, erwiderte Zeilhofer.

»Eigentlich sollt ja die Mutter ihre Kinder stützen, aber bei denen ist das wohl ein bisserl anders«, sagte Gruber. »Da ist die Tochter der Fels in der Brandung. Hast du den Haschberger eigentlich gekannt?«

»Bloß vom Namen her. Aber nach dem, was ich über den alles gehört hab, hätt ich auch keinen Wert drauf gelegt. Hast du den Kopp schon erreicht?«

»Nein, geht keiner ans Telefon. Fahren wir gleich vorbei?«

»Ja, tät ich schon sagen, oder? Der wird auch blöd schauen, wenn der erfährt, dass sein Geschäftspartner tot ist.«

»Das mit den *Förderern* hast du klargemacht, oder?«, fragte Gruber.

»Ja, Gott sei Dank hab ich da einen erreicht. Heut ist ja auch noch der Umzug.«

Korbinian frühstückte im Hotel: Orangensaft, schwarzer Kaffee, zwei Marmeladenbrote. Normalerweise aß er Butterbrezen zum Frühstück. Doch er hatte vorhin gelesen: »Selbst gemachte Mirabellenmarmelade vom Bruckner Bauernhof, Altfraunhofen, Niederbayern« – da konnte er unmöglich widerstehen. Es erinnerte ihn an seine Kindheit auf dem Land. Später, in München, hatte er einzig Konfitüre aus dem Supermarkt bekommen.

Mit einem Esslöffel bewaffnet steuerte er das Bufett erneut an, nahm nochmals zwei Scheiben Schwarzbrot aus dem Korb und kleckste drei fette Batzen Marmelade auf einen Teller. Zurück an seinem Tisch schlug er das Tagesprogramm auf und leckte genüsslich den Löffel ab ... nicht, dass was hängen blieb ...

Der *Hochzeitszug* würde in drei Stunden, pünktlich um zwei Uhr, beginnen. Erste Fans tummelten sich dennoch schon seit sieben Uhr früh in der Innenstadt.

Dass sich das Stadtzentrum kontinuierlich mit Menschen füllte, die sich die besten Plätze sicherten, beunruhigte Korbinian kein bisschen. Die Fenster seines Zimmers lagen direkt zur Neustadt hinaus, mit bester Aussicht. Was auch der Grund dafür war, dass ihm das Hotel einen Deal vorgeschlagen hatte, der ihn an jedem Sonntag einen ermäßigten Übernachtungspreis bescherte.

Den Umzug am Straßenrand zu verfolgen kostete natürlich nichts, doch die Sitzplätze auf den Tribünen drüben in der Altstadt waren wie immer ausverkauft. Zusätzlich vermieteten Bewohner entlang der Festzugsroute ihre Fenster in den oberen Stockwerken. Die Lage des Hotels lud ein, ein solches Zusatzgeschäft mitzunehmen.

Eines von Korbinians Fenstern wurde an Umzugsgäste vermietet. Das andere bekam er für sich. Hinterher würde das Zimmermädchen die Unterkunft kurz reinigen, und ab halb fünf wäre er wieder ungestört.

Bei den Menschenmassen war Korbinian jetzt auch klar, weshalb das Hotel, trotz des schönen Wetters, heute keine Tische draußen aufgestellt hatte.

Obwohl er keinen Hunger mehr hatte, schlemmte er sinnenfreudig weiter. Heute gab es Brunch bis ein Uhr mittags. Nach einem gefühlten Pfund Marmelade stieg er jetzt auf geräucherten Lachs mit Essiggurken um.

Und sie war auch da ... beugte sich gerade fürsorglich über Korbinians Tisch, hob den Teller an und wischte mit einer Stoffserviette Brösel von der Tischdecke. Drei fette Marmeladenkleckser kamen zum Vorschein.

»Da hat aber einer umeinandergebazt. War's gut?«, fragte sie.

»Hervorragend, hervorragend«, rechtfertigte er geschwind die Sauerei und stierte auf ihre Brüste. Was ihr nicht entging.

Spätpubertät heißt scheinbar, dass auch erwachsene Männer betroffen sind. Aber: *Sie waren einfach im Weg – genau so war's! Sie sind quasi über mich hergefallen ... und das ist ja wohl nicht meine Schuld.*

Ungeachtet dessen schenkte sie Korbinian ein zaghaftes Lächeln, bevor sie die Teller vom Nebentisch abräumte. Ein schlechtes Gewissen hatte er trotzdem.

Dem Dialekt nach zu urteilen, stammten die Frau und der Mann am Nebentisch aus Norddeutschland. Zwischen sechzig und siebzig mochten die beiden sein, und Korbinian hatte sie bereits am Vortag gesehen. Der Mann hatte sich ein Weißbier munden lassen und sie in einer Modezeitschrift geblättert. Ein Wunder, dass die Seiten ganz geblieben waren, so scharf, wie sie die umgeblättert hatte. Ratsch, hatte es alle paar Minuten gemacht, hier und da ein knappes Kopfschütteln, dann wieder ratsch.

Die Angestellte war weg, als die Frau zu ihrem Mann sagte: »Ich möchte mal wissen, was da gestern Nacht passiert ist.« Ihre weißen Haare hatte sie zu einem Dutt zusammengesteckt, und eine unübersehbare Perlenkette hing um ihren Hals.

Als ob sie ihren Worten mehr Intensität verleihen wollte, zuckte ihr Kopf bei nahezu jeder Silbe nach vorne. Die zur Kette passenden Ohrringe schaukelten im Takt.

Eine Reaktion ihres Begleiters blieb aus.

»Sag doch etwas! Interessiert dich das nicht auch?«, fragte sie jetzt mit peinlicher Lautstärke.

»Ach, was weiß denn ich, mein Schatz«, sagte er verhalten.

»Robert, jetzt frag mal jemanden, was da passiert ist«, hakte sie wiederum nach. »Und trink nicht so viel, hörst du!«

Der Mann nahm zuerst einen Schluck Bier, bevor er mit einer Schaumkrone auf seinem überdimensionalen Oberlippenbart antwortete: »Jaja, mein Schatz, gleich.«

»Wisch dir das Zeug da ab, du bist unmöglich, Robert! Die Leute glauben ja sonst noch, dass du ein Walross bist! Hörst du – unmöglich! Und warum musst du um diese Uhrzeit schon wieder Alkohol trinken?«

Korbinian vernahm jedes Wort und kam zu dem Schluss, dass die beiden ganz gewiss verheiratet waren.

»Jetzt reg dich nicht so auf, mein Schatz. Ist doch nicht schlimm.«

»Robert, jetzt frag schon, los! Da kommt ein Kellner.«

»Na, wenn du meinst«, murmelte er und winkte mit der Linken. Mit der anderen umklammerte er das Bierglas. »Äh, hallo Sie, bitte«, machte er auf sich aufmerksam.

Der Kellner kam an ihren Tisch, der mit dem monströsen Pickel, und es war unglaublich: Der schien tatsächlich nochmals gewachsen zu sein.

Steht hier in der Nähe nicht ein Atomkraftwerk?, dachte Korbinian, schmunzelte und biss in eine Essiggurke. Sauer macht lustig.

»Ja bitte, Herr Meinhardt?«, fragte der Kellner.

»Wenn Sie so freundlich wären, meine Frau hat eine Frage«, entgegnete der Mann.

Sie schaute ihn vorwurfsvoll an.

Der Kellner griente verlegen, während der Ehemann zum x-ten Mal sein Bierglas hob.

Sie dagegen streckte ihren Kopf nach vorne, als wolle sie gleich flüstern, und fragte: »Was ist denn letzte Nacht vorgefallen? Wir haben Polizeisirenen gehört.«

»Ähm, einen kurzen Moment bitt schön, Frau Meinhardt«, gab der Kellner zurück. »Ich komm gleich wieder.«

Die Frau, die Korbinian aufgrund ihrer Statur und der nach vorne geschobenen Mundpartie an ein ergrautes Gorillaweibchen mit Hängebrüsten erinnerte, kämpfte damit, Ruhe zu bewahren. Ihre Ohrringe zitterten vor Erregung.

Der Kellner kam mit Korbinians Schwarm an den Tisch zurück. »Bitt schön, Frau Meinhardt, was kann ich für Sie tun?«

»Stellen Sie sich vor, Polizeisirenen haben mich letzte Nacht aus dem Schlaf gerissen. Was ist denn da passiert?«

Das antrainierte Höflichkeitslächeln entglitt der Bedienung, und bevor sie antwortete, presste sie ihre Lippen aneinander, um mit professioneller Honigstimme zu entgegnen: »Ich kann Sie beruhigen. Es hat nix mit dem Hotel zu …«

Das Gorillaweibchen unterbrach: »Aber wir haben sie direkt vor dem Hotel gehört. Stimmt's nicht, Robert? Los, sag schon.« Mit ihrem Ellenbogen stieß sie an seinen Arm.

»Jaja. Ich hab auch was gehört«, sagte er. »Bitte, bringen Sie mir noch ein Weißbier, junges Fräulein.«

Der Blick seiner Frau hätte ausgehungerte Kannibalen in die Flucht geschlagen. Ungeachtet dessen machte die Hotelangestellte eine Handbewegung, um ihrem Kollegen die Bestellung zu signalisieren.

Daraufhin versuchte sie, eine Antwort zu zimmern: »Ja mei, Frau Meinhardt, wissen Sie, die Polizei ist ja gleich am andern End von der Neustadt.« Sie deutete in Richtung der hinteren Fenster. »Und wenn die ausrücken, kommen die ab und zu mit Vollgas direkt durch die Gasse neben unserm Haus.«

»Ja, aber was, was ist denn nun passiert? Sie wissen doch was! Das merkt man Ihnen doch an.«

Die Angestellte zögerte. Schließlich sagte sie: »Die Polizei hat einen Toten gefunden, Frau Meinhardt.«

Die Nachricht würde ohnehin spätestens übermorgen in der Zeitung stehen.

»Mehr kann ich Ihnen nicht erzählen. Wir wissen ja auch nix Näheres.«

»Robert, ich wusste es«, stellte die Gorilladame unüberhörbar fest und rüttelte aufgebracht am Arm ihres Mannes.

»Ja, Hildegard. Du wusstest es«, stimmte er zu und rieb die Spitzen seines Schnauzbartes mit Daumen und Zeigefinger. Soeben servierte man ihm ein frisches Glas Bier.

»Meine Ahnungen haben mich noch nie im Stich gelassen.«

»Ja, Hildegard. Deine Ahnungen haben dich noch nie im Stich gelassen.«

Korbinian bemerkte, wie froh die Angestellte war, dass sie sich endlich entfernen konnte. Derweil er die letzten Reste auf seinem Teller verdrückte, kam sie dennoch zurück an seinen Tisch und sagte: »Herr Lallinger ...«

Er riss ruckartig den Kopf nach oben und gaffte sie an. »Ich, ich heiße Korbinian.«

Ihr Servicelächeln wandelte sich in ein herzliches Lachen. »Ah ja«, gluckste sie mit schwindender Stimme.

Ihre Brüste hoben sich über dem geschnürten Dirndl, und Korbinian wollte nicht hinschauen ... er glotzte trotzdem.

»Ich darf's eigentlich nicht«, erklärte sie. »Gäste beim Vornamen anreden, mein ich, aber ich bin die Marianne.«

Sie schüttelten sich die Hände, und ob Korbinians Wangen so dunkelrot anliefen, wie es sich anfühlte, wusste er nicht.

»Normalerweise haben wir Namensschilder dran, aber zur *Landshuter Hochzeit* tun wir die alle runter. Weißt schon, Männer, Alkohol und so ...«

Mit einem »Ähm« rang Korbinian nach einer Antwort.

Sie lachte und stellte klar: »Anwesende grad ausgeschlossen. Was darf ich dir denn noch bringen, Korbinian?«

»Einen Kaffee, bitte.« Schon der vierte. Aber sein Gehirn schien grad leer gefegt, ihm fiel nichts anderes ein. Eine ihrer Fragen zu verneinen oder gar etwas abzulehnen, das konnte er auf keinen Fall. »Arbeitest du heute den ganzen Tag, Marianne?«, fragte er.

Am Nebentisch schüttelte das Affenweibchen den Kopf. Turteln am Arbeitsplatz, während sie ein Informationsdefizit hatte, erschien ihr nicht akzeptabel.

Gleichzeitig zog ihr Mann die Brauen nach oben, nickte Mut machend zu Korbinian und betrachtete Mariannes Figur. Parallel rieb er sich den Schnauzbart.

»Ja, bis um zehn«, sagte Marianne und fragte: »Du schaust dir aber schon den *Hochzeitszug* an, oder?«

»Vom Hotelzimmer aus.«

»Hast ja noch ein bisserl Zeit. Jetzt ist's ja grad einmal halb eins. Draußen ist's aber schon ganz schön voll.«

Korbinian nickte. Bedauerlicherweise verbot es nicht nur der Anstand, sondern auch seine Hemmungen hielten ihn ab, sie gleich über Privates auszufragen. Zumal sie Zuhörer hatten. »Weißt du wirklich nicht mehr über den Toten?«, fragte er stattdessen.

Just in dem Moment stand das Ehepaar vom Nebentisch auf, doch als Korbinian seine Frage zu Ende formuliert hatte, wollte sich die Frau postwendend aufs Neue setzen. Ihr Mann aber zog an ihrem Kostüm und sagte zur Abwechslung mit kräftigem Klang: »Komm, los! Lass die Leute in Frieden.«

Widerwillig bewegte sie sich weiter, drehte sich aber trotzdem nochmals kurz um.

»Jetzt aber, Hildegard!«, tönte es daraufhin barsch durch den Raum.

Hildegard murmelte zwar etwas, jedoch zeigten die Worte ihres Mannes Wirkung. Als das Ehepaar weg war, beugte sich Marianne ein wenig nach vorne. »Ich hab gehört, dass sie den umgebracht haben. Bin selber total durcheinander. So was bei uns in Landshut.«

Korbinian rutschte an die Stuhlkante. »Aha! Und wo war das?«

Wie bei Kindern, die einen Plan aushecken, steckten ihre Köpfe beisammen, und sie begann unwillkürlich zu flüstern: »Vorm Maxwehr drüben, direkt an der Isar, hat man den gefunden.« Ohne Überleitung lachte Marianne und sagte: »Entschuldige, ich komm mir grad vor, als täten wir was Verbotenes machen.«

Er erwiderte ihr Lachen und sagte: »Ach ja?«

»Eigentlich ist's ja eine ernste Sache, und ich lach da einfach so«, erklärte sie.

Obwohl ihm entging, dass ihr Blick auf den Ehering an seiner Hand gerichtet war, wurde er unruhig, kratzte sich am Hinterkopf und murmelte: »Ja, da haben Sie allerdings recht.«

Marianne beschlich das Gefühl, es übertrieben zu haben. »Entschuldigung wegen meinem blöden Lachen.«

»Schon in Ordnung«, sagte er und ergänzte: »Mir ist nur grad was eingefallen.«

Doch seine Worte verpufften. Marianne flitzte mit hochrotem Kopf ins Büro.

Ein Mann ging hinüber in die Küche, zog eine Schublade auf, spähte hinein und schob sie wieder zu. Anschließend schaute er in die daneben. Es knallte, als er sie heftig wieder zuschubste. Als Nächstes öffnete er die Tür des Hängeschranks, wippte auf die Zehenspitzen und lugte über die Einlegeböden.

»Hm«, grummelte er, kratzte sich an der Stirn und ging ins Schlafzimmer. Er stand vor dem Bett und drehte sich suchend im Kreis.

Zefix noch einmal, das kann doch nicht sein, dachte er. *Bin ich jetzt total deppert?*

Plötzlich war es, als setzte sich sein Körper von allein in Bewegung, und er ging auf eines der Nachtkästchen zu.

Er öffnete erneut eine Schublade. »Na, da bist ja«, sagte er zu der Lesebrille, die er lächelnd herausnahm. Gleich darauf aber wich die Erleichterung aus seinem Gesicht.

Er richtete sich auf und starrte weiterhin in die geöffnete Schublade.

Der Mann hatte genau gewusst, dass sich der Umschlag, den er eben entdeckt hatte, in der Wohnung befand. Und das war auch gut so! Unter keinen Umständen hätte er ihn wegwerfen können. Doch wo er ihn verstaut hatte, daran hatte er schon lange keinerlei Gedanken mehr verschwendet. Er wusste bloß noch, dass er da war, irgendwo! Tja, und jetzt, jetzt schaute eine Ecke davon unter der Bibel im Nachtkästchen hervor.

Der Mann setzte sich auf die Bettkante. Er atmete schwer und hockte mehrere Minuten so da, ohne sich zu rühren, bis er sich einen Ruck gab. Er stand auf und zog das Kuvert hervor.

Das Papier war schwer, schwerer als das, was man heute verwendet. Sogar die Schrift auf dem Umschlag war anders, als die meisten heute schreiben würden. Es war eben eine andere Zeit gewesen.

Er verließ das Haus.

»Dank schön, dass ihr das noch einrichten habt können«, sagte Zeilhofer von der Landshuter K1. »Wir haben's auch gleich. Wann müsst ihr zum Umzug?«

»Unser Gruppenführer hat gesagt, dass wir kommen sollen, wenn wir fertig sind«, antwortete einer der drei Männer, die kurzfristig auf die Dienststelle zu einer Befragung gekommen waren. Er sagte weiter: »Ist ja eine absolute Ausnahme, und der Vorstand hat's genehmigt.«

»Umziehen braucht ihr euch ja nimmer«, stellte Zeilhofer fest.

Die drei Männer nickten schweigsam. Um hinterher sofort beim Umzug mitmachen zu können, standen sie den Beamten im Wams gegenüber. Sie gehörten zur *LaHo*-Gruppe der Reisigen (auch Landsknechte genannt).

»Ihr wart also, so wie's ausschaut, die Letzten, mit denen der Herr Haschberger gestern Kontakt gehabt hat. Wir rufen einen jeden einzeln auf. Ich tät sagen, wir fangen mit Ihnen an«, sagte Zeilhofer und schaute auf einen der drei Männer.

Der junge Reisige, der im wahren Leben Beamter bei der Stadtverwaltung war, hievte sich träge aus dem Stuhl und schlurfte den Beamten hinterher. Sie gingen einen Stock höher.

Die beiden anderen blieben unten im Erdgeschoss bei den Kollegen an der Pforte.

Nach dem Abfragen der Personalien sowie der üblichen Belehrung und der Frage nach der Beziehung zu dem Opfer erkundigte sich der Kostümierte: »Ja – soll ich jetzt jede Kleinigkeit von gestern erzählen?«

»Das, was Sie halt wissen, ja«, antwortete Zeilhofer.

Gruber saß neben ihm.

»Hm, bloß blöd, weil ich nimmer alles weiß.«

»Na, dann erzählen Sie uns jetzt einfach das, woran Sie sich noch erinnern können«, sagte Gruber.

Die Anspannung stand dem jungen Mann ins Gesicht geschrieben, und er versuchte, verständliche Sätze hervorzubringen. Die Silben brachen einzeln aus ihm hervor, und ständig presste er die Lippen zusammen. Nachdem er zu Protokoll gegeben hatte, dass er den Haschberger zuletzt so um halb zwölf gesehen hatte, riss er die Augen ganz weit auf. »Wo habt's denn ein Klo?«, stieß er hervor.

»Hä?«, entgegnete Zeilhofer.

»Schnell – bitte!«, bekam er zur Antwort.

»Oha! Rechts hinaus und gleich noch einmal rechts.«

Der Mann stürmte aus dem Zimmer. Zeilhofer folgte und konnte ihn sogar noch auf dem Gang kotzen hören.

»Bringt nix«, sagte der Beamte hinterher und führte den jungen Mann wieder nach unten.

Die beiden anderen lachten lauthals, als sie das käsige Gesicht ihres Kameraden sahen, und Zeilhofer fragte: »Hat noch einer zu viel gesoffen?«

Einer antwortete: »Die Jungen halt. Seid's ihm nicht bös, der macht zum ersten Mal mit. Der weiß noch nicht, dass man sich die Kräfte ein bisserl einteilen muss, sonst zerlegt's einen. Freitag, Samstag, am Sonntag der Umzug; das hat der wohl ein bisserl unterschätzt.«

»Der Kleine soll morgen noch einmal kommen. Heut können wir mit dem eh nix anfangen. Aber Sie zwei sind schon nüchtern? Sonst brauchen wir gar nimmer weitermachen!«

»Freilich sind wir nüchtern«, entgegnete einer.

»Na gut, dann kommen jetzt Sie mal mit.«

Zurück im Vernehmungszimmer: »Erzählen Sie uns von gestern, bittschön«, forderte Gruber. »Und seit wann kannten Sie Herrn Haschberger überhaupt?«

Der Mann sagte: »Ja mei, der Florian und ich haben schon zum sechsten Mal mitgemacht. Aber er trinkt – oder anders, er hat immer gern ein bisserl mehr getrunken wie ich. Allerdings hat der das auch besser verkraftet wie der Junge von grad. Das Ganze war eigentlich ein ganz normaler *LaHo*-Samstag: Die erste Aufführung von unserm Chor haben wir um halb zehn in der Früh gehabt; war im Altersheim. Wir sind ja nicht bloß bei den offiziellen Veranstaltungen dabei, sondern werden auch so zum Singen bestellt. Ja und Mittag haben wir in einem Biergarten gesungen und am Nachmittag vorn im Einkaufszentrum. Bei der Aufführung am Mittag im Biergarten, da hab ich das erste Mal gemerkt, dass der Flori anders war wie sonst. Wir haben uns den Humpen mit Weißwein vollmachen lassen, und er wollt als Einziger ein Wasser.«

»Stimmt, ihr werdet ja immer gut verpflegt«, warf Zeilhofer lächelnd ein.

Der Mann sagte weiter: »Ja mei, die, die uns zum Singen bestellen, wissen alle, dass wir einen Durscht mitbringen. Aber Vollgas kannst ja bei dem ganzen Stress gar nicht geben, sonst geht's dir wie meinem Kameraden. Ja und später waren wir auf'm Zehrplatz, bis die Spiele im Lager angegangen sind. Danach wieder auf'm Zehrplatz.«

»Der wird um zwölf zugemacht, oder?«, fragte Zeilhofer.

»Ja sooo genau kann man das nicht sagen. Offiziell schon. Wir bleiben aber ab und zu noch länger und hocken vorm Lagerfeuer beieinander. Andre gehen heim oder in die Stadt.«

»Und was haben Sie und der Herr Haschberger gemacht?«, fragte Gruber.

»Der Florian hat den ganzen Tag schon gejammert, weil's ihm irgendwie nicht so gut gegangen ist.«

»Ach ja?«, hakte Zeilhofer nach.

»Hab's ja vorhin schon gesagt, dass er ein Wasser wollt«, erwiderte der Mann.

»Sie wollen mir jetzt aber nicht sagen, dass Sie bloß, weil er ein Wasser wollt, gemeint haben, dass ihm was fehlt?«

»Ach Schmarrn! Er war halt einfach unleidig, und drum ist er auch gleich um zwölf abgehauen.«

»Hat er was gesagt, ob er noch woanders hinwollt?«

»Er hat bloß gesagt, dass er jetzt geht. Das war's. Aber Sie wissen ja: Wenn man da durch die Innenstadt geht, gibt's alle paar Meter eine Kneipe, und jeder ist gut drauf. Kann schon sein, dass der Florian noch einen Abstecher gemacht hat.«

»Hat's in der Gruppe oder mit jemand anders Streit gegeben?«

»Also, ich wüsst nix davon. Aber natürlich bin ich jetzt nicht jede Sekunde mit ihm beieinander gewesen.«

»Haben Sie den Herrn Haschberger auch privat gut gekannt?«, wollte Zeilhofer erfahren.

»Ein bisserl«, entgegnete der Mann.

»Na, ich glaub schon ein bisserl mehr wie bloß ein bisserl, wenn Sie sich schon über zwanzig Jahre kennen. Wissen Sie was von Feindschaften oder Streit?«

»Nicht wirklich.«

»Gar nix? Geschäft oder Frauen, überhaupt gar nix?«

»Nein, leider kann ich Ihnen da nicht helfen. Wir haben uns halt über die Hochzeit gekannt. Und Sie wissen ja, wie's ist. So eine Gruppe ist zwar eine eingeschworene Gemeinschaft, und zu den Proben sehen wir uns auch zwischen den Hochzeiten regelmäßig, aber das heißt nicht, dass wir uns auch sonst treffen. Trotzdem schweißt die *LaHo* gescheit zusammen. Ist eine Kameradschaft, wo's den meisten wurscht ist, wer wo arbeitet. Viele mögen sich da auch gar nicht über ihren Job oder Beziehungsstress unterhalten; ist quasi ein wenig wie Urlaub vom normalen Leben. Aber wenn einer was braucht, sind wir alle da, und trotzdem kann's passieren, dass wir uns ein halbes Jahr nicht treffen. – Vielleicht ein bisserl mit der Bundeswehr vergleichbar. – Eins sag ich euch gleich«, erklärte der Reisige unruhig. »Der, der's war, kann sich schon mal gleich warm anziehen. Weil wenn den einer von uns erwischt, kracht's gewaltig!«

»Ruhig bleiben«, sagte Zeilhofer mit erhobenem Zeigefinger. »Haltets ihr Augen und Ohren offen, und wenns was wissts, kommts zu mir, klar!?«

Nach der Befragung des dritten Mannes, der im Grunde das Gleiche erzählte, telefonierte der Hauptsachbearbeiter Christian Zeilhofer mit den Kollegen vom K3, dem Erkennungsdienst. Die waren bei der Obduktion im Institut für Rechtsmedizin in München anwesend. Hinterher unterrichtete er den Staatsanwalt und den Dienststellenleiter über den Sachstand.

Die Sonne knallte, Technisches Hilfswerk, Rotes Kreuz, Feuerwehr und Polizei schwitzten in ihren Uniformen.

Landshuter kamen zu Fuß oder mit dem Fahrrad, und Busse karrten massenweise Touristen herbei: Cafés und Bäckereien machten einen gigantischen Reibach.

Korbinian ging extra ein klein wenig früher nach oben, sodass er noch ein paar Minuten ungestört war, bevor die angekündigten Fenstergäste eintreffen würden.

Jetzt stand er im Türstock zum Badezimmer, stemmte die Hände in die Hüften und starrte auf die Wanne. »So!«, sagte er entschlossen, ließ das Wasser ablaufen und wrang ein Hemd und eine Jeans aus. Dazu hatte er heute früh ein paar großzügige Spritzer Duschgel gegeben; Mango-Melone. Entsprechend roch es jetzt auch. Schuhe hatte er ebenso ins Wasser geworfen. Aber er hatte noch zwei andere Paar dabei.

Er schnappte sich den Plastikmüllbeutel aus dem Abfalleimer, stopfte die tropfende Kleidung samt Schuhen hinein, machte einen Knoten und warf den Beutel auf den Boden im Kleiderschrank. Es dauerte auch keine Minute, bis es an der Tür klopfte.

Ein junges Ehepaar mit schwäbischem Akzent trat ein. Hundert Euro ließen sie sich den stressfreien Fensterplatz kosten.

Exakt um zwei Uhr marschierte der Zug aus über 2.000 Männern, Frauen und Kindern los. Das grellbunte Highlight des Wochenendes begann.

Enthusiastische Jubelschreie schwappten zwischen den Häusern nach oben, bis über die Giebel. Wofür so frenetisch gejubelt wurde, sollte Korbinian erst später erkennen.

Die Hochzeiterinnen und Hochzeiter mussten zuerst bei sengender Hitze über den Dreifaltigkeitsplatz, an der Martinskirche vorbei, die Altstadt hinunter zur Heilig-Geist-Kirche und einen Bogen über den Bischof-Sailer-Platz in die Neustadt gehen. Dort würden sie zum Kriegerdenkmal bis vor die Polizeidienststelle ziehen. Denselben Weg ging es hinterher retour. Am Ende würde sie ihr Fußmarsch durch eine Querstraße an die Isar zum Turnierplatz führen. Seit Jahrzehnten war die Route genau festgelegt.

Endlich, nach einer knappen Stunde, begannen die Leute in der Gasse neben dem Hotel zu klatschen. Der Zug bog um die Ecke.

Da Korbinians Fenster an der Kopfseite zur Neustadt lagen und nicht seitlich, sah er beim Hinweg lediglich die Rückenansichten der Teilnehmer.

Mit Hellebarden bewaffnete Stadtknechte gingen an der Spitze. Dahinter kamen musizierende Stadtpfeifer, Kinder und Bürgerpaare.

Jede Gruppe trug eine andere Kostümierung. Sie winkten und schrien, was das Zeug hielt.

Gesandte unter anderem der Reichsstädte Regensburg, Nürnberg und Ulm, Kämmerer, Stadtschreiber und Ratsherren aus Landshut, Armbrustschützen und hübsche Marketenderinnen: Die Landshuter der Gegenwart erfüllten ihre mittelalterlichen Rollen mit überschwänglichem Enthusiasmus.

Schwungfahnen glitten scheinbar mühelos durch die Luft. Dahinter standen kräftezehrende, aufwendig geprobte Bewegungen, die den Fahnenschwingern den Schweiß auf die Stirn trieben. Es hatte sich gelohnt: Die Menge jubelte.

Kaiser Friedrich III. kam mit seinem Sohn Erzherzog Maximilian, beide zu Pferd. Herzog Ludwig der Reiche wurde als Bräutigamvater und Gastgeber in einer Sänfte getragen, gefolgt vom Hofnarren.

Reihenfolge und Gruppenbezeichnungen las Korbinian in einem Hochzeitsführer nach, den er auf dem Fensterbrett ausgebreitet hatte.

Das Pärchen am anderen Fenster kam Gott sei Dank nicht auf die Idee, mit ihm reden zu wollen. Sie beschäftigten sich vielmehr gegenseitig. Anstatt ihre Aufmerksamkeit auf den Zug zu richten, schleckten sie sich ständig gegenseitig über ihre Gesichter. Was Korbinian sehr recht war. Er hatte zwar nicht erwartet, Zeuge ihres Paarungsverhaltens zu werden, aber so musste er sich wenigstens nicht unterhalten.

Er rauchte und blickte weiter aus dem Fenster: Edle Herren im glänzenden Harnisch saßen stolz auf ihren schnaufenden Kaltblütern. Später sollten sie sich auf dem Turnierplatz im Rennen über die Planken messen. Ein jeder genoss es spürbar, sich zu präsentieren.

Businenbläser erfreuten das jubelnde Volk, bevor Herzogin Amalia, die Mutter des Bräutigams, im Reisewagen vorüberholperte. Nach Pagen, Junkern und Fahnenschwingern, die mit ihren Wurffahnen Schwerstarbeit leisteten, kamen Braut und Bräutigam.

Acht glänzend gestriegelte Noriker zogen Königin Hedwig im goldenen Reisewagen vorüber, die Kaltblüter schnaubten, und die schweren Hufe klapperten auf dem unebenen Kopfsteinpflaster.

Herzog Georg ritt zu Pferd. Vorneweg stiegen Wurffahnen bis zu den Giebeln der mehrstöckigen Häuser empor.

»Hallooo!«, kreischte das Publikum, und Zugteilnehmer rissen ihre Arme triumphierend in die Höhe.

Trommler und Pfeifer, eine mit ihrem Rhythmus prägende Gruppe der *Landshuter Hochzeit*, liefen zur Hochform auf. Schwegelpfeifen ertönten, und immer schneller und lauter vibrierten die gespannten Pferdeleder unter den Schlägen der Trommler.

Mit einem eingängigen Rhythmus wurde die Menge elektrisiert. So ähnlich soll es auch auf den Schlachtfeldern funktioniert haben: Mit taktfesten Trommelschlägen hatte man Reisige motiviert, im Kampf alles zu geben.

Da kamen sie auch schon: die stolzen Reisigen mit ihren geschmückten Holzspießen. Die Trommeln verstummten, und ihr Männerchor ertönte mit der Wucht eines Donnerhalls.

Korbinian las, dass sie mit rund 120 Mitgliedern eine der 23 unterschiedlichen Musikgruppen stellten, die das schillernde Fest ebenso zu einem akustischen Höhepunkt machten.

»Stefan, du gehst morgen gefälligst in den Rosenkranz, hast gehört!«, sagte eine Frau mit verzweifelter Stimme.

»Ich hab's dir schon gesagt, dass ich nicht geh. Was soll ich denn da?«, konterte ihr Sohn. »Mein Lebtag wollt er mich nicht sehen, und gezahlt hat er auch bloß das Nötigste. Wir haben ihn nicht interessiert, und drum interessiert der mich auch nimmer, und jetzt, wo sie ihn erschlagen haben, schon zweimal nicht.«

Die Frau schüttelte den Kopf, schlug die Hände vors Gesicht und sagte: »Du versündigst dich vorm Herrgott. Egal, was war, er war immer noch dein Vater.«

»Und hör mir endlich mit deinem Herrgott auf«, sagte Stefan energisch. »Deswegen hat er uns wahrscheinlich auch verlassen, weil du ihn damisch gemacht hast mit deinem Herrgott. Hast ja sogar den Koran weggeschmissen.«

»Jetzt hör endlich auf. Du gehst, und aus! Er war dein ...«

Er unterbrach sie: »Was war er denn? Ein versoffener Saubär war er, sonst nix!«

Es klingelte an der Tür. Dass es Sonntag war, änderte an den ersten Ermittlungen der Landshuter Kripo nicht das Geringste. Sie hatten sich telefonisch angekündigt.

Nach der Begrüßung baten die Beamten darum, zuerst mit Aischa Baumeister alleine sprechen zu dürfen. Ihr Sohn, Stefan, sollte währenddessen in einem anderen Zimmer warten.

Zeilhofer und Gruber setzten sich an den Küchentisch. Der Kaffee war bereits durchgelaufen, und erst nachdem jeder eine Tasse vor sich stehen hatte, kam auch Frau Baumeister mit rot geränderten Augen an den Tisch.

Es folgten die üblichen Formalien. Hinterher sagte Zeilhofer: »Frau Baumeister, erzählen Sie uns jetzt einmal ein bisserl, wie das alles so war, mit Ihnen und dem Herrn Haschberger und später mit Ihrem Buben. Einen traurigen Eindruck über den Tod von seinem Vater hat er ja vorhin nicht gemacht.«

Sie legte ihre Hände in den Schoß und wirkte mit ihrer ruhigen und unauffälligen Art wie ein Gast in der eigenen

Wohnung. »Ach«, seufzte sie. »Ich glaub, ich muss da ein bisserl ausholen, um zu erklären, wie das alles gekommen ist.«

»Nur zu«, pflichtete Zeilhofer bei.

Sie sagte: »Wenn ich so über alles nachdenke, hab ich am meisten Schuld von allen, dass es so gelaufen ist. Wie Sie wahrscheinlich schon wissen, Sie brauchen ja bloß in Ihren Computer schauen, bin ich mit achtzehn allein von der Türkei da her nach Deutschland. Inzwischen hat mir meine Mutter auch verziehen. Mein Vater war damals schon tot. Aber das war ein riesiges Theater, wie ich weg bin. Hab sogar Angst gehabt, dass die mir welche nachschicken, um mich zu holen oder noch schlimmer.« Sie schaute zu Boden. »Aber haben sie nicht gemacht. Verstehen Sie, ich wollt da einfach bloß weg aus dem Dorf und den Traditionen. Ich wollte mich mit einem Mann abgeben, den ich mag und nicht mögen muss. Aber irgendwie hab ich immer noch ein schlechtes Gewissen meiner Familie gegenüber.«

»Ja, und dann waren Sie in Deutschland. Und weiter?«, fragte Zeilhofer.

»Tja, und dann hab ich den Florian kennengelernt«, sagte sie. »Das war ein Charmeur, ich sag's Ihnen.« Sie rollte verträumt mit den Augen. »Genau das, was ich mir gewünscht hab. Der hat mich umschmeichelt und mir das Gefühl gegeben, mich zu wollen, so wie ich war. Wissen Sie, ich hab damals schlecht Deutsch können und bin deswegen ungern unter die Leute gegangen. Zu Türken bin ich aber auch nicht, weil ich die Sprach von hier schnell lernen wollt.«

»War sicher nicht leicht für Sie«, sagte Gruber.

»Stimmt, war eine schwere, einsame Zeit. Und genau deswegen war ich vom Florian auch so fasziniert.«

»Haben Sie denn nicht gewusst, dass er verheiratet war?«, wollte Zeilhofer erfahren.

»Doch, schon«, flüsterte sie. »Schön blöd, oder?«

»Ach, wir erlauben uns da kein Urteil«, erklärte Zeilhofer.

»Kann's ja eh nimmer ändern«, sagte sie leise, bevor sie mit normaler Lautstärke weitersprach: »Jedenfalls bin ich vom Florian schwanger geworden, und ich wollt halt unbedingt akzeptiert werden und hab echt gemeint, dass er sich von seiner Frau trennt, wenn ich mich bloß genug anpasse.«

»Was meinen Sie mit *anpassen*?«, fragte Zeilhofer.

»Schauen Sie: Merken Sie an meiner Sprach noch was, dass ich keine Deutsche bin?«

»Ehrlich gesagt, nein. Sie sprechen sogar Dialekt.«

»Was glauben denn Sie, wie schwer das war? Aber das ist noch weiter gegangen: Ich bin katholisch geworden, hab keinen Kontakt mehr zu Türken gehabt und hab den Stefan taufen lassen. Wie ich dem Florian damals gesagt hab, dass ich seinen Buben *Stefan* taufen lass, hab ich gemeint, der freut sich, weil ja sein eigener Vater auch so geheißen hat. Aber das hat ihn alles nimmer interessiert.« Erneut blickte sie zu Boden. »Ab dem Zeitpunkt, wo ich schwanger war, war ich uninteressant. Er war damals ein wilder Hund, und Rücksicht auf andre hat er nie genommen.«

»Hm, und wie war das Verhältnis zwischen Vater und Sohn?«, erkundigte sich Gruber.

»Da hat's keines gegeben! Der Florian hat Alimente gezahlt, und das war's.«

»Gespräche, Kontakt? Nix?«, fragte Zeilhofer.

»Die haben sich vielleicht zehn Mal gesehen. Und dann auch bloß zwischen Tür und Angel.«

»Hat der Stefan von Anfang an alles gewusst?«, hakte Zeilhofer nach.

»Ja, ich hab ihm nie was vorgespielt.«

»Und Sie haben wohl, nachdem der Stefan auf die Welt gekommen ist, immer noch auf eine Rückkehr von seinem Vater gehofft, oder?«

»Jahrelang sogar«, sagte Aischa. »Aber ich hab den Richtigen doch noch kennengelernt.«

»Sie meinen den verstorbenen Herrn Baumeister, oder? Wie war denn das mit Ihnen beiden?«

»Sieben Jahre nach dem Florian hab ich den kennengelernt und mich sofort verliebt.« Sie richtete ihren Oberkörper auf. »Ihm ist's genauso gegangen, und den Stefan hat er sogar adoptiert, wie der zehn geworden ist.«

»Wann ist er denn gestorben?«

»Vor drei Jahren, an einem Herzinfarkt.«

»Das tut uns leid, Frau Baumeister«, sagte Zeilhofer. »Hatten Sie noch irgendeinen Kontakt zu Herrn Haschberger, egal in welcher Form?«

»Nein, gar keinen.«

»Wann haben Sie ihn das letzte Mal gesehen?«

»Oh mei, vor drei oder vier Jahren, zufällig in der Altstadt.«

Zeilhofer beugte sich vor. »Was denkt denn der Stefan heut über seinen leiblichen Vater?«

»Den hat's für ihn nie gegeben.«

»Mehr können Sie uns nicht sagen?«

»Nein, weil's da nicht mehr gibt«, sagte sie mit Frust im Ton.

»Hat er Kontakt zu seinen Halbgeschwistern gehabt?«

»Oh, das war auch so eine Sach. Die sind ja alle auf das gleiche Gymnasium gegangen, und obwohl der Stefan ein gutes Jahr älter ist wie die Karin und der Alexander, hat er die aufm Pausenhof gesehen und nachher oft nächtelang geweint oder ist aggressiv geworden.« Sie strich mit einer Hand durch die Luft. »Sie wissen ja, wie Kinder sind: Das Gewand und die Turnschuhe sind halt auch wichtig, und ich hab den Stefan nicht so einkleiden können wie der Florian seine andern Kinder.«

»Stefan hat auch schon Anzeigen wegen Sachbeschädigung gekriegt, nicht wahr?«, fragte Zeilhofer. »Er hat Autoreifen aufgeschlitzt.«

»Ach ja, das!«, entgegnete sie hastig. »Ja, so was war das Resultat von ...« Sie zog nachdenklich die Augenbrauen nach oben. »... von der Wut auf sein Leben vielleicht? Aber glauben Sie mir, dem Stefan ist's nie schlecht gegangen. Wir haben immer was zu essen gehabt und Spielzeug auch. Auf das Gymnasium ist er auch gegangen. Bloß studieren hab ich ihn nicht lassen können. Uns geht's zwar durch meinen verstorbenen Mann nicht schlecht, aber das haben wir uns doch nimmer leisten können.«

»Ähm, Frau Baumeister, wie waren denn Ihre Gefühle für den Herrn Haschberger?«, fragte Zeilhofer und ergänzte: »Die letzten Jahre, bis zu seinem Tod mein ich.«

»Oje, schwierig.« Sie neigte den Kopf. »Kontakt hat's ja schon ewig keinen mehr gegeben, und irgendwann hab ich mich damit abgefunden. Aber ich beschreib's am besten so: Wenn man einmal eine Person von ganzem Herzen geliebt hat, wird die niemals wieder zu einem Menschen, der einem völlig egal sein kann. Auch wenn die, na ja, wie sag ich?« Sie blickte durch den Raum, bevor sie weitersprach: »Die Liebe mit Beziehung und so verloschen ist, wird zwischen solchen Menschen immer eine besondere Verbundenheit bleiben. Verstehen Sie, wie ich mein?«

»Ich glaub schon. Aber haben Sie jemals so richtig Ihren Frieden damit gemacht?«

»Ja, absolut!«, entgegnete sie schnell. »Wo denken Sie denn hin … da kann ich Sie beruhigen. Hab schon lang keinen Groll mehr auf ihn.«

»Gibt's aus Ihrer Sicht einen, der dem Haschberger Böses wollt?«

»Schwierig. Ich hab ja mit ihm nix mehr zu tun gehabt. Aber vorstellen kann ich mir das schon, dass es da welche gibt.«

»Wie kommen Sie darauf?«

»Ist doch bei erfolgreichen Geschäftsleuten immer so, oder?«

»Ja, da haben Sie jetzt auch wieder recht«, sagte Zeilhofer und verschränkte die Arme. »Frau Baumeister, trotzdem muss ich jetzt noch eine letzte Frage stellen.«

Sie schaute den Beamten aufmerksam an.

»Wo waren Sie letzte Nacht?«

»Daheim«, gab sie zu Protokoll.

»Zeugen?«

»Keine, wer denn auch? Stefan war mit Freunden unterwegs und ich bin Witwe«, sagte sie.

»Na gut, reden wir jetzt mal mit Ihrem Sohn.«

»Ja wie oft soll ich's Ihnen denn noch sagen: Ich hab mit dem nix zu tun gehabt, und der war mir wurscht! Das ist ein Fremder für mich gewesen«, erklärte Stefan Baumeister so übermäßig laut, dass ihn seine Mutter trotz verschlossener Küchentür im Wohnzimmer noch hören konnte. Stefan polterte weiter: »Ich möcht von dem und seiner ach so tollen Familie weder was haben noch sie sehen oder sonst was.«

»Ihnen ist schon klar, dass man Ihren Vater umgebracht hat und Sie ein super Motiv haben, oder?«, setzte Zeilhofer dagegen.

»Etwa, weil ich ihn nicht mag? Pff! – Ich kann's bloß wiederholen: Ich war bis um drei mit Freunden unterwegs und bin dann heim.«

»Zeugen – dass Sie wirklich heim sind?«, fragte Gruber.

»Gibt's keine, woher auch. Meine Mutter hat da schon geschlafen.«

»Herr Baumeister, Sie geben uns jetzt bitte die Namen der Freunde, mit denen Sie unterwegs waren, und dann kommen Sie mit uns auf die Dienststelle«, sagte Zeilhofer.

»Ja – und warum soll ich mitkommen?«

»Wir müssten da ein paar Dinge vergleichen.«

»Ah, jetzt kapier ich«, sagte Stefan beinahe belustigt. »Fingerabdrücke und so. Schwachsinn! Aber wenn Sie meinen.«

Eine Pflegerin stand neben dem Bett und schaute auf die Patientendaten auf dem Bildschirm.

Eine Kollegin kam hinzu und fragte: »Ist das der von gestern Nacht?«

»Ja«, sagte sie und strich dem Mann über die Stirn. »Schwerer Herzinfarkt! Den haben sie gleich operiert und ins künstliche Koma gelegt. Fraglich, ob er durchkommt.«

»Na, dann wird der ja jetzt erst einmal auf der Intensiv bleiben«, sagte die Kollegin und erkundigte sich, ob schon Besuch da gewesen sei.

»Nein, hat angeblich allein gewohnt. Muss hernach schauen, ob wir jemanden auftreiben. Wenns ist, ruf ich bei der Polizei und der Stadt an.«

Zwischenzeitlich war die Spitze des Hochzeitszuges einen Bogen um das Kriegerdenkmal in der Neustadt gegangen und kam auf dem Rückweg erneut an Korbinians Fenster vorbei. Jetzt konnte er die Gewandeten von vorne bewundern.

Gerade warf ein Gaukler im hohen Bogen einen Buchskranz, und eine hübsche Dunkelhaarige auf dem Bürgersteig fing ihn verzückt mit beiden Händen. Als Lohn bekam ihr Held in Strumpfhosen einen schmachtenden Blick. Der brüllte daraufhin ein motiviertes »Hallooo« in die Menge, die ebenso schallend erwiderte.

Der Umzug stoppte. Durchtrainierte Burschen hielten sich an den Händen, andere stiegen auf deren Schultern – eine Menschenpyramide entstand. Zum Schluss kraxelte ein Knabe meterhoch hinauf, balancierte sich aus und hob stolz die Arme. Das Publikum klatschte begeistert.

Nach dem Umzug ging Korbinian ins Erdgeschoss. Marianne saß bei geöffneter Tür im Büro, während ihr Kollege hinter dem Tresen lungerte. Den Pickel trug er weiterhin mit Fassung.

Es sollte noch ein bisschen dauern, bevor das Gewusel vor dem Hotel abflauen würde, weshalb drei Bedienungen und zwei männliche Helfer in Ruhe Tische, Sessel und Schirme aus dem Lagerraum, der am anderen Ende des Cafés lag, nach draußen schafften. An den *LaHo*-Sonntagen durfte man die Außenbestuhlung erst nach dem Umzug aufstellen. Da kannte die Stadtverwaltung kein Pardon.

Und ehe sich die Menschenmasse in alle Himmelsrichtungen verstreute, gönnten sich viele noch ein Tässchen Kaffee oder ein kühles Weißbier. Logisch, dass sich bei solchem Wetter das Geschäft ausschließlich im Außenbereich abspielte – einzig ein Gast saß im Lokal.

Ein kleiner, kräftiger Mann, Ende fünfzig, hockte auf einem der hohen Stühle an der Bar, und seine Füße baumelten über dem Holzboden. Er starrte nachdenklich auf einen verschlossenen Umschlag, den er in der Hand hielt.

Korbinian setzte sich daneben und sagte zum Kellner: »Einen Espresso und ein Glas Wasser, bitte.«

»Gern, Herr Lallinger, kommt gleich«, erwiderte der. »Zimmer siebzehn, oder?«

Korbinian nickte, während der Mann neben ihm laut schnaufte, das Kuvert über das dunkle Holz des Tresens neben sein Weißbierglas schob und murmelte: »Servus, ich bin der Ernstl.«

»Äh ... Korbinian.«

»Bist im Urlaub da, oder?«, fragte der Fremde namens Ernstl.

»Ja, wollte mir diese *LaHo* einmal anschauen. Und Sie?«

»Ich, ja ich bin gewissermaßen auch im Urlaub da. Ich komm aber aus Landshut. Und du?«

Korbinian runzelte die Stirn. »Aus München, aber aus Landshut, wieso ...«

Der Mann grinste, als er Korbinian ins Wort fiel und die Frage vervollständigte: »Warum ich im Hotel bin?« Daraufhin zog er die Augenbrauen nach oben und schnaufte erneut tief ein und aus. Sein Kugelbauch berührte den Rand des Tresens. Er sagte: »Oh mei, lange Geschichte. Die erzähl ich dir mal, wenn ich dazu aufgelegt bin. Aus München bist, aha.« Als wollte er sich selbst von seinen Gedanken ablenken, kehrte sein Lächeln zurück, und er fragte: »Und – wie findest es bei uns?«

»Sehr schön«, sagte Korbinian. »Die komplette Innenstadt gefällt mir, und eure *LaHo* ist ja ne Riesenshow.«

Ernstl grunzte, bevor er zwei exorbitante Schluck Bier in sich hineinschüttete. Der Kellner zapfte ungefragt eine neue Halbe. Korbinian leerte in der Zwischenzeit seinen Espresso.

»Und? Später Zehrplatz?«, fragte Ernstl.

»Ja, etwas später. Sie, äh, du?«

Ernstl sagte: »Vielleicht.«

»Haben Sie noch einen Wunsch, Herr Lallinger?«, unterbrach der Kellner ihren Wortwechsel. Korbinian verneinte.

»Lallinger, aha«, sagte Ernstl, beugte sich zu Korbinian und tätschelte dessen Unterarm. »Dann weißt ja, wo dein Name herkommt, oder?«

Korbinian war zusammengezuckt und schaute verwirrt.

»Irgendeiner von deinen Vorfahren hat furchtbar gelallt«, erklärte Ernstl daraufhin, gefolgt von einer unkontrollierten Lachsalve. Der Bierbauch wackelte, die Wangen färbten sich, und seine Augen wurden glasig. Obwohl Korbinian anfangs recht befremdet aus der Wäsche schaute, steckte ihn das schallende Lachen dieses fetten Gesichts dann aber doch an.

Der Mann saß auf dem Hocker, zappelte mit den Füßen in der Luft und machte den Eindruck, gleich zu platzen. »Lallinger, prost. Du Gaudinockerl, du«, witzelte er weiter und stieß mit seinem Bierglas an Korbinians leere Espressotasse. Auf Ernstls Stirn zeichneten sich sogar Schweißperlen ab, so sehr hatte er über den eigenen Witz lachen müssen.

Korbinian schwankte zwischen Sympathie und Ablehnung. Eine solche unaufgeforderte Vertrautheit und freimütige Art war nicht unbedingt seine Sache.

Marianne kam aus dem Büro. »Na, was ist denn da für eine Gaudi?«

»Der Lallinger hat einen Witz erzählt«, meinte Ernstl trocken und wischte sich Schweiß von der Stirn.

Korbinian schüttelte den Kopf, doch Marianne beachtete ihn überhaupt nicht, kramte in einem Stapel Papiere und verschwand wieder.

»Oha! Da schaut er, der Lallinger«, stellte Ernstl zu Korbinians Unbehagen fest. Der schob sich daraufhin verlegen auf dem Hocker hin und her und fragte: »Haben Sie äh, entschuldige, hast du schon von dem Toten gehört?«

Der Ernstl nickte schweigend.

»Weißt du mehr darüber?«, bohrte Korbinian nach.

Ernstl verneinte, und Korbinian stellte auch keine weiteren Fragen. Die *Fenstergäste* auf seinem Zimmer waren inzwischen weg, und das Zimmermädchen sollte auch schon fertig sein. Also verabschiedete er sich und ging nach oben.

Trotz der offenen Fenster drückte die Hitze im Raum, und etwas später legte er sich frisch geduscht nackt aufs Bett.

Nach zwei Stunden schreckte er auf. Anstatt nur etwas zu dösen, war er doch tatsächlich eingeschlafen ...

Im Café herrschte gähnende Leere, und draußen saß ein turtelndes Pärchen. Korbinian schaute ringsum und war irgendwie erleichtert, Marianne nirgends zu entdecken. *Du Idiot würdest dich doch bloß lächerlich machen!*

Nichtsdestotrotz verspürte er einen Wunsch, der sich fast nie bei ihm regte. Er sehnte sich nach Gesellschaft. Jetzt hätte es ihm auch gefallen, auf diesen Ernstl zu treffen.

Korbinian schlenderte die Altstadt entlang. Dass morgen Montag war, tat der Feierlaune keinen Abbruch. Tausende lachten, tranken und aßen. Eine Tribüne knarrte unter einer La-Ola-Welle. Trommler waren vom Zehrplatz hereingekommen und gaben einen Dreizehner zum Besten. Sofort nachdem ihre Instrumente verstummt waren, verlangte das Publikum nach mehr.

Vor der nächsten Tribüne stand ein anderer Hochzeiter. Er hob seinen gedengelten Humpen zum Gruß an das Feiervolk, nahm einen Schluck und erwählte hinterher eine hübsche Unbekannte, um ihr augenzwinkernd das Gefäß zu reichen.

Korbinian schmunzelte wehmütig, doch die nächste Ablenkung folgte sogleich. Ein Mann flog mehrere Meter in die Höhe, das Publikum flippte schier aus. Gaukler packten den klein gewachsenen Kerl und warfen ihn aufs Neue nach oben. Unter dem Applaus der Leute landete er in einem Netz kräftiger Männerarme. Jeder Griff, zigfach geübt, jeder Ablauf passte perfekt. Dann dröhnte es wieder durch die Altstadt: »Hallooo!«

War es Neid, den er empfand, als er die Leute bei ihrem Treiben verfolgte? Korbinian konnte es nicht beschreiben, doch er fühlte sich, als schaute er durch eine unsichtbare Wand auf das Leben der anderen, und was er sah, ließ seinen Alltag umso trister erscheinen.

Leb doch einfach, du Depp!, schrie er innerlich dagegen an, ging weiter und atmete ein paar Mal tief ein und aus.

Korbinian kehrte vor Mitternacht ins Hotel zurück. Ein Angestellter verschloss da gerade die Tür des Büros. Ab vierundzwanzig Uhr ließ man die Rezeption unbesetzt.

Auf der Holztreppe mit dem roten Teppich ging Korbinian hinter dem Ehepaar vom Vormittag her. Das Gorillaweibchen wackelte drei Schritte vorneweg. Ihr Mann folgte mit wässrigen Stielaugen.

Als Korbinian sie auf dem Gang überholte, grüßte sie mit einem zackigen »Gute Nacht«. Der Ehemann hatte sparsam gegrunzt.

Dann dröhnte ein *Pfffrrrz* durch den Gang.

»Du alter Saubär, du!«, schrie sie ohne Rücksicht auf schlafende Hotelgäste.

Trotz des Tadels lehnte sich ihr Mann erschöpft gegen die Wand und schien unendlich erleichtert. Sie preschte unterdessen hastig weiter und lieferte sich mit Korbinian ein Wettrennen mit schnellen Schritten.

Korbinian schaute nach dem abgehängten Übeltäter. Dessen Ausdruck im Gesicht nach zu urteilen, gab es da etwas, das immer noch aus ihm herauswollte.

Und tatsächlich donnerte es kurz darauf nochmals fürchterlich. Seine Darmwindungen begehrten gegen den Willen seiner Frau auf.

Als Korbinian seine Zimmertür hinter sich zumachte, konnte er nicht anders, als schallend zu lachen. Schließlich schlief er allein und konnte so viel furzen, wie er wollte.

Montag, 1. Juli 2013, 2 Uhr 35

Korbinian schlich auf dem Gehweg umher. Er zögerte bei jeder Bewegung.

Vor einem bestimmten Grundstück ging er gebückt auf und ab. Das Auto in der Einfahrt hatte er sofort erkannt. Der Kerl fuhr denselben Wagen wie vor vier Jahren, als er ihn zum ersten und letzten Mal gesehen hatte.

Zwischen dem zugewucherten Grundstück, auf dem sich ein Einfamilienhaus befand, und dem rechten Nachbarn gab es eine Gasse für Radfahrer und Fußgänger. Sie war links und rechts mit Bäumen und Sträuchern bewachsen und um diese Uhrzeit stockfinster. Solche Orte hatten ihm schon immer Unbehagen eingeflößt. Von dort konnte er aber einen Blick auf die Rückseite des Hauses werfen.

Korbinian spähte die Straße auf und ab. Im Licht der Straßenlaternen war niemand zu sehen. Man kannte ihn hier, er musste vorsichtig sein, sonst würde er morgen garantiert einen unschönen Anruf erhalten.

Wenn jemand von dieser nächtlichen Aktion erführe, würde Korbinian, wie meist, nur mitleidiges Kopfschütteln ernten. Aber vorhin hatte er nicht einschlafen können. Zu guter Letzt hatte ihn auch noch irgendetwas gezwungen, sich ins Auto zu setzen und über die Autobahn Richtung München zu rasen.

Trotz der Uhrzeit saßen zwei Männer auf der Terrasse. Sie unterhielten sich für Korbinians Geschmack ziemlich laut. Vielleicht schien es aber auch nur so, weil alles ringsherum still war.

Ist das jetzt Ägyptisch oder Arabisch?, überlegte er. *Keine Ahnung.* Er hatte nie danach gefragt.

Korbinian fühlte sich erniedrigt, wie er, so verborgen hinter einer Hecke, auf das Haus schaute, das einmal ihm gehört hatte.

Kameras waren in und um die Westminster Abbey positioniert. Von London aus wurden Fernsehbilder in Schwarz-Weiß um den Planeten geschickt.

»Ein Weiberleid soll jetzt König sein«, schimpfte ein Mann. Seine Hose war mit Motoröl verschmiert, was ihn aber nicht davon abgehalten hatte, sich auf das Sofa zu legen.

»Die spinnen doch, die Engländer«, schwatzte er mit sich selbst und schüttelte den Kopf. »Eine Siebenundzwanzigjährige ... Königin Elisabeth II. – pfff!«

In diesem Moment wurde die Krone auf das Haupt der Frau gesetzt.

»Für so einen Schmarrn hätt ich den Fernseher nicht kaufen brauchen«, murrte er.

»Fritz, Fritz, komm. Ist schon wieder ein Katzerl da«, rief seine Frau aus der Küche.

Der Mann stand schnaubend auf und ging hinüber. Ihr zehnjähriger Junge kniete neben einer Schachtel, die mit einer rot karierten Decke ausgelegt war. »Miezi hat Junge gekriegt«, sagte er mit funkelnden Augen. Seine Mutter trug eine blaue Schürze mit Blumen darauf und stand hinter ihm. Als ihr Mann hereinkam, trat sie sofort einen Schritt beiseite.

»Wo ist's denn wieder?«, fragte der.

»Da«, sagte sie, griff nach einer Schere und reichte sie ihm. Sie war neben der Spüle gelegen.

»Rutsch«, forderte der Mann daraufhin von seinem Jungen, bückte sich und trennte die Nabelschnur des letzten der drei Kätzchen durch.

Dann legte er alle drei in eine seiner massigen Hände. Die Katzenmama miaute – zwecklos!

»Geh mit«, sagte der Mann zu seinem Sohn, der ihm auch gleich brav nach draußen vor die Haustür folgte. Dort drückte der Mann seinem Spross zwei der drei Jungen in die Hände. Den kleinen Körper, den er selbst in der Hand behalten hatte, wog er hin und her, als wollte er das Gewicht abschätzen.

Der Junge schaute ihm neugierig zu.

Plötzlich schleuderte sein Vater das Kätzchen auf den

Asphalt. Der Junge schluckte. Ohne Vorbereitung oder einführende Worte war er blitzschnell Zeuge von Papas Geburtenkontrolle geworden, wie der es später nannte.

Um loszuheulen, war nicht einmal genügend Zeit geblieben, da hatte der Mann auch schon das zweite Kätzchen aus der Hand des Jungen gerissen.

Patsch – Teile des Darms platzten aus dem Bauch.

»Das Letzte kannst du machen«, raunzte der Mann. »Kannst eh nicht früh genug lernen.«

Der Zehnjährige zögerte – nein, er zögerte nicht nur, er war starr vor Schock. Sein Mund stand offen, und die Unterlippe bebte.

»Na los!«, forderte der Vater. »Aber du musst es so fest auf'n Boden werfen, wie du kannst.« Dann beugte er sich nach unten, und mit den Worten »Auf geht's!« gab er dem Jungen einen Klaps auf den Hintern.

Der Junge schreckte vor der Berührung seines Vaters zurück und umklammerte das Kätzchen nur noch fester. »Nein, die Miezi behalt ich«, kreischte er und lief zurück ins Haus. »Mama, Mama«, brüllte er.

Sein Vater drehte sich um, schüttelte den Kopf und murmelte: »Werden wir schon noch sehen …«, bevor er mit jeder Hand einen der winzigen Körper am Schwanz in die Höhe hob. Blut und Zähflüssiges tropften nach unten.

⚑⚑⚑

100.000er-Marke (noch) nicht geknackt, las Korbinian in der Tageszeitung. Am gestrigen Sonntag waren »bloß« 95.000 gekommen, um den ersten Umzug zu bestaunen.

Die Luft vor dem Hotel war dampfig. In den Morgenstunden hatte es wohl noch geregnet, und während ein Kellner

Korbinian gerade einen frischen Kaffee vorsetzte, scharwenzelte Marianne augenzwinkernd am Tisch vorbei.

»Servus, Lallinger«, sagte plötzlich jemand hinter ihm. Er drehte sich im Sessel um.

Ernstl stand da, streckte seine Wampe heraus und deutete auf den Sessel neben Korbinian.

»Guten Morgen. Ja, klar«, sagte der. Aber trotz der gestrigen Sehnsucht nach sozialem Kontakt kehrte es nun dennoch zurück, jenes Gefühl des Allein-sein-Wollens.

Aber: Er mochte diesen Kerl ja – irgendwie ...

»Und, was hast du gestern noch angestellt?«, fragte Ernstl und ließ sich in den Sessel plumpsen.

»Ich war noch ein bisschen auf dem Zehrplatz und bin so um zwölf ins Bett«, sagte Korbinian.

»Aha – hört sich ja nach einer Fetzengaudi an.«

Marianne huschte am Tisch vorbei, und Ernstl riss sogleich den Arm in die Höhe, als wollte er nach ihr greifen, und sagte: »Mei Mariannerl, bring mir bittschön noch ein Frühstück.«

»Freilich. Wie allerweil?«, fragte sie.

Ernstl nickte und lächelte ihr zu.

»Du, Ernst ...«, begann Korbinian zu sprechen.

Sein Gegenüber unterbrach sofort und sagte: »Ernst-l, Lallinger, Ernst-l!«

»Auch recht. – Weißt du jetzt schon was wegen der Leiche? Du bist ja ein Landshuter und hast vielleicht mitbekommen, was die Leute so reden.«

»Du meinst, zwecks dem Haschberger Florian, oder?«

»Wenn das der war, den man an der Isar gefunden hat, ja«, sagte Korbinian.

»Wieso interessierst denn du dich dafür?«

»Ach, nur so.« Korbinian zündete eine Zigarette an und erklärte: »Bin Journalist.«

»Aha! Ein Schreiberling.« Mit gespielter Ehrfurcht zog Ernstl die Augenbrauen nach oben. »Na dann: Der Haschberger hat eine Steuerkanzlei gehabt und war ein alter Bazi. Angeblich sollen sie den umgebracht haben.«

Korbinian lehnte sich zurück, schlug die Beine übereinander und sagte: »Verstehe. Und weiter?«

»Ist gesund«, sagte Ernstl.

Korbinian kapierte nicht, bis Ernstl ein Messer nahm und ein Frühstücksei köpfte. Marianne hatte es ihm in Windeseile gebracht.

Korbinian zog schmollend an seiner Kippe. Er war ernüchtert, denn als er vorhin versucht hatte, bei Marianne zu bestellen, hatte sie ihn auf den Kellner verwiesen. Sie sei für die anderen Tische zuständig, hatte sie gesagt. Und jetzt wurde Ernstl am selben Tisch nicht nur von ihr bedient, sondern bekam seine Bestellung auch noch schneller als alle anderen. Abgesehen davon interessierte Korbinian nicht, ob das blöde Ei nun gesund war oder nicht.

Nachdem Ernstl den ersten Happen geschluckt hatte, wandte er sich aber doch wieder Korbinians Anliegen zu. »Ja mei, ich hab den bloß flüchtig gekannt«, erzählte er. »Glaub, dass er geschieden war. Zweimal. Kinder hat er auch gehabt, und soviel ich weiß, hat der bei der *LaHo* mitgemacht. – Aber du«, sagte Ernstl kauend. »Das Mariannerl weiß da mehr, glaub ich. Die kennt einen von seinen Buben.«

Das wollte Korbinian nun echt nicht wissen. Gewiss war ihm klar, dass sie Männer kannte. Aber es reingedrückt zu bekommen machte einen Unterschied und warf einen Schatten auf seine blütenweiße Wunschvorstellung. Und wieso wusste eigentlich der Ernstl das? Der sagte jetzt: »Du stehst doch sowieso auf sie, oder?«

»Auf wen steh ich?«, fragte Korbinian mit großen Augen.

»Lallinger«, entgegnete Ernstl mit geneigtem Kopf. »Ich hab zwei Augen und dazwischen ein Hirn zum Denken. Ich merk doch, wie du die Marianne anhimmelst.«

In Korbinian machte sich ein Gefühl breit, als wäre er gerade dabei ertappt worden, durchs Schlüsselloch der Damendusche geschaut zu haben.

»Schau nicht so dumm, sonst bleibt's dir«, sagte Ernstl und grinste. »Da hättest wenigstens einen Grund, mit ihr über was zu reden, und außerdem könntest du sie beeindrucken. So was zieht doch immer, oder?«

»Was meinst du denn jetzt wieder?«, entgegnete Korbinian und hustete unkontrolliert los. Die letzten drei Züge an seiner Zigarette waren doch sehr intensiv gewesen.

»Na, wenn du als Journalist ermittelst, mein ich«, sagte Ernstl, der sich nach ein paar Minuten auch schon wieder verabschiedete.

Korbinian blieb mit Unbehagen zurück. Er fühlte sich ertappt – und bestellte ein Rindersteak. »Vierhundert Gramm, sehr blutig«, hatte er geordert. Alle anderen frühstückten Müsli, Joghurt oder Marmeladenbrote, doch er musste jetzt ein Stück Fleisch haben. Als man es ihm servierte, zog er ein Messer mit Perlmuttgriff aus der Hosentasche und klappte es auf.

Die Bedienung starrte, und Korbinian sagte: »Blöde Angewohnheit, ich weiß.« Er zuckte mit den Schultern. »Das Ihre können Sie wieder mitnehmen.«

»Steuerkanzlei Haschberger und Kopp, Helga Wallner am Apparat. Was kann ich für Sie tun?«, sprach eine junge Frauenstimme ins Telefon.

»Hier Mühlbauer, grüß Gott«, meldete sich der Anrufer.

»Hallo, Herr Mühlbauer. – Was kann ich für Sie tun?«

»Stimmt das, dass sie den Haschberger umgebracht haben?« Die Männerstimme klang angriffslustig.

»Ähm, Herr Mühlbauer, dazu darf ich leider nix sagen. Aber ...«

»Ist mir wurscht!«, fiel ihr der Anrufer ins Wort. »Dann geben Sie mir gefälligst einen, der sich auskennt.«

Die Auszubildende antwortete mit brüchiger Stimme: »Einen Moment, bitte.« Sie drückte den Anrufer in die Warteschleife. »Martina, Martina, schnell. Schon wieder einer«, sagte sie und deutete hastig auf das Telefon am nebenstehenden Schreibtisch.

Ihre Kollegin nickte und übernahm: »Martina Wimmer, bitte?«

»Ah, Frau Wimmer, Mühlbauer da. Ich hoff, Sie sind kompetent genug, mir weiterzuhelfen.«

»Ich glaub schon, Herr Mühlbauer. Um was geht's denn?«

»Haben sie den Haschberger jetzt umgebracht oder nicht?«

»Ähm, Herr Mühlbauer ... ja. Herr Haschberger ist leider verstorben.«

Die Männerstimme fauchte aggressiv aus dem Hörer: »Und was ist jetzt mit meinem Geld?«

»Herr Mühlbauer, wieso? Was soll damit sein? Die Geschäfte werden von Herrn Kopp weitergeführt.«

»Pfff ... der Kopp ist mir wurscht«, bellte der Mann aus dem Hörer. »Der Haschberger hat eine Plastiktüte voll von mir gekriegt.« Die Stimme wurde noch lauter. »Was ist jetzt damit?«

»Herr ... Herr Mühlbauer ...« Frau Wimmers Wangen begannen zu glühen. »... ich verbind Sie am besten mit Herrn Kopp. Einen Moment.«

»Ja, machen Sie das mal! Ich hoff, in euerm Laden gibt's noch einen, der was zu sagen hat.« Sein Tonfall hätte nicht abfälliger sein können. »Weibsbilder«, herrschte er hinterher, doch da war er bereits in die Warteschleife mit Geigentönen abgeschoben worden.

Frau Wimmer stürmte in eines der zwei Chefbüros und berichtete Martin Kopp, worum es ging. Bevor der das Gespräch entgegennehmen wollte, bat er darum, ihn alleine zu lassen und die Tür zu schließen.

»Herr Mühlbauer, grüß Gott, hier Kopp«, meldete sich der vierzigjährige Steuerberater zackig und mit festem Ton. Manchmal half das, im Vorfeld verärgerte Anrufer einzuschüchtern.

»Ich krieg 100.000 Euro von euch, und zwar gleich. Ich will mein Geld ...«

Kopp wollte etwas sagen – zwecklos.

»... und sagts mir bloß nicht, dass das nicht geht. Ich hab von vornherein ein Scheißgefühl dabei gehabt, aber der Haschberger hat mich überredet, und jetzt haben sie ihn umgebracht. Ich komm hernach vorbei und wehe – ich sag's gleich, ich geh zur Zeitung, haben Sie gehört, wenn nicht ...«

»Halt«, brüllte Kopp.

Der Anrufer hielt verdutzt inne. Aus seiner Sicht stand es ausschließlich ihm zu, barsch zu werden. Mühlbauer verlor sein Konzept, und Kopp hatte erreicht, was er wollte: Er kam zu Wort. »Herr Mühlbauer, leider haben wir noch nie miteinander zu tun gehabt. Sie waren ja persönlicher Kunde von Herrn Haschberger. Aber so geht das nicht: Erzählen Sie mir bitte in normalem Tonfall, was los ist mit Ihren 100.000 Euro.«

»Schwarzgeld war's, und der Haschberger hat's in der Plastiktüte von mir gekriegt. Er hat gesagt, dass er mir das in der Schweiz anlegt ... und jetzt möcht ich's wiederhaben! Gleich, sofort, verstehen Sie?«

Der Steuerberater fiel in seinen Bürosessel. Bisher war er neben dem Schreibtisch auf und ab gegangen. Er wischte sich übers Gesicht und schloss die Augen.

Haschberger, du Depp – doch nicht bei so einem Grantler, dachte er, bevor er sagte: »Herr, Herr – Mühlbauer.« Er machte eine Atempause. »Ich versteh Ihren Unmut, aber jetzt sofort kann ich da nix machen.«

Der Anrufer fluchte und schimpfte, und da Kopps Nerven an diesem Tag längst überstrapaziert waren, konnte er nicht mehr an sich halten. Die Damen im Vorzimmer hörten ihn lauthals brüllen.

Kopp und seine Frau waren am Vortag in Salzburg gewesen, und erst bei ihrer Rückkehr hatte er die Anrufe auf dem Handy gesehen.

Jetzt saß er seit heute Morgen um sechs im Büro, hatte erst einmal sämtliche Termine für diese Woche abgesagt und erhielt im Gegenzug alle paar Minuten Anrufe von Haschbergers ehemaligen Mandanten. Und es waren keine Beileidsbekundungen, die die Herrschaften loswerden wollten.

Er kam aus seinem Büro, knallte die Tür zu und ging nach draußen, um vor den Bürofenstern mit einer Zigarette im Mundwinkel auf und ab zu marschieren.

»Seit wann dampft denn der wieder?«, fragte die jüngere der beiden Bürodamen.

Ihre Kollegin sah besorgt hinüber und sagte: »Tja, schätz, seit gestern. Aber ist auch kein Wunder.« Sie beugte sich über den Tisch. »Hast das mitgekriegt, der möcht sein Geld wieder. Wir sind Steuerberater und keine Bank. Der Haschberger, der alte Bazi, der.«

»Wann kommt denn die Polizei?«

»Glaub, um elf, und geh ja nicht ins Büro vom alten Chef, hast gehört? Wir dürfen da nix anlangen.«

»Das ist überhaupt kein Problem, Frau Haschberger«, hatte Zeilhofer gesagt.

Die Witwe hatte in der Dienststelle angerufen und darum gebeten, sich bei ihr zu Hause zu treffen.

»Wo ich von Samstag auf Sonntag war?«, wiederholte sie gegenwärtig die Frage des Beamten, irritiert, dass sie als Witwe hierüber Auskunft geben musste. »Daheim natürlich!«

»Ja, haben Sie sich denn keine Gedanken gemacht, weil Ihr Mann nicht heimgekommen ist?«, erkundigte sich Zeilhofer.

»Ach, zwecks was denn? Es ist ja *LaHo*. Sie sind doch selber aus Landshut, Sie wissen doch, wie's ist.«

»Stimmt«, pflichtete Zeilhofer bei. »Reden wir jetzt mal über Sie und Ihren Mann: Sie haben zwei Kinder?«

»Ja, Zwillinge«, gab sie zu Protokoll.

Zeilhofer und Gruber stutzten.

Frau Haschberger ergänzte: »Nicht eineiig. Ein Mädel und einen Buben. Die Karin und den Alexander.«

Der feierfreudige Sohn des Hauses hatte sich derweil eingefunden. Er hatte das Wochenende bei einem Kommilitonen übernachtet. Er und seine Schwester warteten jetzt in der Küche.

»Sonst noch Kinder, außerhalb der Ehe?«, erkundigte sich Zeilhofer weiter.

Frau Haschberger verdrehte die Augen. »Wenn Sie so fragen, wissen Sie doch eh schon alles. Mein Mann hat einen unehelichen Buben gehabt.«

»Der während Ihrer Ehe auf die Welt gekommen ist, oder?«

Sie nickte, und Zeilhofer fragte: »Wie war denn der Kontakt zu dem?«

»Hat's keinen gegeben.«

»Überhaupt nicht?«

»Nein!«, schoss sie über den Wohnzimmertisch.

»Wollt Ihr Mann nicht oder ist es an dem Buben gelegen?«

»Die waren sich völlig fremd. Immer schon. Und keiner von den zweien hat groß Interesse dran gehabt, das zu ändern.«

»Aha«, erwiderte der Beamte.

»Sie, wenn Sie davon was wissen möchten, fragen Sie den bittschön selber!«, sagte sie daraufhin ziemlich laut. »Der heißt übrigens Stefan. Aber mir war der schon immer wurscht, und so bleibt's auch!«

»Der ist älter als die Kinder, die Sie mit Ihrem Mann haben, oder? Vierundzwanzig, wenn ich mich nicht täusch?«

»Stimmt. Der Stefan ist ziemlich genau ein Jahr älter.« Es nervte sie merklich, dass Zeilhofer so dahersprach, als würde er Fragen stellen, obwohl er die Antwort schon kannte.

Er fragte auch munter weiter: »Haben Sie denn, wie Sie schwanger geworden sind, nix von dem andern Kind gewusst?«

»Doch, schon, aber der Florian und ich sind ja trotzdem zusammengeblieben, und ich hab's ihm verziehen.«

»Das ehrt Sie, Frau Haschberger, findet man ja heut immer seltener. Die machen immer gleich Schluss und so.«

»Genau, aber so eine bin ich nicht. Der Florian und ich haben zusammengehalten. Egal, was war.«

»Hat's Feindschaften gegeben? Oder gibt's aus Ihrer Sicht jemanden, dem Sie zutrauen täten, Ihren Mann umzubringen?« Zeilhofer neigte den Kopf zur Seite, als könnte er dadurch besser hören. »Privat oder geschäftlich?«

»Mei, mit dem Geschäft kenn ich mich nicht aus. Das hat alles der Florian gemacht. Da müssen Sie schon mit dem Kopp reden. Und privat, was meinen Sie?«

»Hat's zum Beispiel noch andre Affären gegeben?«

»Ach, was weiß denn ich! Wissen tu ich nix, aber verstehen Sie mich, wenn einmal so was war, legt man für keinen mehr die Hand ins Feuer.«

»Man könnt also sagen, dass Sie sich auseinandergelebt haben, oder?«

»Wenn Sie so wollen, ja! Aber wir haben uns trotzdem nicht getrennt, und bevor Sie fragen: Die Kinder sind von ihm.«

»Haben Sie sich bis zum Schluss geliebt?«

»Was heißt denn da, bis zum Schluss geliebt? Ich lieb ihn immer noch, auch wenn er tot ist.«

»Hatten oder haben Sie eine außereheliche Affäre?«

»Was fällt Ihnen ein?«, entgegnete sie empört und blickte abweisend in eine Ecke des Raumes.

»Na, wenn Ihr Mann doch fremdgegangen ist?«

»Nein! Hatte und habe ich nicht.«

»Wo waren Sie in der Nacht von Samstag auf Sonntag noch mal?«

»Ich? – Das haben Sie doch schon gefragt.«

Zeilhofer fixierte sie mit seinem Blick.

»Na, daheim«, sagte sie und wich dem Augenkontakt auch nicht aus. »Aber bevor Sie das auch noch einmal fragen: Zeugen gibt's keine – bis Sie gestern in der Früh vor der Haustür gestanden sind.«

»Wenn ich mir Ihr Haus hier so anschaue, ist es Ihrer Familie finanziell wohl hervorragend gegangen, oder?«

»Ach.« Sie wischte mit der Hand durch die Luft. »Viel zu groß. Ich hab's dem Florian beim Bauen schon gesagt. Er wollt halt wieder einmal auf den Putz hauen. – Aber Sie haben schon recht. Uns geht's nicht schlecht.«

»Hm ... hat's in letzter Zeit irgendwas Komisches gegeben; hat sich Ihr Mann anders verhalten oder Probleme gehabt?«

Sie schüttelte den Kopf. »Nix war. Auf die *LaHo* hat er sich gefreut, mehr nicht.«

Während Korbinian vor Sankt Martin stand und den Kirchturm emporblickte, schüttelte die Bedienung, die ihm vorhin sein Stück Fleisch serviert hatte, den Kopf über diesen seltsamen Lallinger. Mit den Worten »Schau dir das an!« schob sie Korbinians Teller über die Arbeitsplatte in Richtung des Kochs.

Das blutige Steak lag vollständig in winzige Stücke geschnitten darauf.

»Hauptsach, gezahlt«, erwiderte der Koch. »Aber schad ist's schon drum.«

Die wuchtige Holztür des Bauernportals, eines von fünf Portalen, fiel da gerade hinter Korbinian zu. Es hallte in der dreischiffigen, hochgotischen Kirche.

In dieser Größe war so ein Bauwerk selten zu finden. Kein Wunder, dass es zu den Wahrzeichen der Stadt gehörte. Hohe Fenster ließen viel Licht in den Raum und der Bau ergab sich in seiner Weite.

Korbinian tauchte die Fingerspitzen ehrfürchtig in das Weihwasserbecken und zeichnete das Kreuzzeichen auf Stirn, Mund und Brust.

Gemächlich schritt er durch das Mittelschiff auf den Hochaltar zu. Trotz der großzügigen Bauweise erlebte er solche Stätten immer erdrückend und fühlte sich eingeengt. Vor dem riesigen Chorbogenkreuz starrte er nach oben auf den gekreuzigten Jesus.

Ein Schauer überkam ihn. Er fror. Kein Wunder: Nichts von der Sommerhitze kam hier im Kircheninneren an. Die Mauern waren zu gigantisch, als dass die Sonne sie hätte durchwärmen können. Diese Steine hatte man errichtet, damit sie Jahrhunderte überdauern.

Korbinian setzte sich auf die vorderste Kirchenbank und stieß mit den Schuhen an das Kniebänkchen. Es hallte durch den Bau. Eine Gruppe älterer Frauen drehte sich postwendend nach ihm um. Eine fixierte ihn und schüttelte missbilligend ihren Kopf.

Hab ich etwa die Kirche abgerissen? Du bigottes Weibsbild, du, warf ihr Korbinian in Gedanken entgegen.

Dann betete er lautlos ein Vaterunser, und bevor er aufstand, richtete er ein paar liebevolle Worte an seine Eltern. Als es ihnen schlecht gegangen war, hatte er sich zu wenig um sie gekümmert. Zumindest redete er sich das heute noch ein. Er war damals zu sehr damit beschäftigt, sein eigenes Leben auf die Reihe zu bringen.

Hinterher bewunderte er ein Fresko und folgte mit seinen Augen den hohen Säulen, die das Joch mit dem Gewölbe verbanden. Die Fenster beeindruckten ihn aber am meisten; bunte, kunstvoll bemalte Glasscheiben, mit Bleistegen aneinandergefügt. Bei Sonnenschein, so wie heute, strahlte das Licht in grellen Farben herein.

Als er zur Empore schlenderte, las er im Kirchenführer, dass man von 1389 bis 1500 an jener Glaubensstätte gebaut hatte. *Schon gespenstisch – irgendwie*, dachte er. Mehr als

500 Jahre später zündete er, Korbinian Lallinger, hier zwei Kerzen an, warf einen Euro in den Opferstock und trat hinaus in den gleißenden Sonnenschein.

Obwohl es zu den vertäfelten Holzdecken und dem Dielenboden nicht passte, war das Gemeinschaftsbüro von Frau Wimmer und Frau Wallner mit grauen Möbeln ausgestattet. Zweckmäßig eben, mehr nicht.

In Kopps Büro allerdings saßen Zeilhofer und Gruber gerade in französischen Clubsesseln. Ob die tatsächlich so alt waren, wie sie aussahen, oder das Leder extra auf Vintage bearbeitet worden war, konnten die Ermittler ohnehin nicht beurteilen. Die Sessel sahen zumindest teuer aus. Ebenso wie der wuchtige Schreibtisch, hinter dem Kopp saß: antikes Nussbaumholz mit Messingbeschlägen an den Schubladen und profilierten Türen. Mit der grünen Leselampe darauf und den Vitrinenschränken an den Wänden, ebenso Nussbaum, zwang sich der Eindruck einer antiquarischen Bibliothek auf.

Kopp sagte: »Ja mei, der Florian hat immer schon gemeint, dass er selber der Einzige ist, auf den er sich verlassen kann.«

»Aber Herr Kopp, immerhin sind Sie Partner in der Kanzlei«, stellte Zeilhofer klar. »Sie müssen doch etwas von ihm mitbekommen haben? Gibt's doch nicht, dass Ihnen zusammen das Geschäft gehört und jeder seine eigene Suppe gekocht hat, oder?«

»Ja klar, ganz so war's natürlich nicht. Aber er hat seine Kundschaft gehabt und ich die meine. Logisch hat's aber auch Fälle gegeben, wo wir zusammengearbeitet haben, aber die waren selten.«

Zeilhofer fragte: »Ja, und warum hat Sie der Herr Haschberger dann überhaupt als Partner aufgenommen? Wenn er hernach quasi genauso gearbeitet hat, als ob er allein geblieben wär.«

»Er war halt eine Koryphäe, und die Mandanten haben ihm die Bude eingerannt, und auch wenn ich die Kunden übernommen hab, ist neben dem meinen auch immer noch sein Name draußen auf dem Türschild und aufm Briefpapier gestanden. Sie wissen's doch, wie so was abläuft. Oftmals macht's halt schon allein der Name.«

Zeilhofer fragte: »Wann wollt er sich denn zurückziehen?«

»In sieben Jahren, zum Fünfundsechzigsten«, antwortete Kopp.

»Und wie viel hätten Sie ihm zahlen müssen? Wie läuft denn so was überhaupt ab?«, erkundigte sich der Ermittler. »Wir kennen uns da ja nicht so aus.«

Ein vernehmbares »Ach« entglitt Kopp. »Da fangen Sie jetzt mit einem Thema an, das mich verfolgt, seit ich in die Kanzlei eingestiegen bin. Meine Frau regt sich da drüber auch schon jahrelang auf ...« Plötzlich stoppte er mitten im Satz.

Es war offensichtlich, dass er weitersprechen wollte. An der Betonung der Worte hatte man dies eindeutig herausgehört.

»Reden Sie ruhig weiter«, sagte Zeilhofer.

»Eine Summe oder genaue Regelung ist nie vereinbart worden«, gab Kopp Auskunft. »Das wollt sich der Florian bis zum Schluss offen halten.«

»Hm, wenn ich Sie richtig versteh, haben Sie bis heut nie erfahren, was in sieben Jahren auf Sie zugekommen wär?«

»Ganz so ist's natürlich auch nicht. Ihm gehören 51 Prozent, ähm, haben ihm gehört, und mir 49. Da gibt's schon Möglichkeiten, das genau auszurechnen. Aber es ist halt so, dass man beim Florian nie gewusst hat, was ihm als

Nächstes einfallen könnt. Weil: Ein Geschäft, aus dem er nicht besser herausgegangen ist wie alle andern, hat's meines Wissens nie bei ihm gegeben. Also war immer die Angst da, dass er irgendwann zu spinnen anfängt und wir eine Riesenstreiterei haben. Meine Frau hält mir bis heut vor, dass ich mich auf den eingelassen hab.«

»Ich bin jetzt schon ein bisserl überrascht, dass Sie das so offen sagen, Herr Kopp. Könnt man auch falsch verstehen.«

»Sie, ich sag Ihnen eins: Ich möcht keinen Ärger, ich weiß nix und möcht das Ganze schleunigst hinter mich bringen. Punkt.«

»Da muss ich jetzt trotzdem noch einmal nachhacken: Der Haschberger hat ja in Landshut einen gewissen Namen gehabt. Da hat's doch mal ein Gerücht wegen Steuerbetrug, Schwarzgeld und grauem Kapitalmarkt gegeben, oder?«

»Ach Mensch, der Scheißdreck, ja, ja!«, antwortete Kopp. »Aber bewiesen ist gar nix. Alles sauber.«

»Das Ganze war ja auch vor Ihrer Zeit, oder?«, fragte Zeilhofer und neigte wieder mal den Kopf zur Seite.

»Genau, drum weiß ich auch nix davon.«

»Na, aber entschuldigen Sie die Frage, Herr Kopp: Was hat Sie geritten, in eine Kanzlei einzusteigen, die wegen so was in Verdacht steht?«

»Passens auf, Herr Kommissar, jetzt frag ich Sie mal was.« Kopp stemmte die Ellenbogen in die Stuhllehnen und drückte seinen Oberkörper nach vorne. »Glauben Sie wirklich, dass so was für einen Steuerberater schädlich ist? Die Leute sind doch ganz narrisch auf einen, wo sie glauben, der bescheißt das Finanzamt besser wie alle andern. Das Geld war's halt, das mich gelockt hat, weil dem Geschäft vom Haschberger hat die Geschichte nicht geschadet.«

»Wissen Sie was von verärgerter Kundschaft?«

»Mei, logisch gibt's immer einen, der meint, dass er mehr hätt rauskriegen müssen.« Der Steuerberater rollte gelangweilt mit den Augen. »Der eine oder andre schiebt die Schuld auf uns. Aber weil die meisten noch von der Sache wissen, gehen die davon aus, dass der Florian alle Tricks gekannt und das Maximale zurückgeholt hat. Und wenn's weniger war wie gehofft, haben sie aufs Finanzamt geschimpft.«

»Aber – es hat welche gegeben, die auf den Herrn Haschberger geschimpft haben, oder?«, vergewisserte sich Zeilhofer nochmals.

»Solche gibt's doch immer«, sagte Kopp.

»Wir hätten gern eine Liste aller Mandanten, die von Herrn Haschberger betreut wurden. Seinen Computer lassen wir auch gleich abholen. Die zuständigen Kollegen sollten gleich kommen. Im Büro haben Sie nix verändert, oder?«

»Nein, nein. Wie gesagt, ich arbeite mit und möcht das Ganze hinter mich bringen. Die Liste ist kein Problem. Hab Ihnen schon was von meinen Mädels herrichten lassen.«

»Oh, löblich. Ähm, wie geht's jetzt mit der Kanzlei weiter? Sie müssen ja die Erben vom Herrn Haschberger auszahlen, oder?«

»Mei, hören Sie mir bitte damit auf. Das wird auch noch so eine Sache. Die Anette, dem Florian seine Frau, ist ein gieriges Stück und schmeißt das Geld zum Fenster raus. Die wird den letzten Cent aus mir rausquetschen.«

»Ist aber auch nicht sehr charmant, wie Sie von der Frau Ihres Geschäftspartners reden.«

»Ja mei, so wie man in den Wald reinschreit, kommt's halt zurück!« Kopp wippte mit der Rückenlehne seines Bürosessels.

»Privat haben Sie mit der Familie Haschberger nix zu tun gehabt?«

»Nein, bloß geschäftlich.«

»Wo waren Sie in der Nacht von Samstag auf Sonntag?«

»Ich war mit meiner Frau daheim, die kann's Ihnen gern bestätigen, und am Sonntag sind wir in der Früh an den Chiemsee gefahren«, sagte Kopp so unaufgeregt, als hätte die Frage keinerlei Bedeutung. »War ein bisserl stressig, die letzten Wochen im Geschäft.«

»Warum? War's denn stressiger wie sonst?«

»Ja. Den Florian hat man schon Wochen vor der *LaHo* vergessen können. Da hab dann ich mehr arbeiten müssen, Kundschaft vertrösten und Fristen verlängern.«

»Ähm, Herr Kopp, Ihre Frau weiß Bescheid, dass wir jetzt zu ihr fahren und mit ihr reden möchten?«

»Klar. So war's ja ausgemacht. Sie wartet daheim auf Sie.«

Früher Abend: Trotz Windstille hatte sich der Geruch von Holzkohle und Grillfleisch über den Platz vor dem Hotel verteilt. Auf einem Klapptisch neben dem fahrbaren Grill standen frische Salate in Grün und Rot. Daneben lagen rohe Fleischstücke auf Blechtabletts und in Alufolie gewickelte Kartoffeln.

Korbinian sondierte die Lage. Die Hälfte der Plätze unter den gespannten Schirmen war besetzt, und die drei umherwuselnden Kellner sah er zum ersten Mal. Das Gorillaweibchen saß mit seinem furzenden Ehemann in der Nähe des Salatbuffets. Sie schien ungeduldig und angesäuert, während er gähnte und Landshut seinen Gaumen präsentierte.

»Servus, Lallinger. Da, hock dich her zu mir«, schrie jemand über die Köpfe der Leute.

Der Ernstl war's. Er saß alleine an einem Tisch, und alle drehten ihre Köpfe jetzt zuerst in seine Richtung und dann zu Korbinian. Solche Situationen hasste er.

Gott sei Dank flaute das Interesse ebenso rasch wieder ab, und es juckte auch keinen mehr, als Korbinian Ernstl Details der Martinskirche beschrieb.

»Weiß ich alles«, entgegnete der. »Aber als Landshuter merkt man das gar nimmer. Wennst vorn in der Altstadt bist und wissen willst, wer aus Landshut kommt und wer nicht, brauchst bloß schauen, wer zum Turm hochschaut.« Hinterher trank er von seinem Weißbier und schaute Korbinian neugierig an, als er sagte: »Du, Lallinger, jetzt muss ich schon mal fragen: Du hast ja einen Ehering dran. Bist aber allein da. Was'n da los?«

»Ach Ernstl, vergiss den blöden Ring!«, meinte Korbinian und bestellte beim Kellner lieber eine Flasche Wasser und ein Rindersteak mit Kartoffeln, was von Ernstl mit den Worten »Iss lieber nicht zu viel« kommentiert wurde.

Korbinian schaute irritiert, und Ernstl deutete auf Korbinians Oberkörper, als er sagte: »Schaut aus, als hättest heut schon draufgekotzt.«

Korbinian blickte an sich hinunter und zupfte an seinem Hawaiihemd. »Ich find's schön.«

Ernstl grinste, und Korbinian zuckte zusammen. Marianne kam in Jeans und Poloshirt über den Platz. Er beobachtete sie aus dem Augenwinkel, und seine Halsarterie begann immer mehr zu pochen: Sie schien tatsächlich auf ihn zuzugehen.

Sekunden später stand sie einen halben Meter vor ihm. Er glotzte mit aufgerissenen Augen zu ihr nach oben. Trotz dieses dümmlichen Anblicks lächelte Marianne aber überaus charmant und setzte sich – ungefragt – auf einen der freien Sessel an Korbinians und Ernstls Tisch.

Korbinian brachte keinen Pieps heraus, während sich Marianne über den Tisch streckte. Dann sagte sie »Servus, Papa« und gab Ernstl ein Bussi auf die Wange, woraufhin der sagte:

»Lallinger, mach deinen Mund zu.«

In der Jodokskirche in Landshut: In der ersten Reihe saß Anette Haschberger und fixierte stoisch den Altar. Über ihrem Haar trug sie einen schwarzen Schal aus durchsichtigem, dünnem Stoff. In den Händen wiegte sie einen Rosenkranz hin und her, und als die Eingangstür durchs Gewölbe rumste, wisperte sie zu ihrer Tochter, ohne ihren Blick vom Altar abzuwenden: »Wer ist's denn?«

»Der Kopp«, flüsterte Karin.

»Allein?«

»Ja, so wie's ausschaut, schon.«

Die Witwe schüttelte den Kopf und zischte: »Typisch, keinen Funken Anstand.«

»Wer ist sonst noch da?«, wollte die Witwe wissen, Jesus am Kreuz fixierend.

Karin hielt sich die Hand vor den Mund. »Mama, das ist der Rosenkranz, nicht die Beerdigung. Was tust dich denn da jetzt so runter?«

»Los, sag's mir schon«, entgegnete die Mutter aggressiv, aber leise genug, sodass niemand davon mitbekam.

»Die Mama vom Stefan sitzt hinten und ...«

»Wer?«, unterbrach ihre Mutter. »Die ist doch auch bloß zwecks ihm katholisch geworden. Die hat in einer Kirche eigentlich gar nix zu suchen!«

»Mama, jetzt hör auf. Die alten Geschichten passen echt nicht her, bitte!«

»Schon recht«, flüsterte Anette und wischte abfällig mit der Hand über ihren Schoß, als wolle sie einen Brotkrümel entfernen.

»Hinten sitzt der Doktor Müller, einer von der Stadt, von dem ich aber den Namen nicht weiß, und die Johanna ist auch da«, berichtete Karin weiter.

»Wie bitte – die Johanna? Die haben sich vor fast vierzig Jahren scheiden lassen. Typisch!«

Karin drehte sich nach Zuhörern um, als ihre Mutter fortfuhr: »Seine ganzen Weiber sind da. Und die, die noch nicht da sind, tauchen garantiert auf der Beerdigung auf. Ich möcht gar nicht wissen, wie viel er am Laufen gehabt hat.«

»Mama, jetzt hör endlich auf«, entgegnete Karin.

Alexander, Karins Bruder, saß auf der anderen Seite neben ihrer Mutter. Die Diskussion interessierte ihn nicht im Mindesten. Er war eher damit beschäftigt, seine Tränen zu unterdrücken.

Die Eingangstür rumste erneut, und der Geräuschpegel stieg an. Jetzt drehte sich auch Anette um.

»Mei – die Reisigen«, sagte Karin mit wässrigen Augen, als die Tür zur Sakristei aufging und der Pfarrer hinter den Altar trat.

Fünf Bänke hinter Anette und ihren Kindern tuschelte eine Frau munter weiter: »Hab gehört, dass' den verbrennen lassen. Da kann er sich gleich einmal an die Hitze da unten gewöhnen.«

Eine andere saß daneben und nickte, bevor der Herr Pfarrer das Wort erhob und beide Frauen ehrfürchtig das Kreuzzeichen machten.

Der Schlussgong war soeben ertönt, und obwohl die Bilder in Schwarz-Weiß waren, konnte man das Glitzern der Schweißperlen auf der Haut der Kämpfer genau erkennen. Ihre Auseinandersetzung war über die volle Distanz gegangen. Nun war der Moment der Punktrichter gekommen.

Nicht nur die Zuschauer vor Ort in Rom waren gespannt auf die Entscheidung, sondern auch Millionen vor den Fernsehbildschirmen. Der neunzehnjährige Farbige, den vor den Spielen niemand in Europa kannte, hatte seinen Gegner mehr und mehr dominiert, je länger der Kampf andauerte.

»Wie heißt der Pole noch einmal?«, fragte der Mann, der auf dem Sofa lang.

»Ach, was weiß denn ich«, erwiderte sein siebzehnjähriger Sohn. »Kann ja keine Sau aussprechen, den Namen.«

Just in dem Moment teilte der Livereporter mit, dass die Silbermedaille nach seiner Einschätzung an Zbigniew Pietrzykowski gehen würde.

»Jetzt – hast's gehört«, sagte daraufhin der Junge und hob den Zeigefinger. Mit der anderen Hand streichelte er seine Miezi, wie er die Katze liebevoll nannte.

»Katastrophe, was die Leut für Namen haben«, sagte der Alte und schüttelte den Kopf. »Was, und der Neger da, der soll gewonnen haben?«

»Er war aber schon gut«, sagte sein Sohn und ließ die Gelenke an den Fingern knacken, bevor er anfügte: »Da kannst nix sagen.«

»Pfff, da sieht man's wieder, die Neger sind keine Menschen, eher Viecher«, entgegnete der Alte. »Die sollten lieber zum Arbeiten hergenommen werden.«

Kurz darauf hörten sie, dass die olympische Goldmedaille im Halbschwergewicht an den jungen US-Amerikaner Cassius Clay aus Louisville, Kentucky, ging.

Korbinian verbrachte den lauen Sommerabend in Gesellschaft von Marianne und Ernstl. Im Unterschied zu heute Vormittag ließ er sein 400-Gramm-Steak allerdings nicht wieder liegen. Das Steakmesser des Hotels war jedoch erneut unbenutzt geblieben.

Als Korbinian vorhin sein Messer aus der Hose gezogen hatte, kommentierte Ernstl das noch mit einem stummen Hochziehen der Augenbrauen. Als er das blutige Stück Fleisch aber schon fast andächtig komplett in kleine Würfel schnitt, bevor er überhaupt einen Bissen davon aß, fragte Ernstl, ob er noch richtig ticken würde.

Korbinian war rot angelaufen. Marianne allerdings lächelte ihn an und fragte, ob's schmeckt.

Als Nachspeise hatte Korbinian einen gigantischen Eisbecher verdrückt. In der Karte stand: *Für zwei Personen.* Ernstl trank ein Weißbier nach dem anderen – Korbinian Wasser.

Irgendwann drehte sich Ernstl dann zu Marianne und sagte: »Den Lallinger interessiert, was wir über den Haschberger wissen.«

»Was interessiert denn dich das?«, gab Marianne überraschend vehement in Korbinians Richtung heraus.

Aber davon ließ er sich nicht abschrecken: Ernstls Anstoß, er solle in dem Mordfall ermitteln, um Marianne damit zu beeindrucken und mit ihr ins Gespräch zu kommen, gefiel ihm zwischenzeitlich ganz gut. Und auch nicht mehr nur wegen Marianne allein. Die Themen, über die Korbinian normalerweise schrieb, gab man ihm zu neunzig Prozent vor. Aber er hatte Urlaub, und falls er den Fall nicht aufklären würde, würde es niemanden jucken. In München wüsste ja keiner um diese Ambitionen.

Er drückte sein Rückgrat durch und sagte: »Ich bin Journalist, und ich hatte schon mit Mordfällen zu tun, bin aber nicht aus Landshut. Ich weiß nicht, was die Leute reden, ihr schon.«

»Ja, und wie soll ich dir da genau helfen?«, fragte sie.

Korbinian zog an einer Kippe und erwiderte: »Marianne, der Ernstl hat mir erzählt, dass du den Sohn von diesem Haschberger kennst. Kannst du mir über den etwas erzählen? Kanntest du auch das Opfer? Und wisst ihr, wo der Ermordete gewohnt hat?«

»Hey, Lallinger, alles der Reih nach«, unterbrach Ernstl die übermotivierte Fragensalve. Woraufhin Korbinian Mariannes Worten lauschte. Sie kannte einzig Stefan näher, die beiden anderen Kinder von Haschberger hatte sie lediglich mal gesehen.

Entgegen dem ersten Eindruck erwies sie sich doch noch als sehr auskunftsfreudig. Der Journalist machte eifrig Notizen ...

Dazu gab's für Korbinian nochmals ein Wasser, zwei Tassen Kaffee sowie elf Zigaretten. Der Zweck heiligt die Mittel. In der Bibel steht allerdings: Völlerei ist eine Todsünde!

Bereits auf dem Weg in sein Zimmer wurde ihm furchtbar übel. Am liebsten wollte er sich übergeben. Sein vollgestopfter Bauch schmerzte, und er bemerkte, wie sich der Darm bewegte. Eine Mastgans fühlte sich garantiert genauso.

Mit kneifendem Hosenbund und kaltem Schweiß auf der Stirn kämpfte er sich die Treppen nach oben. Dem nicht genug, musste er jetzt ständig rülpsen.

Marianne stand derweil noch mit Ernstl vor dem Hotel. Wehmütig hatte der ein halb volles Weißbierglas stehen lassen. Alleine wollte er nicht sitzen bleiben.

»Ich mag ihn, und du?«, fragte er.

»Was meinst, Papa?«

»Na, was oder wen soll ich schon meinen. Den Lallinger halt«, sagte Ernstl und grinste.

Sie verdrehte die Augen. »Mei, du wieder!«

»Es tät aber schon einmal Zeit werden, dass du dir einen suchst. Ist nicht gut, wenn man zu lang allein ist. Schnapp dir den halt. Der steht auf dich.«

»Menschenskind, Papa!«, sagte sie scharf. »Du weißt ganz genau, dass ich Verkuppelungsversuche nicht mag.«

»Na, na«, brummte Ernstl. »Stell dich nicht so an. Glaub, du brauchst wieder einmal ein Mannsbild.«

Sie drehte sich trotzig zur Seite.

»Geh, Mariannerl«, redete Ernstl auf ihren Hinterkopf ein. »Du sollst bloß nicht allein bleiben. Schau dich einmal an, wie gut du ausschaust. Du könntest einen jeden haben. Wurscht, wen. Bildhübsch bist!«

»Papa, hör jetzt bittschön auf damit«, sagte sie, immer noch mit dem Rücken zu ihm.

»Mädel, es tut mir halt einfach weh, wenn ich mitkriegen muss, dass du allein bist. Ich hoff bloß, dass das nix mit der Mama zu tun hat.«

Keine Reaktion von Marianne.

Ernstl kratzte sich am Hinterkopf, als er sagte: »Tut mir leid, dass ich was von der Mama gesagt hab. Ich mein's doch bloß gut. Und du musst ja nicht gleich heiraten. Wenn ein Bauer ein Glaserl Milch mag, kauft er ja auch nicht gleich die ganze Kuh.«

Marianne lachte lauthals und wandte sich wieder ihrem Vater zu. »Papa, du bist echt schlimm.«

»Samma wieder gut?«, flüsterte er und strich ihr über die Wange.

»Freilich«, sagte sie.

»Mir ist's ja wurscht, wen du dir aussuchst, aber ich glaub, der Lallinger ist gar nicht so verkehrt.« Er kniff seine Augen zu Schlitzen zusammen. »Überleg's dir. Und wenn er nix taugt, ist's auch wurscht. Nach seinem Urlaub ist der sowieso wieder in München.«

Marianne schüttelte beschämt und zugleich amüsiert den Kopf. »Echt schlimm mit dir, du alter Kuppler, du.«

»Ich mein's dir bloß gut.«

»Aber trotzdem, Papa, das machst mir nicht noch einmal – das sag ich dir! Das war doch ein abgekartetes Spiel, dass er mit am Tisch gesessen ist. Außerdem ist der verheiratet.« Sie schaute zu Boden und sagte leise: »Hat ja einen Ring dran.«

»Ach Dirndl, jetzt reg dich nicht so auf.« Ernstl strich ihr beschwichtigend über die Schulter. »Und übrigens hat der mir gesagt, dass ich den blöden Ehering vergessen soll.«

Sie blickte auf und schob ihren Kopf zurück. »Hast den etwa auch noch danach gefragt, oder wie?«

»Freilich«, sagte er.

»Du bist echt – schlimm mit dir«, setzte sie dagegen und verschränkte die Arme.

»Ja hätt ich den denn allein sitzen lassen sollen?«

»Merk dir das endlich: Meine Mannsbilder such ich mir selber aus!«

Ernstl grinste: »Aber mögen tust den schon, gell?«

Ihr huschte ein Lächeln übers Gesicht, als sie sagte: »Schlaf gut.«

Doch Ernstl erwiderte: »Halt, wart kurz.«

»Hast etwa noch einen andern für mich, oder was?«

»Nein, nein, was anderes: Ich hab gestern den Brief vom Onkel Johannes an die Tante Sophie gefunden.«

Sie neigte ihren Kopf fragend zur Seite, und er erklärte: »Weißt schon, der Onkel und die Tante von der Mama.«

»Logisch weiß ich das. Was ist denn mit dem Brief?«

»Du weißt ja, wie wichtig der der Mama war, und ich möcht den dir geben, bevor ich den noch ganz verschlamp.«

Marianne rang nach Worten ...

Marianne und der Ernstl hatten den Onkel Johannes und die Tante Sophie nie kennengelernt, aber es gab eine unendlich traurige Gesichte über die beiden, die auch heute noch einen jeden von ihnen berührte. Am intensivsten war das jedoch bei Mariannes Mutter der Fall gewesen. Onkel Johannes war ihr Taufpate gewesen, weswegen die Erwähnung des Briefes bei Ernstl und Marianne auch automatisch die Erinnerung an sie wieder intensiver nach oben spülte.

Ernstl ging rasch nach oben auf sein Hotelzimmer, um den Brief zu holen. Als er zurückkam, drückte er Marianne das Kuvert ohne Worte in die Hand.

Dienstag, 2. Juli 2013

Frau Wimmer brütete hinter ihrem Schreibtisch und schaute auf ihr Smartphone. »Oh mein Gott«, murmelte sie. »Heut soll's fünfunddreißig Grad kriegen.«

Die Tür in die Kanzlei ging auf, und ihr Chef schob sich durch den Gang herein.

Frau Wimmer sagte: »Morgen, Herr Kopp.«

Doch der grunzte nur, verschwand sofort in seinem Büro und schloss die Tür.

»Oh Mann, was ist der denn so schlecht drauf?«, beklagte sich Wimmers Kollegin vom anderen Tisch aus. »Versteh's nicht. Die Kanzlei gehört ihm ab jetzt allein, und gemocht haben die zwei sich ja sowieso nicht.«

»Pscht! Hörst auf«, flüsterte Frau Wimmer. »Soll der etwa lachend hereinspringen, oder was? Außerdem hat der jetzt einen Haufen andern Kram zu erledigen. Die Altlasten vom Haschberger, verstehst?« Sie schüttelte missbilligend ihren Kopf. »Dauert garantiert noch eine Zeit lang, bis der wieder normal ist.«

Die Auszubildende runzelte fragend die Stirn, woraufhin Frau Wimmer sagte: »Du hast's doch gestern selber mitgekriegt, wie sich der Mühlbauer und alle andern am Telefon aufgeführt haben. Außerdem muss der Kopp die Haschbergerin auszahlen. Was glaubst denn du, was das kostet. Ich glaub auch, dass der in der Nacht noch einmal im Büro war. Heut in der Früh ist alles ein bisserl anders dagelegen.«

Das Telefon läutete.

»Oje, garantiert wieder einer, der mir ins Telefon plärrt«, sagte Frau Wimmer, bevor sie den Hörer abhob. »Steuerkanzlei Haschberger und Kopp, Martina Wimmer am Apparat, was kann ich für Sie tun?«

Währenddessen flitzte Kopp auch schon wieder an der geöffneten Tür im Gang vorbei, verließ das Haus und fuhr mit seinem Wagen davon.

In Korbinians Mundwinkel hing eine Zigarette, und während er das heutige *LaHo*-Programm studierte, zog ihm ein Rauchschleier übers Gesicht.

An diesem Dienstag gab es nur eine offizielle Veranstaltung: *»19 bis 22 Uhr: Tavern in der Steckengasse (Salzstadel).«* Er blätterte im Heft nach einer Erklärung. *»Joculatores (Musikanten und Spaßmacher) sorgen für Stimmung wie in einem alten Schankhaus. Passend dazu werden Gebratenes und Wein serviert. In historischem Ambiente erlebt man einen lustigen, stilgetreuen Abend.«*

Er hob den Blick und da fiel ihm ein, wonach er eigentlich hatte schauen wollen. Er stand auf und fragte an der Rezeption nach der Tageszeitung. Bevor er hinterher zu lesen begann, tastete er nach seiner Lesebrille. Aber nur einmal, dann schüttelte er den Kopf …

Ermittlungen wegen Tötungsdelikt

Landshut. Ein 58-jähriger Mann ist nach derzeitigem Ermittlungsstand in den frühen Morgenstunden des 30. Juni einem Gewaltverbrechen zum Opfer gefallen und getötet worden.

Die Kriminalpolizei Landshut hat in Zusammenarbeit mit der Staatsanwaltschaft die Ermittlungen aufgenommen.

Gegen vier Uhr Sonntagmorgen hatte ein Passant auf seinem Nachhauseweg die Leiche am Isargestade unweit des Maxwehrs gefunden.

Bei der durch die Staatsanwaltschaft angeordneten Obduktion bestätigte man die Tötung durch Gewalteinwirkung.

Der Geschäftsmann aus Landshut war Teilnehmer der Landshuter Hochzeit. Als man ihn fand, war er mit einem entsprechenden Kostüm bekleidet. Ob er auf dem Nachhauseweg oder auf einem nächtlichen Spaziergang war, muss noch detailliert ermittelt werden.

Nach bisherigem Ermittlungsstand hat sich die Tat zwischen zwei und kurz vor vier Uhr morgens ereignet.

Die Kriminalpolizei Landshut hat umgehend eine Ermittlungsgruppe eingerichtet und betreibt intensive Nachforschungen über den Tathergang.

Sollten von der Bevölkerung verdächtige oder auffällige Wahrnehmungen im Umkreis des Tatortes gemacht worden sein, so bittet die Kriminalpolizei um Mithilfe. Bitte teilen Sie Ihre Beobachtungen der Kripo Landshut oder auch einer anderen Polizeidienststelle mit.

»Anette, ich kann's auch nicht ändern. Jetzt lass mich bittschön endlich an den Safe vom Florian!«, redete Kopp auf die Witwe Haschberger ein.

»Geht's wieder um eins von seinen Geschäfterln, ha?«, fragte sie. Mit verschränkten Armen lehnte sie im Türstock des Hauseingangs.

»Ja – du weißt doch, wie er war«, sagte Kopp. »Jetzt mach schon.«

»Warum sollt ich denn?«

»Anette, jetzt pass einmal auf: Wir zwei haben uns noch nie gemocht, das weißt du, und das weiß ich.«

»Was Neues erzählst mir jetzt nicht grad.«

Kopp strich sich übers Gesicht und entgegnete: »Wenn du mir die Akten nicht gibst, kann's für uns zwei nicht bloß teuer werden. Wenn ich nicht weiß, was da alles gelaufen ist, könnten wir alles verlieren, was wir haben.«

»Du vielleicht«, sagte sie. »Ich hab ja nix gemacht.«

Kopp schnaufte genervt. »Die Anteile an der Kanzlei wirst du erben, und wenn dem Florian seine Geschäfterl auffliegen, wird dein Erbe bloß noch aus Schulden bestehen. Wenn wir nicht aufpassen, gibt's grad genug, die uns anzeigen oder verklagen könnten.«

»Servus, Lallinger, darf ich?«, ertönte eine Stimme im Hintergrund.

Bevor Korbinian etwas erwidern konnte, saß Ernstl auch schon am Tisch. *Wieso fragte der überhaupt?*

»Na, wie geht's dir nach deiner Fresserei von gestern?«

»Haha«, griente Korbinian. »Alles gut. Aber wenn du schon da bist – ich wollte dich die ganze Zeit was fragen. Und bevor ich es schon wieder vergesse, frag ich jetzt gleich. Wieso wohnst du als Landshuter eigentlich hier im Hotel?«

Ernstls schelmischer Gesichtsausdruck verflog, und er seufzte: »Oh mei.« Er blinzelte bedächtig. »Lass mich jetzt erst einmal ein Weißbier bestellen.«

»Äh, wenn's ein Problem für dich ist ... wir müssen nicht darüber sprechen«, entgegnete Korbinian.

»Passt schon«, sagte Ernstl und bestellte sich ein Bier. Hinterher sagte er weiter: »Da muss ich aber weit ausholen, um dir das zu erklären.« Er starrte kurz in die Leere und ergänzte: »Ach, warum eigentlich nicht.«

Mit funkelnden Augen begann er, von seiner Frau zu schwärmen: von ihrer Lebenslust und Hilfsbereitschaft und von den gemeinsamen Plänen nach der Rente. All die Jahre ihrer Ehe hatte es für Reisen und Luxus nicht das nötige Kleingeld gegeben. Folglich buckelten die beiden und sparten jeden Cent, um im Ruhestand genügend zu haben. Dann wollten sie ihre Träume verwirklichen: In fremden Ländern Sonnenuntergänge beobachten und barfuß durch den Sand spazieren. Den Eiffelturm und den Louvre, das Empire State Building, die Chinesische Mauer – alles wollten sie sehen, was sie bisher einzig aus dem Fernsehen und Zeitschriften gekannt hatten.

Städteführer hatten sich im Bücherregal gereiht: New York, London, Prag, Paris und Honolulu ... und von Jahr zu Jahr waren es mehr geworden.

Er kannte all diese Dinge ebenso wenig wie seine Frau und wollte sie an die Hand nehmen und mit ihr gemeinsam die Welt entdecken. Wenn sie erst im Ruhestand wären, wollte er alles gutmachen, was sie die letzten Jahrzehnte versäumt hatten.

So viel zum Plan. Und der hatte bis vor vier Jahren und ziemlich genau sechs Monaten Bestand.

An einem Dienstag, so wie heute, hatte er davon erfahren. Seit geraumer Zeit hatte sie Eisenmangel, hin und wieder Schwächegefühle, und ab und an musste sie husten – dass dies die Vorboten von Lungenkrebs waren, hatte keiner ahnen können.

Es folgten die Operation in Regensburg und die Chemotherapie in Landshut. Sechs Monate später lag Ernstl neben ihr im Krankenbett.

Ihre letzten Minuten hatte sie in seinen Armen verbracht, als er sanft über ihren kahlen Kopf streichelte.

Ernstl hatte ihren Körper nahe an sich gedrückt und konnte den Moment spüren, als ihr Herz verstummte. Erst eineinhalb Stunden später stand er auf und gab ihre leblose Hülle frei.

Er vergoss keine Träne und bedankte sich beim Pflegepersonal recht herzlich für die Geduld. »Ich wollt warten, bis sie ganz drüben ist, nicht ... dass sie Angst hat; so ganz allein. Kenn ja mein Sopherl«, hatte er dem Stationspersonal gefasst erklärt und jedem die Hand geschüttelt. Hinterher steckte er einen Hunderteuroschein in die Kaffeekasse.

An ihrem ersten Todestag hatten Ernstl und Marianne eine rote Rose auf Sopherls Grab gelegt, bevor sie zu Hause eine Tasse Kaffee tranken.

Später, in ihrer eigenen Wohnung angekommen, bemerkte Marianne, dass sie ihr Handy im Haus des Vaters hatte liegen lassen. Sie fuhr zurück. Glücklicherweise hatte sie noch immer den elterlichen Hausschlüssel.

Das Handy lag im Wohnzimmer auf dem Tisch. Auf dem Sofa ihr Vater. Ernstls Puls war kaum mehr zu tasten, und der Versuch, ihn zu wecken, war sogar mit einer Ohrfeige erfolglos geblieben. Erst der Notarzt brachte ihn zurück.

Mit der Anzahl Tabletten, die Ernstl geschluckt hatte, war er eigentlich auf Nummer sicher gegangen. Mariannes Rückkehr hatte ihm aber einen Strich durch die Rechnung gemacht ...

Jener Tag hatte ihn radikal verändert. Auch Sopherls Tod hatte ihn verändert, aber anders. Die Tugenden, die bis zu diesem Tag sein Leben geprägt hatten, warf er über Bord.

Bis zur Rente wären es noch zehn Jahre gewesen, doch er ging in den Vorruhestand und kündigte seine Lebensversicherung. Er begann, sein Geld zu verprassen, Bier zu trinken, und redete jeden an, so wie ihm der Sinn danach stand. Verschlossene Briefe stapelten sich, benutztes Geschirr stand tagelang im Haus verstreut, und die Staubschicht auf den Möbeln wuchs von Woche zu Woche.

Marianne half ihm, wo sie konnte, doch nach einem Jahr voller Nachlässigkeiten ihres Vaters war ihr der Kragen geplatzt. Ernstl brach dabei in Tränen aus. Das erste Mal seit jenem Tag, an dem ihm Sopherl ihre Krebsdiagnose mitgeteilt hatte.

Er und Marianne hatten daraufhin beschlossen, das Einfamilienhaus zu verkaufen, und er verabschiedete sich von

Möbeln, Bildern und Kleidungsstücken. Einzig den Ehering, einen Brief und das Foto auf dem Nachttisch hätten ihm keine zehn Männer entreißen können.

Die Wohnung, in der er seitdem zur Miete wohnte, hatten Vater und Tochter komplett neu eingerichtet. Doch den Großteil hatte Marianne erledigt. Es hatte ihn nicht interessiert, welchen Tisch und welches Bett er benutzte, ganz zu schweigen davon, welche Farbe der Vorhang haben sollte.

Mariannes Aufopferung für ihren Vater war so weit gegangen, dass sie eine Zeit lang Tabletten gegen ein zwickendes Magengeschwür schlucken musste. Ungeachtet alledem, biss sie sich durch und überraschte ihren Vater immer wieder aufs Neue, um ihn auf andere Gedanken zu bringen. Sie hatte auch den Vorschlag gemacht, dass er zur *Landshuter Hochzeit* im Hotel wohnen sollte.

Andere Kinder hätten ihn wohl eher zur Sparsamkeit angehalten, mit Blick auf das Erbe. Doch Marianne war anders. Ihr gefiel der Gedanke, ihn verwöhnen zu lassen. Und da Ernstl an der großen, weiten Welt ohnehin nicht mehr interessiert war und sich seit dem Tod der Mutter strikt weigerte, die Stadt zu verlassen, sollte er eben *hier* Urlaub machen: Wäscheservice, regelmäßiges Frühstück, Zimmermädchen und neue Menschen, mit denen er sich unterhalten könnte.

Zugleich sah sie ihn auch jeden Tag bei ihrer Arbeit, was dort niemanden störte. Ihre Kollegen versicherten sogar, alles zu tun, um es Ernstl schön zu machen. Ansonsten kümmerte sich Marianne nur immer um die Belange der anderen, jetzt könnten sie sich endlich revanchieren.

Korbinian war die ganze Zeit über stumm geblieben und hatte geraucht. Da hatte er vielleicht was losgetreten mit seiner, wie er gedacht hatte, banalen Frage.

Am Ende von Ernstls Geschichte war das Gespräch an einem toten Punkt angelangt. Was sollte Korbinian jetzt auch sagen? *Tut mir leid, was dir passiert ist,* gehörte wohl zu den Phrasen, die Ernstl schon tausendmal zu hören bekommen hatte.

Manchmal war es einfach besser, still zu sein.

Doch Ernstl sagte: »Du rauchst zu viel!«

Kopp verstaute einundzwanzig Aktenordner im Wagen. Einen Teil davon hatte er im Safe gefunden, den Rest hatte Haschberger in einem abgeschlossenen Aktenschrank gelagert. Anette wusste, wo er den Schlüssel aufbewahrt hatte.

Sie stand jetzt zwischen der Haustüre und Kopps Wagen und schaute ungeduldig zu, ohne eine Hand zu rühren. »Hast jetzt alles?«, fauchte sie.

»Mensch, Anette!«, entgegnete Kopp. »Jetzt tu nicht so, als ob du mir einen Gefallen tust. Das geht uns alle zwei an.« Er stieg in den Wagen, ohne sich zu verabschieden.

Anette ging ins Haus zurück.

Das Handy, das Kopp ausschließlich für private Zwecke verwendete, lag auf dem Beifahrersitz. Während er bei Anette war, waren vier Anrufe eingegangen.

Mit quietschenden Reifen fuhr er von Haschbergers Anwesen und düste nach Hause – trotz der ganzen Arbeit, die in der Kanzlei auf ihn wartete.

Ein Assistenzarzt kam in die Schwesternkanzel und fragte: »Hat sich inzwischen jemand wegen dem Herrn Stöckmüller gemeldet?«

Die Stationsschwester schüttelte den Kopf.

»Hat denn der gar niemanden? Gibt's doch nicht«, sagte der Doktor. »Was haben denn die Polizei und die bei der Stadt gesagt?«

»Ich hab gestern mit allen telefoniert«, erklärte die Schwester. »In der Wohnung ist nur er gemeldet; unverheiratet, keine Kinder, und an Verwandten gibt's anscheinend bloß einen Bruder in Hamburg.«

Der Arzt breitete fragend die Arme aus und sagte: »Ja und?« Er setzte sich auf die Ecke des Tisches und ließ einen Fuß in der Luft baumeln. »Hat man ihn benachrichtigt?«

»Schon, aber der hat gesagt, dass er seinen Bruder das letzte Mal vor zehn Jahren gesehen hat und vielleicht irgendwann in den nächsten Wochen mal kommt, wenn er Zeit hätt. Hat mich eher abgewürgt. – Wann, glauben Sie denn, können wir ihn aus dem Koma holen?«

»Hm, weiß nicht, muss der Chefarzt entscheiden. Wir sollten jemanden in die Wohnung schicken, der nach Daten über Freunde oder Bekannte sucht. Reden Sie da bitte mal mit der Polizei drüber oder kümmern sich drum, dass das jemand anders erledigt.«

»Freilich«, sagte die Schwester.

Gruber stand neben Zeilhofer im Treppenhaus.

»Grüß Gott, sind Sie Frau Stefanie Dengler?«, fragte Zeilhofer. Hüstelnd fügte er hinzu: »... und haben Sie den Künstlernamen ... ähm ... *die strenge Sharon*?«

Die Frau, die die Wohnungstür nur einen Spalt geöffnet hatte, bejahte mit einem Lächeln und fragte höflich mit kokettem Augenaufschlag, wer sie empfohlen hätte.

Zeilhofer entgegnete mit einem Augenroller: »Uns hat niemand empfohlen.« Daraufhin hielten er und sein Kollege Dienstausweise vor ihr Gesicht. »Kriminalpolizei«, sagte er. »Bitte lassen Sie uns in der Wohnung weiterreden.«

»Oh Mann!«, sagte die Frau. Knall auf Fall hörte sich ihre Stimme nicht mehr so kokett an. »Was wollts ihr denn?« Jetzt klang sie sogar eine Oktave tiefer und rauchiger. Noch vor einem Moment hatte sie die einladende Sharon gegeben, jetzt öffnete eine genervte Stefanie die Tür.

In Stöckelschuhen und knallrotem Latexkostüm stand sie den Beamten gegenüber. »Dauert's lang? Ich krieg in einer halben Stunde Kundschaft.«

Zeilhofer hatte ja schon einiges gesehen. Entsprechend verhalten gab er sich. Der dreißigjährige Kollege allerdings wirkte leicht irritiert und schaute überfordert. Trotz solariumgebräunter Haut merkte man, dass seine Wangen rot anliefen, während er die strenge Sharon anstierte – beziehungsweise Teile von ihr. Detailgetreu zeichneten sich ihre prallen Brüste unter der hautengen Arbeitskleidung ab.

»Mei, der wird ja noch rot«, sagte sie und zwinkerte.

Mit den Worten »Ja geht's noch?« räusperte sich Zeilhofer, wippte auf die Zehenspitzen und gab dem Kollegen einen Klaps auf den Hinterkopf.

»'tschuldigung«, flüsterte der in Richtung Sharon alias Stefanie.

»Ja, ich glaub, ich spinn«, sagte Zeilhofer kopfschüttelnd und wandte sich anschließend wieder der Hausherrin zu. »Können wir uns irgendwo unterhalten? Und sorgen Sie bittschön dafür, dass wir keines Ihrer ... Arbeitswerkzeuge anschauen müssen.« Er wusste sich nicht besser auszudrücken und schaute jetzt ausnahmsweise kurz auf ihre Brüste.

»Ich glaub nämlich, mein Kollege verkraftet das nicht so recht. Vielleicht ziehen Sie sich bitte was drüber.«

Im Gang stand ein Ventilator, der auf stärkster Stufe lief, und die *strenge Sharon* wies ihnen den Weg daran vorbei in die Küche. Dabei sagte sie: »Eins sag ich euch gleich: Bei mir passt alles. Die Ämter haben alle Unterlagen, und das Gewerbe und die Steuer passen genauso.«

Auch in der Küche lief ein Ventilator. Er stand auf dem Kühlschrank und schwenkte hin und her. Man bemerkte genau, in welchen Räumlichkeiten sie ihre Kunden empfing. Der Gang hatte einen blitzblanken Eindruck gemacht, sogar ein frischer Blumenstrauß stand da auf einem Glastisch, die Küche jedoch ...

Mit langen künstlichen Nägeln fingerte sie eine Zigarette aus der Schachtel, und mit der Kippe im Mund zog sie sich einen Morgenmantel über. Ebenso feuerrot wie das Latexkostüm. Er hing auf einem Haken an der Küchentür. Dann setzte sie sich an den Tisch, an dem die Beamten bereits Platz genommen hatten.

Zeilhofer sagte: »Wir wissen schon, dass bei Ihnen alles passt, Frau Dengler. Wir sind wegen einem Ihrer Kunden da.«

»Oje, zwecks dem Haschberger, oder?«

»Genau«, sagte Zeilhofer. »Wir haben Ihre Telefonnummer in seinem Handy gefunden.« Der Kriminalhauptkommissar öffnete seinen Notizblock und legte ein Diktiergerät auf den Tisch. Gruber erfragte derweil Personalien und Beziehungsstatus zu dem Opfer.

Hinterher fragte Zeilhofer: »Wie haben Sie denn den Herrn Haschberger kennengelernt, und seit wann und wie oft nahm er Ihre ... äh ... Dienste in Anspruch?«

»Kennengelernt hab ich ihn wegen meiner Steuer«, sagte sie und zog an ihrer Zigarette.

Zeilhofer folgte ihren Worten, sein Kollege eher ihren Bewegungen.

»Ich bin seit vier Jahren Kundschaft in der Kanzlei«, erklärte sie.

»Und warum hat er Ihre Telefonnummer in seinem privaten Handy gehabt?«

»Ja mei, er hat mich halt ab und zu besucht«, sagte sie. »Im Schnitt einmal im Monat.«

Grubers Wangen färbten sich erneut, und der Gedanke, was der Haschberger hier mit dieser schwarzhaarigen Schönheit getrieben haben könnte, ließ ihn unruhig werden. Zeilhofer blieb regungslos und diktierte die Fragen, die er gestellt, und die Antworten, die er bekommen hatte, in sein Aufnahmegerät, bevor er sich erkundigte: »Und was wollt der dann? Hat's Vorlieben gegeben?«

Er sprach monoton, ein »Wo ist denn das Klo?« hätte wohl nicht anders geklungen.

Die käufliche Dame erwiderte: »Tja, seine Wünsche waren ... ich sag jetzt mal: sehr speziell.«

»Bittschön ein bisserl genauer, Frau Dengler. Und tun Sie das da bitte weg«, sagte der Kriminalpolizist und deutete auf eine Lederpeitsche. Neben dem übervollen Aschenbecher lag sie zusammengerollt auf dem Tisch.

Beinahe andächtig beugte sich Gruber, wie aus Schockstarre erwacht, nach vorne und fragte: »Hören denn die Nachbarn nix, wenn Sie Ihre Kundschaft – bedienen?«

»Buberl, ich bedien nicht«, entgegnete die Frau. »Ich bin eine Domina, wennst verstehst, was das heißt. Außerdem hab ich mir ein Zimmer dämmen lassen. Aber die meisten mögen sowieso, dass ich denen den Mund zubinde, oder ich tu ihnen einen Beißring rein.«

Während er von seinem Kollegen strafend angeblickt

wurde, fiel Grubers Kinnlade auf den Fußboden. Mit dem Kugelschreiber klopfte Zeilhofer daraufhin an die Tischkante und forderte mit gespielt lustigem Tonfall: »Kommen wir jetzt bitte wieder auf meine Frage zurück?«

»Gepimpert hat mich der Haschberger nie«, sagte sie. »Da, glaub ich, hat er eine andere am Laufen gehabt, wo's ihm umsonst gemacht hat.«

Ein bisschen ratlos kratzte sich der altgediente Beamte am Hinterkopf. »Aha, gepimpert hat er Sie also nie … hm … wie schreib ich das jetzt?« Obwohl er gleichzeitig das Diktiergerät besprach, machte er sich Notizen. Jeder Kollege ging da anders vor, und er war der Ansicht: *Doppelt gemoppelt hält besser*.

»Hm … ›kein GV‹ hört sich doch gleich besser an«, murmelte er zufrieden mit sich selbst und schrieb es auch so auf. »Sie glauben also, dass er eine außereheliche Affäre gehabt hat?«, fragte er hinterher.

»Ich weiß von gar nix, aber vorstellen kann ich mir das schon. So wie der drauf war.«

Der Kommissar kritzelte in seinen Block, bevor er nachbohrte: »Jetzt aber noch einmal: Was genau wollt er bei Ihnen?«

»Ich weiß ja nicht, wie bewandert ihr mit meiner Arbeit seids. Aber ich mach auch Sachen mit Nadeln und Spritzen …«

Grubers Augen wurden größer und größer.

Sie sagte weiter: »… ich hab ihm einmal im Monat seinen Sack aufgespritzt.«

»Wie bitte?«, fragte Zeilhofer. Nun schien selbst er aus dem Konzept gebracht. Die Vorstellung, wie jemand eine Spritze in den Hodensack eines Mannes sticht, trieb auch diesem Schlachtross Angstschweiß aus den Poren. »Was ist denn das für ein Schmarrn? So was hab ich ja noch nie gehört.«

Sie sagte: »Ja mei, bin aber gut da drin, und eine jede macht so was auch nicht.« Sie richtete ihren Körper kerzengerade auf, und in der Stimme lag ein Anflug von Stolz. »Warts einmal«, fügte sie an, stand auf und verließ die Küche.

Als sie zurückkam, breitete sie verpackte Kanülen, Spritzen und ein Fläschchen Kochsalzlösung auf dem Tisch aus. In der Hand ließ sie einen Infusionsbeutel baumeln. »Aber das Maximale, was ich in einen Sack reinmach, sind fünfhundert Milliliter«, sagte sie. »Mehr nicht, sonst wird's mir zu gefährlich.«

Die Beamten stierten abwechselnd zwischen ihr und ihren Arbeitswerkzeugen hin und her. Dann starrten beide auf den Boden.

»Ah geh leck!«, brach es aus dem Jüngeren heraus. »Das ist ja nachher wie ein Luftballon.«

Die strenge Sharon nickte und zog an ihrer Zigarette. Gruber rutschte bis ganz an die Rückenlehne, um sich von dieser Frau möglichst weit zu entfernen.

Sie lachte. Aber ihr Lachen, das Gruber vorher sympathisch gefunden hatte, erschien ihm nun diabolisch. *Ein Teufel mit geilen Titten*, dachte er und malte sich aus, wie sie nachts durch die Stadt streifte, um Männer zu verzaubern, damit sie ihnen hinterher den Penis mit einer Schere abschneiden konnte.

Zeilhofer schüttelte verständnislos den Kopf. »Details interessieren uns dazu nicht weiter«, erklärte er. Nach dem ersten Entsetzen klang seine Stimme sogar amüsiert. »Aber beantworten Sie uns bitte noch ein paar andere Fragen: Haben Sie Geld dafür gekriegt, oder haben Sie damit etwa Ihre Steuerberatung bezahlt? Und: Ist eine solche ... na ja ... Behandlung nicht aufgefallen? Die Frau Haschberger hätt doch zumindest was merken müssen?«

»Der hat wie jeder andre gezahlt, und ich hab ihm ganz normal die Rechnung von der Kanzlei überwiesen. Da hat's nix gegeben«, sagte sie. »Und zwecks seinem Sack hat er mir einmal gesagt, dass er und seine Frau sowieso schon lang getrennte Schlafzimmer haben. Und so lang dauert's ja auch nicht, bis das wieder weggeht.«

Blut tropfte aus Sylvias Nase. Dennoch stürmte sie erneut auf ihren Mann los.

»Versau mir jetzt bloß nicht meinen Anzug«, schrie er ihr entgegen und schlug mit der flachen Hand in ihr Gesicht. Dieses Mal noch heftiger als zuvor.

Sylvia fiel zu Boden.

Kopp blickte zu ihr hinunter und schrie weiter: »Was bildest du dir eigentlich ein? Zuerst hast du dich vom Haschberger ficken lassen, und jetzt drohst du mir auch noch.«

»Du Drecksau!«, flüsterte sie. »Ich lass dich auffliegen.«

»Was machst du?« Er bückte sich und zog ihren Kopf an den Haaren nach oben. »Sag das noch einmal!«

»Du hast genauso mit dringesteckt und alles gewusst«, schrie sie zurück.

»Ja warum meinst denn wohl ...«, sagte er ruhig und verstärkte den Zug an den Haaren. Dann flüsterte er schon fast: »Glaubst du denn, sonst könntest du in diesem Haus wohnen und das Cabrio fahren? Du warst es doch, du warst doch immer so geldgeil. Alles, was kein Rechtsanwalt oder Steuerberater war, war für dich noch nie gut genug!« Er stieß ihren Kopf auf die Steinfliesen und brüllte: »Drum bist ja wohl auch zu ihm ins Bett gestiegen. Weil er mehr gehabt hat als ich.«

Ihr Körper bebte – unfähig, etwas zu erwidern.

Während er sich die Krawatte richtete, sagte er: »Ich fahr jetzt wieder in die Kanzlei. Untersteh dich, dass du mich heut noch mal anrufst. Ich hab grad genug um die Ohren.«

Sie stemmte ihren Oberkörper in die Höhe, wischte sich Blut vom Gesicht und flüsterte: »Wirst schon sehen, ich erzähl alles der Polizei.«

»Die war'n gestern schon da«, sagte er und zuckte die Schultern. »Wennst das wirklich möchtest, hättest schon.«

»Ja da hab ich Rindvieh die brave Ehefrau gespielt«, sprach sie leise, bevor sie hysterisch anfing zu kreischen: »Schau mich an, wie ich ausschau, ich kann nicht einmal rausgehen, so wie du mich zugerichtet hast.«

Er blieb gelassen: »Und, dann? Hättest ja bloß nicht mit dem Florian ficken brauchen.«

»Wenn ich dir das nicht gesagt hätt, tätest gar nix wissen davon.«

Er ging, drehte sich aber im Türstock nochmals um: »Sylvia! Mit meinem Geschäftspartner. Menschenskind! Jeden Tag hab ich den gesehen, und der hat mich garantiert ausgelacht, weil du mir Hörner aufgesetzt hast.« Er schüttelte den Kopf. »Mit dem alten Sack, mir graust vor dir!«

Die Frau stand vor der Spüle, beide Hände ins Wasser getaucht. Seit fünf Minuten versuchte sie, mit einem Schwamm die Kalkreste aus einem Weißbierglas zu entfernen.

Ihr Mann kam herein.

Sie sagte: »Du, die Miezi, die hat heut den ganzen Tag schon so komisch geschnauft. Der ist's gar nicht gut gegangen.«

»Ja, dann mach ich dem Leiden halt endlich ein End«, sagte er.

»Brauchst nicht«, sagte sie. »Die liegt schon hinterm Haus in der Tonne.«

»Hat er sie …«

Sie nickte, bevor er die Frage ganz aussprechen konnte, und er sagte: »Na siehst. Früher hat er sich noch so angestellt. Aber jetzt ist er endlich ein Mannsbild und hat's selber erledigt.«

Ihr Mann kam näher. Sie schaute daraufhin zu Boden, doch er fasste unter ihr Kinn und drehte ihren Kopf ein bisschen seitwärts.

Ihre Wange war geschwollen, und seit heute Morgen schimmerte sie bläulich.

»Tut mir leid, dass ich gestern so fest zugeschlagen hab.«

Johanna Haschberger hatte den Beamten aufgebrühten Pulverkaffee serviert. Zu dritt hockten sie jetzt auf weißen Kunststoffstühlen vor einem Plastiktisch.

Um die heutige Hitze abzuwehren, hatte sie die Rollläden ihrer Einzimmerwohnung halb geschlossen. Mehr als ein Dreifachfenster hatte sie ohnehin nicht.

Das Bett stand der Länge nach unter dem Fensterbrett, und nachdem die Beamten vorhin an der Tür geläutet hatten, hatte sie eine blaue Stoffdecke darübergeworfen. An der gegenüberliegenden Wand war die Kochnische eingebaut.

»Ja mei, der Flori, der war früher ein richtiger Hundling«, berichtete Johanna ihren beiden Besuchern; Zeilhofer und Gruber. »Hab immer gemeint, der ändert sich noch, aber was ich mitgekriegt hab, war er bis zum Schluss so drauf.«

Zeilhofer fragte: »Wie kommen Sie denn da drauf? Dass er immer noch ein Hundling war, mein ich.«

»Ja mei, die Leute reden halt. Sie wissen doch, wie's ist«, sagte sie. »Wenn man einmal mit jemandem verheiratet war, erzählen sie einem auch so einiges.«

»Und was hat man Ihnen dann so erzählt?« Als sich Zeilhofer in die Rückenlehne des Stuhls zurückfallen ließ, verbog sich diese nach hinten. »Oha!«, rief er nach Luft schnappend. Griesgrämig richtete er seinen wuchtigen Oberkörper gleich wieder auf und setzte sich gerade hin.

Grubers unausgesprochener Kommentar war deutlich in dessen Gesicht abzulesen. Seit zwei Jahren behauptete Zeilhofer nämlich standhaft, auf Diät zu sein.

Johanna sagte unterdessen: »Man hat mir halt erzählt, dass er immer noch ein Weiberer ist.« Sie hielt die Hand vor den Mund und schüttelte den Kopf. »Ich kann's immer noch nicht glauben.« Dann richtete sie sich auf und sagte: »Und angeblich war's ihm wurscht, dass daheim eine Frau auf ihn gewartet hat.«

»Kennen Sie zufällig den Namen einer der Damen, mit der er angeblich was gehabt hat?«, fragte Zeilhofer.

»Ach, wo denken Sie hin. Nix weiß ich!«, sagte sie. »Man erzählt halt, dass er mit einer jeden angebandelt hat.«

»Hatten Sie beide bis zu seinem Tod Kontakt?«

»Nein, gar nicht«, flüsterte sie. »Ganz, ganz selten sind wir uns mal in der Stadt über'n Weg gelaufen. Ich hab mich da immer unwohl gefühlt. Aus ihm ist ein Geschäftsmann geworden und aus mir eine Arbeitslose ohne Mann. Schauen Sie sich meine Wohnung an. Sagt doch alles. Allein das Gewand, das er angehabt hat, hat mehr gekostet, wie ich den ganzen Monat zum Leben hab. Hab mich vor ihm geschämt.«

Das Zittern der Zigarette in ihrer Hand zeugte davon, wie es um ihre Nerven stand. Hager, graue Haare, fahle Haut mit tiefen Falten und ein enttäuschter Gesichtsausdruck; das Leben war augenscheinlich hart zu ihr gewesen.

»Wann und wo haben Sie ihn denn das letzte Mal gesehen?«, fragte Zeilhofer.

»Zufällig in der Stadt war das. Ich glaub, das war vor drei oder vier Monaten. Da ist noch ein bisserl Schnee gelegen.«

»Wieso haben Sie denn nie wieder geheiratet?«

Sie zuckte mit ihren spitzen Schultern und sagte ein bisschen beschämt: »Weiß auch nicht. Hat sich halt nimmer ergeben.«

»Wie lief denn das Ganze damals mit Ihnen und dem Ermordeten, Herrn Haschberger, überhaupt ab?«

»Mei, wir waren jung, und gehabt haben wir alle zwei nix. Er ist erst später zu Geld gekommen. Ich war seinerzeit achtzehn und er zwanzig, und nachdem wir erst sechs Monate zusammen waren, ist er auf einmal auf die Idee mit dem Heiraten gekommen. Er wollt unbedingt und hat mir das Blaue vom Himmel versprochen.« Sie hauchte: »Ein Fehler war's!«

»Wieso war's denn ein Fehler, Frau Haschberger?«

»Weil ich's ja damals schon gewusst hab, dass der Flori ein Hallodri und Schwerenöter ist. Einem jeden Weiberleid hat er nachgeschaut, und wenn er gewollt hat, hat er auch eine jede rumgekriegt. Das hat er gekonnt, und ich bin auch drauf reingefallen, obwohl ich's eh schon gewusst hab.«

»Haben Sie ihn geliebt?«, fragte der Beamte.

Zuerst stutzte sie, antwortete aber dann: »Ja, schon.«

»Bis zu seinem Tod?«, hakte der Ermittler sogleich nach.

Doch sie antwortete ebenso fix, wie er fragte: »Ach, Schmarrn! Wo denken Sie denn schon wieder hin? Die

Sache ist schon ewig für mich erledigt. Logisch denkt man dran, was geworden wär und wie's mir heut gehen tät, bei dem ganzen Geld, das er später verdient hat.« Dann schüttelte sie den Kopf und sagte: »Aber nein, nicht um alles in der Welt. Die, die er nach mir geheiratet hat, hat's garantiert recht schnell bereut. Aber sie ist trotzdem bei ihm geblieben.«

»Erklären Sie uns das bittschön einmal genauer, Frau Haschberger. Warum ging Ihre Ehe auseinander, und was denken Sie über die Ehe nach der Ihren?«

»Wie Sie ja wahrscheinlich schon wissen, sind der Flori und ich nach sechs Monaten schon wieder geschieden worden ...«

»Ähm, entschuldigen Sie nochmals kurz«, fiel ihr Zeilhofer ins Wort. »Wieso haben Sie nach einer so kurzen Ehe seinen Namen bis heut behalten? Das Ganze liegt ja auch schon eine Ewigkeit zurück.«

Sie zog zweimal hintereinander an ihrer Zigarette, drückte sie aus und zündete sofort eine neue an. Erst jetzt antwortete sie: »Hm, kann ich nicht sagen. Hab mir nix dabei gedacht, und später war's so, dass der Name Haschberger in Landshut ein gewisses Gewicht gehabt hat, und außerdem war der ja alles, was mir von ihm geblieben ist.«

»Hm«, grummelte Zeilhofer kehlig. »Erzählen Sie bitte weiter. Entschuldigen Sie, dass ich Sie unterbrochen hab.«

»Wie gesagt, nach sechs Monaten Ehe war's aus und vorbei, weil ich gemerkt hab, dass er der Falsche für mich war. Es hat aber kein Jahr nicht gedauert, bis er schon wieder verheiratet war. Von der der Vater hat einen riesigen Bauernhof gehabt, und wie der gestorben ist, hat der Flori alles verkauft und mit den restlichen Erben um einen jeden Pfennig gestritten. Ich weiß nicht, wie viel für ihn und seine

Frau rausgesprungen ist, aber wenig war's garantiert nicht. Das Geschäft hat er erst ein paar Jahre danach aufgemacht, wie er die Prüfung zum Steuerberater bestanden gehabt hat. Aber das Büro hat er sich auch bloß mit dem geerbten Geld leisten können.«

Schon wieder zog sie eine neue Kippe aus der Packung, nippte vom Kaffee und sprach weiter: »Dass er nebenbei andre Weiber gehabt hat, hat ein jeder gewusst, der ihn gekannt hat. Sie ist trotzdem bei ihm geblieben, der hat sie halt genauso eingelullt wie alle andern auch. Nachher hat er, da waren sie schon über zehn Jahre zusammen, ein Verhältnis mit der Türkin gehabt, und die ist auch gleich schwanger geworden. Die Kinder mit der Anette sind erst ein Jahr nach seinem Fehltritt auf die Welt gekommen. Weiß auch nicht, wer von denen zwei Kinder wollt, und ob sie's überhaupt gewollt haben, oder ob sie bloß passiert sind. Ich glaub aber, dass sie sich welche gewünscht hat, weils ihn halten wollt und Angst gehabt hat, dass er sich ums Kind von der andern besser kümmert als um ihre Ehe. Und dann haben sie aber gleich Zwillinge gekriegt, einen Buben und ein Mädel. Mir braucht keiner erzählen, dass die eine glückliche Ehe gehabt haben.«

Eine Villa aus dem 18. Jahrhundert am Fuße des Hofberges beherbergte Haschbergers Kanzlei. Wuchernder Efeu bedeckte zwei Flanken des rosafarbenen Hauses. Lediglich das Firmenschild neben der Gartentür blitzte in der Sonne. Der Rest des Grundstücks lag auch bei strahlendem Sonnenschein, so wie heute, unter einer kühlen schattigen Glocke, die mächtige Tannen und Kiefern darüberwarfen.

Korbinian stand schwitzend auf dem Bürgersteig. Neben der Gartentür in einer verwitterten Ziegelmauer drückte er die Klingel über dem Firmenschild, in das goldfarben *Haschberger & Kopp, Steuerkanzlei & Rechtsbeistand* eingraviert war.

Er spähte die hüfthohe Gartenmauer entlang. Der Hof neben dem Gebäude war mit Kieselsteinen angelegt. Ein dunkler Mercedes parkte dort. Lallinger probierte, die hölzerne Gartentür zu öffnen. Abgesperrt. Der Blick wanderte weiter über die schattige Hausfront. Im Obergeschoss meinte er, eine Bewegung am Vorhang registriert zu haben. Was ihn nicht verwunderte: Es war elf Uhr vormittags, unter der Woche. Normale Leute arbeiten um diese Zeit.

Er drückte nochmals auf die Klingel – kurz – dreimal. Keine Reaktion. Enttäuscht startete Korbinian einen letzten Versuch. Den schrillen Klingelton konnte man sogar auf dem Bürgersteig hören.

Gerade als er sich gewiss war, hier und heute wohl niemanden mehr anzutreffen, machte sich jemand hinter der Eingangstür zu schaffen. Schlüssel schepperten, bevor sich die Eichentür öffnete und eine Frau einen Schritt unter das Vordach trat. Ihr »Grüß Gott« klang mehr nach »Belästigen Sie mich nicht«.

»Ja, grüß Gott, ebenso«, erwiderte Korbinian. »Ich hatte die Hoffnung schon aufgegeben. Ich …«

»Was hätten Sie denn gebraucht?«, unterbrach sie ihn barsch.

»Ähm, ich würde gerne mit Herrn Kopp sprechen, wenn es möglich wäre. Ist er denn da?«

»Ich putz hier bloß. Ist keiner da«, klangen ihre Worte durch den schattigen Vorgarten. »Ich richt's aus, dass Sie da war'n. Er ruft zurück.« Und schwupps, knallte sie die Tür zu.

Mit geschwollener Halsschlagader stampfte Korbinian zum Wagen und tastete fuchsig nach seinen Zigaretten. »Anrufen? Ha, wie denn ohne Nummer«, schimpfte er, und bevor er sich ins Auto setzte, drehte er sich nochmals um und schüttelte den Kopf. Er würde zurückkommen, ob die Schreckschraube wollte oder nicht.

Trotz solcher Misserfolge hielt Korbinian von Terminanfragen nicht viel; nicht mehr zumindest. Obwohl er zwar keinesfalls zu der Sorte aufdringlicher Journalisten zählen wollte, der viele seiner Kollegen angehörten, mochte er nicht auf den Überraschungseffekt verzichten.

Denn wenn jemand ohne Vorbereitung mit gezielten Fragen konfrontiert wird, fällt die Antwort meist näher an der Wahrheit aus. Eine Spontanlüge kann ein geübter Beobachter am Verhalten des anderen erkennen. Natürlich nur mit ausreichend Erfahrung. Wenn der Gesprächspartner jedoch Vorbereitungszeit bekommt, fällt es deutlich schwerer, solche Nuancen herauszufiltern.

Mit der Polizei zu sprechen, hatte sich Korbinian wieder aus dem Kopf geschlagen. Mehr als den Inhalt der offiziellen Pressemitteilung gäben die ohnehin nicht preis. Und wenn man aus ermittlungstaktischen Gründen Informationen durchsickern ließe, würde das über offizielle Kanäle passieren; lokale Presse, Rundfunk und so. Korbinian hätte da schlechte Karten.

Haschbergers Privatadresse hatte er, ebenso wie die der Kanzlei, problemlos im Internet gefunden. Das Privathaus des ermordeten Steuerberaters lag im gleichen Stadtteil wie die Kanzlei.

Großzügige Wohnhäuser, dunkle BMWs, Audis und Mercedes, hinter eisernen Toren und von Mauern geschützte Gärten, gaben Auskunft über die Spezies, die hier residierte.

Die Zufahrt zum Hof, die direkt vor einer Dreifachgarage und der Eingangstür zum Haus endete, hätte er zwar benutzen können, aber Korbinian parkte auf der Straße.

Er betrat das Grundstück zu Fuß, so wie es sich in seinen Augen gehörte. Am Hauseingang drückte er die Klingel und blickte in die Linse einer Kamera. Sie hing schräg unter dem Vordach.

Eine Frauenstimme tönte aus der Sprechanlage, und nachdem sich Korbinian als Journalist zu erkennen gegeben hatte, bat sie ihn höflich, einen Augenblick zu warten. Kurz darauf öffnete eine blasse Frau, Mitte zwanzig, die Tür und forderte ihn auf, einzutreten. Trotz zierlicher Statur war ihr Händedruck ungewohnt fest und selbstsicher. Sie stellte sich als Karin Haschberger vor.

Über funkelnden Granitboden hinweg geleitete sie den Besucher ins Wohnzimmer. Zusammen mit dem Vorraum hätte Korbinians Wohnung locker darin Platz gefunden. Durch eine Glasfront, die Schiebetüren standen offen, konnte er einen aufwendig angelegten Garten bewundern.

Bevor Karin in ein anderes Zimmer verschwand, forderte sie den Besucher auf, Platz zu nehmen. Ihre Mutter würde gleich kommen, sagte sie, und Korbinian setzte sich auf das hellbraune Ledersofa.

Zwischen blütenweißen Wänden, weißen Möbeln mit Hochglanzfronten und Deko aus Kristall roch es intensiv nach Reinigungsmitteln. In der Mitte des Wohnzimmers stieg eine Wendeltreppe empor.

Es dauerte nur wenige Augenblicke, und er vernahm ein dumpfes Geräusch. Das Gestänge der Wendeltreppe vibrierte, und schlanke Frauenbeine erschienen in schwarzen Stöckelschuhen.

Noch auf der Treppe sagte Anette Haschberger: »Mein lieber Herr Lallinger, grüß Gott.« Ihr anfängliches Lächeln wechselte zu vornehmer Contenance. Sie schritt auf ihren Gast zu. »Karin hat mir gesagt, dass Sie auf mich warten.«

Korbinian stand auf und ging ihr entgegen, bis die Hausherrin mit gebührlichem Abstand stehen blieb und ihre Hand ausstreckte.

»Lallinger, Korbinian Lallinger mein Name«, sagte er. »Ich bin Journalist aus München und würde mich gerne mit Ihnen unterhalten.«

»Aus München«, entgegnete sie, zog die Augenbrauen erfreut nach oben und warf ansatzweise den Kopf zurück. »Mein lieber Herr, für einen Journalisten hab ich immer Zeit, und wenn ich keine hätt, tät ich sie mir extra für Sie stehlen. Setzen Sie sich doch bitte wieder hin.« Dann drehte sie sich um. »Karin, bring Herrn Lallinger einen Kaffee«, rief sie ins Leere. Anette Haschberger setzte sich in einen Sessel neben dem Sofa. »Ach, Journalisten machen ja so eine wichtige Arbeit«, sagte sie dabei. »Schließlich hat die Öffentlichkeit ein Anrecht darauf, zu erfahren, wie's wichtigen Persönlichkeiten geht und was die alles so durchmachen müssen.«

Verschobene Selbstwahrnehmung, ganz klar, dachte Korbinian. Aber obwohl er sie so wenig schmeichelhaft einschätzte, gefiel sie ihm, und er schaute dezent auf ihre übereinandergeschlagenen Beine.

Ihr schwarzes Sommerkleid zeigte die Kontur durchtrainierter Oberschenkel, und Spaghettiträger ließen auf eine nahtlose Bräune ihres Körpers schließen.

»Nicht, dass Sie jetzt meinen, ich glaub, dass ich wichtig bin«, sagte sie. »Aber wenn Sie extra aus München gekommen sind, ich mein, das zeigt ja die Wichtigkeit von dem Fall und dass er überregionales Aufsehen erregt hat.«

»Ja, ja, Frau Haschberger. Es interessiert die Öffentlichkeit und mich sehr wohl, wie es Ihnen nach der Ermordung Ihres Gatten geht.« Er kratzte sich am Hals. *Ich komme in die Hölle, ich weiß es – ganz genau ...*

Man konnte hören, wie der Kaffeeautomat in der Küche Wasser durch frisch gemahlene Bohnen presste. Gleich darauf kam Karin herüber und servierte Lallinger eine Tasse. Sie sprach kein Wort und verschwand auf der Wendeltreppe. Die Mutter warf ihr einen rügenden Blick hinterher.

Korbinian zog einen Notizblock aus seiner braunen Ledertasche und sagte: »Frau Haschberger, ich möchte Ihnen mein herzlichstes Beileid aussprechen.« Im Grunde hätte er das tun müssen, noch bevor sie sich setzten, doch ihr Verhalten, als ginge es um ein gesellschaftliches Ereignis, hatte ihn aus dem Konzept gebracht. Frauen zu begegnen, die seit Kurzem Witwe waren, hatte er bisher anderes erlebt: Augenringe, gerötete Nasen, Sorgenfalten, Taschentücher.

Erst das Bekunden seines Beileids brachte die trauernde Ehefrau ansatzweise in ihr Gesicht. Während sie betroffen zu Boden blickte, ließ er seine Augen über ihren Körper wandern.

»Vielen, vielen Dank für Ihr Mitgefühl, Herr ... äh ... wie noch mal?«, fragte sie und hob ihren Kopf.

»Lallinger, Korbinian Lallinger«, sagte er.

Sie holte tief Luft. Ihre Brüste spannten den dünnen Stoff ihres Kleides. Männlicher Automatismus richtete Korbinians Augen unweigerlich darauf aus.

Die Möpse sind garantiert nicht echt, dachte er. *Als Sportwagen wärst du ein aufgemotzter Oldtimer, für den man tief in die Tasche greifen muss – wohl weniger für die Probefahrt, aber um ihn zu behalten!*

Ihre Miene blieb sorgenbehaftet, doch als sie seinen Blick bemerkte, hob sie ihr Kinn ein bisschen und schüttelte gekonnt ihren Kopf. Die schwarze Mähne schwang auf den Rücken und gab das Blickfeld frei.

Und für Korbinian stand nun fest: *Diese Titten sind definitiv nicht Gottes Werk.*

Mit einem Mal brach sie in Tränen aus und wiederholte den Namen ihres verstorbenen Mannes immer und immer wieder: »... mein Florian ... ach, mein lieber, lieber Florian ...«

Korbinian erwiderte nichts. Was sollte er auch sagen. Stattdessen schlug er ebenso wie sie die Beine übereinander und machte es sich bequemer.

Daraufhin fixierte sie ihn mit schimmernden Augen und sagte: »Ich hab ihn über alles geliebt und ihm sogar ein uneheliches Kind verziehen.«

Korbinian verpasste seinen Einsatz nicht und sagte: »Ach, meine liebe Frau Haschberger, ich konnte ja nicht wissen. Dann haben Sie ja bereits seit Jahren eine unsägliche Last zu tragen gehabt. Wie haben Sie das bloß geschafft?« Korbinian klopfte sich innerlich auf die Schulter und fragte weiter: »Wie alt ist denn dieses Kind heute?«

Bevor sie ihr schweres Schicksal detaillierter ausführte, notierte er das Alter des Jungen. Zwar hatte er das bereits von Ernstl und Marianne erfahren, aber das musste er ihr ja nicht auf die Nase binden.

Sie fuhr fort: »Stellen Sie sich bloß einmal vor: Eine Frau, die meinen Schmerz über den Mord an meinem Mann mildern wollt, hat mir neulich erzählt, dass mich der Florian bis zu seinem Todestag betrogen hat. Davon hab ich nix gewusst. Die Frau, nein, ich muss schon sagen, diese Freundin, wollte mir damit zu verstehen geben, dass mein Verlust der Trauer nicht wert ist.«

Korbinian nickte verständnisvoll und legte die Stirn mitfühlend in Falten, als er fragte: »Könnten Sie mir den Namen dieser Frau nennen?«

»Nein«, kam es rasch über ihre Lippen, bevor sie leise weitersprach: »Verstehen Sie das bitte. Die Frau hat mir einen unsagbaren Dienst erwiesen, und ich möchte nicht, dass man sie belästigt. Aber trotzdem ...«, sie ballte ihre Hände zu Fäusten, »... ich lieb ihn immer noch so wie früher.«

Korbinian fragte: »Frau Haschberger, denken Sie, ich könnte mich hinterher mit Ihrer Tochter und Ihrem Sohn unterhalten?«

»Sie haben sich also schon erkundigt über uns«, sagte sie.

»Wie meinen?«, erwiderte er.

»Na weil Sie wissen, dass ich mit Florian zwei Kinder hab. Bisher haben Sie aber bloß Karin gesehen.«

Korbinian nickte.

Sie schüttelte den Kopf. »Belasten Sie meine Kinder nicht auch noch. Wär mir nicht recht.«

»Aber könnte ich sie denn nicht selbst fragen, ob sie mit mir sprechen möchten?«

»Nein.« Ihr Ton war plötzlich schroff. »Ich bin die Witwe und weiß über alles Bescheid.«

Sie wollte sich lieber wieder über die Eskapaden ihres Mannes unterhalten, und Korbinian blieb bis über die Mittagszeit. Erst gegen drei Uhr nachmittags verließ er die Villa.

Diese Frau wirkte auf ihn wie ein wildes Tigerweibchen, das man für die Trauerzeit in einen Käfig gesperrt hatte und das nun hinter Gitterstäben umherstreifte. Sie wartete nur darauf, freigelassen zu werden.

Zurück im Hotel überflog Korbinian seine Aufzeichnungen. Hinterher zog er ein Buch aus seinem Koffer, das er vor einem Jahr gekauft hatte. Bisher gelesen: keine einzige Zeile.

Auch von Zwängen kann man sich befreien – oder: So lernen Sie, damit zu leben, stand auf dem Cover ...

Anette Haschberger schaute in den Garten hinaus, hielt ihr Handy ans Ohr und lauschte den Worten des Bestatters: »Ich hab's Ihnen schon einmal gesagt. Sie können mich noch so oft anrufen, das bringt überhaupt nix, wenn Sie meinen, das Ganze dadurch zu beschleunigen.«

Sie atmete genervt, als der Mann am Telefon weiter erklärte: »Es dauert halt einmal so lang, wie's dauert. Zuerst muss die Staatsanwaltschaft den Leichnam freigeben, was die immer noch nicht gemacht haben, und nachher muss der überführt werden, und im Krematorium schaut's momentan eng aus. Zwei von den Öfen sind kaputt, und die Toten werden gelagert. Bis wir die Urne von Ihrem Mann beisetzen können, kann's im schlimmsten Fall noch zwei, drei Wochen dauern.«

»Wie, bittschön? Zwei oder drei Wochen?«, entgegnete sie lautstark. »Ich möcht das aber so schnell wie möglich erledigt haben.«

Der Bestatter konterte: »Ich kann Ihnen nix anders sagen wie gestern und grad eben. Dauert halt! Auf Wiederhören.«

»Zefix, Florian«, schimpfte sie, drehte sich um und schleuderte das Handy auf das Ledersofa. »Ich möcht endlich meine Ruh vor dir!«

Am Abend saß Korbinian vor dem Hotel.

»Hast noch ein Platzerl frei für mich?«

Irgendwie quatscht mich ständig jemand von hinten an, dachte er genervt und schaute nach oben.

Marianne stand da, mit einem Glas Rotwein in der Hand.

»Äh, ja ... ja, klar, gern«, stotterte er, drückte seine Kippe aus und stemmte sich aus dem Sessel. »Bitte, setz dich.«

»Bleib nur sitzen«, sagte sie. »So förmlich musst auch nicht werden.« Sie kicherte, nahm Platz und nippte an ihrem Wein.

Er warf einen flüchtigen Blick auf ihre Frisur. Im Unterschied zu sonst schauten putzige Strähnchen wirr in alle Richtungen.

»Stör ich dich grad?«, fragte sie und dachte: *Wennst jetzt Ja sagst, kannst mir den Buckel runterrutschen!*

»Nein, überhaupt nicht«, antwortete er. »Gehe bloß die Notizen durch, die ich mir über den Haschberger gemacht hab.« Postwendend fingerte er nach seiner Zigarettenschachtel. Wobei er jetzt auch eine nötig hatte. Er musste sich ja an etwas festhalten können.

»Wenn ich dir mit dem Haschberger noch einmal weiterhelfen kann, sag's bloß. Und wenn ich dir anderweitig helfen kann, sagst mir's auch, gell.« Sie kicherte schon wieder so komisch, und ihre Augen glänzten. Dann griff sie nach ihrem Weinglas, nahm einen generösen Schluck und grinste über den Tisch. Im nächsten Moment allerdings ignorierte sie Korbinian und schien mit sich beschäftigt. Zwischen seinen Augen zeichnete sich eine tiefe Falte ab.

Sie spielte verlegen mit ihren Haaren und starrte im Stand-by-Modus auf sein Hawaiihemd. Korbinian sagte etwas und vermutete, sie grüble nach einer Antwort. Aber nach ein paar Sekunden wurde ihm klar, dass er die Worte ebenso gut an einen Duschkopf hätte richten können.

Sie saßen sich wortlos gegenüber. Beide guckten. Er auf ihren Ausschnitt und sie auf die grellen Farben seines Hemdes.

Sie hickste und klatschte sich mit der flachen Hand verlegen auf den Mund. »'tschuldigung«, säuselte sie durch ihre Finger.

Wenn Korbinian geahnt hätte, dass in jenen Minuten alle anwesenden Angestellten verstohlen zu ihrem Tisch schauten, wäre er garantiert an seiner Zigarette erstickt.

Marianne verletzte zwar eine Grundregel der Hotellerie: *Lass dich niemals mit einem Gast ein.* Aber selbst die kinderlosen Eheleute Wimberger, die Besitzer des Hotels, schielten wohlwollend hinüber.

Der Letzte, mit dem die Marianne es probiert hatte, der war mit einer von seiner Arbeit ins Bett gegangen. Vier Wochen nachdem die Marianne dahintergekommen war, starb ihre Mutter. Seither sorgte sie sich ausschließlich um den Ernstl und ums Hotel. Für anderes gab es keinen Platz mehr, und wenn kein Partner da ist, kann er nicht fremdgehen oder sterben.

Der Chefkoch kam aus der Küche stolziert. Beim Anblick von Marianne musste er sein Gejauchze zurückhalten. Die wurde nämlich gerade von Müdigkeit überwältigt, bekam Schluckauf und sank mehr und mehr unter den Tisch.

»Was'n los mit ihr?«, fragte eine der Kellnerinen den Koch, der grinsend zu Marianne schaute.

»Williams«, sagte der. »Doppelter.«

»Ja spinnst du!«, wurde die Kellnerin ungehalten. »Und wir haben uns alle gefreut, weil sie endlich zu einem Mannsbild hingeht. Jetzt wird's mir klar, warum. Weil du Depp sie abgefüllt hast. Du weißt doch, wie sie drauf reagiert.«

Als Marianne vor zwanzig Minuten aus dem Büro gekommen war, wo sie für eine Kollegin eingesprungen war, hätte sie nach Hause gehen können. Doch sie hatte Korbinian sitzen sehen.

Ein doppeltes Stamperl Birnenschnaps, das ihr der Koch daraufhin in der Küche verpasst hatte, sollte die Hürde, Korbinian näher kennenzulernen, überwindbar machen. Blöderweise konnte ein einziges Glas Wein bei ihr Lachanfälle, unvollständige Sätze und wirres Gerede hervorbringen.

Zwar saß sie jetzt nur da und sagte nichts, noch nicht zumindest, jedoch hoben sich zur Freude Korbinians bei jedem Hickser ihre Brüste im Dekolleté.

»Magst ein Wasser und einen Espresso?«, fragte er. Zwischenzeitlich hatte selbst er gemerkt, dass hier Alkohol eine Rolle spielte.

»Mei, gern. Danke«, antwortete sie in ungewohnt hoher Tonlage.

Korbinian winkte der Kellnerin. Die hatte ohnehin ihren Tisch beäugt. Es war die, die mit dem Koch gesprochen hatte. Sie hetzte auch gleich herbei und fragte: »Alles klar bei euch zweien?«

»Bitte ein kleines Wasser und einen Espresso«, sagte Korbinian.

»Ist für mich«, säuselte Marianne, zog an der Schürze ihrer Kollegin und grinste zu ihr hinauf.

Die beleibte Frau dampfte daraufhin ab, und Mariannes Rotwein nahm sie einfach mit.

»Äh, hallo«, rief ihr Korbinian hinterher.

»Nix hallo! Die hat für heut schon genug«, rügte sie ihn rücklings. Nicht einmal umgedreht hatte sie sich.

»Denk dir nix, Korbi.« Mariannes Gesicht überflog ein naiv-kindliches Grinsen. »Darf ich überhaupt Korbi zu dir sagen?«

»Wenn du magst«, sagte er, obwohl er solche Abkürzungen im Grunde hasste. Besonders diese.

Wie eine Marionette hob Marianne den Arm, um ihn sogleich erschöpft in ihren Schoß fallen zu lassen. »Die Rosi passt bloß auf, auf mich«, sagte sie. »Hab nämlich eine Alkoholallergie.« Daraufhin warf sie ihren Kopf hin und her und verzog das Gesicht mit den Worten: »Furchtbare Sach. Unheilbar, sagt der Doktor.«

Korbinian lachte herzlich, und zugleich blieb es ihm im Halse stecken. »Unheilbar« hörte sich genauso schlimm an wie »niemals wieder«. Wo er doch jetzt am liebsten einen Wodka bestellen würde.

Mit den Worten »Bitt schön, Mädel« kehrte die Bedienung zurück und stellte die Getränke ab.

Marianne richtete sich unbeholfen im Sessel auf. »Schon schlimm, oder?«, fragte sie.

»Was denn, Marianne?«

»Dass sie bei uns in Landshut einfach so einen umbringen.« Sie stützte ihre Ellenbogen auf den Tisch und legte den Kopf in die Hände. »Hm, was für ein Saukerl war das bloß? Hast schon einen Verdacht?« Dann biss sie nachdenklich auf ihre Unterlippe, und einer ihrer Ellenbogen rutschte über die Tischkante – und sie fast hinterher. »Hoppala«, stieß sie erschrocken aus.

»Jetzt trink erst mal deinen Espresso«, sagte Korbinian. »Und einen großen Schluck Wasser, komm.« Er nahm das Zuckertöpfchen, gab zwei Teelöffel daraus in ihren Espresso und rührte für sie um. Dann stand er auf und sagte: »Ich komm gleich wieder.«

Von der Rezeption aus rief er in Ernstls Zimmer an. Der lag vor laufendem Fernseher im Bett. Nach dem Anruf stand er aber in null Komma nichts im Erdgeschoss.

Korbinian hatte dort auf ihn gewartet. Es war ihm unangenehm, alleine an den Tisch zurückzugehen, mittlerweile hatte er die Blicke der Belegschaft bemerkt.

Ernstl hatte von nichts gewusst und schritt unbefangen neben Korbinian her. Am Telefon hatte der ihn nur gefragt, ob er Lust hätte, zu Marianne und ihm herunterzukommen, was man Ernstl nicht zweimal anbieten musste.

Als die beiden Männer auf die Terrasse traten und Ernstl Marianne dort sitzen sah, stockte er. Seine Augen begannen zu schimmern.

Der kleine, stämmige Mann sah etwas, das ihn tief berührte – und doch allen anderen entging. Die Last auf dem Rücken seiner Tochter schien verschwunden, zumindest in dem Augenblick.

Der Ausdruck in ihrem Gesicht war derselbe wie vor langer Zeit, als ihre Mama noch lebte und sie frisch verliebt nach Hause kam. Natürlich war Marianne damals nicht besoffen, aber sie trug dieselbe Leichtigkeit und Lebenslust im Blick wie jetzt.

»Komm schon, Ernstl«, forderte Korbinian ihn auf weiterzugehen.

»Ja Papa! Servus«, rief Marianne herüber. »Du, ich unterhalt mich grad so nett mit deinem Freund, dem Korbi.«

Ernstl stieß *Korbi* mit dem Ellenbogen neckisch in die Rippen, schob den Kopf anerkennend nach hinten und sagte: »Du Hundling, du.«

Korbinian verdrehte die Augen und fragte: »Und jetzt? Was machen wir mit ihr?«

Mariannes Vater wandte sich seelenruhig um und rief zu der Kellnerin: »Ein Weißbier, bittschön.«

Korbinian riss die Augen auf. Sein Plan war ein anderer …

Zwei Stunden später: Korbinian döste, als das Handy auf dem Nachtkästchen vibrierte. Im Halbschlaf las er die erste SMS, die er seit Beginn des Urlaubs erhielt: *Schlaf guad, Korbi! Busserl!*

Um diese vier Worte zu schreiben, hatte Marianne zehn Minuten gebraucht, in denen der Ernstl sie alle paar Momente leise fluchen gehört hatte.

Vorhin hatten sie gemeinsam beschlossen, dass Marianne im Hotelzimmer ihres Vaters übernachten sollte, und jetzt, nachdem sie auf die Taste zum Versenden der SMS gedrückt hatte, kippte sie aufs Bett.

Ernstl lag auf dem winzigen Sofa, während sie nun ihren zierlichen Körper auf beiden Seiten des Doppelbettes verteilte.

An dem Tag, an dem Korbinian im Hotel eingecheckt war, hatte sie dessen Telefonnummer aus den Unterlagen stibitzt …

Kurz vor Mitternacht klatschten immer mehr dicke Regentropfen auf die Straße. Hätte er das geahnt, wäre Stefan mit dem Auto gefahren. Als er zu Hause aufgebrochen war, waren es einzelne, warme Tropfen, jetzt aber legte der Wolkenbruch richtig los.

Sand und winzige Kieselsteine hafteten an seinen Hosenbeinen, und als er durch die Türe kam, klebten seine pechschwarzen Haare auf der Stirn.

»Zefix«, schimpfte er mit gesenktem Kopf, während er mit wildem Rubbeln versuchte, die Haare trockener zu bekommen.

Sämtliche Gäste im Lokal drehten sich nach ihm um. Der Ausdruck, den Stefan verwendet hatte, galt hier als Fremdwort.

Ein Wandgemälde erdrückte den muffigen Gastraum. Das Bildnis von Mustafa Kemal Atatürk, dem Vater der Türkei, überlappte mit einem Halbmond mit Stern. Beides hatte man an einer rot getünchten Wand verewigt.

Die restlichen Wände waren heruntergekommen und verschmutzt. An manchen Stellen gab der bröckelige Putz schon Ziegelsteine frei. Die Gäste, ausschließlich Männer, saßen an Holztischen und sprachen Türkisch.

Im Nebenraum, zu dem es einen Mauerdurchbruch ohne Türblatt gab, standen schäbige Sofas, über die man Decken geworfen hatte. Dort gab es kein einziges Fenster, und der Raum glich mehr einer Höhle.

Stefan hatte sich hier schon lange nicht mehr blicken lassen und vorher war er auch nur sehr selten da gewesen. Er konnte ja nicht einmal Türkisch. Das Band, das zwischen ihm und diesen Männern existierte, war mehr als dünn; fast nicht existent. Aber heute suchte er nach einem Freund, mit dem er sich verabredet hatte. Er schaute auf seine Armbanduhr und setzte sich an einen freien Tisch.

Mehrere jungen Männer hockten im Nebenraum auf den Sofas vor niedrigen Tischen, auf denen Shishas standen.

Einer murmelte in die Runde, zog dann durch den Schlauch an der Rauchsäule und reichte das Mundstück weiter.

Stefan tippte unterdessen auf seinem Handy. Eingerahmt von türkischen Wörtern, hörte er den Namen Haschberger. Verwundert warf er einen fragenden Blick in den Nebenraum, wobei er die Augen zusammenkniff und einen bedrohlichen Gesichtsausdruck aufsetzte.

Er wusste, wie das Ganze ablief. Auch er konnte so tun, als ob er jeden Morgen fünf Typen verprügeln würde, bevor er sich an den Frühstückstisch setzte. Im Gegensatz zu den anderen konnte man ihm allerdings ansehen, dass er dazu in der Lage wäre. Die Oberarme spannten die T-Shirt-Ärmel, und wenn er die Ellenbogen auf dem Tisch abstützte, formten sich seine Schultern zu zwei Bowlingkugeln.

Nach diesem Säbelgerassel wendete er sich wieder seinem Mobiltelefon zu. Was sollte er sonst auch tun? Hingehen und sie zur Rede stellen? Man hatte seinen Vater ermordet, da tuschelten die Leute nun mal. Der Missmut verflog, als der Freund durch die Eingangstür kam, mit dem er sich verabredet hatte.

Stefan war erleichtert, ein vertrautes Gesicht zu sehen. Die restlichen Gäste hatten ihn bis jetzt nicht einmal gegrüßt. Sie schauten nur abfällig. Außer dem Wirt, der hatte ihn bisher völlig ignoriert.

Hinter Stefans Bekanntem kam ein zweiter, hagerer junger Mann mit verängstigtem Gesichtsausdruck herein.

»Servus, Stefan, du, ich hab noch einen mitgebracht«, sagte Stefans Freund. »Das ist Akin.«

Akin streckte seine Hand schweigend in Stefans Richtung. Der war überrascht, dass Akin überhaupt dabei war. Für gewöhnlich trafen sich Stefan und sein Freund immer nur zu zweit, und dass er jemanden mitbringen würde, hatte dieser am Telefon nicht erwähnt.

Jetzt ließ sich auch endlich der Wirt dazu herab, an ihren Tisch zu kommen, und fragte auf Türkisch, was sie trinken wollten. Nachdem sie bestellt hatten, stützte sich Stefans Freund mit den Ellenbogen ab, blickte mit ernsten Augen von unten herauf über den Tisch und sagte: »Akin hat dir was wegen deinem Vater zu sagen.«

Die Hände zurückhaltend in den Schoß gelegt, saß Akin mit gesenktem Kopf daneben. Stefans Freund legte seine Hand ermutigend auf Akins Schulter und sagte: »Er war dabei, wie man ihn umgebracht hat.«

Glitzernde Schneeflocken legten sich im Scheinwerferlicht auf die Straße, und im Radio kam die Durchsage, dass der vierzigjährige John Lennon vor dem Dakota Building in New York von tödlichen Schüssen getroffen worden war.

Hinter dem Steuer raunzte der Fahrer: »Wegen so einem Hippie braucht keiner weinen.« Er kniff die Augen zusammen. Die Scheinwerfer eines Lastwagens auf der Gegenfahrbahn blendeten ihn.

Imagine von den Beatels tönte aus dem Radio, und immer mehr Flocken fielen vom Himmel. In der letzten Kurve hatten sogar die Räder durchgedreht.

Im Krankenhaus fragte ihn eine Schwester, ob er dabei sein wolle.

»Nix da!«, entgegnete der Mann. »Das ist Sach der Weiber.« Dann ließ er sich mit einem lauten Schnauferer auf einem Stuhl im Gang nieder. »Hoff, das Ganze dauert nicht lang. Die soll sich schicken.«

Die Schwester starrte ihn kopfschüttelnd an, und er fixierte sie mit einem lauten »Was?«.

Sie drehte sich um, ging in Richtung Kreißsaal und sagte: »Wir holen Sie, wenn's auf der Welt ist.« Hinterher murmelte sie für sich: »Arme Frau, mit so einem Mannsbild daheim.«

Er ließ daraufhin demonstrativ die Fingergelenke knacken.

Mittwoch, 3. Juli 2013

Korbinian ließ das Frühstück ausfallen. Er hatte schon länger den Plan, an seiner Figur zu arbeiten, und heute Morgen war er motivierter als sonst. Also gab es nur Kaffee und Nikotin.

Auf dem Gang hatte ihn ein Zimmermädchen übertrieben freundlich gegrüßt, und auch die Dame hinter der Rezeption hatte offenherzig gelächelt. Heute war ein toller Tag!

Doch seit er ins Café gekommen war, verrenkte er sich hoffnungsvoll den Hals, denn eines fehlte, um für ihn alles perfekt zu machen.

Als die Kellnerin kam, um Korbinians leere Kaffeetasse abzuräumen, es war die, die gestern Abend Mariannes Wein entsorgt hatte, zischte es unerwartet auf ihn herab: »Sie ist nicht da!«

Korbinian hob verwundert den Kopf. Oberhalb ihres faltigen Dekolletés mit fetten Brüsten, die damit drohten, aus dem Dirndl zu platzen, sah er sie hämisch grinsen. »Sie ist in der Früh gleich heim, und heut hat sie frei«, sagte sie. Es bereitete ihr wohl Genugtuung, ihm das reinzudrücken.

Korbinian griff unverzüglich in seine Hosentasche und legte sein Handy auf den Tisch. *SMS schreiben, ja oder nein?*, grübelte er. In solchen Dingen war er miserabel ...

Da sein Frühstück ja mehr als spärlich ausfiel, wollte er auch schon kurze Zeit später erneut sein Glück in der Kanzlei versuchen.

Während der Fahrt dorthin grübelte er, ob er nun enttäuscht sein sollte, weil sich Marianne nicht wieder gemeldet hatte. Aber er tat es ja umgekehrt ebenso wenig; damit relativierte er seine Befürchtungen, hoffte jedoch, dass er gestern Abend nichts falsch gemacht hatte.

Vor der Kanzlei warf er einen prüfenden Blick auf sein Handy. Immerhin hätte es ja sein können, dass sie sich doch gemeldet hatte und er sich seinen Kopf umsonst zermarterte. Doch Fehlanzeige.

Heute brauchte er die Klingel nur einmal zu drücken, und bevor jemand die Haustüre öffnete, summte auch schon das elektrische Schloss der Gartentür. Als Korbinian das Grundstück betrat, lugte ein Mann aus dem Eingang.

»Grüß Gott. Lallinger, Korbinian Lallinger mein Name.«

Der Mann sagte nichts, was Korbinian seltsam erschien. Ein solches Verhalten sprach nicht für den besten Kundenkontakt. Wobei die Frau von gestern ebenso wenig als Werbeträger geeignet war.

»Könnte ich bitte mit Herrn Kopp sprechen?«, fragte Korbinian. »Ich war gestern schon einmal da, aber ...«

»Was wollen Sie denn von ihm?«, unterbrach ihn der Mann. Er hielt das Türblatt fest und versteckte die Hälfte seines Körpers dahinter.

»Ich bin Journalist aus München und würde mich gerne mit ihm unterhalten«, sagte Korbinian.

Der Mann verzog das Gesicht. »Auch das noch, ein Journalist.« Er öffnete die Tür nun vollends. »Kommen Sie rein. Ich bin Kopp. Geht um den Haschberger, oder?«

Korbinian nickte und trat in den Flur: ein großzügiger, aber finsterer Gang mit einem fast schwarzen Dielenboden. »Haben Sie geschlossen?«, erkundigte er sich. »Ich meine, weil der Chef selbst die Haustür aufmacht.«

Kopp bewegte daraufhin sparsam den Arm und signalisierte damit, ihm zu folgen. Als sie bereits zwei Schritte weiter in sein Büro kamen, antwortete er doch noch auf die Frage und sagte: »Wegen der Sache mit meinem Partner hat andauernd das Telefon geläutet, und dann sind auch noch alle möglichen Mandanten vor der Haustür gestanden. Hab erst einmal den Stecker ziehen müssen. Bitte, nehmen Sie Platz.«

»Da hab ich ja richtig Glück, dass Sie mich reingelassen haben«, sagte Korbinian und setzte sich in einen der ledernen Clubsessel vor Kopps Schreibtisch.

Er kannte jemanden in München, der für solche Möbelstücke ein Vermögen böte. *Für den Schreibtisch würde wohl ne kleine Kreuzfahrt rausspringen.*

Kopp sackte gegenüber auf seinen Bürosessel und verschwand nahezu komplett hinter gestapelten Aktenordnern. Durch eine Schneise in der Mitte des Tisches schaute er den Besucher argwöhnisch an. »Können Sie sich vorstellen, was das für eine Arbeit macht, wenn ein Geschäftspartner von heut auf morgen nimmer da ist?«, fragte er.

»Ja, sicherlich, Herr Kopp«, sagte Korbinian. Räusperte sich aber dann: »Ähm, ich meine, ich weiß es natürlich nicht. Bin ja kein Steuerberater, aber ich glaub es Ihnen. Weshalb lassen Sie dann ausgerechnet mich, einen Journalisten, herein?«

»Erstens: Mir raucht der Schädel, und ich brauch eine Pause«, sagte Kopp.

Korbinian stellte seine Ledertasche neben den Sessel auf den Boden und holte einen Notizblock heraus. »Ich darf doch?«, fragte er.

»Ja, ja«, erwiderte Kopp und sprach weiter: »Und zweitens, wenn Sie schon unbedingt etwas in der Zeitung bringen müssen, sollt's wenigstens stimmen. Die Leute erzählen ja so einen Schmarrn, dass einem schlecht wird.«

»Aber am besten können Sie doch diesem Schmarrn, wie Sie ihn nennen, entgegenwirken, indem Sie mit den Leuten sprechen und nicht zusperren und den Anrufbeantworter einschalten, oder?«, konterte Korbinian.

Kopp schaute auf die Aktenordner und sagte: »Ja, weiß schon. Drum red ich ja jetzt mit Ihnen.«

Korbinian erkannte deutlich, wie die Kieferknochen seines Gegenübers gegeneinandermahlten, bevor Kopp erneut das Wort ergriff: »Aber ich hab die Zeit gebraucht. Und morgen machen wir wieder auf, und ich ruf alle Leute zurück. Was wollen Sie denn jetzt eigentlich von mir wissen? Geht's um den Mord oder um die Geschäfte in der Kanz...« Er schien von sich selbst überrascht, riss die Augen auf und verstummte schlagartig.

»Geschäfte in der Kanzlei?«, ergänzte Korbinian. »Wieso sollte ich mich denn danach erkundigen? Es geht hier um Steuerberatung, nichts weiter, oder?«

Kopp lächelte gequält und wischte mit der Hand durch die Luft. »Ja klar. Blöde Frage«, sagte er. »Sie sind zwecks dem Mord da. Aber da kann ich Ihnen nicht viel sagen.« Jetzt stützte er die Ellenbogen an den Lehnen ab und legte die Fingerspitzen bedacht aneinander.

Die letzten Tage hatte Kopp unzählige Stunden über den Mandantenakten des Ermordeten gebrütet. Diese Vorgänge beherrschten seine Gedanken so sehr, dass ihm das Thema unabsichtlich über die Lippen gekommen war.

Genau in solchen Dingen war der Haschberger ein Fuchs gewesen. Seine Worte klangen jetzt besonders stark im Kopf des Juniorpartners nach: *Wir sind im Finanzgeschäft, und wir sagen immer und ausnahmslos die Wahrheit. Aber die ganze Wahrheit müssen wir nicht sagen!*

Immer, wenn er das gesagt hatte, hatte der Haschberger stets auf seine eigene, verschlagene Art und Weise gelacht.

»Na schauen wir mal«, erwiderte Korbinian. »Vielleicht ist ja doch was Interessantes dabei. Am besten beginnen wir mit der geschäftlichen Beziehung zwischen Ihnen und dem verstorbenen Herrn Haschberger. Wie lief das denn alles ab?«

Der blasse Steuerberater drückte sich mit den Ellenbogen nach hinten in die Lehne und kehrte aus seiner Gedankenwelt zurück. »Also, schießen Sie los, Herr Lallinger. Ich wart«, sagte er mit gefasster Stimme. Korbinian schaute ihn irritiert an – immerhin hatte er ihm ja schon die erste Frage gestellt …

Der Platzregen hatte aufgehört, woraufhin Kellner sofort Tische und Stühle nach draußen zwischen die Tribünen gestellt hatten. Zwei Männer hatten sich gleich gesetzt und Getränke bestellt.

»Herr Doktor Müller, das ist ja wunderbar, dass das mit dem Grundstück doch noch klappt«, sagte der eine.

Der andere, Doktor Müller, trug einen hellgrauen Anzug und strich sich mit den Fingern durch schulterlanges kastanienbraunes Haar.

Die grauen Haare, die Müllers Begleiter von ihrem letzten Treffen her in Erinnerung behalten hatte, waren verschwunden. Verständlicherweise fragte er nicht nach deren Verbleib. Die Antwort lag ja auf der Hand: Der Herr Doktor musste gut aussehen, wenn er an den Wochenenden den Turnierplatz im Harnisch betrat.

Während Müller der Bedienung auf den Hintern gaffte, sagte er: »Jetzt hat mir die Bernstein nimmer aus können.«

»Aber den Preis hat der Haschberger trotzdem versaut«, resümierte der andere.

»Stimmt, der Hanswurst, der«, entgegnete Doktor Müller. »Aber so wie es ausschaut, kann ich das doch besser verkraften als gedacht. Hab da grad was Neues am Laufen. Mal schauen, was rauskommt.« Müller holte eine Sonnenbrille aus dem Sakko, trank seinen Espresso in einem Zug und sagte: »So! Und jetzt pressiert's mir. Hab ja noch andre Termine. Servus.« ... und ruck, zuck wechselte er hastig die Straßenseite und verschwand hinter einer Tribüne.

Mittagessen kann ich auch abends, dachte Korbinian. Er wollte ja ohnehin abnehmen.

Von der Kanzlei aus fuhr er direkt zu Aischa Baumeister. Sie und ihr Sohn Stefan wohnten auf der gegenüberliegenden Seite des Hofberges. Marianne hatte dem Journalisten die Adresse gegeben.

Zeilhofer und Gruber kamen von einem Termin am Landgericht. Das übliche Zeugs, das zum Alltag eines Polizisten gehört.

Obwohl es am Vormittag noch kurz geregnet hatte, war das Außenthermometer ihres Dienstwagens vorhin bei sechsunddreißig Grad gestanden. Überlebensfreundlicher gab sich die Dienststelle.

»Puh, da merkt man's wieder«, sagte Zeilhofer.

»Was'n?«, fragte Gruber.

Zeilhofer patschte im Vorbeigehen mit der flachen Hand an eine Wand. »Alte Substanz. So baut ja heut gar keiner mehr.«

Gruber knurrte gereizt. Obwohl das Gerichtsgebäude nicht weit weg war, hatte die Strecke ausgereicht, sein Hemd am Rücken zum Kleben zu bringen. Sie hätten bloß die Klimaanlage im Wagen einzuschalten brauchen, aber der Zeilhofer mochte das nicht, weil er davon angeblich Kopfschmerzen bekam.

»Ich brauch jetzt was zu trinken. Soll ich dir was mitbringen?«, fragte Gruber.

Zeilhofer grunzte.

Seit einem Jahr arbeiteten die beiden jetzt Hand in Hand. Zu Beginn war es Gruber unmöglich gewesen, die Laute seines Kollegen zu entschlüsseln. Heute wusste er, dass dies ein Nein war.

Als alter Hase in der Landshuter Kripo hatte Zeilhofer längst keine Skrupel mehr, all seinen Stimmungen freien Lauf zu lassen. In zwei Jahren beabsichtigte er ohnehin, einen Schlussstrich zu ziehen. Da wäre er sechzig und die Zeit reif, in Rente zu gehen. »Dann langt's mir, mit den ganzen Deppen und der vermaledeiten Korinthenkackerei von denen da droben«, schimpfte er einmal die Woche.

Gruber kam mit einer Cola aus dem Automaten zurück und verharrte grinsend im Türstock. Zeilhofer hockte vornübergebeugt auf dem Bürostuhl, den Kopf unter die Tischplatte gereckt.

»Kruzifix«, presste er aus sich heraus, während er mit kleinen Tapsern versuchte, den Stuhl ein Stück nach vorne zu rollen. »Du Sau, da gehst her«, schimpfte er auf einen rosafarbenen Notizzettel ein.

Ein anderer Beamter kam den Gang entlang, stellte sich neben Gruber und fragte: »Wo ist denn der Zeilhofer?«

Unter dem Schreibtisch rumste es, gefolgt von einem »Zefix«. Zeilhofer hatte die Stimme des Mannes erkannt und prompt die drei Zentimeter dicke Holzplatte über seinem Schädel getroffen.

Um zu sehen, woher das Geräusch gekommen war, schaute der Mann neben Gruber in den Raum und entdeckte eine freigelegte Arschritze hinter einem Schreibtisch. Seine Augenbrauen wanderten brüskiert nach oben.

»Der hat grad einen Stuhlgang«, erläuterte Gruber süffisant.

Zeilhofer kam mit tiefrotem Kopf zum Vorschein. Den rosa Zettel hielt er in der Hand. »Haha, Stuhlgang. Schon recht«, sagte er und fragte: »Regnet's draußen?«

»Nein, warum?«, fragte der Mann, der neben Gruber stand.

Zeilhofer sagte: »Weil's den Dreck herein…«, stoppte aber und murmelte stattdessen: »Ach weißt was, vergiss es.«

»So brauchst mir nicht kommen«, erwiderte der Mann neben Gruber und visierte Zeilhofer mit dem Zeigefinger an. »Ich hab's dir schon zigmal gesagt!«

Zeilhofer schaute bedächtig auf und entgegnete mit gelangweiltem Tonfall: »Ich mag Sie nicht. Ich hab Sie noch nie gemocht.« Jetzt wurde er laut: »Das weißt du ganz genau und kommst trotzdem in mein Büro.«

Gruber schlenderte belustigt hinter seinen Schreibtisch. Er kannte diese Scharmützel.

»Um was geht's überhaupt?«, fragte Zeilhofer.

»Ähm, wie stehen denn die Aktien im Fall Haschberger?«

»Wie die Aktien stehen, weiß ich nicht«, antwortete Zeilhofer. »Und was den Haschberger angeht, kannst dich beim Staatsanwalt erkundigen.« Er hob die Kinnspitze an und schaute zum Fenster, als er weitersprach. »Und jetzt: Versauen Sie mir bittschön den Tag nicht länger, Herr Kollege.«

Der Mann schüttelte den Kopf und ging. »Unmöglich, Zeilhofer, unmöglich!«, polterte er. Im Gang blieb er nochmals stehen und schrie durch die offene Tür zurück: »Ich beschwer mich beim Chef über dich, du alter Depp, du!«

»Tür zu! Es zieht«, plärrte Zeilhofer vom Schreibtisch aus, stampfte dann durchs Büro und beugte sich in den Gang. »Ach übrigens: Christian Zeilhofer, nicht dass du meinen Namen vergisst.« Leise ergänzte er: »Du Hanswurscht, du schwindliger.«

Gruber fragte: »Ich weiß ja, dass du den nicht magst, aber lehnst dich nicht ein bisserl zu weit aus'm Fenster?« Mit hinter dem Kopf verschränkten Armen hatte er den Schlagabtausch vom Bürostuhl aus verfolgt.

»Lange Geschichte«, antwortete Zeilhofer und ging retour.

»Wirst schon wissen, was du tust«, sagte Gruber und lachte. »Aber ich find's faszinierend, wies du dich verstellen kannst. Da redest bayrisch und schimpfst wie ein Rohrspatz, und wenn wir unterwegs sind, könntest ab und zu als Staatsanwalt aus Hamburg durchgehen.«

Zeilhofer schmunzelte. »Man muss schon Profi genug sein, um zu wissen, wie man mit den Leuten draußen reden muss. Aber ich bin halt so, wie ich bin, und irgendwo muss der Grant auch mal raus, verstehst?« Er machte ein gespielt ernstes Gesicht. »Aber: Dienst ist Dienst, und Schnaps ist Schnaps!« Er schlug mit der flachen Hand auf den Tisch.

»Und wenn der schärfste Busen vor dir hockt, hat dich das im Dienst nicht zu interessieren.«

»Jawohl, Herr Zeilhofer«, erwiderte Gruber, stand auf und salutierte.

»Geh, Gruber, hör auf mit dem Schmarrn. Wir verstehen uns schon.« Zeilhofer wurde ernst. »Ja und was das mit meinem hochgeschätzten Kollegen ist ... hm ... eigentlich ist's ja wurscht, und ich kann's dir erzählen. Die Alten in der Dienststelle wissen's sowieso.« Er ließ sich in die Stuhllehne zurückfallen und wippte hin und her. »Das Ganze ist auf'm Gymnasium angegangen, und der Maschmeyer war schon immer einer, der mir und meinem besten Spezl suspekt war.« Unvermittelt wippte Zeilhofer ruckartig mit dem Bürostuhl nach vorne und streckte sich über den Tisch. »Kennst solche aalglatten Typen, bei denen alles besser läuft wie bei einem selber, die dann noch grundlos arrogant sind, lügen wie der Teufel und einen jeden ausschmieren? Und am allerschlimmsten ist, wenn man das Gefühl hat, dass niemand außer einem selber merkt, was das für ein Depp ist. Ich hab mich immer gefühlt, als ob ich der Einzige bin, der Augen im Kopf und ein Hirn zum Denken hat. Kennst das?«

»Leider«, sagte Gruber. »Hab auch so einen. Thorsten Niedermayer, zehnte bis zwölfte Klasse.«

»Wir verstehen uns«, erwiderte Zeilhofer und ließ sich zurück in die Lehne fallen. »Und unser verehrter Herr Kollege war auch so einer und bösartig noch dazu. Das haben ich und mein Spezl am eigenen Leib zu spüren gekriegt. Wir haben halt damals ... nicht alle ... aber viele von uns ... ab und zu ... na ja ... einen geraucht.«

Gruber ließ einen Pfiff ertönen und sagte dann lautstark: »Herr Zeilhofer! Wir sind hier bei der Polizei. Wo sind meine Handschellen?«

Zeilhofer wischte mit der Rechten durch die Luft. »Geh, jetzt hör auf damit.«

»Ist ja heut eh nimmer nachweisbar«, sagte Gruber und legte den Kopf schief. »Oder baust dir heut immer noch ab und zu einen?«

»Ach, du wieder. Der letzte ist garantiert schon über dreißig Jahre her, und den Jimi ... den Hendrix, mein ich, hör ich auch schon lang nimmer. Die Zeiten sind vorbei.« Zeilhofer seufzte. »Aber schön – war's schon.« Für einen kurzen Moment schaute er sehnsüchtig aus dem Fenster und seufzte erneut, bevor er sagte: »Aber noch mal zurück: Mein Spezl hat uns was besorgt. Und: Unser lieber Kollege von vorhin hat ihm was abgekauft. Blöd war bloß, weil's auf'm Schulhof war. Und was hat der getan, der feine Herr? Zum Rektor ist er gelaufen und hat uns hingehängt. Das eigene Zeug hat er natürlich vorher versteckt.«

»Der?!«, stieß Gruber lauthals aus.

»Ja, genau der, die Sau, die Elendige! Nachher ist die Polizei gekommen, und es hat ein Riesentrara gegeben. Bei mir haben sie nix gefunden, weil's ja mein Spezl alles gehabt hat. Lange Rede, kurzer Sinn: Ich und mein bester Freund wollten miteinander zur Polizei. Ich hab's geschafft, aber ihn haben sie wegen der saublöden Sache nimmer genommen. Und wer ist dann noch zur Polizei? Und seitdem hab ich den im Genick.« Erneut schlug er mit der Hand auf den Tisch. »Wir haben uns zwar gegenseitig nix zu sagen, aber ab und zu meint der, dass er sich wichtigmachen muss.«

»Ähm, und die alten Kollegen wissen von der Sache? Das mit dem Hasch, mein ich«, fragte Gruber.

Zeilhofer nickte und sagte: »Freilich, wir war'n alle mal jung.«

Heute schien Korbinians Glückstag zu sein. Überall öffnete man ihm die Tür.

Aischa Baumeisters Wohnung war hell und freundlich: Deckchen und Figürchen auf den Fensterbrettern, gestickte Gobelins an den Wänden, und in der Küche glänzten ein Ceranfeld und die Edelstahlfront des Geschirrspülers.

Aischa schien Korbinian beim Empfang sehr auf Höflichkeit bedacht, obwohl es für einen Journalisten an ihrer Haustür nur einen Grund geben konnte.

Am Küchentisch sitzend sagte Korbinian kurz darauf: »Ich hätte aber auch gerne mit Ihrem Sohn gesprochen.«

»Ach, Herr Lallinger, ich glaub, dass das keine gute Idee ist«, erwiderte sie. »Was sollt Ihnen mein Bub schon großartig sagen können?« Sie saß an der Stuhlkante und nippte an einer Tasse Schwarztee.

Diese Frau, eine Türkin, die ein Jesuskreuz in der Küche hängen hatte und mit bayerischem Dialekt sprach, brachte Korbinians vorgefertigte Meinung augenblicklich durcheinander.

»Frau Baumeister ...«, es fühlte sich für Korbinian komisch an, sie mit einem so durch und durch deutschen Namen anzusprechen, obwohl ihre südländisch-orientalische Herkunft unübersehbar war. Er empfand nun mal so, obwohl er wusste, dass dies nicht der Political Correctness entsprach. »... Stefan ist trotz alledem ein leibliches Kind des Mordopfers.«

Sie schob ihren zierlichen Körper frustriert an die Lehne des Stuhls und sagte: »Sie haben schon recht. Aber ich sag Ihnen, dass es keine gute Idee ist. Eben weil er als Kind keinen Kontakt zu seinem Vater gehabt hat, interessiert er sich als Erwachsener auch nicht für den. Sie täten mit ihm über einen Fremden reden. Bringt doch nix! Außerdem hat er schon genug damit zu kämpfen gehabt.« Aischa senkte den Kopf. »Denken Sie, es macht eine Freud zu wissen, dass man einen Vater hat, der einen nicht sehen mag? Und dann bringt den auch noch jemand um, und alles kocht wieder hoch. Wissen Sie, Stefan redet nicht gern über familiäre Sachen. Da steht einiges zwischen uns, und drum glaub ich auch, dass er mit Ihnen nicht da drüber reden mag.«

Korbinian fragte: »Dürfte ich erfahren, wie Sie das meinen? Dass da etwas zwischen Ihnen steht.«

»Ja, kann's Ihnen schon erzählen. Hab da kein Problem damit«, entgegnete sie. »Meine komplette Familie lebt in der Türkei, und unser Kontakt beschränkt sich auf ein paar Telefonate im Jahr. Stefan hat mit denen noch weniger zu tun. Mehr wie vier oder fünf Sätze kann er auf Türkisch auch gar nicht reden. Und unsere Verwandten da drunten können kein Wort Deutsch. Glaub, er hält mir das vor.«

»Sie können doch da nichts dafür«, sagte Korbinian.

»Doch, schon«, antwortete sie. »Ich hab ihn ja deutsch aufgezogen. Kein Türkisch gelernt und so weiter, und drum bin auch ich schuld, dass er sich nicht einmal mit seiner Großmutter unterhalten kann.«

»Aber das kann er doch noch lernen, oder etwa nicht?«

»Ja, da haben Sie schon recht«, sagte sie. »Aber irgendwie mag er das auch nicht. Mein Bub ist total hin- und hergerissen zwischen Deutschland und der Türkei. Und das mit seinem Vater wirft er mir auch vor: Warum ich dem so nachgelaufen bin und dass ich wegen dem auch noch katholisch geworden bin.« Sie rollte mit den Augen. »Er sagt, dass ich wegen seinem Vater meine Wurzeln verleugnet hab, was ja auch automatisch die seinen sind.«

»Versteh schon. Wie hat sich der Herr Haschberger denn damals verhalten, als er von der Schwangerschaft erfuhr?«

»Ach, der hat über meine Situation genau Bescheid gewusst«, sagte sie. »Dass ich niemanden hab und so weiter. Trotzdem hat er mich im Stich gelassen.« Sie hob den Kopf und schaute Korbinian ins Gesicht. »Kontakt total abgebrochen.« Ihre Augen begannen zu schimmern. »Um die Alimente ist er nicht drum rumgekommen, aber damit war die Sach für ihn erledigt. Weiß nicht, ob's dran gelegen hat, weil ich Türkin bin. Ich glaub aber schon, weil mir das Gleiche später noch einmal passiert ist.«

»Was war denn da?«, fragte Korbinian verwundert.

»Wie mein Mann, der Herr Baumeister, gestorben ist«, sagte sie, »... hat sich die Familie von dem radikal von uns distanziert. Sie haben's ihm niemals verziehen, dass er mich, eine Türkin, geheiratet hat und den Stefan adoptiert. Verstehen Sie: Mein Bub und ich haben noch nie irgendwo dazugehört. Obwohl ich doch immer alles versucht hab!« Mit geballter Faust schlug sie sanft in ihren Schoß. »Und drum ist der Stefan auch immer so aggressiv. Weil er auf alles und jeden einen Grant hat – auch auf mich ab und zu. Er meint halt, so, wie's gelaufen ist, hätt ich mich gar nicht so anpassen brauchen. Weil's ja doch nix gebracht hat.«

»Sie und der Stefan werden aber nicht angefeindet, oder?«

»Nein, das nicht«, sagte sie. »Wir gehören halt einfach nicht dazu. Das langt schon. Verstehen Sie jetzt, wieso der Stefan auf den Haschberger nicht gut zum Sprechen ist?«

»Ja, klar«, sagte Korbinian.

»Und jetzt haben sie den umgebracht, und – bum – ist wieder alles da! Jetzt heißt's wieder: *Das da ist doch der*

Uneheliche vom Haschberger, vom dem, den man tot an der Isar gefunden hat.«

»Versteh schon. Ich würde mich aber trotzdem gerne mit ihm unterhalten.«

»Ich kann's ja versuchen. Noch ein bisserl Kaffee, Herr Lallinger?«

Korbinian verließ die Wohnung auf wackligen Beinen. Er hatte den ganzen Tag noch nichts gegessen und mittlerweile vier Tassen Kaffee getrunken.

Auf der Rückfahrt grübelte er: *Hab ich gestern vielleicht was Falsches gesagt?* Obwohl er hinter dem Steuer saß, schaute er binnen fünf Minuten dreimal auf sein Handy …

Zeilhofer kam von der Toilette zurück, als Gruber sagte: »Schau mal raus.«

Zeilhofer ging zum Fenster. »Na super und schon wieder nix angemeldet, oder?«

Gruber schüttelte den Kopf, und Zeilhofer stampfte daraufhin ins Erdgeschoss. Mit einem Ruck riss er schnaubend die Eingangstür der Dienststelle auf und stellte sich demonstrativ breitbeinig mitten auf den Bürgersteig. Zwei Streifenpolizisten diskutierten gerade mit aufgebrachten Bürgern.

Die Gruppe der Demonstranten war überschaubar und bestand vorwiegend aus Rentnern. Die Jüngeren, die der Gruppe angehörten, arbeiteten jetzt und standen erst für den geplanten Protest am Samstag zur Verfügung. Da wollten sie den Platz vor dem Rathaus, mitten in der Altstadt, für ihre Absichten in Beschlag nehmen.

Zeilhofer holte tief Luft und donnerte los: »Herrschaftszeiten noch einmal! Schaut's, dass heimkommts.«

Alle drehten ihre Köpfe, und die Mehrheit kannte Zeilhofer mit Namen. Der Reihe nach warf er jedem einen bitterbösen Blick zu. »Alois, Rudi, Traudl! Was machts denn wieder?«, fauchte er die drei an, die ihm am nächsten standen.

»Christian, Servus«, rief ihm der Alois entgegen. Die beiden kannten sich aus der Schule.

Alois kam näher und sagte: »Mensch, ihr müssts doch da was machen, und solang nix passiert, gehen wir hier nimmer weg. Ihr schauts ja sonst bloß zu!«

»Lois, halt deine Goschen und schmatz keinen solchen Schmarrn!«, fertigte ihn Zeilhofer ab. »Wir schauen nicht bloß zu.« Er schwang seine Hand in einem Bogen über die Köpfe der Leute. »Ihr schauts jetzt alle miteinander, dass ihr heimkommts«, schrie er mit rotem Kopf. »Habts mich verstanden!«

Die Leute strömten zusammen. Eine heftige Diskussion entbrannte. Die Hälfte der Gruppe stand auf der Straße. Vorbeifahrende Autos hupten.

Zeilhofer zog den Alois zur Seite und sagte: »Mensch, stellts euch doch nicht so blöd.« Alois schaute fragend, und Zeilhofer schob seinen Kopf an dessen Ohr und flüsterte: »Na fahrts doch alle raus und demonstrierts da. Aber draußen bleiben, nicht reingehen, hast gehört.«

»Aber der zeigt uns ja dann wegen Hausfriedensbruch an«, sagte Alois mit entsetztem Blick.

»Ach geh! - Drum sollts ja draußen bleiben, stell dich nicht so deppert«, flammte Zeilhofers Stimme erneut auf. »Und außerdem: Was meinst denn du, was wir gleich machen, wenn ihr nicht abhauts.« Er lächelte verschmitzt und kam nochmals an das Ohr seines Gegenübers. »Loiserl! Lieber der wie wir, und du bist in Rente, und die andern, die da sind, auch. Was juckt denn euch eine Anzeige. Und wenns ihr was zahlen müssts, legts halt einfach zusammen.«

Zeilhofer kam noch näher an Alois heran. »Aber so könnts ihr die wenigstens recht ärgern. Und wenn wir jetzt vorm Revier hart durchgreifen, hätt das schlimmere Konsequenzen für euch. Weil unter Spontandemo geht das nimmer durch. Ich kann die da aber auch zurückpfeifen.« Er deutete auf die Uniformierten und ergänzte: »Wenn ich mag!«

Zeilhofer stieß Alois mit der Schulter an. »Bist du jetzt der *Häuptling* von der Rentnergang, oder nicht?«

Alois nickte, und Zeilhofer sagte: »Dann rufst jetzt bei der Zeitung an und sagst, wenn die eine gute Geschichte drüber schreiben möchten, wie die Dinge in Landshut laufen, sollen sie kommen. Mir sind grad noch die Hände gebunden. Aber ihr könnts zeigen, dass solche wie die hier nix zu suchen haben.«

Endlich schnackelte es bei Alois. Mit einem Mal funkelten seine Augen wie die eines Zwölfjährigen. Er nickte und ging mit boshaftem Grinsen zur Gruppe. Keine Minute verging, und die Demo vor dem Revier löste sich auf.

Die Kollegen in Uniform schauten verdutzt zu Zeilhofer. Der zuckte die Schultern und rief: »Keine Ahnung, was los ist. Aber jetzt brauchen wir ja nix mehr machen, sind ja freiwillig weg.«

Korbinian saß vor dem Hotel. Nach einem saftigen Steak, blutig wie immer, ging es ihm gleich wieder besser. Dieses Mal hatte die Bedienung von vorneherein auf ein Messer verzichtet.

Am Nebentisch schlürfte eine ältere Dame aufdringlich genüsslich an einem Glas Rotwein. Da drückte sie wieder, die Last des selbst auferlegten Gelübdes. *Nie wieder ist ver-*

dammt lang. Korbinian zog zweimal hintereinander intensiv an seiner Zigarette.

Umhüllt von undefinierbaren Rauchzeichen, notierte er jetzt auf ein Blatt Papier wahllos verteilt verschiedene Namen und schrieb den Beruf oder andere Details darunter. Dann zog er Verbindungslinien zwischen den einzelnen Namen. Auf die Linien schrieb er die jeweilige Beziehung zueinander.

Seine darauffolgenden Überlegungen gründeten auf zwei ebenso banalen wie gewichtigen Fragen: *Wer hatte ein Tatmotiv? Und wer die Möglichkeit zur Tat?*

Über Spuren am Tatort fehlten ihm Details. Da bräuchte er einen Insider an der Hand, den er nicht hatte. Doch Korbinian ging ohnehin eher intuitiv vor. Indizien interessierten ihn erst später.

Die Geschichte muss in sich stimmen; das Motiv und Verhalten eines Verdächtigen müssen passen. Indizienbeweise stellten das Sahnehäubchen dar. Auf die griff er zurück, wenn der Rest plausibel schien.

Alleinig auf Indizien zu setzen konnte schlimme Folgen haben. Eine Tatwaffe kann man reinigen und sie dem Nachbarn ins Auto legen. Oder man versteckt sie bei einem Freund in der Wohnung. Nicht immer ist der, bei dem man eine Tatwaffe findet, der Täter. Ebenso kann man einer Gruppe von Verschwörern zum Opfer fallen, die eine falsche Fährte legen.

Leider ist es mit den Motiven aber auch so eine Sache. Sie können nicht immer rational begründet werden. Die Psyche des Menschen bringt viel Irrationales hervor. Um Straftaten zu analysieren, begann Korbinian aber immer genau dort zu ermitteln: bei der Psyche des Menschen. Psyche und Gehirn spielen vielen Tätern einen Streich, doch Korbinian hatte sich diesbezüglich schlaugemacht, Internetrecherche betrieben, Bücher gelesen und mit seinem Therapeuten gesprochen.

Wenn man wissentlich eine Lüge verbreitet, verrät uns unser Körper. Die Handflächen beginnen zu schwitzen, und der Puls steigt an. Hirnareale, die wir nicht kontrollieren können, lösen körperliche Reaktionen aus und verraten die Falschheit der Worte.

Außerdem gab es Fälle, in denen sich Täter, obwohl sie kaltblütig einen Mord geplant und durchgeführt hatten, nach zehn Jahren freiwillig der Justiz stellten. Albträume und schlechtes Gewissen kann niemand kontrollieren.

Unser Gehirn macht, was es will, und manche Übeltäter peinigt es bis an den Rand des Wahnsinns und bewegt sie zum Geständnis.

Dessen ungeachtet verrät sich jeder Täter früher oder später selbst. Der eine kotzt um ein Uhr morgens, ein anderer hat Schlafprobleme oder beginnt, vor Nervosität dauerhaft zu zittern.

Die Frage ist einzig, ob in jenen Augenblicken ein aufmerksamer Beobachter anwesend ist und die Zeichen lesen kann.

Derweil in der Landshuter Dienststelle.

Die wuchtige Eingangstür ging auf, und eine Horde Männer trat in den Vorraum. Linker Hand lag die Pforte mit schusssicherer Scheibe, und zwischen elektronisch gesicherten Türen hing ein Plakat mit Fahndungsfotos.

An die zwanzig Männer versammelten sich nun im Vorraum. Man wolle mit den ermittelnden Beamten im Fall Haschberger reden, erklärte einer ins Mikrofon der Sprechanlage.

Der Uniformierte, der die Anlage bediente, fragte seinen Kollegen: »Lassen wir die rein?«

»Ja garantiert nicht!«, sagte der, stellte sich auf Zehenspitzen und schielte durch die Scheibe hinüber zur Eingangstür, die von einem der Besucher offen gehalten wurde. »Da schau, stehen ja noch mal so viel draußen. Was wollen denn die alle bei uns?«

»Einer darf eintreten«, tönte daraufhin aus dem Mikrofon. Das Türschloss neben der Scheibe summte, und der Wortführer der Gruppe verschwand im Nebenraum.

Zeilhofer erhielt einen Anruf, und nachdem er den Hörer wieder aufgelegt hatte, sagte er zu Gruber: »Komm, die Reisigen haben uns überfallen.«

57 Reisige und zur Freude von Gruber auch ein paar Marketenderinnen hatten sich eingefunden. Neben diesem Akt der Solidarität boten sie ihre Mithilfe bei der Jagd nach Haschbergers Mörder an.

Zeilhofer grinste und sagte zu dem Wortführer: »Mit so viel Hilfssheriffs kann ja gar nix mehr schiefgehen. Aber Buffen kriegts keine.« Hinterher ging er in den Vorraum und kraxelte auf eine Holzbank, die an der Wand gegenüber der Pforte stand.

Der Raum war proppenvoll, und ein Teil der Gruppe stand nach wie vor auf dem Bürgersteig. Durch die geöffnete Tür verfolgten sie das Geschehen.

Zeilhofer sprach extra laut. Kurz und knapp erklärte er, dass ein solches Vorgehen zwar unüblich war, zählte aber auf, auf was sie achten sollten.

»Und wenn wir den erwischen, dann spießen wir den auf«, sagte einer aus der Gruppe.

»Nix da!«, brüllte Zeilhofer sofort von oben auf ihn herab. »Brav bleiben, habts gehört!«

Seit sechs Uhr in der Früh hatte Kopp in der Kanzlei Schadensbegrenzung betrieben – und geraucht wie eine Dampflokomotive, selbst in den Büroräumen. Die Jahre, in denen er den stinkenden Sargnägeln widerstanden hatte, schienen weggewischt.

Mit zerknittertem Hemd und denkerisch verwurschtelten Haaren nahm er einen verpackten Blumenstrauß aus dem Kofferraum. Vor der Haustüre kehrte er aber nochmals um, öffnete erneut den Wagen und griff nach einer kleinen Schachtel auf dem Beifahrersitz. Die Rechnung, die danebenlag, ließ er im Handschuhfach verschwinden. Zurück an der Tür, drückte er die Klingel und zwang sich ein Lächeln ins Gesicht.

Sylvia öffnete und sagte: »Hast du deinen Schlüssel vergessen?«

Ihr Mann schwenkte daraufhin die Arme nach oben, in der einen Hand den Blumenstrauß und in der anderen das Schächtelchen. »Sylvia«, sagte er. »Ich weiß, dass ich ein Arschloch bin. Wir haben alle zwei Fehler gemacht und ...«

»Was soll denn das jetzt?«, unterbrach sie.

»Ich möcht, dass du jetzt nach oben gehst und dich umziehst«, sagte er. »Ich hab einen Tisch reserviert, und das hier ist für dich.«

»Aha, du möchtest, dass ich hinaufgeh und mich umzieh?« Sylvia verschränkte die Arme. »Was ich will, interessiert dich überhaupt nicht, wie?«

»Sylvia, bitte!«, sagte er jetzt mit gedämpfter Stimme. »Ich bemüh mich doch.«

»Weißt was, leck mich!«

Die Unterlippe ihres Mannes begann zwar zu beben, aber zumindest nahm sie jetzt den Strauß und ging damit in die Küche. Er folgte und blieb hinter ihr stehen. Sie packte die Blumen aus, als er flüsterte: »Magst nicht auch in die Schachtel schauen?«

Sylvia drehte sich um und schaute ihn fordernd an.

»Wir ... wir können's auch umtauschen, wenn's dir nicht gefällt«, entgegnete er auf ihren Blick. »Und im Winter fahren wir nach Kitzbühel, versprochen!«

»Tut mir leid, Stefan, dass ich dich anruf«, erklang Mariannes Stimme aus dem Handy. »Aber ich wollt wissen, wie's dir geht.«

»Alles okay«, erwiderte Stefan, und Marianne sagte aufgebracht: »Mensch, tu nicht so! Das war immer noch dein Papa. Gibt's doch nicht, dass du so ein Klotz bist!«

»Du musst das schon verstehen«, sagte er. »Ich hab nie was von ihm gehabt, also geht mir jetzt auch nix ab.«

»Tut mir leid, das Ganze«, entgegnete Marianne kleinlaut, bevor sie umso energischer meinte: »Aber mach deinen Frieden mit ihm, hörst? – Ist wichtig!«

Zuerst blieb Stefan stumm – bis er sagte: »Marianne, können wir uns heute noch sehen? Hab was erfahren, das ich jemandem erzählen muss, sonst platz ich.«

»Ja, klar«, erwiderte sie prompt. Im Grunde hatte sie ohnehin auf diese Frage gewartet. »In einer halben Stunde beim Narrenbrunnen?«

Ein Föhnwind strich über das Kopfsteinpflaster. Auf den Tribünen herrschte zwar heute keine Riesenparty, allerdings war für Mittwochabend erstaunlich viel los.

Korbinian spazierte durch das Ländtor, dann am Stadttheater und am Röcklturm vorbei, und nachdem er einen Schwarm winziger Fliegen abgehängt hatte, folgte er der Isar in der Abendsonne. Das Wasser glitt gemächlich durch das Flussbett und zauberte einen schimmernden Silberstreifen durch die Stadt.

Obwohl es weder gepiepst noch vibriert hatte, zog er sein Handy im Minutentakt aus der Hosentasche und schaute, ob er eine Nachricht bekommen hatte.

Nach zehn Minuten stand er vor dem Maxwehr. Das Wasser rauschte nach unten, und die Dämmerung hatte eingesetzt. Am gegenüberliegenden Flussufer hatte man Haschbergers Leiche gefunden. Korbinian konnte sich jetzt trotzdem nicht aufraffen, dafür Interesse zu zeigen. Inzwischen hatte er das Handy auch nicht mehr in die Hose gesteckt, sondern gleich in der Hand behalten.

Nach vorne gebeugt, schlenderte er ins Hotel zurück.

Korbinian lag bei geöffnetem Fenster rauchend auf dem Bett und blätterte in dem Ratgeber, den er neulich aus dem Koffer geholt hatte. Doch schon fünf Minuten später zappte er durch das Fernsehprogramm. Bei einem James-Bond-Film mit Sean Connery legte er die Fernbedienung beiseite. Solche Abende waren für Korbinian nicht selten, und die Welt musste wieder einmal vor einem goldgierigen Bösewicht gerettet werden. Er kannte bereits ganze Passagen des Films auswendig.

Der Fernseher lief seit fünf Stunden; ebenso lange saß der sechsjährige Junge davor. Eine Nachrichtensprecherin berichtete über die Gespräche zwischen Ronald Reagan und dem Generalsekretär der UdSSR, Michail Gorbatschow, in Reykjavik.

Die weltraumgestützte Raketenabwehr SDI der USA und die sowjetischen Mittelstreckenraketen SS-20 sorgten für ausreichend Gesprächsstoff zwischen den mächtigsten Männern der Welt. Die Bösen waren immer die anderen.

Geschirr schepperte. Die Mutter stand in der Küche. Kurz darauf tauchte ihr Mann dort auf. Die beiden diskutierten. Ein Klatschen war zu hören.

Der Junge ging hinüber und stellte sich in den Türstock, was nichts daran änderte, dass sein Vater weiter an den Haaren der Mutter zog. »Ich hab dir gesagt, dass ich das nicht leiden kann«, brüllte er.

Reaktionslos ging der Junge an den beiden vorüber, nahm eine Packung Süßigkeiten aus dem Regal und ging zurück ins Wohnzimmer. Gelangweilt schaute er in den Hamsterkäfig neben dem Sofa und warf ein Bonbon hinein.

Donnerstag, 4. Juli 2013, in den frühen Morgenstunden

Die Hitze einer heißen Sommernacht drückte im Raum. Vorhin war Korbinian noch hundemüde eingeschlummert, dann ruckartig aufgewacht und konnte nun nicht wieder einschlafen.

Gedankenverloren starrte er aus der Dunkelheit heraus auf den Fernseher. Bei grellen Farben schwärmte eine synchronisierte Frau von einer Antifaltencreme.

Mit einer glühenden Kippe im Mundwinkel wanderte er urplötzlich kopflos durchs Zimmer. Er konnte sich partout nicht daran erinnern, aufgestanden zu sein ...

Grübelnd presste er die bis auf den Filterrand gerauchte Zigarette in den gläsernen Aschenbecher, schlüpfte in eine Jeans und streifte ein verknittertes T-Shirt über.

Kurz vor fünf Uhr verließ er barfuß das Zimmer. Den Fahrstuhl ließ er links liegen und benutzte die Treppe. Mit dem Zimmerschlüssel öffnete er die Eingangstür des Hotels.

Die Luft war warm, und in der Gasse vor dem Gebäude strahlte gelbes Laternenlicht in der Morgendämmerung.

Korbinian geisterte zu seinem Wagen. Plötzlich durchfuhr ihn ein heftiger stechender Schmerz. Jetzt war er wirklich hellwach. Ein spitzer Kieselstein hatte sich in seinen Ballen gebohrt.

Zwei hinkende Schritte später öffnete er den Kofferraum und spähte von links nach rechts. Er lächelte und griff beherzt nach einer kleinen Sporttasche aus schwarzem Lederimitat. Seit er sie vor zwei Jahren in den Kofferraum geworfen hatte, hatte er sie ignoriert. Zwischenzeitlich hätte er nicht einmal mehr sagen können, ob die Tasche überhaupt noch da war.

Mit seiner Beute über der Schulter schlich er zurück, und nachdem er aus der Jeans geschlüpft war, starrte er aus einem der Fenster. Ein neuer Tag kündigte sich purpurfarben an; ein makelloser Anblick.

Im Zimmer stand kalter Zigarettenrauch und das Fernsehprogramm wechselte von Reklame für Antifaltencreme und Sex-Hotlines zu Zeichentrickfilmen und Nachrichten.

»Du bist doch nicht normal«, murmelte er und ließ sich angewidert vornüber auf die Matratze fallen.

Sebastian Gruber kraxelte in Boxershorts über seine Jeans hinweg. »Ja, Gruber«, sprach er apathisch in sein Handy.

»Mahlzeit, Herr Kollege. Zeilhofer hier.«

»Äh, ja«, grummelte Gruber und rieb sich die Augen. »Was gibt's denn?«

»Möcht dich ja nicht stören«, sagte Zeilhofer auf eine Art, die ohnehin eindeutig war. »Sag bloß nicht, dass du grad erst aufgestanden bist?« Er schaute hinüber zur Wanduhr. Es war halb acht Uhr morgens.

Gruber suchte verdattert nach Worten, heraus kam nichts.

»Passt schon«, antwortete Zeilhofer auf das Schweigen.

Gruber strich sich mit der Hand übers Gesicht und sagte: »Ist was passiert? – Ich komm doch hernach sowieso.«

»Hab grad ein bisserl in meinen Computer geschaut.«

»Ja, und?«

»Wenn's dich nicht interessiert, dann …«

»Was'n los? Red«, unterbrach Gruber.

»Die Haschbergerin hat uns angelogen«, pulverte Zeilhofer unerwartet laut ins Telefon. »Das Luder hat uns erzählt, dass sie in der Mordnacht daheim war.«

»Langsam«, forderte Gruber. »Was für eine von den zwei meinst denn überhaupt?«

»Das leidende Modepupperl. In München war sie unterwegs und hat eine Anzeige kassiert.« Wort für Wort legte Zeilhofer an Lautstärke zu. »Das Mistviech«, schrie er am Ende regelrecht ins Telefon. »Um drei in der Früh hat die direkt vor einer Streife ein Taxi im Überholverbot überholt. Die hohle Nuss!«

Gruber schwieg, in seinem Kopf herrschte Leere. Zeilhofer redete zu viel, zu schnell und zu laut ... und plärrte munter weiter: »Die knöpf ich mir heut noch vor. So eine wie die hat in München garantiert einen Stecher am Laufen. Und jetzt schau, dass du ins Büro kommst. Das Ergebnis vom Haschberger seiner DNA ist übrigens auch da.«

»Und?«, fragte Gruber.

»Ja was, und? Logisch war er's.« Nach einem energischen »Servus« knallte Zeilhofer den Hörer auf das Telefon.

Inzwischen nahm ihm Gruber solche Aktionen nicht mehr krumm. Er wusste ja, dass das nicht böse gemeint war und Zeilhofer bisweilen ein Ventil benötigte, um Dampf abzulassen.

Zeilhofers Hausarzt hatte ihm auch erst vor Kurzem offenbart, dass wenn er sich weiter so aufregen würde, er bald Tabletten für seinen Blutdruck nehmen müsste. Er hatte ihm empfohlen, ab sofort einen kurzen Spaziergang zu unternehmen, sobald er merkte, dass es im Schädel zu pulsieren begann.

Korbinian streckte sich. Auf ein herzhaftes Gähnen folgte ein für ihn ungewohnt zufriedenes Brummen. Tageslicht blendete ihn, und obwohl es keinen speziellen Grund gab, überkam ihn rätselhafte Vorfreude. Auf irgendeine Art schien plötzlich alles anders.

Ungeachtet der Dinge, die ihm ein Therapeut vor einem Jahr mit auf den Weg gegeben hatte, schmunzelte er ins warme Kissen.

Anstatt ihn zu motivieren, hatte der ihm gesagt: Es gibt nichts Euphorisierenderes als die ersten 48 Stunden einer Diät. Dann kommt die Ernüchterung. So ist es auch mit jeder Sucht und Verhaltensänderung. Zu Beginn ist man felsenfest vom Erfolg überzeugt, doch die menschliche Schwäche und Inkonsequenz schleicht sich über die Hintertür herein und lässt uns an uns selbst verzweifeln. – *Wer braucht solch negatives Gewäsch überhaupt?*

In Unterhosen tapste er zu der Tasche, die er vor ein paar Stunden aus dem Auto geholt hatte. Turnschuhe, Laufsocken, zwei Sporthosen, vier T-Shirts; alles da und alles vor zwei Jahren gekauft.

An den Hosen baumelten sogar noch die Preisschilder. Selbst die Tasche war nagelneu gewesen. Sofort nach dem Kauf hatte er alles hineingepackt und sie im Wagen verstaut. Seither war er damit herumgefahren und hatte sie von einer Ecke des Kofferraums in die andere geräumt.

Er breitete die Hosen auf dem Bett aus. Jede war eng anliegend, eine kurz und eine lang, und Korbinian fragte sich gerade, was ihn denn geritten hatte, solche engen Dinger überhaupt zu kaufen. Gleichwohl konnte er jetzt nichts mehr daran ändern und zwängte sich in die kurze Hose. Immerhin war Sommer.

Auf der Innenseite der Schranktüren war ein Spiegel. Er posierte davor und: *Mein Gott!*, es war wirklich so schlimm wie befürchtet. *Man sieht tatsächlich alles, und zwar alles von allem.* Er schluckte.

Er hatte damals eindeutig zu sehr auf die Verkäuferin geachtet, anstatt auf das, wofür er bezahlte. An die charmante Blondine erinnerte er sich immer noch, an die Hosen nicht.

Zumindest wirkte der Hintern darin ein bisschen knackiger.

Als er die Schranktüren zumachte, wanderte sein Blick über den Plastikbeutel auf dem Boden. *Die Kleidung stinkt sicher oder schimmelt sogar schon*, dachte er.

Bereits im Treppenhaus genierte er sich. Begegnet war ihm bisher niemand, aber das Gefühl glich dem eines Freibadbesuchs nach einem langen Winter, in knappen, einschneidenden Badehosen und mit fünf Kilo mehr auf den Rippen. Wenigstens überdeckte das T-Shirt das Speckröllchen oberhalb des Bundes.

Er huschte mit gesenktem Kopf durch das Café. Ab jetzt konnte er das Parkettmuster sicherlich detailliert beschreiben, und am liebsten wollte er draußen die Pflastersteine zählen. Doch der Anstand gebot, die Hotelgäste, die draußen auf der Terrasse frühstückten, zu grüßen. Und es war wie vermutet – sie glotzten.

Bisher ging Korbinian mit flottem Tempo. Hinten an der Isar, direkt vor dem Maxwehr, wollte er loslegen. Und für den Fall, dass es nicht so recht klappen sollte, hatte er vorsorglich eine Schachtel Zigaretten eingesteckt. Immerhin konnte er ja nicht nach zehn Minuten schon wieder vor dem Hotel auftauchen.

Vereinzelte Wolken schoben sich am Himmel entlang, und der Geruch des Isarwassers war frisch und wirkte motivierend. Aber: Er zögerte noch, die Schritte schneller werden zu lassen. Schon in Gedanken fühlte sich das fremd an.

Er passierte eine Holzbank am Ufer, die er ursprünglich als Startpunkt fixiert hatte. Jetzt, als er an ihr vorbeischritt, schaute er auf die nächste – da würde er loslegen, und wie er das würde ...

Obwohl er gemächlich auf sie zuging, erreichte er sie schneller als gedacht. Korbinian blieb stehen. Er atmete tief durch und gab sich einen Ruck.

Die Beine hoben sich schwerfällig, und alle, die ihn jetzt sehen würden, täten tuscheln, weil er sich so blöd anstellte, da war er sich sicher. Aber zum Laufen musste er zwangsweise raus: *Das Hotelzimmer war einfach zu klein, um dort im Kreis zu laufen.* Doch in seiner Verzweiflung kam ihm selbst diese Idee gar nicht mehr so verrückt vor.

Seine Bewegungen fühlten sich eher nach Schleifen als nach Joggen an, und obwohl er jetzt erst ein paar Meter gelaufen war, pochte sein Herz fühlbar in der Halsschlagader.

Er hüstelte – und haderte: *Ich kann doch jetzt noch keine Pause machen ...* Kurz darauf bedeckte ein Schweißfilm die Stirn.

Als er einmal nach unten zu seinen Füßen spähte, rammte er fast in eine Frau mit Kinderwagen. Die geringste Unachtsamkeit stellte ein Risiko dar.

Er lief unter einer Brücke durch und noch ein kleines Stückchen weiter. Dann war Schluss.

Im Brustkorb tobte alles. Jeder Atemzug glich einem Befreiungsschlag. Seine Lunge war einfach zu eng, und je tiefer er versuchte zu atmen, umso mehr überkam ihn ein Hustenreiz. Gleichwohl zwang er sich kurz darauf weiterzulaufen. Es wurde immer schlimmer. Selbst wenn er es jetzt bloß wagte, sich am Kopf zu kratzen, kostete das zusätzlich Kraft und störte die Koordination in den Beinen.

»Hey, du Depp! Pass auf, wo du hinrennst«, bellte es aus dem Hinterhalt, und eine Klingel ertönte.

Korbinian war über die ganze Breite des Weges geschlenkert. Blöd war nur, dass in dem Moment ein Fahrradfahrer zum Überholen angesetzt hatte.

Dass er ihn als Deppen bezeichnet hatte, konnte Korbinian ihm nicht verübeln. Hätte er nicht auf sich aufmerksam gemacht, würde dessen Vorderreifen jetzt vielleicht sogar in seiner Arschritze feststecken.

Schnaubend pflügte er weiter flussaufwärts die Isarpromenade entlang und näherte sich einer hölzernen Brücke. Mit einem leichten Bogen verband sie für Fußgänger und Radfahrer die Ufer. Bei der Überquerung bemerkte Korbinian ein dezentes Wippen der Balken und Bretter, was seinen Takt nun vollends durcheinanderbrachte. Sofern er überhaupt einen hatte.

Am anderen Ufer stoppte er sofort und japste mit geöffnetem Mund nach Sauerstoff. Hände und Knie zitterten. Sein Hirn diente inzwischen nur noch als Platzhalter im pochenden Schädel. Der Körper schaltete auf Überlebensmodus. Das Herz hämmerte, und die Lungenflügel bettelten nach Sauerstoff. Die Herzschläge hallten im ganzen Körper; Hals, Hände und Füße, überall pulsierte das Blut. Die Brustseiten stachen, und Schweiß tropfte auf trockene Pflastersteine. Aber: Er musste nicht sterben ...

Kurz darauf stand er auf dem Übergang eines Wasserkraftwerks. Schon das zweite, das er hier in Landshut entdeckt hatte. Das Wehr staute den Fluss und leitete einen Teil davon ab. Er lehnte seinen Körper gegen das Geländer und streckte das Gesicht in den feuchten Dunst.

Gegenüber lagen das Ländtor und die Dächer des historischen Stadtkerns. Davor glitzerte die Isar. Die Burg auf dem Hügel und der Martinsturm ragten nach oben und vervollständigten das Panorama.

Er grübelte über Vergangenes und flüsterte: »Tja, niemand hat behauptet, das Leben wäre gerecht.« Dann zog er den Ehering vom Finger und warf ihn in den Fluss. Hinterher verlor sich sein Blick auf den kleinen Wellen, die in der Sonne aufblitzten.

»Morgen, Gruber!«, plärrte Zeilhofer aus dem Auto. »Da, setz dich herein. Wir fahren gleich.« Seit zwanzig Minuten brütete er schon im Wagen vor dem Eingang der Dienststelle.

Gruber schaute durch das geöffnete Fenster der Beifahrertür. »Ähm, nicht erst ins Büro hinauf?«

»Nix da! Wir haben ein straffes Programm«, herrschte Zeilhofer und winkte auffordernd.

Gruber plumpste in den Dienstwagen und fragte: »Was hast denn heut?«

»Mir langt's! Ein jeder erzählt uns einen Schmarrn. Die Haschbergerin kriegt eine Anzeige in München, wo sie uns erzählt hat, dass sie in Landshut war. Und vorhin hab ich noch einen Spezl in der Stadt getroffen, der mich zwecks dem Haschberger gefragt hat ...«

»Hä?«, unterbrach Gruber. »Du warst doch vorhin im Büro?«

»War kurz spazieren«, entgegnete Zeilhofer verhalten.

»Spazieren – du«, sagte Gruber.

»Ja, spazieren! Hast ein Problem damit?«

Gruber schmunzelte, während sich Zeilhofer weiter echauffierte: »Also, pass auf: Ganz nebenbei hat mir der Spezl erzählt, dass er auch Kundschaft vom Haschberger war. Und wie ich mir die Liste noch einmal anschau, die uns der Kopp gegeben hat, da hat mein Spezl gefehlt. Merkst was?« Er blickte auf die Beifahrerseite zu Gruber. »Die verarschen uns alle. *Kruzitürken* noch einmal!«

»Na, na, Herr Zeilhofer. Das darfst nicht sagen«, gab Gruber heraus.

»Was?«

»Na weißt schon: *Kruzitürken.* Wennst das als Beamter draußen sagst, kannst einen Haufen Ärger kriegen. Ausländerhass und so.«

»Ach, du wieder! Dann sag ich halt Kruzifix!«

»Und jetzt tätest dich mit dem Pfarrer anlegen.«

»Ja Menschenskinder!« Zeilhofers Gesicht lief beängstigend rot an. »Die verarschen uns alle, und jetzt darf ich nicht einmal mehr fluchen, wie ich mag, oder was?«

»Sag ja schon nix mehr. Kannst irgendwo stad halten zwecks einem Kaffee?«

»Nix gibt's«, entgegnete Zeilhofer. »Vielleicht kriegst ja einen beim Kopp. Den kauf ich mir jetzt als Erstes, dann die Haschbergerin und nachher unsern Herrn Doktor.«

»Ach genau! Den gibt's ja auch noch.«

Nach einer kalten Dusche schleppte sich Korbinian gemächlich nach unten ins Café. Dort wich die Trägheit schlagartig aus seinen Gliedern. – Marianne war da!

Ihre Blicke kreuzten sich, und beide Augenpaare funkelten. Doch wäre Korbinian ein Jäger, würde er mit seinen Reflexen zweifelsfrei verhungern. Er war dermaßen perplex, dass er kein spontanes Wort herausbrachte, und eh er sich versah, entschwand ihm Marianne mit rotem Kopf ins Büro.

Sie hätte sich am liebsten eigenhändig geohrfeigt. Sie war angetrunken an seinen Tisch gekommen und hatte anzüglich dahergesäuselt. Das Ganze auch noch vor den Augen der anderen Angestellten. Deren amüsiertes Wohlwollen änderte nichts daran, dass sie sich blamabel verhalten hatte. Wie stand sie denn jetzt vor allen da? Als eine, die es nötig hatte!

Wo ist denn da die Romantik? Ein angesoffenes Weib taucht ohne Vorwarnung auf und macht doppeldeutige Aussagen, zerbrach sie sich den Kopf. *Nein, nein, nein!* So hatte sie sich das nicht vorgestellt. Er hatte sie wohl am End auch noch süß gefunden. *Männer halt! Andererseits: Wieso sollte sich wegen diesem Fehltritt nichts entwickeln können? Und außerdem: Muss es denn immer gleich die große Liebe sein? Einfach nur ordentlicher Sex würde auch mal wieder nicht schaden* ... bei diesem Gedanken schoss ihr erneut die Schamesröte ins Gesicht.

Korbinian hatte sich derweil an einen Tisch gesetzt und schlürfte einen Kaffee, als plötzlich Mariannes Handy in der Handtasche piepte. Sie fingerte es heraus und war mehr als froh über eine Ablenkung. Sie prüfte gerade die Rechnung einer Reinigungsfirma, und bei ihrem augenblicklichen Konzentrationsvermögen standen die Chancen hoch, dass sie am Ende das Doppelte überweisen würde.

Als sie die Nachricht las, ging ihr Puls in die Höhe, und es dauerte keine Minute, bis der Absender Antwort erhielt. Gleich darauf saß Korbinian fett grinsend am Tisch. Dieses neue Leben gefiel ihm.

In der Steuerkanzlei:

Kopp gab den gestressten Geschäftsmann. Zeilhofer machte ein grimmiges Gesicht, und Gruber gähnte.

»Herr Kopp, wer hat denn die Mandantenliste vom Haschberger geschrieben?«, fragte Zeilhofer.

»Ähm. Der Computer«, erwiderte Kopp.

»Eine nachträgliche Durchsicht mit eventuellen ...«, Zeilhofer legte den Kopf schief, »... Streichungen hat's nicht gegeben?«

»Herr Zeilhofer: Mir steht der Kopf grad woanders. Wenn wir uns ein bisserl schicken könnten? Hab noch was anderes zu tun, als immer wegen dem Haschberger rumzumachen. Letztens war sogar schon ein Reporter da, und jetzt kommen Sie auch schon wieder. Also, was wollen Sie denn, reden Sie bitte Klartext.«

»Klartext«, konterte Zeilhofer. »Klartext können Sie kriegen. Ich sag's Ihnen, Herr Kopp, wenn Sie nicht vernünftig mit uns zusammenarbeiten, ziehen wir andre Seiten auf.«

Gruber schaute irritiert zu seinem Kollegen. Der übertrieb es nämlich ein bisschen mit der Lautstärke. Allerdings zeigte dies auch postwendend die gewünschte Wirkung. »Ich will Ihnen doch helfen. Was brauchen Sie denn?«, gab Kopp fast unterwürfig heraus.

»Auf der Liste fehlen ein paar Namen. Und außerdem: Was denn für ein Reporter?«

»Das mit der Liste kann ich mir ehrlich gesagt nicht erklären. Wahrscheinlich die EDV.«

»Die EDV ist mir wurscht. Sie kümmern sich jetzt drum, dass wir eine vollständige Liste kriegen!«

Kopp streckte seinen Oberkörper über den Schreibtisch. »Ich kann mir das echt bloß mit einem Computerfehler erklären.«

Zeilhofer fragte: »Wie lang brauchen Sie dafür?«

»Viertelstunde, maximal. Warten Sie kurz.« Kopp verließ das Büro, überquerte den Gang hinüber zu seinen Sekretärinnen und ließ absichtlich die Türen offen stehen, damit die Beamten hören konnten, was er sprach.

Nach zehn Minuten stellte sich tatsächlich ein Fehler heraus. Sie hatten vergessen, die letzte Seite des Ausdruckes mitzugeben.

Bevor die Beamten die Kanzlei mit der vollständigen Liste verließen, drehte sich Zeilhofer nochmals im Gang um. »Und was war das mit dem Reporter?«

»Ach, irgend so ein Schreiberling aus München hat sich wegen dem Haschberger erkundigt und blöde Fragen gestellt.«

»Aus München«, wiederholte Zeilhofer.

»Ja, ich kann Ihnen gern seine Visitenkarte zeigen«, sagte Kopp. Zeilhofer notierte sich die Kontaktdaten des Journalisten Korbinian Lallinger.

Kurz darauf saßen die beiden Ermittler Anette Haschberger in ihrem Wohnzimmer gegenüber.

»Uns ist da was aufgefallen, worüber wir mit Ihnen sprechen müssen, Frau Haschberger«, sagte Zeilhofer.

»Ach ja, was denn? Wissen Sie schon, wer's war?«

Zeilhofer verneinte mit einer Kopfbewegung. Hinterher belehrte er sie mit ruppigem Ton, was ihr eindeutig missfiel, über die Folgen einer Falschaussage.

»... und jetzt geb ich Ihnen vorneweg die Chance, darüber nachzudenken, ob Sie uns was verschwiegen haben.«

»Ja, wie kommen Sie denn darauf?«, konterte sie empört.

»Das war keine Antwort. Kommt was – oder nicht?«

Sie warf gefällig den Kopf nach hinten, blieb kurz stumm und sagte schließlich: »Ich und gelogen, ts!«

»Gelogen, Frau Haschberger?«, sagte Zeilhofer. »Ich hab gesagt verschwiegen – nicht gelogen.«

Sie schluckte auffällig, und ihr Blick wanderte unruhig durch den Raum, bevor sie fahrig nachhakte: »Aber ... aber

Sie glauben doch nicht, dass ich meinem Mann den Schädel eingeschlagen hab? Hätt ja nicht einmal die Kraft dazu.«

»Stimmt, aber Sie könnten jemanden dafür bezahlt haben«, erklärte Zeilhofer jetzt überaus ruhig.

»Was fällt Ihnen ein!«, fuhr sie auf.

»Gar nix. Wir haben bloß Fakten«, sagte Zeilhofer. »Und ob Sie noch rechtliche Konsequenzen, Mord hin oder her, zu spüren kriegen, muss der Staatsanwalt entscheiden. Immerhin ist eine absichtliche Falschaussage kein Pappenstiel.«

Schlagartig schien Anette die Beamten nicht mehr wahrzunehmen. Sie starrte in eine Ecke und biss sich auf die Unterlippe.

»Wo waren Sie in der Mordnacht?«, platzte Zeilhofer in ihre Gedankenwelt.

»Ach, Sie meinen das!«, sagte sie wider Erwarten befreit.

»Was ist – das?«, hakte Zeilhofer nach.

Einen Atemzug später wandelte sich ihr Gefühl der Befreiung zu Verärgerung. Es hatte also nichts mit den Akten aus dem Safe zu tun, allerdings musste sie jetzt tatsächlich Rechenschaft darüber ablegen, was sie so getrieben hatte.

Als sie anschließend erzählte, dass sie, genau wie ihre Kinder, ihren Mann zuletzt Freitagnachmittag gesehen hatte, geriet sie immer wieder ins Stocken. Sie war an dem Nachmittag nach München gefahren, während er auf den Zehrplatz ging, und zu dem Zeitpunkt, als ihr Ehemann getötet wurde, war sie im Bett eines anderen gelegen. Wegen eines Streits war sie jedoch mitten in der Nacht nach Landshut zurückgefahren.

Auf Zeilhofers Nachfrage erklärte sie, dass ihre Kinder von dem Verhältnis wussten und auch ihr Ehemann im Bilde war.

Bevor die Beamten anschließend das Haus verließen, notierten sie Namen und Adresse besagten Mannes aus München. Sie standen bereits draußen in der Einfahrt, als

Zeilhofer nochmals kehrtmachte und Anette fragte: »Hat sich bei Ihnen auch so ein komischer Reporter aus München gemeldet?«

»Ach, Sie meinen wohl den Herrn Lallinger. Ja, sehr sympathisch. Und so mitfühlend.«

»Aha, mitfühlend«, raunzte Zeilhofer und stampfte zum Wagen.

Marianne hatte gleich Mittagspause, und Korbinian hätte sich jetzt liebend gern einen Wodka in die Kehle gekippt.

Er stand wartend auf dem Maxwehr, und die Sonne reflektierte auf dem Wasser. Dann war der Moment gekommen ... sie ging auf ihn zu, blieb stehen, sie grüßten sich, beide bekamen rote Gesichter und gingen flussabwärts schweigend nebeneinanderher.

Korbinian war von sich selbst überrascht, dass er es schließlich war, der die Initiative übernahm und nach ihrer Hand griff. Worte schienen überflüssig.

Mit einem Mal begann es aber, aus ihr herauszusprudeln. Während sie erzählte, riss sie sich spielerisch von ihm los, ging rückwärts vor ihm her und fuchtelte mit den Händen herum, als wolle sie ihn in die Geheimnisse des Universums einweihen.

Es könnte alles sooo einfach sein, dachte er.

Zeilhofer und Gruber saßen unter einem völlig überdimensionierten Lüster, der bedrohlich über ihren Köpfen schwebte. Die Furnierplatte des ebenso großen Esstisches war mit spiegelndem Schellack überzogen und hatte geschwungene, mit aufwendigen Schnitzereien verzierte Tischbeine. An manchen Stellen hatte das Holz allerdings kleine Dellen. Vermutlich dem Alter und dem Lebensweg des Tisches geschuldet, sollte er denn wirklich so alt sein, wie er aussah. Vielleicht hatten aber einfach nur unachtsame Umzugshelfer den einen oder anderen Türstock gerammt. In der Ecke neben dem Fenster stand ein Rokoko-Sekretär aus dunklem Holz mit Ornamenten an den verspiegelten Türen. Die Beschläge waren natürlich vergoldet.

Und Doktor Müller – ja, der saß den Beamten in einem barocken Sessel gegenüber. Die Beamten hockten auf einfacheren Biedermeierstühlen. Müllers Sessel hingegen war mit rotem Samt überzogen und wuchtiger.

Wie der Hausherr so dasaß, erinnerte er Zeilhofer mehr an einen König ohne Königreich als an einen Landshuter Geschäftsmann. Müllers Augen nisteten in dunklen Höhlen, und sein ausgemergeltes Gesicht zeichnete tiefe Falten.

»Harte Zeit für Sie, die *LaHo*, ha?«, fragte Zeilhofer.

»Ja, was glauben denn Sie? Als Ritter muss man immer vorn mit dabei sein«, sagte Müller und grinste abgekämpft. »Aber ... ähm ... Herr Zeilhofer ...« Müller schaute den Beamten abwechselnd in die Gesichter. »Warum sind Sie denn jetzt bei mir? Was gibt's?«

»Aber, aber, Herr Doktor, das wissen Sie doch«, sagte Zeilhofer.

»Helfen Sie mir!«, forderte Müller.

»Wegen dem Mord am Haschberger«, erklärte Zeilhofer.

»Aber was hab denn ich damit zu tun?«, fragte Müller eher nebenbei, während er ein grünes, zähflüssiges Getränk aus einer Flasche in ein Glas laufen ließ. »Sauteuer, das Zeug. Aber fit macht's. Wollen Sie auch was?«

»Um Gottes willen, Herr Doktor.« Zeilhofer wedelte abweisend mit den Händen und lachte. »Danke, nein.«

Gruber wunderte sich nicht das erste Mal, wie sehr sein Kollege in der Lage war, sich zu verstellen, wenn er nur wollte – obwohl im Inneren ein Vulkan brodelte. Und das auch noch ausgerechnet bei diesem Doktor Müller, von dem niemand genau wusste, worin er eigentlich einen Doktor gemacht hatte.

»Wir haben's sicher gleich«, sagte Zeilhofer. »Dann können Sie sich wieder ausruhen. Steht Ihnen ja auch zu.«

Müller lehnte sich selbstzufrieden in den Sessel zurück, und Zeilhofer fragte: »Können wir loslegen? Wenn's genehm ist.«

Müller bewegte die Hand gönnerhaft durch die Luft.

»Sie hat ja bisher der Herr Haschberger persönlich betreut und ...«

Doch nicht einmal diesen Eingangssatz konnte Zeilhofer formulieren, ohne dass ihn Müller unterbrach: »Aber das ist doch wurscht, weil das ab jetzt der Kopp übernimmt.« Müller hob die Kinnspitze. »Sind Sie etwa bloß deswegen bei mir, weil ich Mandant vom Haschberger war? Oh mei, oh mei, wenn's bloß deswegen ist, dann habts aber noch viel zu tun, so viel Kundschaft, wie der gehabt hat.«

»Ich kann Sie beruhigen, Herr Doktor, wir wissen, was wir tun und vor allem – warum.« Zeilhofers Ton war nun energischer als anfangs. Jetzt streckte auch er sein Kinn nach oben und richtete sich im Stuhl auf. »Und außerdem: Wenn wir nicht deswegen bei Ihnen wären, zwecks was sollten wir denn dann da sein?«

Müller kniff die Augen zusammen, sagte aber nichts, und Zeilhofer zog eine Mappe aus seiner Aktentasche, als er fragte: »Kennen Sie das?« Er legte die Mappe auf die Tischplatte und klappte sie auf.

Müller schaute nur flüchtig darauf und erwiderte: »Der Plan von einem Grundstück halt. Ja, und?«

Der Beamte hob seinen Zeigefinger. »Sehr richtig, Herr Doktor. Das haben Sie gut gemacht.«

Gruber wäre fast geplatzt.

»Und was haben wir hier für ein Grundstück?«, fuhr Zeilhofer fort, legte den Kopf schief und grinste.

Müller blieb gelangweilt im Sessel hocken und machte keine Anstalten, sich den Plan näher anzuschauen.

»Ach, mein lieber Herr Doktor, wenn ich Sie doch bitte kurz bemühen dürfte?« Zeilhofer stand auf, kam um den runden Tisch und hielt dem Doktor die geöffnete Mappe unter die Nase. »Schauen Sie doch einmal.«

»Mensch, was soll denn das?«, wurde Müller laut. »Ich bin doch kein Depp. Hocken Sie sich wieder hin und geben Sie mir den blöden Plan.«

»Ähm, was zuerst, bittschön?«

Müller kochte, und Zeilhofer grinste. Nach Kopp und der Haschbergerin war seine Laune gerade richtig für solch einen Schnösel.

Müller kramte in der Tasche seines Morgenmantels, der aus purpurrotem Frottee war, und zog eine Lesebrille heraus.

»Da bringt's wohl nix, oder?«, fragte Zeilhofer.

»Hä, was meinen Sie?«

»Das Safterl da, weil Sie eine Brille brauchen.«

»Ach Sie! Jetzt lassen Sie mich lieber mal schauen, anstatt so saudumm daherzureden.«

Zeilhofer legte die Hände in den Schoß, begann demonstrativ Däumchen zu drehen und flüsterte: »Bittschön. Ich bin jetzt stad und sag erst wieder was, wenn Sie was sagen.«

Müller grummelte: »Unmöglich«, schüttelte den Kopf

und widmete sich dem Plan. »Hm«, wiederholte er dreimal in kurzen Abständen.

Zeilhofer ging das Ganze aber dann doch zu langsam, und er begann zu sticheln: »Für einen, der beruflich damit zu tun hat, brauchen Sie aber ganz schön lang.«

»Mann, was wollen Sie eigentlich von mir?«, wurde Müller erneut laut und schaute über den oberen Rand seiner Lesebrille. »Und das in meinem eigenen Haus. Ich könnt euch rauswerfen, wisst ihr das?«

»Also«, sagte der Beamte ruhig und hob erneut seinen Zeigefinger. »Erstens: Wenn Sie uns rauswerfen, lass ich Sie bei uns in der Dienststelle antanzen, ob Sie wollen oder nicht. Zweitens: Sie haben jetzt lang genug auf den Plan da geschaut. Kennen Sie das Grundstück?«

»Nein, warum auch?«, sagte Müller scharf.

Zeilhofer erwiderte umso ruhiger: »Ich weiß aber trotzdem, dass Sie das Grundstück kennen. Letzte Chance, Herr Doktor Müller.«

»Ich weiß doch nicht einmal, was Sie von mir wollen!«, bellte Müller.

Daraufhin donnerte Zeilhofers Stimme durch den Raum: »Menschenskinder, ja glauben Sie, wir sind total verblödet! Das Grundstück haben Sie gestern gekauft, da war nämlich der Termin beim Notar!«

Genauso hatte das die Marianne gewollt. An der Isar spazieren gehen, Händchen halten, miteinander reden – und nicht besoffen einen Monolog plappern. Jetzt wirkte Korbinians Schüchternheit sogar anziehend auf sie. Vor ein paar Tagen hatte sie seine Art teils rasend gemacht.

Natürlich erkundigte sie sich nach dem Verbleib seines Eheringes, und Korbinian erzählte, dass er längst geschieden war und der Ring zwischenzeitlich auf dem Grund der Isar lag.

Durch ein Gespräch mit Ernstl, sagte er, war ihm wieder bewusster geworden, dass man das Leben leben muss. Man darf sich nicht verstecken – ohne Wenn und Aber. Wenn es Zeit ist, durch eine neue Tür zu schreiten, darf man nicht davor stehen bleiben.

Fünf Minuten vor Ende von Mariannes Mittagspause standen sie erneut vor dem Maxwehr. Sie verabschiedete sich kurzerhand an der Isar, ergriff die Initiative, und Korbinian war selig.

Sein letzter Kuss lag mehr als vier Jahre zurück. Und er wollte mehr davon, mehr von ihrer Nähe. Er wollte mit ihr stundenlang über Gott und die Welt philosophieren oder sie einfach nur anschauen; es wäre ihm egal gewesen. Hauptsache, sie wären beisammen.

Doch schon im nächsten Moment drückte sie wieder, die Last auf seinem Rücken. Die Schwere, die ihm selbst die schönsten Augenblicke zunichtemachte.

Doktor Müller nahm die Lesebrille ab und schob sie gemächlich in die Tischmitte. Hinter einem hölzernen Gesichtsausdruck legte er sich Worte parat, die er Zeilhofer gleich entgegenschmettern wollte.

Mit knöchrigen Fingern fuhr er durch die langen Haare, warf die Beine übereinander und sagte: »Ja, und? Ich hab ein Grundstück gekauft. Das ist Teil von meinem Geschäft. Und außerdem: Woher wissts ihr denn das schon wieder so schnell?« Er trank von seinem schleimigen Gesöff und spähte kreuz und quer durch den Raum. Sein anschließendes Räuspern fiel extra kräftig aus, immerhin war er hier der Hausherr. Dann stand er auf. Mit durchgedrückter Wirbelsäule und hinter dem Rücken verschränkten Händen ging er zum Fenster.

Zeilhofer und Gruber blieben stumm. Jedem war klar, dass ein solches Grundstück ein erstklassiges Motiv für einen Mord darstellte und dass es nun an Doktor Müller lag, das Schweigen zu brechen.

»Ja, und?«, fragte Doktor Müller. »Was soll jetzt daran schlimm sein?« Während er redete, starrte er weiter aus dem Fenster.

Während er sich zwang, dazusitzen und nichts zu sagen, kochte Zeilhofer im Stillen, zumal Müller herumstolzierte, als handle es sich bei ihm um eine Reinkarnation von König Ludwig. Auch jetzt, wie er in dem purpurroten Mantel neben dem antiken Sekretär stand, trug er jene Arroganz zur Schau, die ihm Zeilhofer am liebsten mit einer Ohrfeige austreiben wollte.

Wer zuerst was sagt, verliert; genau diese Regel praktizierte Zeilhofer oft und besonders gerne, wenn er die andere Person nicht leiden konnte. Er wusste, wie unangenehm sich eine solche Situation anfühlte.

... und Herrn Doktor platzte der Kragen. Er schnellte herum, er sprang beinahe und schrie: »Reden Sie mit mir, wenn Sie schon in mein Haus kommen. Aber ich weiß schon, dass Sie ein recht ein Besonderer sind. Ein Querulant, hab ich gehört.«

Zeilhofer zog die Augenbrauen nach oben und erwiderte friedlich: »Wollen Sie mir nix erzählen? Letzte Chance, Herr Doktor. Ich sag ja nicht, dass Sie wen umgebracht haben. Ein Motiv glaub ich, tät's aber schon geben.«

Müller hastete an den Tisch zurück und warf sich in den Sessel. »Aber sagen Sie mir zuerst, wie Sie überhaupt drauf gekommen sind, dass gestern der Termin war und zwischen dem Grundstück und dem Haschberger ein Zusammenhang besteht.«

»Weil der Plan beim Haschberger in der Kanzlei auf dem Schreibtisch gelegen ist ...«

Am liebsten hätte Kopp alles aus dem Büro seines Partners verschwinden lassen. Aber was, wenn er Beweise entsorgte und man ihm hinterher auf die Schliche kam? Dadurch hätte er sich noch mehr in die Bredouille gebracht.

Er gab den nichts ahnenden Kooperativen, in der Hoffnung, den Schaden so gering wie möglich zu halten. Er trug nichts dazu bei, Haschbergers Geschäfte auffliegen zu lassen, tat aber auch nichts Gegenteiliges.

Er verharrte im Stillstand, während die Polizei sich nahm, was sie wollte. Erst hinterher wollte er damit beginnen, ohne weiteres Aufsehen, den Dreck wegzuräumen.

Zeilhofer erklärte: »... und außerdem hat die Frau Bernstein gestern, nach dem Notartermin, ein komisches Gefühl gehabt, weil der Haschberger das Grundstück wollt und jetzt tot ist. Drum hat sie bei uns angerufen.«

»Blöde alte Schachtel«, grummelte Müller.

Zeilhofer sagte: »Jetzt sind Sie dran mit dem Erzählen.«

»Na gut. Aber eins möcht ich gleich sagen: Ich hab dem Florian garantiert nix getan, auch wenn der schon lang eine

Abreibung verdient gehabt hätt. Der Haschberger war ja schon ewig mein Steuerberater. Er hat aber auch immer auf seinen Vorteil geschaut, und damit mein ich nicht bloß die horrenden Rechnungen. Verstehen Sie, was ich mein?«

»Glaub schon. Bitte, reden Sie weiter.«

»Hm ... ich hab halt momentan ein bisserl Ärger mit dem Finanzamt. Gleichzeitig hab ich aber die Chance gekriegt, von der alten Bernstein das Grundstück zu kaufen. Und das zu einem super Preis, glauben Sie mir!«

Zeilhofer unterbrach: »Verzeihen Sie, aber warum wollt denn Frau Bernstein das zu einem *super* Preis, wie Sie sagen, verkaufen?«

»Ja mei, die Frau ist sechsundsiebzig, hat weder Kinder noch Nichten oder Neffen und kennt sich auch nicht so gut aus. Außerdem geht die in sechs Wochen ins Altersheim. Muss ich mehr dazu sagen?«

Zeilhofer winkte ab.

»Also, lange Rede, kurzer Sinn: Logisch wollt ich's kaufen und hab halt vorher mit meinem Steuerberater drüber geredet. Und was tut der? Rennt gleich zu der Alten, tut ihr recht schön, bietet mehr Geld und legt ihr obendrein fünftausend Euro bar auf den Tisch fürs Vorkaufsrecht. Bester Grund in Stadtnähe, dass das Baugrund wird, ist bloß eine Frage von ein oder zwei Jahren. Und nachher prescht der Preis nach oben. Damit hätt ich mich sanieren können, aber total. War eh ein Wunder, dass ich überhaupt die Möglichkeit gekriegt hab. Um so was reißen sich ja alle!«

»Wie viel wollt denn, nach Ihrem Kenntnisstand, der Haschberger zahlen, wenn ich fragen darf?«

»Siebenhundertfünfzigtausend.«

»Und Sie?«

»Sechshundertfünfundzwanzig.«

»Ja und da wär's immer noch ein gutes Geschäft für den Haschberger gewesen, obwohl's hundertfünfundzwanzig mehr war'n?«

»Ja logisch!«, antwortete Müller. »Das Teil ist ja jetzt schon garantiert über eine Million wert; zum regulären Marktpreis versteht sich.«

Zeilhofer pfiff und sagte: »Sauber! Aber, was mich wundert: Wieso hat die Frau Haschberger nix davon gewusst? Ich mein, bei der Summe und noch dazu, weil's eine private Investition gewesen wär und nix mit der Kanzlei zu tun gehabt hätt. Ich hab sie wegen dem gefragt, und sie hat nix davon gewusst. Im Gegenteil, die ist stocknarrisch geworden.«

Doktor Müller lachte. »Kann's schon erklären. Weil er's nicht selber kaufen wollt.«

»Aha?« Zeilhofer kam an die Tischkante. »Klären Sie uns bitte auf, Herr Doktor.«

»Der Haschberger wollt das für seine Ex, die Türkin da, und ihren Buben kaufen.«

Zurück auf dem Zimmer warf sich Korbinian sofort auf den Boden, um zu *pumpen*. Jetzt galt es mehr denn je, sich wieder fit zu machen.

Er machte zehn zähe Liegestütze, hinterher noch Kniebeugen mit ausgestreckten Armen und fiel vornüber aufs Bett. Mit verknautschtem Gesicht schnaubte er in das Kissen.

Zumindest wusste er jetzt mit letzter Gewissheit, dass sein Körper immer noch Muskeln besaß. Schließlich taten sie weh, und zwar jeder einzelne. Es war noch nicht lang her, aber bereits jetzt machte sich das Lauffiasko von heute früh bemerkbar. Die Oberschenkel und der Rücken begannen zu ziehen. Die Vorboten eines höllischen Muskelkaters ...

Er stand wieder auf, setzte sich auf den Sims und blätterte in dem Buch – der dritte Anlauf, endlich mit der Lektüre zu beginnen ...

Doktor Müller hatte ein 125.000-Euro-Motiv, und wenn man die Wertsteigerung der nächsten Jahre mit berücksichtigte, konnte man wohl eine halbe Million draufpacken.

Wieso hatte Müller den beabsichtigten Grundstücksdeal von Haschberger nicht platzen lassen? Er hätte nur Frau Haschberger davon erzählen müssen. Warum hatte Haschberger nicht sofort das Grundstück über Aischa und Stefan gekauft? Laut Müllers Aussage hatte der Streit vier Wochen vor dem Mord begonnen. Vom wem wusste Müller, dass Haschberger das Grundstück für Aischa und Stefan wollte? Weshalb bekam Müller so rasch einen Termin beim Notar? Normalerweise dauert so etwas länger.

Anfangs hatte sich Müller noch gewunden, am Ende war ihm aber keine andere Wahl geblieben, als Zeilhofers Fragen zu beantworten.

Es wäre ein Leichtes gewesen, Anette Haschberger alles zu petzen, aber ihr Mann, der alte Fuchs, hatte Müller in der Hand. Der Grund hierfür lag sieben Jahre zurück: Müller hatte Schwarzgeldgeschäfte in der Schweiz und Liechtenstein getätigt, und der Haschberger hatte ihm geholfen, das Geld *sauber* zu bekommen. Und Haschberger wäre nicht Haschberger gewesen, wenn er keine Taktik gehabt hätte, die es unmöglich machte, nachzuweisen, dass er an der Sache beteiligt war. Aber den Doktor Müller hätt's erwischt.

So verfügte Haschberger im Bezug auf Müller über so viel Zeit, wie er gewollt hatte. Die er auch benötigt hatte, denn Aischa und Stefan das Geld für den Kauf einfach zu schenken hätte das Finanzamt auf die Bildfläche gezaubert. Und Steuern waren das Letzte, was Haschberger gewillt war zu zahlen. An der Lösung hatte er bis zu seinem Tode getüftelt.

Von dem Plan bezüglich Aischa und Stefan erfuhr Müller zufällig von der Grundstücksverkäuferin, der Bernstein. Denn natürlich hatte sie Haschberger gefragt, weshalb er mit dem Kauf so zögerte. Müller wunderte sich heute noch darüber, dass Haschberger ihr das daraufhin überhaupt anvertraut hatte. Vermutlich hatte er sich der Alten gegenüber einfach zu überlegen gefühlt. Konnte aber auch sein, dass er bloß nicht weiter darüber nachgedacht und drauflosgeplappert hatte.

Den raschen Termin beim Notar konnte Müller am leichtesten erklären. Geschäftsleute wie der Herr Doktor stehen immer gut mit verschiedenen Notaren. – *Man kennt sich.*

Zeilhofer forderte Doktor Müller auf, sich unverzüglich was Anständiges anzuziehen und auf die Inspektion mitzukommen. Müller protestierte. Zwecklos! Er musste sich erkennungsdienstlich erfassen lassen. In der Dienststelle kümmerten sich anschließend die Kollegen um den sauberen Herrn Doktor.

Zeilhofer wollte das Ergebnis nicht abwarten und bedeutete Gruber, dass sie sofort wieder aufbrechen mussten. Im Treppenhaus schimpfte er: »Ja Herrschaftszeiten, ein jeder erzählt uns bloß die Hälfte. Wir fahren jetzt sofort zu der Baumeister. Und morgen in der Früh fahren wir gleich noch einmal zu der Haschberger.«

Müllers Aussage rückte Anette Haschberger abermals in das Licht der Ermittlungen. Es konnte sein, dass sie doch davon erfahren hatte und ihren Mann aus dem Weg räumen ließ, bevor er 750.000 Euro für eine andere Frau und ihren Sohn verschleudern konnte. Für einen Auftragsmord hätte sie weit weniger ausgeben müssen.

Wobei sich dann aber die Frage gestellt hätte: Welcher Auftragskiller fügt dem Opfer Verletzungen bei, die für den Tod nicht nötig waren?

Doch inmitten dieser Gedanken läutete Zeilhofers Handy. »Oha ... bin gleich da«, sagte er in das Telefon und wandte sich zu Gruber: »Die Baumeister kann warten.«

Kurz nach zwanzig Uhr:

»Hab ich heut Geburtstag?«, fragte Aischa. »Was ist denn da los?«

Stefan drehte sich um. Er stand vor dem Spülbecken, tropfte jetzt mit nassen Händen auf den Boden und sagte: »Gut schaust aus.«

Aischa fuhr mit der Hand vorsichtig über ihre Frisur, ohne dabei ein Haar zu berühren. »Ja, findest?«, sagte sie. »Glaub, ich bin auch zufrieden. Hat auch zwei Stunden gebraucht und ein kleines Vermögen gekostet.«

Stefan werkelte weiter. Mit dem Rücken zu ihr sagte er: »Du solltest dir viel öfters was leisten. Geld hin oder her.«

»Was machst denn du da?«, fragte Aischa und kam näher.

»Überraschung«, antwortete er.

Sie sah einen Kochtopf mit Wasser und Bohnen befüllt. »Ja sag einmal? Hast du Tabletten geschluckt?«

Auf der Arbeitsplatte lagen Zwiebeln, Knoblauch und Peperoni. Ohne den Kopf zu heben, er konzentrierte sich auf das Schälen einer Tomate, sagte er: »Heut bekoch ich dich mal. Dauert aber noch ein bisserl.«

Aischa schüttelte überrascht den Kopf. »Mein Bub kocht. Ich glaub's ja nicht. Und was wird's, wenn ich fragen darf?«

»Wart.« Stefan wischte sich die Hände am Spüllappen ab und holte einen Zettel vom Küchentisch. Das Rezept hatte er gestern Nacht aus dem Internet ausgedruckt.

Aischa zog die Augenbrauen nach oben. Stefan versuchte sich an Kuru Fasulye Pilav, einem türkischen Nationalgericht mit Bohnen und Reis, und sie begann, lauthals loszulachen.

Stefan schaute verärgert, und sie deutete auf den Zettel. »Wann hast denn die Bohnen ins Wasser gelegt?«

Stefan las die Zeilen, auf die Aischa ihren Finger hielt. »Ach Scheiße!«, entfuhr es ihm.

Der Ausnahmekoch hätte die Zubereitungsanleitung vorher lesen sollen. Stattdessen hatte er heute Nachmittag kurzfristig die Zutaten gekauft und vorhin einfach losgelegt – die Bohnen konnte man aber unmöglich heute noch essen.

Seine Mutter tätschelte ihm die Schulter und flüsterte: »Der Wille zählt. Pizzaservice?«

Stefan packte den Lappen und warf ihn in die Spüle. »Peperoni mit Schinken, bitte.«

Compiègne, Frankreich:

Der Besitzer des Bauernhofes schaute aus dem Fenster. Das Anwesen lag außerhalb der Kleinstadt, in der Nähe eines Waldes. Es dämmerte, und unüblich für die Jahreszeit zog ein dampfiger Nebelschleier über die Straße, der die sommerlichen Temperaturen unwirklich erscheinen ließ.

Der stämmige Mann legte eine Gummischürze an und ging hinüber in den Stall. Einer seiner Helfer erwartete ihn, hatte das Schwein aus dem Gehege getrieben und mit einem Strick am Boden festgebunden. Das Tier schnaubte und versuchte, sich loszureißen. Zwecklos, der Strick leistete schon lange gute Dienste.

Langsam kam der Bauer näher, ließ das Tier sich beruhigen, streichelte es und flüsterte ihm versöhnlich zu. In dem Moment, in dem das Schwein seinen Schädel anhob, gab es einen Knall. Ein Bolzen drang durch die Stirn in das Gehirn des Tieres.

Er beugte sich über das Tier und streckte den Arm, in dem er das Schussgerät hielt, nach hinten aus. Sein Helfer nahm es ihm ab und reichte ihm ein langes Messer. Der Mann atmete laut, und sein Schweiß tropfte auf die Borsten. Er setzte es an der Kehle an. Blut spritzte.

Plötzlich erschienen fünf Männer im Stall. »Police nationale«, schrie einer.

Währenddessen in Landshut:

Warmer Wind wehte durch die Straßen. Abseits der Tribünen saßen Marianne und Korbinian am oberen Ende der Altstadt vor einer Eisdiele. Korbinian trank Espresso, sie eine »leichte« Weißweinschorle.

»Du, Korbinian«, sagte sie.

»Was denn?«

Sie legte ihre Hand auf seinen Oberschenkel und flüsterte: »Ich muss dir was beichten.«

Korbinian schaute nach oben in Richtung der Burg. »Okay«, sagte er kleinlaut. »Du hast einen Freund, stimmt's?«

Sie lachte. »Ach, papperlapapp! Ich weiß was wegen dem Haschberger und hab's dir nicht gesagt. Schlimm?« Sie drehte sich zur Seite, um nach ungebetenen Zuhörern zu schauen. Dann schob sie den Kopf in seine Richtung und sagte leise: »Ich kenn doch den Stefan.«

»Genau«, gab Korbinian zurück. »Gut, dass du das sagst, da wollte ich dich ohnehin was fragen.« Er zündete eine Kippe an. »Aber du hast mich so verzaubert, dass ich das ganz vergessen hatte.«

Sie blinzelte und rückte mit ihrem Stuhl näher. »Ach ja?«, sagte sie mit funkelnden Augen.

»Was weißt du denn?«, fragte er.

»Das ist ja das Problem!« Sie schaute zu Boden. »Ich weiß noch nicht, ob ich dir was sagen darf, weil's ja nicht einmal die Polizei weiß.«

Korbinian riss die Augen auf: »Erzähl!«

Plötzlich schrie jemand: »Hey, ihr zwei Turteltauben.« Marianne verdrehte die Augen. Ernstl kam über die Straße gewackelt. Hinter ihm ging ein anderer Mann, der sagte: »Ja Mariannerl, endlich seh ich dich auch mal wieder.«

Als die beiden vor dem Tisch standen, sagte Ernstl: »Das ist der Christian, und das ist der, der meiner Tochter grad den Hof macht«, und deutete auf Korbinian, wobei er Mariannes Gesichtsausdruck mitbekam und ergänzte: »Wir holen uns jetzt ein Eis und hocken uns weiter unten auf die Tribünen.«

Marianne atmete erleichtert durch. Die beiden waren auch tatsächlich gleich wieder weitergegangen.

»Der, der dabei war, war übrigens mein Taufpate«, sagte sie. »Und entschuldige wegen meinem Papa.«

»Alles okay, Marianne, mach dir keine Sorgen. Alles gut! Ich kenn ihn ja inzwischen, und mögen tu ich ihn auch.«

»Mensch, genau!«, sagte sie euphorisch. »Der arbeitet ja bei der Kripo, das wär doch was für dich, wegen deiner Story über den Haschberger, oder?«

»Wer arbeitet wo, bitte?«, fragte Korbinian.

»Na mein Taufpate, der ist Kriminalpolizist.«

Korbinian beschwichtigte sie sogleich. Er wusste genau, dass ein solcher Versuch wenig bringen würde, wenn Mariannes Taufpate seinen Job auch nur halbwegs ernst nahm. Stattdessen erkundigte sich Korbinian lieber nochmals nach dem, was sie ihm bis jetzt verheimlicht hatte.

Marianne biss daraufhin auf ihre Unterlippe und flüsterte: »Ich sag's dir morgen, okay?«

»Und warum erst morgen?«

»Weil's dann wahrscheinlich auch die Polizei weiß und ich außerdem versprochen hab, nichts davon zu erzählen.« Sie ergänzte mit unnatürlich hoher Stimme: »Reden wir jetzt bitte über was anderes?«

Die Pizza war eindeutig die bessere Wahl als halb gekochte Bohnen gewesen. Inzwischen saß Stefan in seinem Zimmer vor dem Computer und Aischa im Wohnzimmer.

Der Fernseher lief, und sie blätterte in einem Fotoalbum. Bei manchen Aufnahmen lächelte sie wehmütig, andere starrte sie minutenlang regungslos an. So wie jetzt: Das Bild war vergilbt, und ihr Vater hatte darauf Arbeiterkleidung getragen, ihre Mutter Schürze und Kopftuch.

Als das Foto geschossen wurde, waren Aischa und ihre drei Brüder noch sehr jung. Sie war ohnehin die Jüngste von allen, und auf dem Foto war ihr ältester Bruder vielleicht elf oder zwölf. So genau wusste sie das nicht mehr.

Stefans unausgegorener Plan, Aischa mit einem türkischen Essen zu überraschen, ließ sie in Erinnerungen schwelgen.

Ob sie noch wach sind?, rätselte sie und schaute auf die Uhr, legte das Album beiseite und griff nach dem Telefon auf dem Couchtisch. Die Nummer kannte sie auswendig, und während sie auf ein Lebenszeichen am anderen Ende der Leitung wartete, lauschte sie beiläufig einer Nachrichtensprecherin im Fernsehen.

Man berichtete über die Ausweisung eines türkischen Mannes. Er hatte an seiner Schwester einen Ehrenmord begangen. Er hatte ihr die Kehle durchgeschnitten.

Aischa fröstelte, und sie drückte auf die rote Taste am Telefon. Heute war wohl doch der falsche Tag, um »zu Hause« anzurufen.

Marianne tippte in ihr Handy:

Ich träum von dir und du träumst von mir, abgemacht? ... hihihi ☺

Anschließend legte sie das Telefon beiseite. Immerhin sollte Korbinian nicht übermütig werden. Mit seligem Lächeln vergrub sie sich unter ihrer rosafarbenen Steppdecke.

Eine Nachtschwester starrte den Patienten gerade schweigend an, als sie hörte, dass eine Kollegin kam. Deren Schuhsohlen quietschten bei jedem Schritt.

»Was hast denn? Schaust aber traurig aus?«, fragte die Kollegin.

»Nein, nein, alles gut. Hab nur grad den Herrn Stöckmüller angeschaut. Der liegt jetzt schon fast eine Woche da, und keine Sau hat nach dem gefragt. Vielleicht sogar besser, dass er das nicht mitkriegt.«

Die Kollegin stellte sich daneben und schaute jetzt ebenso auf den Patienten. Kurz darauf sagte sie: »Wenn ich heut nach der Schicht heimkomm, schmus ich als Erstes meinen Mann und meine Kinder ab.«

Stefan schaute sich eine Reportage an, die er aus dem Internet heruntergeladen hatte. In nachgestellten Szenen brachen Kreuzritter im Namen des Herrn ins Heilige Land auf, Inquisitoren ließen im finsteren Mittelalter Hexen verbrennen, und Juden wurde Zionismus vorgeworfen. Völlig aus dem Zusammenhang folgte ein verschwommenes Video, in dem ein islamischer Dschihad-Krieger jemanden enthauptete. Hinterher verbrannte ein Prediger in den USA auf offener Straße den Koran im Namen Christi.

Nach diesen Szenen sprach ein Reporter mit einem Mann, dessen Gesicht nicht zu erkennen war, über die Geheimnisse von Opus Dei, einer katholischen Organisation, die 1928 gegründet wurde.

Stefan erinnerte sich an die Aussage eines Lehrers im Religionsunterricht: *Toleranz und Barmherzigkeit sind Grundelemente der meisten Religionen.*

Stefan stellte den Laptop aus. Es war schon spät und er müde. Er verließ trotzdem noch mal das Zimmer und ging auf den Balkon. Dort hing seine Lederhose. Aus Angst, dass es in der Nacht noch regnen könnte, holte er sie in die Wohnung.

Im Bett starrte er hinterher trotz Müdigkeit an die finstere Decke und grübelte über die Reportage nach: *Wie würde ich mich verhalten, wenn ich mich für eine Seite entscheiden müsste? … zu welchen Mitteln würde ich greifen?* – Er wusste es nicht.

Aischa hatte ihn katholisch erzogen, er wurde nicht gefragt …

»Ich hab früher auch so eine gehabt«, sagte der Mann zu seinem siebenjährigen Sohn. »Ich sag dir gleich, wann du sie loslassen darfst.«

Der Junge umklammerte die Katze mit beiden Armen und drückte sie an seine Brust, dass sie keuchte.

Der Vater beugte sich hinab zu dem Käfig und öffnete die Gittertür. »Jetzt komm – raus mit dir!« Doch der Hamster kauerte murmelnd in der Ecke und bewegte sich keinen Millimeter. Die Spitzen des Fells zitterten vor Erregung.

Der Mann hielt den Käfig schräg in die Luft und rüttelte. Das Tier fiel heraus, und der Mann sagte: »Jetzt, lass sie aus.«

Sofort sprang die Katze auf den Hamster zu. Das Tier quiekte. Ausgefahrene Krallen erwischten es sogleich im Nacken. Die Wucht des zweiten Hiebs rollte den Hamster einen Meter weit. Das weiße Fell wurde rot.

Der Mann schob seinen Sohn näher an das Geschehen heran. Sie waren extra in den engsten Raum im Keller gegangen, nicht dass sich die Katze mit ihrer Beute aus dem Staub machen würde. Diese rammte jetzt ihre Fangzähne in den Nacken des Nagers und schüttelte ihn.

»Da – schau«, sagte der Mann und legte die Hand auf die Schulter des Jungen.

Freitag, 5. Juli 2013

Korbinian gelang es irgendwie, sich aus dem Bett zu wuchten. Die gestrige Freude über die neu erlangte Sportlichkeit verflog, als er wie ein geprügelter Hund ins Bad schlich. Der Wadenmuskelkater plagte ihn so sehr, dass er auf Zehenspitzen gehen musste. Das einzig Gute daran: Die Rückenschmerzen vergaß er dabei völlig.

In Unterhosen sackte er auf die Toilettenschüssel neben dem Waschbecken. Speck wölbte sich in Röllchen an seinem Bauch; ein Anblick, den er hasste.

Nachdem er sich die Zähne geputzt hatte, rangierte er seinen Körper mit ungelenken Bewegungen in die Dusche.

»Zeilhofer, ja bitte.«

»Morgen, Zeilhofer, Weihbichler da.«

Thorsten Weihbichler war der Leiter der Landshuter Kripo.

»Ja guten Morgen, Urlauber«, sprach Zeilhofer ins Telefon.

»Ts, leider schon wieder vorbei. Bin erst vor zwölf Stunden aus dem Flieger gestiegen. Drei Tage Mallorca mach ich nimmer. Viel zu kurz. Du, Zeilhofer, ich wollt mich bloß vorab bei dir erkundigen, wie's ausschaut mit dem Haschberger. Hab schon was läuten hören, dass ihr den schon habts. Wär ja vorbeigekommen, aber ich hab in einer Viertelstunde einen Termin am Landgericht. Schieß los!«

»Lüg dem Richter ja nix vor«, entgegnete Zeilhofer.

»Depp! Erzähl lieber.«

Zeilhofer holte tief Luft »Du weißt ja, dass wir auf einem Stein, der am Tatort gelegen ist, Fingerabdrücke gefunden haben. Ein absoluter Profi hat's deswegen schon gar nimmer sein können, der hätt den in die Isar geworfen oder sonst was damit gemacht, aber nicht liegen lassen. Noch dazu, weil's ein Tatwerkzeug war. Neben Fußtritten und Faustschlägen ist dem Haschberger laut Bericht mindestens einmal mit dem Stein auf den Schädel geschlagen worden. Der Fingerabdruck, den wir darauf gefunden haben, war aber nicht in der Datenbank. Also hat's beim ersten Vergleich auch keinen Treffer gegeben. Die Abdrücke vom Baumeister Stefan und dem Doktor Müller waren's auch nicht. Aber: Die Woche ist von einem Kollegen in München ein neuer Abdruck ins System eingespeist worden. Und der passt! – Und jetzt halt dich fest: Dabei handelt's sich um einen André Bernard, ein französischer Staatsbürger, der in der Nähe von Paris lebt. Vor acht Wochen ist der in München bei einer gefährlichen Körperverletzung erwischt worden. Der hat da Urlaub gemacht, und soviel ich bis jetzt weiß, hat's da eine Schlägerei vorm Hofbräuhaus gegeben. Und du weißt ja, wie's ist, wenn kein andrer Tatverdacht vorliegt, kann's manchmal dauern, bis die Abdrücke im System landen.«

»Und weiter?«

»Wir haben zwar verschiedene Fußabdrücke am Tatort gefunden, aber der Franzose, der kommt uns schon einmal nimmer aus, und wenn wir den haben, finden wir auch die andern, die noch dabei waren. Wir gehen davon aus, dass dieser Bernard letzte Woche zur *LaHo* in Landshut war, gesoffen hat und gerauft, so wie in München. Und der Rest …«

»Du meinst die Sauerei?«, unterbrach Weihbichler.

»Ja, genau«, erwiderte Zeilhofer. »Immer noch grausig, wenn ich dran denk, aber wegen dem tät's auch passen. Der Kerl hat nämlich nebenbei eine Schlachterei am Laufen. Und jetzt weißt ja, wie's weitergeht. Läuft den Weg übers LKA, BKA, Interpol und bei den Franzosen retour. Vor der Auslieferung werden der Gruber und ich auch noch eine Dienstreise zur Vernehmung machen müssen. Das unterschreibst dann aber auch, gell.«

»Na wunderbar, Zeilhofer«, sagte Weihbichler. »Dusel gehört halt auch dazu. Was meinst denn; ich würd sagen, wir geben morgen was an die Presse. Wenn ich im Büro bin, ruf ich mal den Staatsanwalt an und red mit ihm drüber.«

Zeilhofer rieb sich die Stirn.»Wegen der Presse würd ich noch warten. Am Schluss kommt bloß noch raus, wie man den Haschberger zugerichtet hat, und ich weiß nicht, ob das während der *LaHo* gut wär, noch dazu, weil dieser Bernard ja nicht allein war, soviel wir bis jetzt wissen. Außerdem sollten wir den erst einmal vernehmen.«

»Ja hast du überhaupt eine Ahnung, wie mich die ab heut alle drängen werden, an die Öffentlichkeit zu gehen? Das zweite Wochenende steht vor der Tür, und ist ja auch klar, dass sich die Geschichte auf die Besucherzahlen auswirken kann.«

»Schon, aber wir haben doch noch gar nicht alle erwischt. Am besten erzählst gar niemandem was und redest bloß mit dem Staatsanwalt.«

Nach dem Gespräch schaute Gruber von seinem Schreibtisch herüber zu Zeilhofer und sagte: »Kann er's wieder mal nicht erwarten, oder?«

Zeilhofer erwiderte: »Immer das Gleiche mit dem. Bin bloß froh, dass wir keinem was von der Sauerei verraten haben, ansonsten hätt das die Haschberger am End auch noch diesem Reporter aus München erzählt.«

»Hast heut eigentlich schon in die Zeitung geschaut?«, fragte Gruber.

Zeilhofer schüttelte den Kopf, und Gruber grinste. »Deine Demonstranten von neulich haben den Bauernhof ja ganz schön aufgemischt. Ist auch ein super Foto dabei, wie die Alten rumschreien.«

Zeilhofer grinste ebenso, nur noch zufriedener und ein bisschen breiter als Gruber.

Das Telefon klingelte erneut. Ein Kollege von unten an der Pforte teilte mit, dass ein junger Mann da sei, der etwas zum Fall Haschberger mitzuteilen habe. Zur Sicherheit sollte auch ein Dolmetscher dabei sein, erwähnte der Anrufer abschließend. Gruber ging nach unten.

Zeilhofer stand derweil verkrampft am Fenster und wartete. Ein Beamter, der ins Türkische und umgekehrt ins Deutsche übersetzte, war kein Problem. Der Kollege hierfür kam auch augenblicklich herein. Zeilhofer drehte sich um. Der Holzboden unter seinen Füßen knackte.

Der, der hereingekommen war, war selbst Türke, nickte Zeilhofer zu, setzte sich auf einen der Stühle, die an der Wand standen, und legte die Hände in den Schoß. Zeilhofer mochte dessen zurückhaltende Art schon immer.

Erneut öffnete sich die Tür, und Gruber ließ einem hageren jungen Mann den Vortritt. Mit panischen Blicken musterte der sofort den Raum.

Zeilhofers Händedruck war dann wohl etwas zu fest. Der schmächtige Kerl verzog das Gesicht dabei.

Der Dolmetscher trug Uniform, stand kurz auf und begrüßte ihn auf Türkisch. Die Erleichterung im Gesicht des jungen Mannes war sofort zu erkennen. Nichtsdestotrotz blieb sein Kopf meist gesenkt. Blickkontakt fand eher zufällig statt.

Gruber nahm die Personalien auf: Der Mann hieß Akin mit Vornamen, war 19 Jahre alt und mit seiner Mutter vor zehn Jahren aus der Türkei gekommen.

»Servus, Stefan, geht's dir gut?«, fragte Marianne. Mit dem Handy am Ohr ging sie in die Arbeit. Heute hatte sie Spätschicht, die erst zwischen ein und zwei Uhr früh enden würde.

»Hey du, ja alles gut so weit«, sagte Stefan. »Was gibt's denn?« Er fläzte sich auf eine Betonstufe im Freibad. Jeder, der meinte, sich präsentieren zu müssen, schmorte hier in der prallen Sonne. Stefans eingeölte braune Haut glänzte.

»Du, ich muss dich was fragen«, sagte Marianne. »Ich hab doch einen kennengelernt, das hab ich dir ja letztens erzählt, weißt noch?«

Marianne erhielt keine Antwort. Irritiert fragte sie nach: »Stefan, bist du noch dran?«

Erneut keine Reaktion. Stefan hielt zwar das Handy am Ohr, betrachtete jedoch gleichzeitig die verlockenden Rundungen einer Brünetten. Mit schwingenden Hüften schwebte sie im knappen Bikini vorüber und hatte ihm zugezwinkert.

Ein lautes »Hey« von Marianne und die Tatsache, dass sich die attraktive Unbekannte sogleich auf das Handtuch eines anderen Mannes legte, machte Stefan für Mariannes Worte wieder empfänglich. »Ja, ja. Bin schon noch da«, sagte er. »Weiß schon, du hast einen Fuzzi aus München kennengelernt.«

Verlegen hauchte sie: »Ich mag ihn, weißt du.«

»Ach ja, schön für dich.« Erneut schaute er zu der Brünetten. Sie erwiderte den Blick und knutschte daraufhin mit ihrem Begleiter. Lustlos fragte Stefan am Telefon: »Mag er dich auch?«

»Glaub schon«, sagte sie.

»Aha, und das wolltest du mir jetzt sagen, oder wie?«

»Mensch Stefan, sei doch nicht immer so ein Arsch!«

»Schon gut. – Also, ihr mögt euch. Und weiter?«

»Ist jetzt echt eine blöde Frage, aber der ist ein Reporter und ich möcht ihm helfen, und du kennst mich ja, ich kann doch meine Klappe schlecht halten und ...«

Stefan unterbrach lauthals: »Du hast es ihm gesagt«, schnellte mit dem Oberkörper empor und starrte durch seine Sonnenbrille in den grellen Horizont.

»Angedeutet, schlimm?«, erwiderte sie langsam und sagte dann ganz schnell: »Aber mehr nicht, versprochen.«

»Ach, Marianne.«

»Magst mich trotzdem noch?«, flüsterte sie.

»Klar!«

»Weißt, ich möcht ihm halt helfen, und der ermittelt grad wegen der Sache mit deinem Vater, und es fällt mir halt schwer – ich weiß doch was dazu und ...«

Stefan unterbrach sie erneut: »Du willst es ihm sagen!«

»Darf ich?«, ratterte sie begeistert.

»Ach, von mir aus. Akin hat eh gesagt, dass er zur Polizei will, und ich geh davon aus, dass er da auch schon war.«

»Aber Stefan, jetzt muss ich dich schon schimpfen. Interessiert dich das denn so gar nicht?«

Er hielt inne und sagte kleinlaut: »Ich bin mir noch nicht sicher.«

Unterdessen in der Dienststelle:

Akin erzählte, dass er sich im Grunde aus der Sache raushalten und keine Probleme haben wollte. Obendrein hatte er Angst, mit der Polizei zu sprechen. Als arbeitsloser Ausländer mit jämmerlichen Deutschkenntnissen hatte er befürchtet, dass *die Deutschen* so oder so alle zusammenhalten würden ... Polizei hin oder her.

Andererseits wurde er aber seit jener Nacht von Panikattacken heimgesucht und hatte Schlafstörungen. So konnte es also nicht weitergehen. Und je länger er darüber nachgedacht hatte, desto größer wurde auch die Angst. Denn was wäre, wenn man die Täter nicht fassen würde und die nach ihm suchten?

Zeilhofer schaute grimmig. Er war stinksauer, dass jemand der Meinung gewesen war, nicht korrekt von ihnen behandelt zu werden.

Gruber forderte Akin auf, die Erlebnisse jener Nacht zu schildern. Der Uniformierte würde übersetzen. Akin starrte auf den Holzboden ...

Erstes *LaHo*-Wochenende, Samstagabend:

Landshut feierte, bunt und laut. Akin mit drei Freunden mittendrin. Sie streiften in der Altstadt umher, auf den Tribünen oder in verschiedenen Kneipen.

Zwischen drei und vier Uhr früh, die Tribünen hatte man zwischenzeitlich abgesperrt, verabschiedeten sie sich voneinander. Jeder wohnte in einem anderen Stadtteil.

An der Isar, die Akin bei seinem Nachhauseweg überqueren musste, setzte er sich auf eine Holzbank. Anhand der Beschreibung offenbarte sich rasch, dass er am Orbankai gesessen war: Rechter Hand das Maxwehr und gegenüber das Isargestade – der spätere Tatort.

Nachts: Das blau beleuchtete Kraftwerk und spiegelnde Straßenlaternen im schwarzen Isarwasser, das lautlos vorübergleitet, bis es am Wehr nach unten fällt. Breite Gehwege mit langen Schatten; idyllisch und gespenstisch zugleich.

Die Nacht war schwül, und trotz der Uhrzeit geisterten mehr Passanten als üblich umher. Immerhin mussten selbst die fanatischsten *LaHo*-Anhänger über kurz oder lang nach Hause gehen. Auch der eine oder andere Gaukler, Ritter oder Häscher wandelte noch durch die Gassen, auf der Suche nach einem geeigneten Nachtlager.

So wohl auch der Kostümierte, der hinter Akins Bank vorüberging. Müdigkeit und ein generöser Alkoholpegel beschäftigen aber jeden mit sich selbst, auch diesen Mann.

Der Mann schleppte sich in Richtung des Wehrs und blieb dann stehen. Anfangs war er Akin nicht einmal aufgefallen, bis er damit begann, sich die Seele aus dem Leib zu würgen. Mit beiden Armen stützte er sich dabei an einen Baum; es war der letzte, direkt vor dem Flussübergang. Der Mann hustete und würgte so laut, dass sich Akin angeekelt von der Bank erhob und weiterging.

Der Fluss führte wenig Wasser, weshalb die Würgegeräusche das Rauschen am Wehr übertönten und am Ufer entlanghallten.

Akin spazierte an ihm vorbei auf den Flussübergang und blieb etwa in der Mitte des Wehrs stehen, um die Atmosphäre jener Nacht noch etwas auf sich wirken zu lassen.

Dann vernahm er das Grölen einer Männergruppe, weswegen er sich umschaute. Drei Gestalten näherten sich von der anderen Uferseite aus der Dunkelheit. Die Kerle interessierten ihn nicht großartig, und er schaute weiter auf den Fluss. Aus dem Augenwinkel bekam er jedoch mit, wie sie näher kamen und schließlich hinter seinem Rücken verschwanden. Er schenkte dem keine Beachtung.

Erst als ihre Schritte verstummten, drehte er sich um. Die drei hatten sich vor Akin aufgebaut und starrten ihn an. Da Ärger das Letzte war, was er wollte, wendete er sich ab und ging sofort weiter.

Nicht ein einziges Wort hatte einer der drei gesagt. Das Einzige, was Akin gehört hatte, waren ihre Schritte hinter ihm. Er erreichte die andere Uferseite und ging schneller. Die Schritte folgten, bis er hörte: »Heute ist Saison für Türkenklatschen!« Gleichzeitig überholte ihn ein anderer. Da schlug auch schon die erste Faust in Akins Nacken ein. Er fiel vornüber und prallte frontal in einen Kinnhaken. Der andere hatte schon auf ihn gewartet.

Benommen stürzte Akin zu Boden, hielt reflexartig die Hände vor den Kopf und rollte sich zusammen. Er verspürte fast keine Schmerzen, doch die Angst, die er hatte, die war richtig schlimm!

Dann hörte er abermals jemanden rufen. Konnte jedoch nichts verstehen, da die drei Kerle gerade mit Füßen auf ihn eintraten. Jemand hustete aus voller Kehle, und Knall auf Fall ließen die Schläger von ihm ab.

An dieser Stelle der Erzählung verstummte Akin für einen Moment. Jeder der Anwesenden ahnte duster, wie es weitergehen würde ...

Durch die Unterarme, er hatte sie immer noch schützend vor das Gesicht gehalten, konnte er schemenhaft den Mann erkennen, vor dem sich Akin vorhin so sehr ekelte, als der sich die Seele aus dem Leib gekotzt hatte.

Der Mann konnte sich kaum gerade halten und schrie: »Nix ist mit Türkenklatschen! Eine drum Watschen gibt's gleich für einen jeden von euch, bis ihr zum Scheißen eine Krankenschwester brauchts!«

Die drei Raufbolde bauten sich vor dem Kostümierten auf – der daraufhin dem, der ihm am nächsten stand, mit aller Kraft seinen Humpen über den Schädel zog.

Plötzlich hörte Akin keinerlei Beschimpfungen mehr, nur noch dumpfe Schläge. Diese Chance hatte er dann ergriffen, sprang vom Boden auf und lief panisch davon. Außer blauen Flecken hatte er keine Verletzungen davongetragen.

Zeilhofer schüttelte überrascht den Kopf und sagte: »Der Haschberger! So wie's ausschaut, hat der Ihnen das Leben gerettet.«

Die Beschreibung der drei Männer fiel leider nicht sehr detailliert aus, was in Anbetracht der Umstände nicht überraschte.

Jeder der drei schien zwischen zwanzig und dreißig zu sein, normale Kleidung ohne Auffälligkeiten, mittelgroß, Kurzhaarfrisur.

Das übermittelte Foto des Franzosen Bernard zeigte einen Mann mit schulterlangen Haaren. Die Aufnahme des 46-Jährigen war von den Kollegen in München gemacht worden. Wobei dieser Franzose zwischen den Aufenthalten in München und Landshut beim Friseur gewesen sein konnte, und nachts, bei schlechtem Licht, kam man sich auch, was das Alter angeht, sehr leicht irren. Es wäre absolut kein Wunder, wenn Akins Beschreibung mit der Realität nicht vollends übereinstimmte.

Zeilhofer kratzte sich am Hinterkopf und grübelte: *Wo war denn eigentlich dieser Humpen geblieben, von dem Akin erzählt hat?*

Kurz nach sieben Uhr abends:

Korbinian schleppte sich an den Tresen. Dieser Muskelkater hatte es echt in sich.

Mit einem freudigen Augenaufschlag sagte Marianne: »Guten Abend, der Herr. Was möchten Sie denn bittschön trinken?«

Sie strahlte, als läge ihre letzte Begegnung Wochen zurück. Seine komischen Bewegungen bemerkte sie nicht einmal, so sehr fixierte sie sich auf ihren Blickkontakt.

Korbinian bestellte einen Espresso. Anschließend vereinbarten sie, dass er um ein Uhr vor dem Hotel stehen würde. Falls sie länger bräuchte, würde er eben warten, um hinterher mit ihr die Stadt unsicher zu machen.

Bis frühmorgens konnte man durch exotisch-rustikale Kneipen ziehen, die einzig zu den *Landshuter Hochzeitswochen* geöffnet hatten. Sperrstunde gab es keine. Ausnahmezustand.

Doch bis zu ihrem Rendezvous musste Korbinian die Zeit noch alleine totschlagen, und auf dem anschließenden Weg in die Altstadt hätte er ebenso durch eine andere Gasse gehen können, doch als er »Rosengasse« las, kam ihm der Gedanke, Marianne morgen mit einem Blumenstrauß zu überraschen.

Korbinian trieb ziellos im Getümmel: am Rathaus vorbei, unter den Bögen entlang, bis vor die Martinskirche. Dort verliefen sich die Massen ein wenig. Dann ging er zum Zehrplatz hinunter und löste eine Karte. Als er den Eingang passierte, überholte ihn eine Gruppe drängelnder Asiaten aus dem Hinterhalt. Einer rempelte Korbinian an der Schulter an. Beschämt drehte sich der Rempler sofort um, verbeugte sich und stürmte hastig weiter.

An der Kasse hatten sie brav hinter Korbinian gestanden, doch sobald man ihnen Freilauf gewährte, peilten sie schnurstracks die ersten Kostümierten an, die sie zu Gesicht bekamen.

Ehe man sich versah, klickten Digitalkameras und Fotoapparate um die Wette. Über die Wamsträger brach ein Blitzlichtgewitter herein. Vier Businenbläser standen zufällig in der Nähe. Spontan umrahmten sie die Szene und bliesen in ihre langen Instrumente.

»Wieso gehts ihr denn nicht in die Stadt?«, fragte Anette Haschberger.

»Mama!«, stieß Karin entsetzt aus. Sie saß auf dem Sofa im Wohnzimmer. »Der Papa ist ja noch nicht einmal beerdigt. Das macht man nicht.«

»Findest? Wo ist denn der Alex?«, fragte Anette.

»Ach der, der ist seit gestern schon wieder nimmer heimgekommen. Weiß nicht, wo sich der momentan die ganze Zeit rumtreibt.«

Anette nickte. »Der macht's richtig. Ihr seid junge Leut, gehts raus und sperrt euch nicht ein.«

»Mir geht's aber nicht gut«, konterte Karin. »Ich vermiss ihn, den Papa.«

»Geh, stell dich nicht so an«, sagte ihre Mutter schnippisch. »Der hat sich doch auch um keinen was geschissen. Ich fahr morgen übrigens nach München.«

Es roch nach Gebratenem, und je nachdem, wo man stand, vermischte sich der würzige Geruch mit dem Rauchschleier einer Feuerstelle.

Ein Raunen ging durch die Menge. Zwei Jongleure warfen sich beim Passing brennende Fackeln zu. Flammen zogen Feuerspuren in der Finsternis. Ein anderer übernahm und zauberte mit flinken Bewegungen einen geisterhaften Feuerteppich. Die Leute klatschten fasziniert. Lodernde Flammen in der Dunkelheit erzeugten magische Momente.

Aus einem anderen Winkel des Platzes dröhnten rhythmische Schläge, und unmittelbar nach ihrem Verstummen hörte man es wieder: »Hallooo!«

Zu späterer Stunde ratschte irgendwie jeder mit jedem, und alle schienen sich irgendwoher zu kennen. Falls nicht, war's auch egal: Aus Herrn Doktor Schmidt und seiner Gattin wurden der Sepp und die Maria. Korbinian kannte trotzdem niemanden ...

Er stand vor dem Zaun eines der Lager. Schaulustige drängelten sich davor, um einen Blick in die Unterkünfte zu werfen. Vereinzelte Teilnehmer kamen heran.

»Servus, ich bin der Georg. Wer bist denn du?«, fragte ein Kostümierter eine junge Blondine.

Sie lachte, obwohl sie die direkte Art anfangs merklich überrumpelte. »Ich heiße Elisabeth«, antwortete sie kühl, aber doch irgendwie interessiert.

»Ah, Elisabeth, freut mich. Wo kommst denn her?« Der *Hochzeiter* stützte eine Hand am Zaun ab, ganz cool – und schüttelte seinen Kopf, während er mit den Fingern der anderen Hand durch sein schulterlanges Haar strich.

Belustigt warf sie ihre blonde Mähne nach hinten. »Du bist ganz schön neugierig, weißt du das?«

»Ja, schon. Schlimm?«, sagte er und setzte einen verspielten Gesichtsausdruck auf.

Sie stockte, bevor sie sagte: »Ich komme aus Hamburg, und du bist wahrscheinlich ein echter Landshuter, oder?«

»Freilich. Mit wem bist denn da?« Er schob den Kopf nach vorne zu ihr, hielt sich seine Hand an den Mund und tat so, als ob er flüstern müsste. »Ich frag ja bloß, weil du musst mir's schon sagen, wenn ich mich vor deinem Freund verstecken muss. Nicht, dass der kommt und mich schimpft, weil ich mich mit dir unterhalt.«

»Ich bin mit einer Freundin in der Stadt«, antwortete sie prompt.

»Was treibst denn heut noch so?«, fragte er, stellte einen Fuß auf die unterste Zaunlatte und erkundigte sich gleich hinterher: »Gehst mit mir später in den Keller?«

Und schon wieder stand Korbinian hinter dieser unsichtbaren Mauer, die ihn und den Rest der Welt voneinander trennte. Wieder einmal wurde ihm vor Augen geführt, wie sehr es ihm an Leichtigkeit und Frohsinn fehlte. Das mit Marianne war zum Glück anders. Da spürte er jene Hemmungen nicht, nicht mehr zumindest.

Mit den Händen in den Hosentaschen schlenderte er weiter und freute sich auf später. Gegen halb zwölf verließ er den Zehrplatz durch den Ausgang hinter dem Turnierplatz. Auf dem Weg in die Innenstadt stand er dann vor einem imposanten Bau mit hohen grauen Mauern, mitten in der Stadt.

Im Inneren stieg eine Party. Der Bass hämmerte, und vor dem Eingang standen Leute rauchend beisammen. Es war ein altes Zuchthaus. Ehemaligen Insassen wären wohl die

Augen rausgefallen, bei dem Gedanken, dass ihre Zellen, die Küche und der Arbeitsraum jetzt eine Partylocation waren.

Die Außenmauern verliefen am Bürgersteig, und direkt vor Korbinian hampelten zwei Männer herum. Sie foppten sich gegenseitig mit Schlägen auf die Schultern. Ausgelassen sprangen sie umher, und einer stieß Korbinian unachtsam an.

»'tschuldigung«, presste der Unbekannte aus seiner Kehle, während er im Kreis um Korbinian lief; der andere Mann verfolgte ihn.

Die beiden Männer, Mitte vierzig, führten sich auf wie Kinder, und ehe er sich's versah, steckte Korbinian mittendrin. Nachdem sie ihn zum vierten Mal umkreist hatten, blieben die zwei außer Atem stehen.

»Bloß Gaudi«, japste der eine. »Wenn *LaHo* ist, ist uns alles wurscht, gell, Tom.«

»Genau«, keuchte der und fragte Korbinian: »Bist allein unterwegs?«

»Ja, schon«, antwortete er reserviert.

»Wo kommst denn her?«, fragte der andere.

»München.«

»Aha, magst mitgehen mit uns?«, bot Tom an.

Korbinian schaute auf seine Armbanduhr, überlegte kurz und entgegnete schulterzuckend: »Ich kenn mich hier eh nicht so aus – wieso nicht?«

Beide Männer jubelten, als bekämen sie ein neues Spielzeug. Zu dritt marschierten sie über den Dreifaltigkeitsplatz auf die Altstadt zu – der Tom und der Robert, mit Korbinian im Schlepptau. Obwohl die Glocke des Martinsturmes zur Geisterstunde schlug, rauschte die Menschenmasse lauter als vorher. Tom markierte ihren Anführer. »Wir brauchen was zum Trinken, kommts«, sagte er, torkelte einen Schritt vorwärts und winkte durch die Luft.

Unter den Bögen stoppten sie an einem Straßenausschank, und Korbinian fand sich eingequetscht zwischen zwei überaus attraktiven Frauen wieder, als ihm der Tom rücklings den Ellenbogen in die Rippen stieß. »Was magst denn? Ich geb einen aus.«

»Hoppala«, sagte dann eine der beiden Damen zu Korbinian und schmunzelte absolut nicht abgeneigt. »Schau mir nicht so auf meinen Busen. Dein Freund wart drauf, was du zum Trinken magst.«

Stefan, Aischas Sohn, stand vor demselben Ausschank. Alle drückten und schoben sich. Stefan war mit zwei Freunden von der Arbeit unterwegs. Für heute hatten sie verabredet, dass ein jeder in Lederhose erscheinen sollte. Stefan hatte dafür extra eine gekauft. Schon seit Jahren hatte er sich eine leisten wollen. Aber die guten kosten ja ein paar Hundert Euro, und eines von den mittelprächtigen Sonderangeboten wollte er nicht. Weswegen er gewartet hatte, bis er sich eine für vierhundert Euro leisten konnte. Bei jeder Dult in Landshut, im Frühjahr wie im Herbst, hatte er die letzten drei Jahre Geld zur Seite gelegt. Denn da hatte es ihn am meisten geärgert, dass er keine besaß. Heute trug er die Lederhose das erste Mal.

Ein Typ, den keiner der drei kannte, stand neben ihnen und hatte mehrfach zu Stefan geschaut. Anfangs hatte der das nicht bemerkt, doch jetzt nervte es ihn. Der Kerl musterte Stefan gerade zum dritten Mal von oben bis unten.

Stefan drehte sich weg und redete mit seinen Begleitern, bis ein Finger auf seine Schulter tippte und der Kerl, der ihn gerade so scharf beäugt hatte, ihm ins Ohr säuselte: »Du, sag einmal.«

Irritiert schwenkte Stefan den Kopf seitlich nach hinten und schaute zu dem Fremden.

»Was macht denn einer wie du in einer Lederhosn?«, sagte der.

»Was?«, fragte Stefan reflexartig, obwohl es ihn eigentlich nicht im Geringsten interessierte, was der Typ von ihm wollte.

»Du bist doch garantiert kein Bayer, oder?«, bekam Stefan zwischen all den Menschen lautstark zur Antwort, woraufhin sich einer von Stefans Freunden zwischen die beiden stellte und den Besoffenen mit den Worten »Eine Ruh ist. Schleich dich« beiseiteschob. Hinterher legte er seine Hand auf Stefans Schulter und schob auch den leicht in die andere Richtung. »Komm, Stefan, wir gehen woanders hin. Da hinten gibt's auch was.«

Obwohl es zu keiner weiteren Auseinandersetzung kam, war Stefans Laune gründlich versaut.

Vor dem Haus dämmerte es, und dunkle Gewitterwolken zogen immer noch am Himmel entlang. Wenigstens hatte es aufgehört zu hageln.

»Komm her, mein Kleiner. Alles Gute zum Geburtstag«, sagte der Mann. »Wir fahren jetzt zum Schlachten, hab's dir doch versprochen.«

Der Junge kraxelte auf den Beifahrersitz und fragte: »Aber jetzt wird's ja schon finster. Haben die immer noch offen?«

»Wenn wir kommen, schon. Die kennen mich.«

Im Hinterhof einer Metzgerei kam der Wagen zum Stillstand. Im dunstigen Nebel ging eine Lampe an und warf grelles gelbes Licht in den Hof. Eine Stahltür öffnete sich, und ein Monstrum von Mann mit knappen zwei Metern kam heraus. Um den fetten Wanst hatte er eine weiße Gummischürze gebunden. »Wart schon auf euch«, sagte er.

»So! Da ist das Geburtstagskind«, erwiderte der Vater und schob den Jungen über die Schwelle ins Schlachthaus.

»Wie alt bist denn heut geworden?«, fragte der Metzgermeister, schaute den Jungen aber nicht einmal an dabei.

»Neun«, sprach der und wippte stolz nach vorne.

»Na geht's mal mit, ihr zwei, hab schon alles hergerichtet.« Der Mann mit der Schürze nahm ein Messer aus einem Schrank, und zu dritt gingen sie durch eine weitere Tür in einen innenliegenden Hof des Gebäudes. Die Mauern waren auf einer Höhe von zwei Metern mit Brettern verkleidet, und an einem Ring im betonierten Fußboden war ein junges Kalb festgebunden.

Der Vater des Jungen sagte: »Schon was anderes wie ein Hamster.«

Marianne stand vor dem Hotel. Halb zwei, deutete ihr der Blick auf die Armbanduhr. Ihr Handy hielt sie in der Hand. Korbinian konnte sich ja jeden Moment melden, immerhin war er inzwischen eine halbe Stunde überfällig.

Kollegen kamen aus dem Gebäude und verabschiedeten sich. Marianne blieb weiterhin unter der Straßenlaterne stehen und schrieb eine SMS: *Hey Korbi, wo bleibst denn? Freu mich doch schon so auf dich! Außerdem muss ich dir was erzählen! Gaaanz wichtig, für so einen tollen Journalisten, wie du einer bist. Warte vor'm Hotel, bussi!*

Korbinian erwachte allmählich. Mit zunehmender Klarheit spürte er einen seltsamen Schmerz, der immer heftiger wurde; schlagartig riss er seinen Kopf nach oben. Mit glasigen Augen stierte ein Landsknecht auf ihn herab. »'tsch..., 'tschuldigung«, lallte das tollpatschige Schwergewicht und schleuderte ihm dabei ein paar Tropfen Spucke ins Gesicht.

Freundlicherweise nahm er unterdessen den Absatz seines Stiefels von Korbinians großem Zeh. Dem Schmerz nach zu urteilen, baumelte jetzt ein matschiger Fleischklumpen an seinem Fuß.

Trommelschläge dröhnten. Korbinian spähte ringsum. Er befand sich in einem gotischen Gewölbekeller, und vier Trommler hämmerten gnadenlos auf ihre Instrumente ein.

Korbinian kauerte halb stehend auf einem Barhocker. Vor ihm, auf dem Tresen, stand ein Glas. Er roch daran. *Wodka – pur!* Angewidert schob er es beiseite und schielte auf die Uhr. Die Zeiger standen auf halb fünf, und er konnte sich absolut nicht ins Gedächtnis rufen, was die letzten vier Stunden mit ihm geschehen war.

Als er ganz vom Hocker rutschte, hatte er liebe Not, stehen zu bleiben. Seinem Körper fehlte jede Spannung. Die Beine fühlten sich an wie Gummi. Korbinians neue Freunde, der Tom und der Robert, waren verschwunden.

Dicke Säulen trennten den Hauptraum in mehrere Bereiche. Jeder Quadratzentimeter war mit lärmenden Menschen vollgestopft. Direkt neben ihm stand ein Kostümierter. Er trug einen Helm aus Weißblech, und fast hätte Korbinian seinem Kopf daran gestoßen. Aber zumindest hatten die Trommler aufgehört zu spielen. Das Hämmern in seinem Schädel reichte völlig.

Die Leute gingen ums Verrecken nicht beiseite. Aber er musste raus, und zwar schleunigst. Häppchenweise stieg ein saurer Geschmack die Kehle hinauf, und langsam widersetzte sich der Körper seiner Kontrolle.

»Gehts auf Zeiten«, rief der Helmträger neben ihm und schob das Pärchen, das Korbinian den Weg versperrte, mit dem Arm beiseite. »Dem ist schlecht«, rechtfertigte er sich.

Korbinian war also tatsächlich so besoffen, dass man ihm das auch sofort ansah ... Der Mann mit dem Helm schwenkte den Kopf und deutete damit zu einer Wendeltreppe. Korbinian torkelte zwei Schritte nach vorn, versteinerte kurz, schluckte krampfhaft und irrte weiter. Die Trommeln donnerten erneut, und eine rothaarige Frau bewegte ihren Kopf im Rhythmus der Schläge. Korbinian schaute ihr ins Gesicht, und das Gewackel brachte ihn fast so weit, sich doch noch zu übergeben. Er zwickte geschwind die Augen zu und konzentrierte sich darauf, Herr über seine Körperfunktionen zu bleiben.

Als er anschließend über die volle Breite des Treppenaufganges schwankte, machten die Leute flüchtig Platz und gingen weiter. »Obacht! Passts auf. Schon wieder einer«, sagte jemand, der Korbinian mitleidsvoll ein paar Zentimeter die Treppe nach oben schob. Der spürte die fremde Hand auf seinem Rücken. *Scheiße, ist das peinlich!*

Oben am Ausgang standen zwei Männer breitbeinig vor einer Horde Wartender. Sobald jemand nach oben kam, ließen sie kleine Grüppchen passieren. Sofort, als einer der beiden Korbinian sah, brüllte der in die Menge: »Machts Platz und lassts den hinaus.«

Korbinian hatte es geschafft. Es dämmerte bei milden zwanzig Grad. Abseits der wartenden Schlange stand er nun inmitten einer malerischen Gasse und wollte einfach nur möglichst weit und schnell von den ganzen Leuten weg.

Ohne zu überlegen, stolperte er der Nase nach. Der Kopf ging voraus, und bei jedem Schritt schleiften die Schuhe auf dem Boden. Das Kopfsteinpflaster erwies sich überaus hinterhältig und wenig verständnisvoll für seinen Zustand.

Er schlenkerte seitwärts und stieß mit einer Schulter an eine Hausmauer und würgte, einmal ... zweimal ... Jetzt bekam er ein Ziehen um die Rippen, verkrampfte und musste sich übergeben. Mit beiden Händen an die Mauer gestützt, stand er jetzt da. Seine Laute hallten durch die Gasse. Köpfe drehten sich nach ihm, peinlicher ging's kaum.

Zwei junge Männer gingen hinter ihm vorbei. Einer rempelte Korbinian an seiner nach hinten rausgestreckten Hüfte an. Die Berührung brachte Korbinian ins Taumeln, bis ihn die Hausmauer auch ein zweites Mal unsanft auffing. Das anschließende Gelächter der beiden Männer war wohl die Bestätigung, dass der Zusammenstoß vermeidbar gewesen wäre.

»Scheiß*kanaken*«, brummte Korbinian, und obwohl die beiden das hörten, lachten sie nur noch lauter und gingen weiter. Korbinian konzentrierte sich unterdessen, sich aufrecht hinzustellen und seinen Kadaver weiter die Gasse entlangzuschleppen.

Abrupt zuckte er zusammen. Eine fremde Hand hatte sich auf seine Schulter gelegt, und eine Stimme fragte: »Geht's dir gut?«

»Passt schon«, säuselte Korbinian und friemelte die letzte Zigarette aus einer zusammengedrückten Schachtel.

Der Fremde, der ihn angesprochen hatte, hielt ihm ein Feuerzeug vors Gesicht und sagte: »Schlimm, wenn ein Deutscher nicht einmal weggehen kann, ohne von einem Ausländer angepöbelt zu werden, oder?«

Korbinian hörte nicht zu. Stattdessen zielte er lieber mit seinem verbogenen Glimmstängel in die kleine Flamme. Das hinzubekommen beschäftigt ihn schon genug.

»Ich habe gesehen, was da eben passiert ist, und ich finde das unmöglich.«

Endlich begann die Zigarettenspitze zu glühen. Jetzt konnte sich Korbinian auf anderes konzentrieren.

»Du hast schon recht«, plapperte der unbekannte Feuerspender weiter. »Scheiß*kanaken*! Da sollte man was dagegen unternehmen.« Daraufhin zog der Mann die Augenbrauen belehrend nach oben. »Früher, ja früher, da hätte es so etwas nicht gegeben.« Er lächelte und klopfte Korbinian auf die Schulter. »Scheiß*kanaken* hätte auch von mir kommen können.«

»Ähm, Moment mal ...«, nuschelte Korbinian und wedelte mit der Zigarette vor dem Gesicht des Fremden, der unterbrach: »Schon gut. Ich denke doch genauso wie du.« Dann klopfte er Korbinian erneut auf die Schulter und hätte ihn damit fast aus dem Gleichgewicht gebracht. »Wir müssen zusammenhalten! Ansonsten überrennen uns die ganzen Türken, Araber und was weiß ich noch alles«, wurde Korbinian anschließend aufgeklärt. »Die gehören einfach nicht nach Deutschland. Alle miteinander das gleiche Pack, egal, welchen Ausweis die haben.«

Anstatt ein Gespräch zu führen, wollte Korbinian seine Ruhe und schleppte sich weiter die Gasse entlang. Der Fremde ließ jedoch nicht von ihm ab, ging neben ihm her und passte sich tempomäßig an. Nach ein paar Schritten zog der Kerl einen gefalteten Zettel aus der Gesäßtasche und hielt ihn Korbinian unter die Nase.

»Was'n das?«, grunzte der.

»Nimm ihn einfach und schau vorbei, wenn du magst«, erwiderte der Mann.

Das Einzige, was Korbinian wirklich mochte, war sich hinlegen und in Ruhe sterben. Um nichts weiter sagen zu müssen, packte er den Zettel einfach und stopfte ihn in die Hosentasche.

Nach gefühlten tausend Schritten erreichten sie endlich das Ende der Gasse. Anscheinend lag der Keller zwischen Alt- und Neustadt. Bei aufgehender Sonne erblickte Korbinian linker Hand das Hotel. Er peilte es geradewegs an und würgte ein »Servus«, ohne sich nochmals umzudrehen.

Elektrische Kerzen am Weihnachtsbaum und das Flimmern des Fernsehers warfen schummriges Licht in das Wohnzimmer. Die Mitternachtsmesse wurde live aus Rom übertragen, und Papst Johannes Paul der II. begrüßte die Gläubigen aus aller Welt.

Der Mann auf dem Sofa schreckte auf. An das Geräusch des Fernsehers, während er schlief, hatte er sich längst gewöhnt. Aber gerade hatte er etwas anderes gehört. Er torkelte aus dem Zimmer. Auch seine Frau war aufgewacht. Sie begegneten sich im Gang. Gemeinsam eilten sie ins Kinderzimmer.

Ihr Junge lag weinend im Bett, und als sich die Mutter fürsorglich zu ihm setzte und die Decke aufschlug, entdeckte sie ein durchnässtes Laken.

Sie strich dem Jungen liebevoll über die Stirn, doch ihr Mann brüllte: »Jetzt biselt dein Bub auch noch ins Bett!«

»Geh, hör auf, schrei doch nicht«, erwiderte sie energisch. »Er weint doch eh schon. Außerdem ist er unser Bub und nicht bloß meiner.«

Der Mann trat einen Schritt nach vorne. »Das kommt von deiner Erziehung.« Er deutete auf das Laken. »Da schau, das hast davon!«

»Schmarrn, das sagt der Richtige.«

Der Mann schlug mit der flachen Hand in ihr Gesicht ... und ließ hinterher die Gelenke an den Fingern knacken.

Samstag, 6. Juli 2013

Korbinian wälzte sich im Bett. Tiefer Schlaf wechselte mit oberflächlichem Dösen. Schubweise bemerkte er Übelkeit, schlummerte aber wieder ein. Hose und Hemd stanken nach Zigaretten und Schweiß. Das Hemd klebte auf der Haut, und an seinen Schläfen sammelten sich Schweißperlen.

Stunden später öffnete er die Augen. Er lag auf dem Bauch, das Gesicht halb im Kissen vergraben. Behutsam hievte er seinen Körper an die Bettkante. Jede Bewegung glich einem Experiment. Dass der Muskelkater schlimmer geworden war und er das Gefühl hatte, jeden Moment könne eine Sehne reißen, war das geringste Problem. Geschockt kauerte er am Bettrand.

»Ich Idiot! – Vier Jahre! – Vier volle Jahre«, schimpfte er, beugte sich nach vorne, stützte die Ellenbogen auf die Knie und vergrub das Gesicht in den Handflächen.

Minutenlang saß er so da und schüttelte immer wieder den Kopf. Tränen liefen ihm die Wangen hinunter.

Irgendwann fasste er sich, und um die Socken auszuziehen, beugte er den Oberkörper weiter vor. Doch ein Gefühl, der Kopf würde explodieren, zwang ihn sofort wieder nach oben. Er atmete durch, hielt die Luft an und wagte einen erneuten Versuch. Er hob ein Bein nach dem anderen, schob dabei den Zeigefinger in die Socken und schoss sie mit einer Vorwärtsbewegung quer durch den Raum.

Doch dann: *Oh verdammt, Marianne!* Er zog sofort das Handy aus der Hosentasche. Vier SMS und ein Anruf!

Korbinian schloss die Augen, presste die Zähne aneinander, bis sie schmerzten, und wischte erneute Tränen von der Wange. »Ich Vollidiot«, schimpfte er.

Auf dem Weg ins Badezimmer verharrte er kurz im Stillstand und schüttelte ungläubig den Kopf. Hinterher wusch er sich das Gesicht mit kaltem Wasser und trank drei Gläser aus der Leitung.

Im Spiegel wollte er sich nicht erst betrachten. Er hatte nachgegeben, hatte versagt und schämte sich vor sich selbst. Zwei Aspirin und ein Beutelchen Magnesium später, er hatte immer ein kleines Arsenal mit auf Reisen, schleppte er seinen Kadaver zurück aufs Bett.

Nach einer Weile begann er zu träumen. Wovon er geträumt hatte, vergaß er im Moment des abrupten Erwachens. Korbinian schnellte empor.

Der Druck hinter der Stirn war immer noch da, und die Augen fühlten sich verquollen an. Er sprang auf, rannte zur Toilette und würgte. Sein ganzer Körper krampfte, und als er sich an die Kloschüssel klammerte, zitterten die Oberarme.

Obwohl er sich hinterher dreimal die Zähne putzte, blieb das Gefühl, nach Wodka und Kotze zu riechen. Unter der Dusche wollte er sich das Shampoo am liebsten auch noch als Gurgellösung verabreichen.

Nachdem er den halben Tag im Delirium verbracht hatte, starrte er jetzt ziellos aus dem Fenster, einfach so. Er rauchte nicht einmal dabei, und wie lange er so dastand, wusste er hinterher auch nicht mehr.

Früher Nachmittag:

Erleichtert, keine Treppen gehen zu müssen, fuhr Korbinian mit dem Fahrstuhl nach unten. Bereits das Ruckeln der Kabine reichte aus, den Magen erneut rebellieren zu lassen. Noch bevor sich die Aufzugstüre öffnete, stiegen ihm schon wieder bittere Säfte in die Kehle. Zum Glück blieben echte Konsequenzen aus. Korbinian mochte sich gar nicht ausmalen, was gewesen wäre, wenn er sich hier übergeben hätte. Er wäre auf der Stelle abgereist.

Im Lokal war er alleine. Alle anderen saßen draußen bei praller Sonne unter Schirmen. Der Tag war extrem schwül und heiß, und außerdem erschien er Korbinian heute viel, viel heller als üblich. Die dunklen Möbel und vertäfelten Wände im Café kamen seiner Verfassung sehr entgegen.

Nach einem doppelten Espresso und einem Liter Wasser aus einer gut gekühlten Flasche ging er wieder nach oben, wobei ihm plötzlich einfiel, dass er für morgen eine Karte für die Tribünen in der Altstadt und die Ritterspiele auf der Turnierwiese besaß.

Um ein paar Euro zu sparen, hatte er die Einwilligung gegeben, dass deshalb beide Fenster vermietet werden könnten. Also musste er das Hotelzimmer verlassen. Er ärgerte sich darüber. Korbinian kannte sich, und nach einem solchen Rückschlag dauerte es länger als einen Tag, sich wieder zu fangen.

Obwohl er genau wusste, welchen Andrang es um solche Karten gab, stand für ihn jetzt schon fest, dass er sie zerreißen würde. Andere würden ihn wohl für meschugge halten, aber es musste ja niemand erfahren ...

Er wollte einfach nur alleine sein. Andererseits: So verfiel er noch mehr in Frustration. Korbinian brauchte eine Beschäftigung, aber eben keine, bei der man lacht und feiert. Und wenn er an das Gedränge dachte, bekam er jetzt schon panische Angst.

Verbittert ließ er sich aufs Bett fallen, schob die Hände hinter den Kopf und starrte an die Decke. Doch trotz Trägheit und Kopfschmerzen überkam ihn eine altbekannte Rastlosigkeit. Während seiner *schlimmen Zeit* hatte ihn dieses Gefühl fast in den Wahnsinn getrieben.

Korbinian war müde, dennoch stand er vor dem Fenster und glotzte in die Neustadt. Im Bett hatte er sich einfach nicht stillhalten können.

Eben waren Bilder der letzten Nacht in seiner Erinnerung aufgeblitzt, und wie aus einer Schockstarre erwacht, griff er ruckartig in die Gesäßtasche seiner Jeans. Es war die, die er gestern getragen hatte. Er zog den Zettel hervor, der ihm in der Gasse gereicht worden war. Das Stück Papier war zerknittert, und er strich es glatt.

Wollen auch Sie eine sichere Innenstadt?
Werden Sie Gründungsmitglied des Kulturvereins
Erben unserer Vorfahren e.V.
Nächstes Zusammentreffen: 06. Juli 2013 um 16 Uhr 30
Versammlungsort: Burgmeier-Hof

Das ist ja in einer knappen Stunde, dachte er. Eine Skizze auf der Rückseite beschrieb die Anfahrt.

Trotz Restalkohols saß Korbinian fünfzehn Minuten später im Wagen. Der Schädel brummte, ab und an drehte sich alles, aber zumindest war der Brechreiz weg. Das Flugblatt hatte er neben sich auf den Beifahrersitz gelegt.

Noch bevor er die Adresse des Treffens ins Navi eingegeben hatte, klebte sein Hemd am Rücken. Schon wieder so ein heißer Tag, wohl der heißeste bisher ... und die Klimaanlage war immer noch kaputt.

Die Fahrt führte ihn stadtauswärts Richtung Rosenheim. Wo er hinfuhr, würde ihn niemand kennen. So konnte er seiner Tristheit entfliehen und hatte eine Beschäftigung. Und immerhin war er Journalist: Vielleicht würde es sogar ein interessanter Nachmittag.

Den letzten Kilometer fuhr er über eine Zufahrtsstraße, die man mit Kieselsteinen befestigt hatte. Die Sonne brannte über den Wipfeln der umliegenden Waldstücke auf trockene Wiesen und Felder, und am Ende der Straße lag ein Weiler. Der Burgmeier-Hof bestand aus vier Gebäuden. Auf einer Anhöhe bildeten sie ein Rechteck.

Ein paar Autos parkten auch schon neben der Einfahrt. Man hatte sie auf der Wiese abgestellt. Korbinian tat es den anderen gleich und lenkte den Wagen auf das kurz gemähte, ausgedörrte, grünbraune Gras. Als er ausstieg, kam ein stämmiger Mann in Jeans und kariertem Hemd ums Scheuneneck.

»Servus, kommst du auf die Versammlung?«, schrie er herüber. Korbinian bejahte.

»Geh gleich hinein. Sind schon ein paar da«, brüllte der Mann enthusiastisch und ebenso laut, wie er kräftig aussah.

Korbinian ging in den Innenhof und stoppte vor einem Stadeltor, das man ganz aufgeschoben hatte. Er spähte in die Scheune: Ein selbst gezimmertes Podest aus Brettern und leeren Getränkekästen, davor standen Bierbänke. In einer der Ecken ein Pflug, mit Spinnweben und dicker Staubschicht überzogen.

Korbinian schätzte die Zahl der Anwesenden auf ungefähr vierzig. Plötzlich kam ein Mann schnurstracks auf ihn zu und sagte: »Wir kennen uns doch. Ich hab dir heute früh unser Flugblatt gegeben, oder? Freut mich, dass du da bist.« Er reichte Korbinian die Hand. »Ich heiße Denis.«

»Korbinian«, entgegnete der knapp. Obwohl ihm das Gesicht dieses Mannes unbekannt war, musste es wohl stimmen, dass sie sich letzte Nacht begegnet waren. Und ob dieser Typ jetzt aus Freude über Korbinians Erscheinen so sehr grinste oder weil er ihn im Vollrausch hatte kotzen sehen ... Keine Ahnung.

Als Denis ihm jedoch auf die Schulter klopfte, erinnerte sich Korbinian duster, dass ihn das letzte Nacht schon genervt hatte. Und jetzt kam dieser Typ auch noch näher, stank nach Schweiß und sagte überfreundlich: »In fünfzehn Minuten fangen wir an. Ich wünsch dir viel Spaß.« Er gab Korbinian nochmals einen Klaps auf die Schulter und ging zurück zu den Männern, bei denen er vorhin gestanden war.

Korbinian erwiderte keinen Mucks. Außerdem war ihm schon wieder übel. Dann klatschte auch noch eine Männerhand in seinen Nacken, und fast hätte er schon wieder kotzen müssen.

»Na sauber, sag ich«, hörte Korbinian. Verdattert drehte er sich um und ... da stand er, der Ernstl! Mehr als »Äh« brachte Korbinian auf die Schnelle nicht heraus.

»Du auf einer solchen Versammlung«, sagte Ernstl und lachte zwar, aber nicht herzlich oder freundlich; eher verkrampft.

»Ähm ja, hat … hat mich interessiert«, stotterte Korbinian.

»Aha! Interessiert hat's dich. Mich auch«, sagte Ernstl scharf, bevor er an Korbinians Hemd zog. »Komm, schmeiß deine Kippe weg.«

Gleichzeitig rief Denis »Servus, Ernstl« über den Hof.

Ernstl winkte knapp hinüber und ging mit Korbinian in den Stadel. Fast alle Bänke waren besetzt. Zwar wunderte er sich über Ernstls Anwesenheit, Korbinian wollte ihn aber trotzdem am liebsten nach Marianne fragen. Er ließ es bleiben. Die Situation zwischen den beiden war ohnehin angespannt. Keinem von ihnen war es angenehm, dem jeweils anderen hier zu begegnen.

Denis war jetzt ebenfalls hereingekommen und postierte sich vor der ersten Reihe neben dem Podest. Mittlerweile waren auch alle Sitzplätze belegt, und zwei hochgewachsene Kerle stellten sich seitlich und musterten jeden Einzelnen. Einer der beiden hielt ein Klemmbrett und machte Notizen.

Auch Denis blickte der Reihe nach in die Gesichter, wobei die vorherrschende Stille eine unangenehme Atmosphäre verbreitete. Niemand sprach mehr ein Wort.

Plötzlich klatschte Denis in die Hände, um daraufhin theatralisch die Arme auszubreiten. »Es ist mir eine Freude, euch alle hier begrüßen zu dürfen«, verkündete er. »Und eine noch größere Freude ist es für mich, den heutigen Redner anzukündigen.« Er deutete auf das offene Stadeltor und fügte an: »Einige von euch kennen ihn bereits vom letzten Mal.«

Sekunden vergingen, bis ein Mann erschien, hochgewachsen, schlank, geschätzte fünfzig Jahre, ergraute Schläfen. Trotz drückender Hitze trug er einen Janker, zu Jeans und weißem Hemd, keine Krawatte. Doch auch mit offen stehendem Kragen wirkte der Aufzug an diesem Ort übertrieben, besonders bei solchen Temperaturen. Die glänzenden Lackschuhe waren in jedem Fall zu viel.

Denis' Gesicht bekam ehrfürchtige Züge, als der Mann mit einem freundschaftlichen Klaps an ihm vorüberging, um auf das Podest zu steigen. Dabei sagte er: »Dieser Mann hat einen weiten Weg auf sich genommen, um euch bei eurem Vorhaben hier in Landshut, der beschaulichen Hauptstadt des stolzen Niederbayerns, zu unterstützen. Ich übergebe das Wort an Herrn Eduard Roschmann.«

Stille folgte, und jedes Augenpaar richtete sich auf diesen angeblich weit gereisten Mann. Ohne sich näher vorzustellen, erzählte dieser Roschmann mit rauer Bassstimme, dass er nach dem heutigen und nächsten Treffen nur noch zweimal im Jahr als Gastredner vorbeikommen wolle.

Seine Aktivitäten erstreckten sich auf ganz Deutschland, und er unterstützte da, wo man ihn benötigte. Den Rest mussten die Leute vor Ort regeln.

Anschließend stieg er sofort ins Thema ein und referierte über eine private Bürgerwehr für die Innenstadt, wobei er zweimal betonte, dass bei einem Vorhaben dieser Art bestimmte Vorschriften peinlichst zu beachten waren. Noch dazu, weil ihr Verein gewissen Kräften und Subjekten, wie er es nannte, ein Dorn im Auge sei. Erst kürzlich sei hier ein Mob aus ignoranten Naivlingen aufgetaucht und habe demonstriert, sagte er mit abfälligem Ton.

Er sprach von Bürgerfesten und dass sie beabsichtigten, Tradition und Werte zu vermitteln. Auch plane man adäquate Feste und Treffen für Kinder und Eltern. Als »gemütliches Beisammensein mit Traditionspflege« bezeichnete er das.

Alle klatschten.

Roschmann redete von moralischer Instanz und wollte ihren Verein und die zukünftigen Mitglieder als Bollwerk gegen Verfall, Kriminalität und das Verwässern der Kultur und Gesellschaft verstanden wissen. Werte und Althergebrachtes würden in Vergessenheit geraten, wenn man sie nicht pflege.

Erneut applaudierten alle.

»Was feiern wir denn genau an Fronleichnam? Weshalb gibt es den Tag der Arbeit?«, erkundigte er sich in die Runde. »Erklärt mir das, aber bitte im Detail, wieso und warum es diese Feiertage gibt. Ich möchte aber kein Wischiwaschi hören, wie: Na ja, Fronleichnam ist ein christlicher Feiertag, oder: Tag der Arbeit ist halt der Tag der Arbeit. Ich will wissen, wo der Ursprung dieser Festlichkeiten liegt. Wann und weshalb führte man sie ein?«

In manchen Gesichtern konnte man erkennen, dass es sehr wohl Antworten gäbe, andere Teilnehmer saßen da und grübelten. Dennoch sagte Roschmann, ohne eine Reaktion abzuwarten: »Na, seht ihr? Genau das meine ich.«

»Raffinierter Hund«, flüsterte Ernstl kaum hörbar. Hinter der letzten Bank hatte er sich genau wie letztens schon mit verschränkten Armen aufgebaut. Korbinian stand daneben.

»... wieso debattiert man über die Einführung von Feiertagen aus dem Islam, wenn wir uns unserer eigenen nicht einmal richtig bewusst sind? Und mit ›bewusst sein‹ meine ich nicht, zu sagen: Hey super, da ist Feiertag, da muss ich nicht arbeiten. Wie können wir darüber nachdenken, andere Kulturen bei uns so sehr zu integrieren, dass wir ihre Feiertage akzeptieren, wenn unsere Kinder den Sinn unserer eigenen nicht einmal mehr kennen? Genau deshalb ist Traditionspflege bei uns und besonders bei unseren Kindern so wichtig!«

Es gab kraftvollen Zwischenapplaus.

Korbinian kaute auf der Unterlippe. Skepsis hin oder her, es ergab ja Sinn, *irgendwie*.

»Vor einer Woche wurde ein braver Landshuter Geschäftsmann mitten in der Innenstadt umgebracht«, schrie Roschmann schlagartig aus vollem Hals. »Und jetzt sagt mir bitte keiner von euch, dass Landshut eine Insel der Glückseligkeit sei.«

Seine Stimme pendelte sich wieder auf normale Lautstärke ein, als er sagte: »Sicherlich, hier kann man gut leben, und es gibt bedeutend schlechtere Orte. Aber ihr müsst das schützen, Leute. *Ihr* müsst das tun ...« Mit dem Zeigefinger deutete er wahllos auf verschiedene Zuhörer. »... nicht die anderen! Und wenn ich an den armen Mann denke, den man erschlagen hat, kann ich nur wieder sagen: Die Polizei ist gekommen, sicher ist sie gekommen, aber da war er schon tot. Ich aber spreche von permanenter Präsenz, um solche Dinge von vorneherein zu verhindern. Darum geht es, und da müsst ihr alle mithelfen. Ich – nein, *wir* wollen, dass die Kriminellen nicht einmal mehr auf die Idee kommen, gegen brave Bürger, wie ihr welche seid, Verbrechen zu begehen, weil sie sich rund um die Uhr beobachtet fühlen. Versteht ihr?«

Er hielt kurz inne und lächelte. »Sicher tut ihr das! Schließlich geht es ja um euch und eure Stadt.«

Roschmanns Stirn glänzte, und Denis wollte ihm eine Flasche Wasser reichen, doch der engagierte Redner winkte ab und sprach: »Leute, heute treffen wir uns hier in Landshut zum zweiten Mal. Nächste Woche steht das dritte Treffen an, und bis dahin könnt ihr euch noch entscheiden, ob ihr Gründungsmitglieder werdet. Und vielleicht fragt ihr euch jetzt: Wieso erst beim nächsten Mal? Aber ihr sollt euch sicher sein, und wir möchten, dass wir uns alle zuerst gegenseitig besser kennenlernen. Ich finde das nur fair. Wir spielen mit offenen Karten, oder? Was man von den Politikern da oben nicht behaupten kann! Wir sind nicht die Bösen, wie sie immer behaupten. Wir wollen lediglich unsere Werte schützen, sonst nichts. Und da die anderen dazu anscheinend nicht in der Lage sind, nehmen wir, nehmt ihr, nehmen wir das gemeinsam in die Hand.«

Die Zuhörer klatschten.

»Was diesen Mord angeht, möchte ich noch ergänzen, dass wir im Rahmen unserer Möglichkeiten den Behörden helfen werden, ihn aufzuklären.«

Ein dezentes *Pfff* glitt Ernstl aus dem Mund, während Roschmann weiter referierte: »Inzwischen sehen wir uns einer massiven Deutschlandfeindlichkeit im eigenen Land gegenüber. Es sind bereits Millionen hier von denen, die uns nicht respektieren. Darum würde es mich keinesfalls wundern, wenn herauskommt, dass der Täter kein braver Landshuter war, wie ihr welche seid. Es würde mich nicht wundern, wenn herauskommt, dass es ein Zugereister war, am Ende sogar Asylant.«

Einige im Publikum nickten, und einer flüsterte: »Ja, das sag ich auch schon die ganze Zeit.«

»Und wisst ihr, was unser großer Altkanzler Helmut Kohl gesagt hat?«, wurde Roschmann wieder laut. »Vor Kurzem kam heraus, dass er dabei war, Pläne auszuarbeiten, wie wir 50 Prozent der ganzen Türken wieder loswerden können. Jaja, das könnt ihr ruhig glauben! Unser Helmut Kohl, ein weiser Mann!«

Der Gesichtsausdruck des Redners bekam selbstgerechte Züge. Es bereitete ihm sichtlich Freude, diese bis vor Kurzem geheimen Informationen präsentieren zu können.

»Am 28. Oktober 1982 hat Kohl seine Pläne Margaret Thatcher verraten.« Roschmann wedelte mit dem Zeigefinger durch die Luft. »In meinen Augen ein historischer Tag, ein ehrlicher Tag, so ehrlich wie nur wenige später! Kohl wusste ganz genau, obwohl er es nie öffentlich aussprechen durfte, was übrigens eine Schande ist, dass die Kulturen nicht zusammenpassen. Und wisst ihr, was am schlimmsten ist?«

Ein paar schüttelten den Kopf.

»Damals befanden sich viel weniger Ausländer hier bei uns in Deutschland. Inzwischen hat man uns ja regelrecht überrannt!«

Roschmann blickte enttäuscht zu Boden. Die Stimme wurde leise, als er sagte: »Aber Kohl ist eingeknickt. Eine Schande ist das! Inzwischen gibt es Multikulti, und selbst der kleinsten Randgruppe wird hinterhergerannt, um deren Befindlichkeiten zu befriedigen. Politiker ohne Rückgrat bestimmen unser Schicksal, mit panischer Angst, von irgendeinem Dahergelaufenen als fremdenfeindlich betitelt zu werden – anstatt sich lieber um das eigene Volk zu kümmern!«

In der Pause gingen Korbinian und Ernstl nach draußen. Während Korbinian eine Zigarette aus der Schachtel nahm, begann er zu reden, doch Ernstl winkte postwendend ab, zog ein Handy heraus und ging auf die Wiese, zu den parkenden Autos.

Korbinian konnte lediglich rätseln, ob der Anruf bedeutsam war oder sich der Ernstl nur nicht mit ihm unterhalten wollte. Denn seit dem Augenblick ihrer Begegnung hier auf der Versammlung herrschte ungewohnte Kälte zwischen den beiden.

Nach der Pause erzählte Roschmann von Zusammenhalt, Werten, Tradition und Kulturfesten. Eine freiwillige Bürgerwehr sollte durch Landshut streifen, um die Lücke, die das polizeiliche Sicherheitssystem ließ, zu schließen. So wollte er Straftaten im Vorfeld durch Wachpräsenz verhindern. Auch vor Schulen und Kindergärten beabsichtigte er »mündige Helfer«, wie er sie nannte, zu postieren.

Der Schlussapplaus fiel ausgesprochen wohlwollend aus.

Nach Ende der Veranstaltung verhielt sich Ernstl weiterhin äußert reserviert Korbinian gegenüber. Dennoch verabredeten sich die beiden zu einem gemeinsamen Abendessen vor dem Hotel.

Obwohl Korbinian keinen blassen Dunst hatte, wie er sich bei Marianne für letzte Nacht entschuldigen sollte, hoffte er auch auf ihre Anwesenheit. Und darauf, dass bis dahin die Kopfschmerzen endlich vorbei wären.

Korbinian nahm eine kalte Dusche. Die zweite heute. Hinterher schluckte er erneut Magnesium und Schmerzmittel. Das Hämmern in seinem Schädel und der Dämon, der ihn drängte, nochmals der Versuchung nachzugeben, weigerten sich strikt zu verschwinden.

Er wickelte ein Handtuch um seine Hüften und stellte sich tropfend ans Fenster. Rauchend spähte er in die Neustadt. Dann schaute er an sich hinab. Früher, ja früher, da war er sportlich gewesen. Jeder Bauchmuskel hatte sich abgezeichnet. Morgens fünfzig Liegestütze und abends fünf Kilometer joggen standen fast täglich auf dem Programm.

Doch dann hatte er damit begonnen, seinen Weltschmerz im Alkohol zu ertränken. Und heute? Heute tat ihm das Kreuz weh, und er wog mindestens zehn Kilo mehr; obwohl er das Rauchpensum extrem angehoben hatte. *Heißt es nicht, Rauchen macht schlank?* Er fasste sich an den Bauch und kniff die Finger zusammen.

Mit zunehmend schlechter Laune zog er stärker an der Zigarette. Rauch quoll aus Mund und Nase, als er den Filterstumpen aus dem Fenster schnippte.

Auf dem Bürgersteig schrie jemand: »Hey, du Depp!«

Korbinian drehte sich um, warf sich auf das Bett und starrte an die Decke – schon wieder. Mit Ernstl war er erst in einer Stunde verabredet. Nach weiteren vier Zigaretten stellte er den Fernseher an.

Über die Dächer schwappten Geräusche aus der Altstadt. Neben Ernstl und Korbinian hatten sich lediglich vier Gäste hierherverirrt. Alle anderen befanden sich im Hochzeitsfieber.

Ernstl hatte einen halb leeren Teller mit Nudeln und scharfer Tomatensoße vor sich stehen. Daneben, wie üblich, ein angetrunkenes Glas Weißbier. »Da, hock dich her«, raunzte er.

Korbinian verneinte. Er empfand es als äußerst unhöflich, dass Ernstl ohne ihn zu essen begonnen hatte. Als er anschließend vom Nudelbuffet zurückkam, blickte sein Tischpartner nicht einmal auf und schmatzte übertrieben laut.

Marianne konnte Korbinian nirgends sehen, und wenn er ganz ehrlich zu sich selbst war, war er sogar erleichtert darüber. Außerdem fragte er sich, ob es überhaupt eine gute Idee gewesen war, sich mit Ernstl zu verabreden.

Andererseits hätte ihn die Einsamkeit auf seinem Zimmer wohl noch mehr runtergezogen.

Doch trotz der Gesellschaft spürte er es jetzt ganz genau, dieses Gefühl, das in ihm hochkroch und sich wie ein wildes Tier auf Beutejagd anschlich.

Ihn würde zwar kein Raubtier anspringen, aber wenn die Emotionen durchbrachen, schwappten sie über ihn wie eine Welle und verschluckten ihn mit Haut und Haaren.

Er hatte sich Penne mit einer scharfen Fleischsoße geholt, und noch bevor er einen Bissen aß, schnitt er jede Nudel andächtig in der Mitte durch. Selbstverständlich hatte er wieder sein eigenes Messer mitgebracht.

Auf Ernstls Kommentar »Du tickst doch nicht richtig«, schwieg Korbinian und schnitt stoisch weiter. Nach einer Viertelstunde griff er nach seinen Zigaretten, fühlte sich auch gleich besser, und die Kopfschmerzen waren ebenso weg.

Ernstl bestellte ein frisches Bier und brach das Schweigen: »Nix Zehrplatz? Du bist doch extra zwecks der *Landshuter Hochzeit* da, oder? Und jetzt hockst dich vor dein Hotel und ...« Er stockte und kippte sich den Rest aus seinem Bierglas in die Kehle. Mit einer Schaumkrone von der frisch kredenzten Halben vor dem Gesicht motzte er weiter: »Ts – schön blöd!«

Nichtsdestotrotz bemühte Korbinian sich um Freundlichkeit. »Ach Ernstl, weißt, mir gefällt es in Landshut so gut, da brauch ich keine *LaHo*. Ist auch so schön.«

»Aha, hast ja auch was anders gefunden, mit was du dich beschäftigen kannst«, entgegnete Ernstl und fragte scharf: »Gehörst du auch zu den Deppen?«

»Sag mal, Ernstl, was willst du eigentlich von mir?«, wurde Korbinian laut. »Wir haben uns verabredet, und du fegst mich an.«

Ernstl kam mit seinen Oberkörper nach vorne, schob den leeren Teller beiseite und stützte die Ellenbogen ab. »Na dann klär mich mal auf, was du da zu suchen gehabt hast?« Eine seiner Augenbrauen wanderte nach oben, die andere nach unten. »Gehörst du zu der Bagage oder nicht?«

»Mich ... mich hat es halt interessiert. Mehr nicht«, sagte Korbinian und zündete sofort die nächste Zigarette an.

»Und du bist nicht etwa bloß deswegen in Landshut?«

»Ach Quatsch!«

»Sag's ehrlich, Lallinger«, forderte Ernstl und fiel mit verschränkten Armen in den Sessel zurück. »Sonst sind wir zwei gleich fertig miteinander!«

»Ach Blödsinn, Ernstl! Ich hab zufällig ein Flugblatt in die Hände bekommen. Und ich hab Urlaub und Zeit. Das ist alles.«

Ernstl kniff argwöhnisch die Augen zusammen. »Und, was hältst davon ... was der Roschmann alles erzählt hat?«

»Hm, schwierig. Mit einigen Dingen trifft er garantiert die Gedanken vieler Menschen.«

»Ja, genau«, schoss es aus Ernstl heraus. »Genau das macht den auch so gefährlich!« Er hob sein Kinn. »Gehst du öfters zu so was? In München, mein ich.«

»Jetzt gib Ruh. Ich bin kein Rechter!«

Ernstl fixierte ihn nachdenklich, bevor er unleidig das Bierglas hob und murmelte: »Kann's ja eh nicht überprüfen.«

Gleichwohl begann es jetzt in Korbinian zu brodeln. »Halt, Ernstl! So einfach geht's ja auch nicht. Wenn ich sage, ich gehöre nicht zu denen, musst du mir das schon glauben, hörst du!«

Ernstl zuckte gelangweilt mit den Schultern.

»Warum warst denn überhaupt du da?«, warf ihm Korbinian daraufhin entgegen. »Denis hat dich ja auch schon gekannt. Schaut eher so aus, dass du da mit drinhängst.«

Ernstl gähnte ausgiebig, bevor er sich herabließ zu antworten: »Mein Spezl arbeitet bei der Polizei, und der wollt da nicht hingehen, weil den ein jeder kennt. Drum hab ich einmal nachgeschaut. Inoffiziell, private Absprache, versteht sich. Apropos Polizei: Wie geht's dir denn mit dem Haschberger?«, erkundigte er sich und fragte sogleich: »Und was hast denn mit der Marianne angestellt? Wie ich ihr vorhin gesagt hab, dass ich mich mit dir treffe, ist die gleich nach hinten ins Büro geflitzt und seitdem nimmer rausgekommen.«

Auf den Fall Haschberger ging Korbinian nicht weiter ein. Im Grunde hatte er bisher ja auch nur im Trüben gefischt. Stattdessen erzählte er von seinem Fauxpas letzte Nacht und dass er Marianne versetzt hatte. Dann zog er nachdenklich an seiner Zigarette, dreimal, bevor er sich erkundigte: »Glaubst du, ich kann noch was retten?«

»Kannst ja hernach mal versuchen. Die kann ja nicht ewig im Büro bleiben.«

Korbinian seufzte: »Ich Depp!«

Ernstl legte seinen Kopf schief. »Ich glaub, da hat einer Liebeskummer.«

»Verarsch mich bitte nicht, mir langt es so schon!«

»Okay, dann reden wir über was anderes.«

Korbinian senkte den Kopf und rieb sich die Stirn. Dann schaute er über den Tisch und fragte: »Gibt's in Landshut eigentlich viele Rechte?«

»Ach, von wegen«, stieß Ernstl grimmig aus. »Und die braucht bei uns auch kein Mensch! Die ganze Stadt regt sich da drüber schon auf. Vor ein paar Monaten ist ein Neonazi nach Landshut gezogen. Den hat aber bis jetzt keiner gesehen. Keine Ahnung, wo der ist. Aber danach ist bekannt geworden, dass ein paar Rechte bei uns einen Verein gründen möchten. Seitdem geht die halbe Stadt auf die Barrikaden.«

»Woher können denn die Leute sagen, ob sie diesen Typen gesehen haben oder nicht?«, erkundigte sich Korbinian. »Ist der so bekannt, dass man den kennen müsste?«

»Der war schon einmal im Gefängnis, und wie herausgekommen ist, dass der hierherkommt, hat's einen Bericht mit Foto in der Zeitung gegeben.«

»Und wie ist das abgelaufen? Das Auf-die-Barrikaden-Gehen mein ich.«

»Demonstrationen hat's gegeben und gibt's immer noch; vor der Polizei, vorm Rathaus und vorm Landratsamt ...«

Korbinian erinnerte sich an seine Ankunft und die aufgebrachte Menge vor der Polizeidienststelle.

Ernstl sprach weiter: »Und dann gibt's jetzt auch einen *Runden Tisch gegen Rechts*. Aber, was magst machen, wenn die keine Gesetze brechen?«

Korbinian schlug die Beine übereinander. »Und dann passiert der Mord an dem Haschberger, und das nehmen die jetzt als Aufhänger für eine sichere Innenstadt her.«

»Genau!« Vor lauter Grant darüber rumpelte Ernstl mit einem Fuß an das Tischbein. »Aber die kriegen wir schon wieder raus aus Landshut, da kannst dir sicher sein«, schimpfte er und fragte: »Wie stehst denn du eigentlich den ganzen Ausländern gegenüber?«

Korbinian versank in Gedanken, ehe er sagte: »Ach, mich beschäftigen da viele Sachen.« Seine Augen wanderten ziellos umher, bevor er sich wieder Ernstl zuwendete. »Es fängt doch schon bei oberflächlichen Merkmalen an. Ein anerzogener und über Generationen getragener Automatismus lässt viele schon aufgrund des Aussehens mit Abneigung reagieren. Aber Ernstl, ich will dich mit meinen Gedankengängen nicht langweilen.«

»Nein, red nur weiter. Ich kann mir ja nicht immer nur

die Birne vollsaufen. Eine anständige Unterhaltung schadet mir nicht.«

Korbinian lächelte. »Na gut, dann hole ich mal etwas aus ...«

Ernstl nickte und trank vom Weißbier.

»Denselben Fehler wie beim Äußeren begehen wir bei den Religionen, nur eben auch nicht bei allen. Unser Umgang mit Religionen und Ausländern ähnelt sich auf vielen Ebenen. Den Islam betrachten viele nicht einmal als Religion, sondern als andersartige Weltanschauung. Was im Grunde Quatsch ist. Im Kern ist das nichts anderes als Intoleranz. Bei vielen heißt es ja nicht einmal mehr ›das ist ein Iraner‹, sondern ›der ist Moslem‹. Hier ist der Kompass bei vielen so eingestellt, dass Islam gleichzusetzen ist mit geheimnisvoll, aber im negativen Sinne. Oder denkst du, dass ein Buddhist mit denselben Vorurteilen zu kämpfen hat wie ein Moslem?«

Ernstl sagte: »Hast schon recht. Die meisten Vorurteile entstehen durch Erziehung, Nachrichten ...«

Korbinian unterbrach: »Warum denkst denn du, hat Hitler so viel Wert auf das Propagandaministerium gelegt? Er wollte in die Gehirne der Menschen. Das Ministerium war dazu da, über Generationen hinweg zu indoktrinieren. Denn irgendwann kommt der Zeitpunkt, an dem man bestimmte Ansichten nicht mehr hinterfragt, sondern als eigene übernimmt. So war es aber immer schon. Mit Anstand und Hilfsbereitschaft ist es ja im Grunde fast genauso. Unser Sozialverhalten resultiert zu großen Teilen aus unserer Erziehung und unserem Umfeld. Das Umfeld ist die Grundlage, im Guten wie im Bösen. Aber ...«, Korbinian winkte ins Leere, »... das macht auch nur einen Teil aus. Wir sind leider auch so veranlagt, dass wir immer gerne auf der Suche nach Schuldigen sind. Zu wenig Rente oder was auch immer verstärken Kritik und Intoleranz Minderheiten gegenüber. Man sucht ein Ventil.«

»Kann ich nachvollziehen.«

»Wie?«, fragte Korbinian.

»Na die kosten Geld, das woanders fehlt.«

»Stopp, Ernstl!«

»Versteh mich nicht falsch, aber ich kann solche Argumente schon verstehen.«

»Das sind aber keine Argumente. Du glaubst doch nicht ernsthaft, dass die Renten höher wären, wenn wir keine Ausländer im Land hätten? Das liegt mehr an Niedriglohnarbeiten und der Verteilung von Arm und Reich. Dafür können die Ausländer rein gar nichts.«

Ernstl sagte: »Ich glaub sogar, dass du wahrscheinlich recht hast. Und jeder Mensch hat das Recht, nach Glück zu streben, und wenn Menschen aus anderen Ländern der Meinung sind, ihr Glück in Deutschland finden zu können, sollen die das auch tun dürfen!« Plötzlich wurde er laut. »Aber sie sollen nicht drauf pochen, es von uns aus Toleranzgründen in den Schoß gelegt zu bekommen, ohne dabei uns zu tolerieren.«

Korbinian hob den Kopf. »Sag einmal, Ernstl, was hast denn du früher gearbeitet?«

Ernstl hatte sich so richtig in Rage geredet. Korbinians Zwischenfrage sollte ihn ablenken und etwas besänftigen, aber er wollte ihn das tatsächlich auch schon die ganze Zeit fragen.

»Ich?«, stutzte Ernstl und nahm den Kopf zurück. »Ich war Fliesenleger.« Dann lachte er und klopfte sich auf die Oberschenkel. »Schau mich an: Ideal. Mit meinen kurzen Haxen hab ich nicht weit runter gehabt.«

Auch Korbinian musste herzlich lachen und sagte: »Gibt's eigentlich jemanden, der dich nicht mag?«

»Ach, was weiß denn ich. Garantiert! Aber …« Er hob die Hand. »… wir sind noch nicht fertig mit dem Thema.«

Korbinian hatte gerade etwas sagen wollen, als Ernstls Telefon ging. Anhand der Nummer im Display hatte der auch gleich sehen können, wer ihn da anrief, und sagte: »Servus, Christian.«

»Servus«, erwiderte der Anrufer.

»Was'n los? Möchtest noch auf'n Zehrplatz, oder was?«

»Nein, nein. Ich wollt dich was fragen, aber wenn's nicht geht, kein Problem.«

»Red.«

»Weißt du was, ob die in deiner alten Firma immer noch nach einem Lehrling suchen?«

»Glaub schon. Gute Leut können die immer brauchen.«

»Ich wüsst einen jungen Burschen. Arbeitslos, aber ganz in Ordnung. Der möcht auch anpacken.«

»Du, kein Problem, kann gern fragen. Geht aber schon um einen Lehrplatz, oder?«

»Ja. Ist bloß ein bisserl blöd, weil der nicht so hundertprozentig Deutsch kann. Glaubst, das macht was?«

»Na auf der Baustelle muss er schon mit den Leuten reden können. Sonst ist's schlecht.«

»Für das langt's allemal. Außerdem will der ja nicht bloß arbeiten, sondern auch besser Deutsch lernen.«

»Wenn's ein anständiger Kerl ist und der arbeiten mag, kriegt der auf jeden Fall eine Chance, da bin ich sicher. Und wenn du zu mir sagst, dass der in Ordnung ist, glaub ich dir das. Das mit dem Chef regle ich dann schon.«

»Na wunderbar! Du, dann meld ich mich am Montag noch mal. Glaubst, dass du da schon was weißt?«

»Glaub schon. Wie alt und wo kommt der her?«

»Neunzehn, ein Türke.«

Ernstl steckte das Handy weg und schmunzelte: »Lustig, dass der grad jetzt angerufen hat. War übrigens mein Spezl von der Kripo.«

Korbinian fragte nicht nach. Wenn Ernstl mehr über den Anruf erzählen mochte, würde er das schon tun. Er schwieg und rauchte.

Ernstl grinste. »Weiter geht's.«

»Na dann«, sagte Korbinian. »Was hältst du denn davon, was Roschmann bezüglich der Feiertage gesagt hat? Im Grunde ist das gar nicht mal so dumm gewesen.«

Ernstl legte die Stirn in Falten.

Korbinian ergänzte: »Wenn Politiker für bestimmte Stadtteile fordern, dass man keinen Weihnachtsbaum an öffentlichen Plätzen aufstellen darf oder den Martinszug umtaufen soll, finde ich das Blödsinn! Solche Dinge sind grundfalsch, und erst recht, wenn man gleichzeitig über Feiertage aus anderen Kulturen diskutiert. Die Menschen bekommen Angst, ihrer Wurzeln beraubt zu werden. An einem Großteil der Probleme sind Politiker schuld, die so was fordern. Und wenn auch noch die ganzen Moralapostel daherkommen … oh Gott!«

»Jetzt versteh ich grad nicht so recht, was du meinst«, erwiderte Ernstl.

»Es ist so: Ich war letztens auf einer Fortbildung für Journalisten, und da ging es unter anderem wieder einmal darum, dass Begriffe wie *exotisch* oder *Häuptling* einen rassistischen Hintergrund haben. *Zigeuner* sollte man ja auch nicht sagen. Und dann gibt es eben welche, die jemandem, der so was sagt, sofort einen rechten Hintergrund unterstellen. Das sind für mich überzogene Moralapostel. Und wenn die Menschen, die nun mal so daherreden, wie sie daherreden, von denen wegen solcher Banalitäten angesprochen werden, erzeugen sie kein gutes Klima in der Bevölkerung. Herrgott noch mal, wenn heute ein 60-Jähriger von einem Neger spricht, ist er deshalb doch kein Nazi. Zwischen Sprachgebrauch und tatsächlicher Einstellung gibt es immer noch einen Unterschied!« Korbinian schüttelte den Kopf, verpasste sich eine Ladung Nikotin und sprach weiter: »Wir haben schon eine Verantwortung, aber die fängt nicht bei diesen Begriffen an, und immer gleich auf der Nazischiene zu reiten, ist falsch.«

»Mit Verantwortung wegen dem Hitler und den Juden, da hast schon recht, aber ...«

»Das hab ich aber nicht gemeint«, unterbrach Korbinian. »Unser Lebensstil hat Auswirkungen auf die ganze Welt! Umwelt, Kriege, Wirtschaftsverträge ... das sind doch alles wir! Je mehr Krieg auf der Welt herrscht, desto mehr fliehen. Und wer ist in die Kriege involviert? Wir! Damit wir an Öl herankommen oder was weiß ich noch alles. Wir verändern das Klima – es werden auch mehr Klimaflüchtlinge kommen. Den Treibhauseffekt verursachen wir und nicht die Länder, aus denen die Flüchtlinge stammen, und wenn wir Schokolade so billig einkaufen, dass den Arbeitern dort das Geld fehlt ... verdammt noch mal: Wir fischen vor Mauretanien die Küsten leer und rauben den Fischern dort ihre Existenz ... wir dürfen uns echt nicht wundern.«

Ernstl griff nach seinem Weißbier und sagte: »Immer das Scheißgeld.«

Beide schwiegen einen Moment, bis Korbinian seufzte: »Ach, im Grunde sind wir doch alle selbst daran schuld.«

»Klär mich auf, Korbi«, sagte Ernstl süffisant.

»Ähm, Korbinian«, erwiderte der, zog an seiner Kippe und erzählte: »Ich meine, es wurden Religionen gegründet, und schon hat man unterschiedliche Gruppen. Es wurden Landesgrenzen errichtet, und schon gibt es eine Linie auf der Landkarte, die zwischen uns und allen anderen unterscheidet. Natürlich ist das ein normaler Lauf der Dinge, aber auch darin liegt eine Ursache für das Dilemma. Die Menschen haben sich viele ihrer Unterschiede selbst aufdiktiert, und über Generationen hinweg musste es doch zu Spannungen kommen. Und am Ende sind immer die anderen die Bösen. Das System ist auf Unterscheidung ausgelegt. Und ich meine nicht nur die Länder. Wir haben fünf Weltreligionen, und wenn ich jetzt nur das Christentum herauspicke, also nur eine davon betrachte, gibt es da schon über 400 verschiedene christliche Glaubensgemeinschaften weltweit. Und das ist jetzt mal nur eine von den großen Religionen. Unterschiede, wohin man schaut!« Korbinian schüttelte den Kopf.

Ernstl sagte: »Stimmt ja, aber die Unterschiede sind auch auf unterschiedliche Völker zurückzuführen.«

»Richtig, aber wir haben alles verschlimmert: mit Grenzen und Religionen. Jede Religion gibt den Gläubigen Grundsätze an die Hand, zwischen Gut und Böse zu unterscheiden. Und bei so vielen Glaubensrichtungen ... tja!«

Ernstl erwiderte: »Aber ich glaub trotzdem, dass man vernünftig zusammenleben kann. Im Grunde macht doch bloß der Ton die Musik, und da sind viele einfach zu extrem. Ich glaub, das richtige Wort ist ›Hass‹. Und der ist falsch! Aber trotzdem passen Ehrenmord, Zwangsheirat und die Scharia nicht in unser Land.«

Nachdenklich legte Korbinian den Kopf schief. »Tja, die Extreme gibt's auf beiden Seiten. Ich hoffe nur, das Ganze endet nicht so, wie ich befürchte.«

»Was meinst denn?«

»Irgendwann kommt der Schießbefehl an den Grenzen«, sagte Korbinian leise. »Festung Europa! Ich befürchte, das ist nur eine Frage der Zeit, ob in zehn, zwanzig oder mehr Jahren.« Korbinian starrte desillusioniert auf den Tisch.

»Meinst wirklich?«

»Ja – leider. Wenn sich Militärs auf Klimakonferenzen aufhalten, was heute längst der Fall ist, liegt es für mich auf der Hand, womit die irgendwann rechnen.«

Ernstl schluckte.

»Und sie werden trotzdem kommen!«, sagte Korbinian.

»Glaubst? Auch wenn die wüssten, dass sie abgeschossen werden?«

»Ja, nimm die DDR. Fluchtversuche hat es trotz Schießbefehl gegeben, und warum? – Wegen der Hoffnung auf ein besseres Leben.«

Beide verstummten in ihren Gedanken.

Korbinian rauchte, und Ernstl trank Bier, bis Korbinian sagte: »Außerdem muss ich jetzt mal was beichten: Bin ja selbst ... na ja, wie soll ich sagen ... ein bisschen befangen bei dem ganzen Thema mit Ausländern und so.«

Ernstl schaute fragend.

»Na ja, ist ne blöde Sache, die an meinem Ego nagt.« Korbinian erzählte von Elvira, seiner Exfrau, und davon, als er sie zum ersten Mal mit ihrem neuen Typen zusammen gesehen hatte. Dass sie bereits zwei Jahre vor ihrer Scheidung ein Verhältnis begonnen hatten, hatte Korbinian damals den Boden unter den Füßen weggezogen. Dieses erschlagende Detail hatte sie ihm, so ganz nebenbei, direkt nach dem letzten Treffen, noch vor dem Gerichtsgebäude, mitgeteilt. Dann stieg sie frisch geschieden in einen heranfahrenden Wagen. Als sie die Autotür öffnete, hatte »ihr Neuer« gerade telefoniert und sprach Arabisch oder Ägyptisch. So genau konnte das Korbinian auch gar nicht sagen, denn er wurzelte einfach nur völlig perplex auf dem Bürgersteig und konnte einfach nicht mehr wegschauen, bis sie in seinem schwarzen BMW um die nächste Kurve gebogen waren.

Ernstl sagte: »Blöd! Hätt aber genauso gut ein Deutscher sein können«, und trank sein Bierglas leer.

Plötzlich gab es einen Knall. Marianne war aufgetaucht und hatte einen Zettel auf den Tisch geklatscht.

»Da!«, zischte sie. »Das ist der Name von einem Augenzeugen, und die Straße, wo der wohnt, steht auch drauf.«

»Ähm, Marianne«, reagierte Korbinian, erschrocken von der Wucht ihres Auftrittes, freudig über das Wiedersehen und verlegen wegen seines gestrigen Verhaltens zugleich.

Sie fixierte ihn mit einem bösen Blick, und bevor sie ging, fauchte sie: »Du bist ein Arsch!« Und weg war sie.

Mit einem »Oh, oh« untermalte Ernstl ihren Abgang.

Korbinian schlenderte nachdenklich den Gang entlang zu seinem Zimmer und überlegte, was ihn im Endeffekt mehr bedrückte: Der Rückfall von letzter Nacht oder dass er es sich mit Marianne versaut hatte.

Er blickte auf den Zettel, den sie ihm vorhin auf den Tisch geknallt hatte. Als er gleich darauf in der geöffneten Zimmertür stehen blieb und in den Raum schaute, wurde ihm klar: Das mit Marianne war am schlimmsten ...

Er war einsam. *Doch mit Elvira war es auch nicht anders, trotz Ehe,* erinnerte er sich.

Korbinian holte rasch den Autoschlüssel und ging wieder nach unten. Ungeachtet des Streits mit Marianne konnte sich Korbinian die Chance, mit einem Augenzeugen zu sprechen, nicht entgehen lassen. Außerdem brauchte er morgen ohnehin eine Beschäftigung, und dies lieferte zugleich die ideale Rechtfertigung, die *LaHo*-Karten verfallen zu lassen. So kam sich Korbinian dabei auch nicht mehr ganz so verquer vor.

Gleich nach Mariannes Auftritt hatte er vorhin mit Ernstl vereinbart, dass der ihn morgen begleiten würde. Ernstl meinte, dass es trotz Sonntag und *LaHo*-Umzug kein Problem darstellen sollte, diesen Akin zu Hause anzutreffen. Bei vielen Ausländern stießen die Umzüge nicht auf allzu großes Interesse.

Und genau aus diesem Grund, weil morgen der Umzug stattfinden würde, musste Korbinian auch jetzt das Auto umparken. Morgen hätte er aufgrund der gesperrten Innenstadt keine Chance rauszukommen.

Korbinian stand rastlos vor dem Bett. Föhnwind trug Trommelschläge und Jubelschreie ins Zimmer, die Geräusche machten ihn beinahe wahnsinnig. Es half nichts. Er schloss die Fenster, fingerte zwei in Frischhaltefolie verpackte Kugeln aus dem Koffer und setzte sich an die Schreibplatte. Er schaute auf die Neustadt, die Schreibplatte war genau zwischen den beiden Fenstern an der Wand angebracht. Dann packte er die weichen Kugeln aus. Jede hatte die Größe eines Knödels. Die Folie raschelte, und die Masse war weich, sogar noch ein bisschen feucht. Für gewöhnlich basteln Kinder lustige Männchen oder Schlangen und Löwen damit. Korbinian verwendete sie für etwas anderes.

Er ging ins Badezimmer. Aus dem Kulturbeutel zog er ein aufklappbares Rasiermesser, so eines, wie es Profifriseure benutzen. Das andere Messer, das er für die Steaks im Restaurant hernahm, trug er in der Hose und legte es jetzt neben das Rasiermesser auf den Tisch.

Korbinian knetete hektisch die Knödel und rollte sie zu zwei Stangen auf eine Länge von ungefähr dreißig Zentimeter aus. Er klappte das Rasiermesser auf, und bei den ersten Schnitten ging sein Atem noch flach, dann wurde er ruhiger. Mit gefühlvollen Bewegungen ließ er die Klinge durch die Masse gleiten und schnitt beide Stangen in dünne Scheiben.

Hinterher rauchte er stehend vor dem Fenster zwei Zigaretten. Dann packte er die klebrigen Scheiben, knetete sie durch, bis sie abermals zwei Knödel ergaben, und begann erneut zu rollen und zu schneiden.

Eine Stunde später lag er auf dem Bett und zappte durch die Fernsehprogramme, bis spät in die Nacht. Er wurde Zeuge, wie sich Cary Grant und Grace Kelly, über den Dächern von Nizza, ein Katz-und-Maus-Spiel lieferten. Doch dann: Werbepause, typisch!

Er starrte aus dem Fenster – ach, am liebsten wollte Korbinian einfach aus dem Hotelfenster nach oben in den Himmel fliegen. *Genau wie Peter Pan – Mensch, das wär was.*

Er würde alles hinter sich lassen und ein neues Leben beginnen. Nur eben ohne drückende Gedanken und blöde Angewohnheiten. Normal eben, und ein bisschen besser in allem, was er tat.

»So was machst bloß, wenn ich dabei bin, hast gehört!«

Der Zwölfjährige nickte und beobachtete aufmerksam die Handgriffe des Vaters.

»Wennst ein Messer nimmst, musst fest zulangen, nicht dass du nach vorn in die Schneide rutschst.«

Der Junge nickte.

»Und wenn du einen Prügel zum Erschlagen hernimmst, so wie ich gleich, dann musst auf deinen Daumen aufpassen.« Der Mann lächelte und fügte an: »Das lern ich dir schon noch alles.«

Er packte die Katze am Genick und hob sie aus dem Karton. »Auch wenn die Miezi schon alt ist, musst bei diesen Viechern höllisch aufpassen, dass sie dich nicht kratzen. Aber hilft jetzt nix. Außerdem sparen wir uns so den Tierarzt.«

Der Junge lächelte.

Der Mann hielt die Katze am Nackenfell in der Luft und hob sie jetzt noch höher. So hoch, dass sie vor seiner Brust baumelte. Das Tier fauchte und versuchte sich zu befreien.

»Gib mir den Prügel.«

Sonntag, 7. Juli 2013

Korbinian und Ernstl erreichten die Straße, nach der sie suchten, relativ schnell. Kein Wunder, alle anderen fuhren ihnen entgegen. Der Umzug würde ja bald beginnen ...

»Ach Scheiße«, schimpfte Korbinian. Über eine Länge von vierhundert Metern standen auf beiden Seiten aneinandergereihte Mietshäuser, und Marianne hatte nur den Straßennamen aufgeschrieben.

»Ach geh«, sagte Ernstl. »Wir haben ja Zeit.«

Korbinian stellte den Wagen am oberen Ende der Straße ab, und Ernstl erkundigte sich nochmals nach dem Namen. Dann teilten sie sich auf, und als Korbinian auf den gegenüberliegenden Bürgersteig wechselte, bog ein hellblauer VW Golf mit verrosteten Kotflügeln um die Ecke und parkte auf halber Höhe die Straße entlang. Drei Männer stiegen aus. Einer telefonierte und zog nervös an einer Zigarette.

Die Hitze waberte über den Asphalt. Korbinian, Ernstl und jene drei Männer; ansonsten war keine Menschenseele zu sehen.

Ernstl hatte mittlerweile die Hälfte der Namensschilder diesseits der Straße kontrolliert und stand jetzt vor dem Wagen, der gleich nach ihnen angekommen war. Er schüttelte den Kopf. Unverschämterweise versperrte der fast den kompletten Bürgersteig.

Er quetschte sich zwischen Blech und Mauerwerk und schrie mit gequälter Stimme zu Korbinian hinüber: »Du sollst nicht rumtrödeln. Bis du fertig bist, mach ich ja alles allein.«

»Jaja, Ernstl. Mach einfach und lass mir meine Ruhe«, grummelte Korbinian, während er drei Reihen Namensschilder inspizierte.

Ernstl stand jetzt unmittelbar vor zwei der Männer. Der Dritte ging auf der anderen Straßenseite entlang. Ernstl wischte sich Schweiß von der Stirn und schüttelte erneut unverhohlen den Kopf, was der Kräftigste aus der Gruppe mit den Worten »Was passt dir denn nicht?« kommentierte. »Hättest auch außenrum gehen können.«

Ernstl musterte diesen Kerl von oben bis unten: Kurze Haare, dicke Muskeln, enges T-Shirt, Jeans und Springerstiefel. Hinterher betrachtete er den Zweiten. Der sah im Grunde ganz normal aus: Mittelscheitel, kleines Bäuchlein, Turnschuhe.

Ernstl schaute aufs Neue zu dem Muskelmann, streckte seinen Bauch heraus, hob das Kinn und sagte: »Hat euch überhaupt schon einer erzählt, dass wir euch in Landshut nicht brauchen? Und parken tut man auch anders!«

Postwendend spürte er sein Magengeschwür. Ernstls Körpersäfte waren in Wallung geraten. Selbst Korbinian hatte seine verärgerten Worte hören können und lief sofort über die Straße. Als er hinzukam, pochte es in seinem Hals, denn der, der Ernstl gerade ganz finster anschaute, war gebaut wie ein Schwerathlet.

»Was ist denn da los?«, erkundigte sich plötzlich eine tiefe Stimme im Hintergrund. Es war der Dritte im Bunde. Er war über die Straße gekommen und stand jetzt hinter ihnen. »Geh weiter, alter Mann, und misch dich nicht in unsere Angelegenheiten«, sagte er dann.

Ernstl drehte sich um. Der Mann trug Springerstiefel, wie der Erste, und glich ihm auch sonst wie ein Ei dem anderen. »Schauts euch mal an«, entgegnete Ernstl. »Fast eine Glatze, aufgeblasene Muskeln und Springerstiefel. Pfff! Braune Bagage.«

Korbinians Hände zitterten. Eine lähmende Nervosität überkam jede Faser seines Körpers. Ernstls körperliche Unterlegenheit hinderte ihn derweil keineswegs, weiterzustänkern. Um diesem Muskelprotz annähernd in die Augen schauen zu können, wippte er nach vorne auf die Zehenspitzen und sagte: »Na was wollts denn da überhaupt? Ausländer watschen, oder was? Geh heim, und deine Kameraden kannst gleich mitnehmen.«

Korbinian hoffte, er hätte sich verhört. Unbewusst machte er einen Schritt zurück, während sich Ernstl und der Unbekannte mehrere Sekunden in die Augen starrten.

Ein seltsamer Anblick. Ernstl: eins siebzig, rundes Gesicht, Bierbauch, Ende fünfzig. Sein Gegenüber: eins fünfundachtzig, vielleicht auch etwas größer, markante Züge, extrem muskulös und Ende zwanzig.

»Menschenskind, eine Schönheit bist du keine«, schleuderte ihm Ernstl dann auch noch ins Gesicht. Wie ein kleiner Terrier konnte er verdammt noch mal keine

Ruhe geben. »Geh heim und sperr dich ein«, provozierte er weiter.

Alle schienen überfordert, und keiner wusste so recht, wie er sich verhalten sollte. Doch dann schubste der Muskelprotz Ernstl und schrie: »Geh doch lieber du heim, du alter Depp! Heim ins Altersheim.«

Korbinian stand regungslos daneben. Aus Nervosität konnte er sich nicht einmal mehr ansatzweise bewegen.

Ernstl grinste aufgesteckt, als ob man ihm weder Angst einjagen noch Schaden zufügen könnte. Doch er wurde ein zweites Mal geschubst, und diesmal heftiger. Ernstl wich aber erst in dem Augenblick zurück, als er auch noch ein drittes Mal gestoßen wurde ... und fiel zu Boden.

Einer der Lagerräume im ersten Stock hatte ein Fenster zur Neustadt hinaus. Dort hinein konnte man verständlicherweise keine Hotelgäste lassen, weswegen eine Liste für die Angestellte ausgelegt wurde, wer sich von dort aus den Umzug anschauen wollte.

Obwohl sie genau deswegen gekommen war, saß Marianne vor dem Schreibtisch im Büro. Sie war kurz nach unten gelaufen, weil ihr vorhin eine Lieferantenbestellung eingefallen war, die sie gestern per E-Mail wegschicken sollte. Das hatte sie aber vor lauter Ärger über Korbinian vergessen.

Der Ventilator auf dem Tisch lief auf höchster Stufe. Zusätzlich hatte sie das Fenster gekippt, und als sie gerade die E-Mail-Adresse des Lieferanten heraussuchte, tönten die Bässe des Reisigenchors von draußen herein:

Hebt den Spieß, schlagt endlich her,
Gesinde, Möpse, Diebsgezücht!
Welsche Hunde lauft,
im Blute ihr ersauft!
Dann kamen die Tenöre:
Rausäck, Schinder, Säuferschar!
Wir schlachten euch die Köpf vom Leib!
Könnt ihr gar viel schrein,
der Teufel wöll euch frein!

Korbinian hockte mit ausgestreckten Beinen und gekrümmtem Rücken auf dem heißen Asphalt. Alle paar Atemzüge schaute er fassungslos zu Ernstl.

Ein Sanitäter fragte: »Geht's wieder einigermaßen?« Korbinian nickte.

Ernstl wurde auf eine Trage gelegt und in den Krankenwagen verfrachtet. Die Hecktüren blieben offen stehen. Korbinian konnte hören, wie ein Arzt auf Ernstl einredete: »Hallo – hallo! Bleiben Sie bei uns.«

Korbinian richtete sich auf und kraxelte schwankend in den Wagen.

»Raus hier, lassen Sie uns arbeiten!«, verwies man ihn umgehend zurück auf die Straße.

Ein dunkelblauer BMW bog mit Vollgas in die Straße und bremste abrupt vor dem Haus. Zeilhofer sprang heraus und lief hektisch auf den Krankenwagen zu.

Ein Uniformierter rief ihm nach: »Bleib da. Bringt doch

nix!« Im selben Augenblick schlug ein Sanitäter die Türen zu, und der Krankenwagen rauschte mit Blaulicht in die Klinik.

Ein weiterer Uniformierter kam und klopfte Zeilhofer mitfühlend auf die Schulter.

Korbinian stand derweil verloren in der Gegend herum. Jemand erkundigte sich, ob er in der Lage wäre, selbst mit dem Auto zu fahren. Er solle ihnen auf die Dienststelle folgen, und falls dies nicht ginge, nähme man ihn im Streifenwagen mit.

Im Hintergrund sagte einer der Beamten: »Glaub, der wollt sogar einmal Polizist werden.«

Zeilhofer nickte stumm.

Am Horizont schlug der Blitz ein, und der Regen wurde schlimmer.

»Stell dich nicht so an«, sagte der Mann. Sein Sohn hatte herumgezappelt und war sich mehrfach mit der Hand übers Gesicht gefahren. »Aber es regnet doch, komm jetzt, Papa«, sagte er.

»Bist du aus Zucker, oder was?«, raunzte sein Vater. »Na gut. Aber spritz noch ein bisserl Weihwasser drauf.«

Der Junge tat, was ihm gesagt wurde, wobei er auf den Grabstein schaute und »Servus, Opa« flüsterte.

»Dein Opa war ein starkes Mannsbild, und ich hab alles von ihm gelernt. Genauso mach ich's mit dir! Alles, was du wissen musst, lernst von mir.«

Die beiden gingen zu ihrem Wagen, und der Junge blickte, trotz Regen, nach oben zu seinen Vater. »Warum geht die Mama nie aufs Grab mit?«

Der Mann winkte ab. »Ach die, die nimmt's ihm übel, weil er ihr mal eine Watsch'n gegeben hat. Mein Vater hat wenigstens gewusst, wie man mit den ganzen Weibsbildern umgehen muss. Und die Mama, das sag ich dir, ist genauso ein Mistviech wie alle andern!«

Der Arzt starrte frustriert auf die Uhr an der Wand.
Zeitpunkt des Todes: 18 Uhr 27.

Ein langer Gang, Linoleumboden, weißes Neonlicht: Zeilhofer saß auf einem Stuhl. Den Kopf nach vorn auf die Brust gekippt, schüttelten ihn alle paar Momente heftige Stöße. Tränen glänzten auf der Wange, tropften auf den Boden.

Die grün gerahmte Glastür am anderen Ende des Raums ging auf, und Marianne hastete auf ihn zu. Ihre Schuhe quietschten. Zeilhofer stemmte sich nach oben und wischte sich rasch übers Gesicht.

»Marianne ... der ... der Ernstl«, stammelte er. »Er ist ... komm her.« Er legte die Arme um sein Patenkind und drückte es so fest, als wolle er Ernstl dadurch wieder ins Leben holen.

Zeilhofers Frau kam jetzt auch durch die Tür geeilt. Über Mariannes Schulter hinweg schüttelte er den Kopf und presste die Augen zu.

»Um Gottes willen«, sagte sie entsetzt und hielt die Hand vor den Mund.

Marianne blieb stumm. Sie stand aufrecht da, und ihre Arme hingen kraftlos nach unten, während Zeilhofer ihren zierlichen Körper festhielt. »Er hat sich den Schädel gebrochen, und dann hat sich was in seinen Adern gelöst«, flüsterte er. »Am Schluss war's ein Hirnschlag.«

Marianne kniff fest ihre Augen zu und biss krampfhaft die Zähne zusammen. Seit zwei Jahren predigte sie ihrem Vater, er solle seine Tabletten nehmen. Ernstls Hausarzt hatte vor einiger Zeit eine verengte Halsschlagader bei ihm diagnostiziert, und erst vergangene Woche hatte sie ihrem Vater eine Standpauke gehalten, nachdem sie drei verschiedene Medikamentenpackungen in seiner Wohnung entdeckt hatte. Zwei davon gegen Bluthochdruck und einen Cholesterinsenker. Das Rezept hatte er eingelöst, doch keine einzige Tablette angerührt.

»Ich möcht jetzt alles haargenau wissen«, polterte Zeilhofer sofort drauflos, als er das Vernehmungszimmer betrat. Seine rot umrandeten Augen glänzten.

Korbinian kauerte verloren am Tisch. Man hatte ihm eine Tasse Kaffee hingestellt. Er nippte nicht einmal daran. Jede Silbe kam ihm zäh über die Lippen, und mittendrin starrte er immer wieder ins Leere.

Alles würde er dafür geben, die Zeit um ein paar Stunden zurückdrehen zu können; *nur ein paar Stunden – mehr nicht!*

Mit finsterer Miene bedeutete Zeilhofer seinem Kollegen, am Tisch Platz zu machen. All seine Bewegungen waren aggressiv, und als er sich den Holzstuhl zurechtrückte, hörte man das Poltern noch auf dem Gang. »Sie sind also dieser – Journalist!«, sagte er dabei abfällig.

Warum Zeilhofer von »diesem Journalisten« sprach, wusste Korbinian nicht, und es war ihm auch egal. Er starrte weiter auf den Boden.

»Wir haben uns sogar schon kennengelernt, wie Sie sich an die Marianne rangemacht haben.« Zeilhofers Stimme legte an Lautstärke zu. »Wenn ich das gewusst hätte, dass Sie das sind, der meint, zum Herumschnüffeln nach Landshut kommen zu müssen, hätt ich Ihnen da schon die Leviten gelesen. Aber der Ernstl hat mir, warum auch immer, nix davon erzählt.«

»Zeilhofer, runter vom Gas!«, sagte ein anderer Beamter, der mit am Tisch saß.

Korbinian dämmerte es, dass es Zeilhofer gewesen war, der Ernstl begleitet hatte, wie er Marianne und ihn im Eiscafé entdeckt hatte. An dem Abend hatten sie sich zwar gegrüßt, doch Zeilhofers Gesicht war nach einer Minute auch schon wieder aus Korbinians Gedächtnis gelöscht gewesen.

Korbinian saß jetzt also Mariannes Taufpaten gegenüber, und der war es wohl auch, in dessen Auftrag Ernstl auf der Versammlung gewesen war.

Bevor Korbinian den Beamten seine Geschichte erzählte, blickte er andächtig zum Fenster.

Ja, einfach auf den Sims stellen und wegfliegen. Wegfliegen in ein anderes Leben, das wollte er jetzt mehr als alles andere. Außer die Zeit zurückzudrehen. Das wollte er noch mehr. Dann wäre der Ernstl noch da, und jetzt würde Korbinian auch etwas unternehmen, anstatt nur danebenzustehen, da war er sich sicher ... ganz sicher!

Korbinian begann zu erzählen. Er erzählte von seinem Urlaub in Landshut, dem Mord, der Versammlung und von Marianne und Ernstl. Seine Worte endeten damit, dass man Ernstl auf den Bürgersteig gestoßen hatte.

In Zeilhofer entwickelte sich ein kaum zu bändigender Drang, jemanden für Ernstls Tod zu bestrafen. Jedoch nicht, indem er den Täter verhaftete, nein, er hatte andere

Fantasien, und während Zeilhofers Kopfkino einem Horrorfilm glich, erkundigte sich Gruber, wie Korbinian auf die Versammlung aufmerksam wurde.

Korbinian räusperte sich verlegen und erzählte von seiner Reaktion in der Gasse, die mit dem Ausspruch »Scheiß-*kanaken*« geendet hatte.

Gruber verzog missbilligend die Mundwinkel, und Korbinian meinte: »Jetzt schauen Sie nicht so, ich hab das halt einfach so dahergesagt.«

Gruber schaute ihn stumm an.

Korbinian schob nach: »... so wie alle halt.«

Zeilhofer sagte: »Und dann sind Sie auf eine Versammlung gegangen, die offensichtlich einen rechtsgerichteten Charakter hatte. Aha! – So wie alle halt.«

Korbinian verdrehte die Augen. »Ich bin kein Rechter. Ich bin Journalist. Herrgott noch mal, unterstellen Sie mir bitte nichts.«

»Dann sollten Sie aber besser darauf achten, was Sie sagen«, erwiderte Gruber scharf. »Ihnen als Journalisten brauch ich das ja eigentlich nicht zu sagen.«

»Jaja.« Korbinian rieb sich die Stirn. »Zwischen Ihrer Interpretation meiner Ausdrucksweise und der tatsächlichen Einstellung ist aber trotzdem ein Unterschied.«

Gruber schaute weiter skeptisch, und Korbinian sagte kleinlaut: »Ich weiß es ja! Es war nicht richtig, so etwas zu sagen.«

»Dann zügeln Sie sich gefälligst mit solchen Äußerungen!«, bellte Zeilhofer.

Korbinians weitere Vernehmung machte alles noch schlimmer. Anstatt hilfreiche Informationen beizusteuern, musste er gestehen, dass er sich an das Autokennzeichen nicht erinnern konnte.

Zeilhofer verließ das Büro. In der Herrentoilette spritzte er sich kaltes Wasser ins Gesicht. Er betrachtete sich im Spiegel, dachte an Ernstl und begann zu weinen.

Korbinian stand vor dem Polizeigebäude und grübelte, wie er in das Hotel zurückkommen sollte. Dass er sich nur ein paar Hundert Meter die Straße runter vom Hotel befand, änderte nichts an seiner Hilflosigkeit. Bittere Vorwürfe zerquetschten jeden klaren Gedanken. Vorhin hatte er den Wagen noch selbst gefahren und am Hotel abgestellt. Wie er das geschafft hatte, war ihm jetzt ein Rätsel. Nach wiedererlangter Klarheit im Kopf, fünfhundert Meter Fußweg und sechs Zigaretten stand er vor seiner Herberge.

Wie sollte er sich jemals wieder im Spiegel betrachten können? Er war feige gewesen und ängstlich; eine Memme, ein Waschlappen! Kein richtiger Mann!

Mit gesenktem Kopf ging er am Gebäude vorüber und verschwand ziellos in der Dämmerung.

Zeilhofer unterrichtete den Leiter der Landshuter Kripo und den Staatsanwalt.

Hinterher telefonierte er so lange mit Marianne, bis sie endlich zustimmte, bei ihm und seiner Frau zu übernachten. Ihr Haus bot Platz im Überfluss.

Korbinian war inzwischen stundenlang am Flussufer auf und ab geschlendert. Irgendwann hatte er eine Brücke überquert und schleppte sich unter gelbem Laternenlicht an einem Park vorbei; einsame Holzbänke und dunkle Plätze hinter dichten Sträuchern. Er war weitergelaufen und stand jetzt vor einer Tankstelle. Zwar hatte er nach keiner gesucht, doch so viel, wie er heute qualmte, bräuchte er ohnehin bald Nachschub an Glimmstängeln.

Gegessen hatte Marianne seit heute Morgen nichts mehr. Wollte sie auch jetzt nicht, und reden ebenso wenig. Vorhin hatte sie erzählt, was für ein toller Vater der Ernstl doch gewesen war. Doch jetzt, jetzt wollte sie einfach nur alleine sein.

Zeilhofers Frau hatte das Bett im Gästezimmer frisch bezogen, und als Marianne vorhin ihre Sachen ins Zimmer gebracht hatte, war ihr sofort der Fliedergeruch des Waschmittels in die Nase gestiegen.

Es war schon richtig so, dass sie hier übernachten würde. Obwohl sie jetzt auf das Zimmer ging, um alleine zu sein, war es doch anders als in ihrer Wohnung.

Während sie in ihrer Handtasche nach dem Handykabel suchte, entdeckte sie den Brief, den ihr Ernstl vor dem Hotel gegeben hatte. Sie hatte ihn einfach genommen, in die Tasche gesteckt und seither nicht mehr beachtet. Sie legte das Kuvert auf das Nachtkästchen und ging ins Badezimmer. Als sie zurückkam, schaltete sie das Deckenlicht ab und die Lampe auf dem Nachtkästchen an. Die Glühbirne warf einen hellen Kreis vor das Bett. Der restliche Raum verschwamm in trübem Licht.

Sie stand vor dem Bett, fühlte den Teppichboden unter ihren nackten Füßen und blickte ringsum: Die braune Holzdecke, die bei wenig Licht noch mehr drückte, das vollgestopfte Regal mit Büchern von Reader's Digest und der vollständigen Enzyklopädie von Brockhaus. Daneben ein alter Schreibtisch.

Es war einer von denen, die man selbst abholt, um nach drei Stunden und hundert Schrauben und kleinen Nägeln festzustellen, dass er im Laden irgendwie stabiler gewirkt hatte.

Sie blickte auf das Fichtenbett mit dem geschwungenen Kopfteil; unwillkürlich fühlte sie sich an ihre Kindheit erinnert. An die Zeit, als sie noch im eigenen Haus gewohnt hatten, Marianne nach dem Zähneputzen nichts mehr essen durfte und sofort ins Bett musste.

Als sie sich jetzt auf das Bett setzte, bemerkte sie erneut den Fliedergeruch. Ja, hier war es auf jeden Fall besser als in ihrer Wohnung. Hier war sie Kind, in ihrer Wohnung wäre sie die Erwachsene, und wer will schon erwachsen sein ...

Um diese Uhrzeit kamen nur noch vereinzelt Kunden an die Tankstelle, und die junge Frau, die mit gepiercten Augenbrauen hinter der Kasse stand, ließ dumpfe Basstöne aus den Lautsprechern dröhnen.

Im Verkaufsraum standen Regale mit Chips, Schokolade und Getränken. Korbinian ging daran vorbei. An der Kasse geriet er ins Stocken. Eigentlich musste er nur die Zigarettenmarke nennen. Aber er blieb stumm und irritierte damit die Verkäuferin. Sie blickte ihn auffordernd an, doch er drehte sich um, woraufhin sie verwundert den Kopf schüttelte.

Marianne ging nochmals ins Badezimmer und kam mit zusammengeknülltem Toilettenpapier zurück. Am Ende des Tages hatte sie nun doch weinen müssen. Und je länger sie im Bett lag, desto dankbarer wurde sie, dass sie heute Nacht hier schlafen durfte. Wo hätte sie sonst auch hinsollen, ohne Mann und ohne Familie? Es gab weder Tanten noch Onkel. Sie hatte keine Geschwister, und ihre Mutter war vor vier Jahren gestorben.

Wieso gibt es immer so verdammt viele Dinge, die man sagen will, aber stets aufschiebt?, grübelte sie. Und jetzt? Jetzt war es zu spät.

Die Kassiererin scannte Korbinians Einkäufe: zwei Flaschen Wodka, zwei Stangen Zigaretten und drei kurze Obstler. Er zückte die Kreditkarte, und ihr Blick, als sie eine Plastiktüte auf den Tresen legte, ließ ihn im Boden versinken.

Korbinians Körperhaltung glich der eines enttäuschten Torjägers, der am Ende seiner Karriere den Elfmeter im WM-Finale verschoss, doch der Dämon in seinem Kopf jubelte und gab einen Freudentanz zum Besten.

Als er Alkohol und Zigaretten in die Tüte steckte, wäre er fast in Tränen ausgebrochen. Nicht einfach nur weinen wollte er, sondern heulen wie ein Wolf, wie ein verwundetes Tier, das sein Ende kommen sah.

Draußen rang er panisch nach Luft und bog hastig um die Ecke. Sobald er aus dem Blickfeld der Kassiererin verschwunden war, zog er die drei Kurzen aus der Tüte. Sein Schatten legte sich über den Bürgersteig. Vor einer Mülltonne blieb er stehen und stellte die drei Fläschchen der Reihe nach darauf ab ...

Marianne hatte sich das Kissen so zurechtgestopft, dass sie eine halbwegs angenehme Leseposition einnehmen konnte. Den Brief, den ihr Ernstl gegeben hatte, hatte Johannes an seine Frau Sophie geschrieben, allerdings nie abgeschickt. Er hatte ja noch nicht einmal gewusst, wo er ihn hätte hinschicken können.

Tante Sophies Schicksal hatte damals alle sehr mitgenommen. Das alles war noch vor der Geburt von Mariannes Mutter geschehen, und als die dann zur Welt kam, konnte es nur einen Namen für sie geben: Sophie!

Der Brief von Johannes war eines der emotionalsten Erinnerungsstücke in Mariannes Familie, und obwohl sie ihn kannte, zog sie ihn jetzt aus dem vergilbten Kuvert, faltete die Blätter auf und begann zu lesen.

Liebe Sophie,

kein Tag vergeht ohne die Erinnerung an Dich. Ohne Dich ist mein Leben sinnlos, und doch lebe ich weiter. Ohne Freude, ohne Liebe – ich bin einfach nur da.

Wenn ich morgens aufwache, blicke ich zum Nachttisch. Dort steht das Bild Deiner Eltern, und das wird auch so bleiben. Der Gedanke, etwas zu verändern, erscheint mir nicht nur fremd, sondern völlig unmöglich. Selbst die Dinge, die mich immer gestört haben, lasse ich an ihrem Platz, denn Du hast sie dort hingestellt.

Der Hartl schimpft mich jedes Mal, wenn er mich besuchen kommt und an die klotzige Garderobe im Gang rumpelt. Er sagt, so kann ich nie meine Ruhe finden. Aber dort hatten schon Deine Großeltern ihre Sachen aufgehängt.

Ich schäme mich vor Dir, Sophie. Denn manchmal kann ich mich nicht einmal mehr an Dein Aussehen erinnern. In anderen Momenten sehe ich Dich ganz klar. Gesicht an Gesicht. Deine Augen funkeln, Du lächelst, und ich nehme Dich in den Arm. Aber am nächsten Tag kann ich Dich nicht finden. In meinem Herzen bist Du immer, doch Dein Bild in meinem Kopf versteckt sich vor mir. Dafür schäme ich mich!

Seit Du weg bist, ist viel passiert, und ich möchte Dir davon erzählen: Ich habe sie gesehen, Sophie, die, von denen immer alle geredet haben. Bei uns haben sie am Ende nämlich auch noch so ein Lager gebaut. Zuerst hatte ich mir nichts dabei gedacht, als mir der Hartl das erzählt hat, aber irgendwann, ich weiß nicht mehr, wann, habe ich sie dann gesehen.

»Außeneinsatz« haben die das genannt und die toten Körper, von denen, die dabei draufgegangen sind, haben sie mit Holzkarren durch die Altstadt geschoben. Grausig!

Magere Körper, nur Haut und Knochen, und ihre Leiden hat man sogar noch in den toten Gesichtern sehen können. Und das bei uns. Eine Schande ist das, die man uns da aufgezwungen hat! Aber was hätte ich denn ändern können?

Niemand weiß besser als Du, dass ich mich aus den Dingen immer rausgehalten und mich nur um meine, um unsere Sachen, gekümmert habe. Aber du warst da immer anders, und wir haben uns deshalb oft gestritten, ich weiß.

Vielleicht hättest Du einen anderen Mann heiraten sollen. Einen, der sich einmischt.

Doch glaube mir, Sophie, keiner hätte Dich mehr lieben können als ich – und ich tue es noch immer. Ich schäme mich, weil ich heute weiß, dass Du recht hattest, mit allem. Ja, mit allem! Und ich hasse mich dafür, dass ich erst so spät verstanden habe, was die aus unserem Land gemacht haben. Von da an habe ich nicht mehr bloß dafür gebetet, dass Du wieder zu mir zurückkommst, sondern auch dafür, dass die wegkommen, die uns das alles eingebrockt haben.

Dem Hartl geht es übrigens gut. Sein Sohn ist auch wieder nach Hause gekommen. Aber der ist nicht mehr wie früher. Er redet fast mit niemandem, und lachen tut er auch nicht mehr.

Ich weiß ja nicht, was der alles erlebt hat, aber schlimm war es wohl ganz gewiss. Vielleicht ist dem Hartl sein Bub auch deswegen so still geworden, weil er weiß, was er getan hat. – Ich weiß es nicht.

Der ist noch vor '45 heimgekommen, und seitdem geht er an einem Stock. Ich habe nicht gefragt, warum, aber ich glaube, er hat im Winter seine Zehen verloren, und wenn man ihn überhaupt mal was sagen hört, schimpft er nur über die Russen.

Kurz bevor endlich die Amis einmarschiert sind, haben die noch den ganzen Bahnhof mit ihren Bomben zerstört. Furchtbar, wie wir das gehört haben und die Flugzeuge über der Stadt gekreist sind. War schlimm!

Da habe ich doch wieder gezweifelt. Obwohl ich mir ja gewünscht hatte, dass die andern gewinnen, aber das waren ja auch die, die unseren Bahnhof in die Luft gesprengt haben. Von Hamburg, Dresden und dem Rest ganz zu schweigen. Da haben wir ja noch ein riesiges Glück gehabt.

Vielleicht war das Ganze die gerechte Strafe. Ich weiß es nicht. Ich weiß überhaupt nichts mehr und bin durcheinander. Wie die Amerikaner gekommen sind, habe ich mich trotzdem gefreut. Das war vor zwei Jahren, am Josefitag. Ich weiß das so genau, weil ich hinterher gleich in die Kirche bin und ausnahmsweise zum heiligen Josef gebetet habe.

Es gibt wohl doch ein Gut und ein Böse auf der Welt, und die Bösen muss man bekämpfen! Ich meine, so gut man eben kann, so wie Du es getan hast. Ich bewundere Dich dafür! Inzwischen bin ich mir aber nicht mehr sicher, wer wo dazugehört.

Ich mag den Hartl seinen Buben, auch wenn er bei der SS war. Er war doch bloß einer von vielen. Soll ich ihn jetzt deswegen hassen? Ich weiß es nicht!

Kurz bevor die Amis nach Landshut gekommen sind, haben sie das Lager in Dachau übernommen und Tausende, wahrscheinlich sogar Millionen gerettet. Da war ich mir dann wieder sicher, dass das die Guten sind, auch wenn die unseren Bahnhof bombardiert haben. Aber jetzt, jetzt weiß ich auch nicht mehr, was ich von denen halten soll.

Vor ein paar Wochen haben die einen Mann nach Landshut gebracht. Angeblich war der '45 in Moosburg, dort haben die Amerikaner nämlich ein Lager. Bewacht haben die den und so gut behandelt, dass unsereins neidisch werden könnte.

Ich wusste zuerst gar nicht, wer das war. Aber der Hartl weiß ja immer alles. Er hat gesagt, dass das ein Wernher von Braun gewesen sein soll und dass das der ist, der die Raketen gebaut hat, die sie nach England geschossen haben.

Jetzt hat der unten in der Niedermayerstraße eine Wohnung bekommen und heute in Landshut geheiratet. Dem

Hartl entgeht einfach nichts. Er hat mir auch erzählt, dass Zwangsarbeiter die Raketen für den haben bauen müssen. Ob es denen auch so dreckig gegangen ist wie denen in den Lagern, weiß ich nicht, aber trotzdem! Und jetzt passen die Amis auf den auf.

Warum passen die Guten auf einen auf, der vorher bei den Bösen mitgemacht hat? Ich verstehe die Welt nicht mehr, Sophie: Jetzt holen sich die einen einen von den anderen, damit der für die die gleichen Sachen macht wie vorher für die anderen, die Nazis.

Vielleicht bin ich auch bloß zu dumm dazu, das zu verstehen. Ich weiß nur, dass Du mir immer noch fehlst wie am ersten Tag! Dein Bild steht vor mir auf dem Tisch, und daneben habe ich unser Hochzeitsfoto gelegt.

Der Herr Pfarrer war es, der mir dazu geraten hat. Weißt Du, er besucht mich fast jeden Tag und schaut nach mir. Bis vor einem Jahr hat er auch noch jedes Mal nach Dir gefragt und wollte wissen, ob es Neuigkeiten gebe. Inzwischen macht er das nicht mehr.

Am Anfang habe ich ihm das übel genommen und das auch dem Hartl erzählt. Der hat mir aber dann gesagt, dass ich mir da nichts denken soll, nach der Zeit, die vergangen ist.

Jetzt, wo ich diese Zeilen schreibe, fühle ich mich Dir ganz nah. Aber auch sonst bist Du immer bei mir, Sophie. Ich habe Briefe geschrieben, telefoniert und bin auf jedes Amt gegangen. Niemand kann mir helfen. Keiner kann mir sagen, wo Du bist.

Wieso musstest Du Dich einmischen? Warum hast Du das nur getan? Du wusstest doch, was passieren kann. Aber ich weiß schon, Du hast immer gesagt, wir dürfen nicht wegschauen. Du hattest ja recht. Aber ein jeder hat es doch so gemacht – alle! Und die, die sich eingemischt haben, die sind weggekommen, so wie Du.

Aber verzeih mir, Sophie, ich schreibe davon, wie ich mich fühle, wo Du doch so viel mehr hast ertragen müssen. Wenn ich nur daran denke, bekomme ich keine Luft mehr.

In solchen Momenten gehe ich schnell in die Martinskirche und bete zum Herrgott, dass die Geschichten, die man gehört hat, doch nicht stimmen, obwohl ich es besser weiß und es nur ein Wunsch von mir bleiben kann. Trotzdem bete ich weiter dafür, aus diesem Albtraum aufzuwachen. Ab und zu fahre ich mit dem Fahrrad aus der Stadt, laufe in den Wald und fange einfach an zu schreien. So lange, bis ich nicht mehr kann und erschöpft zusammenbreche. Dann, wenn ich wieder aufgehört habe zu zittern und klarer denke, bete ich, dass Du Glück gehabt hast und der Herrgott auf Dich aufgepasst hat. Ich mag gar nicht daran denken, was ist, wenn nicht!

Der Pfarrer hat immer gesagt, ich soll auf Gott vertrauen. Aber was, wenn das nicht geholfen hat? Und leider weiß ich es ja besser, weil: Ein paar Wochen nachdem die Amerikaner nach Landshut gekommen sind, ist der Herr Goldmann auch wieder aufgetaucht. Du kennst ihn ja und hast immer in seinem Laden eingekauft. Niemand hatte so recht gewusst, wo sie den hinhaben. Es war genau wie bei Dir. Die haben ihn einfach mitgenommen.

Als der plötzlich vor unserer Haustür gestanden ist und mit mir reden wollte, war ich geschockt. Mager, tiefe Augen; der hat echt schlimm ausgeschaut. Nach vorne gebuckelt ist er dahergegangen, und trinken wollte er auch nichts. Stattdessen hatte er nur gesagt, dass er sich hinsetzen möchte, weil er nicht lange stehen könne.

Er hat mir erzählt, dass er in Dachau im Lager war. Und dann hat er mir von Dir erzählt, Sophie. Er hat gesagt, dass er Dich dort getroffen und man Dich kurz danach nach Buchenwald gebracht habe.

Sicher war er sich mit Buchenwald aber nicht. Aber an dem Tag sollen ganz viele nach Buchenwald gebracht worden sein, und ab da hat der Dich nicht mehr gesehen.

Ich wusste ja nie, was man wirklich mit Dir gemacht hatte, aber als ich erfuhr, dass Du tatsächlich in eines dieser Lager gekommen bist ...

Vergib mir, geliebte Sophie. Vergib mir, dass ich so lange weggeschaut habe und die Grausamkeit in unserem Land nicht sehen wollte.

In der Bibel heißt es: Liebe Deinen Nächsten, und Du weißt, ich habe sie nie geliebt, die anderen. Nur Dich! Erst als ich die armseligen Gestalten aus dem Lager gesehen habe, in ihren gestreiften Anzügen und mit Gesichtern wie lebendige Tote, da habe ich gewusst: Ja, meine Sophie hat recht gehabt! Man darf nicht wegschauen.

Doch der Krieg ist nun schon seit zwei Jahren vorbei, und von Dir gibt es keine Spur. Trotzdem hoffe ich jeden Tag, bevor ich die Haustüre öffne, dass Du davorstehst.

Manchmal erwache ich mitten in der Nacht und suche in der Wohnung nach Dir. Natürlich kann ich Dich nicht finden. Dann öffne ich den Schrank und versuche, Dich zu riechen. Jede Schürze, jedes Kleid hängt dort noch immer so wie an dem Tag, an dem ich Dich verlor.

Ich liebe Dich, Sophie, bis zum Ende meiner Tage!

Auf ewig – Dein Johannes

... Marianne knipste die Lampe auf dem Nachttisch aus und starrte in die Dunkelheit.

Montag, 8. Juli 2013, gegen drei Uhr früh:

Korbinian schlich ins Hotel. Irgendwann war er noch an der Isar gestanden. Wo das war, wusste er nicht mehr. Er wusste nur noch, dass er damit geliebäugelt hatte, in das schwarze Wasser zu springen und tief einzuatmen.

Aus seiner Perspektive hatte er ab heute das Recht verwirkt, weiterleben zu dürfen. Ein Mensch war umgekommen, weil er versagt hatte. Er hatte nichts getan, als es darauf ankam – nichts, gar nichts!

Er schämte sich, überhaupt ins Hotel zurückzukehren. Gott sei Dank gab es keinen Nachtportier, und er konnte sich auf das Zimmer schleichen, ohne jemandem in die Augen schauen zu müssen.

Marianne lag wach. Mittlerweile starrte sie nur noch an die Decke. Tränen waren keine mehr da ... und auch die fünfte SMS von Korbinian blieb unbeantwortet.

Ein Stockwerk darüber wälzte sich Zeilhofer neben seiner Frau. Vor zwei Stunden war es ihm sogar gelungen, kurz einzunicken. Seitdem lag auch er wieder hellwach in der Dunkelheit.

Kindergarten, Schule, Abitur; bis heute war der Ernstl immer Teil seines Lebens gewesen. Ihm kamen Bilder von Mariannes Taufe in den Sinn. Er stand Pate und strahlte mit dem Ernstl um die Wette. Und dann erinnerte er sich an Sopherls Tod. Da hatten sie beisammen am Grab gestanden und sich bei der Hand gehalten.

Wenn die Geschichte mit dem Hasch nicht gewesen wäre,

hätten sie vermutlich als Partner bei der Kripo gearbeitet. *Dann wär vielleicht alles anders gekommen ...*

Die Frau hörte seltsame Geräusche. Und da – schon wieder! Erst hatte es gerumpelt, dann fauchte und röchelte etwas.

Sie warf den Schwamm in die Spüle und ging mit umgebundener Schürze in den Gang. Die Tür in den Keller stand offen. Sie ging hinunter.

Die Tür des kleinsten Raumes, ganz hinten, war angelehnt gewesen. Ein Lichtstreifen fiel in den dunklen Kellergang. Sie hörte ihren vierzehnjährigen Sohn flüstern.

Als sie neugierig die Tür aufstieß, entdeckte sie ihn. Mit dem Rücken zu ihr kniete er auf dem Boden und schien ganz vertieft, ohne sie zu bemerken. Sie blieb abwartend im Türstock stehen.

Nach vorne gebückt, hielt er etwas in Händen, und sie hörte ihn flüstern: »Schau mich an! Hast es gleich hinter dir. Schau mich an! Tot bringst mir nix.«

Sie sagte laut: »Was machst denn du da?«, und kam auch gleich näher. Sie bückte sich nach vorne und schrie fassungslos: »Das ist doch die Katze vom Nachbarn?«

Die Hände ihres Sohnes waren um den Hals des Tieres gelegt. Selbst jetzt, während er zu seiner Mutter aufblickte, ließ er von dem Tier nicht ab.

Zeilhofer hockte hinter dem Schreibtisch und schaute gedankenverloren aus dem Fenster. Schon seit einer Stunde starrte er vor sich hin. Immer wieder bekamen seine Augen ein sehnsüchtiges Schimmern, er wischte darüber, schniefte, und nach einer Minute begann das Ganze von vorne.

Gruber kam herein. Zeilhofer raunzte sparsam. Seine sonst so kraftvollen Laute klangen heute schwach und irgendwie gleichgültig.

Bei diesen Ermittlungen konnte er seine Arbeit noch so gut erledigen, es würde nichts nützen. Dieses Mal würde er keinen Triumph verspüren, wenn er einen Täter dingfest machen würde. Ernstl war tot und würde nie mehr zurückkommen.

Gruber hatte Ernstl zwar nicht näher gekannt, doch einen Mann wie Zeilhofer so leiden zu sehen ergriff ihn. Entsprechend zurückhaltend trat er seinen Dienst an.

Nach einer Weile drehte sich Zeilhofer um und schnaufte laut. Gruber beobachtete, wie er seine Dienstwaffe aus der Schublade nahm und sie andächtig vor sich auf den Tisch legte.

»Mensch Zeilhofer«, sagte Gruber. »Du sollst die doch tragen oder im Schließfach deponieren und nicht immer im Schreibtisch lassen.«

Zeilhofer reagierte nicht. Stattdessen betrachtete er das bestückte Magazin. Es war gleich neben der Waffe in der Schublade gelegen. Während er immer noch das Magazin anstarrte, seufzte er, umklammerte die Griffsicherung der Pistole, ohne hinzuschauen, hielt die Waffe frei in den Raum und drückte ab.

Gruber schrie entsetzt: »Ja spinnst jetzt, oder was?!«

»Ach, reg dich nicht auf«, konterte Zeilhofer ruhig. »Meinst, ich baller da umeinander, oder was? Ich weiß schon, wann meine Buffen geladen ist und wann nicht.« Anschließend griff er nach dem Magazin und schob es in die Waffe. Mit einem Ruck stemmte er sich aus dem Sessel, legte das Gürtelholster an und steckte die geladene Dienstwaffe hinein. Dann bellte er zu Gruber: »Auf geht's! Wir fahren jetzt zu der Baumeisterin.«

Die Erde drehte sich also weiter ...

Als sie das letzte Mal zu Aischa fahren wollten, waren ihnen die Fingerabdrücke des Franzosen dazwischengekommen. Nun wollte Zeilhofer Frau Baumeister endlich mit dieser Grundstückssache konfrontieren, und abgesehen davon musste er raus. Das Büro war heute einfach der falsche Platz für ihn.

Zwanzig Minuten später standen die beiden vor Aischas Wohnungstür. Stefan öffnete und verdrehte die Augen. Bereits der Anblick der Beamten reichte aus, um ihm den ersten Urlaubstag gründlich zu vermiesen.

Aischa schloss die Küchentür und servierte wie üblich als Erstes frischen Kaffee. Die Glasur der Tassen spiegelte, die Teelöffel glänzten und noch schnell Zucker und Milch ...

Zeilhofer war kurz vor dem Platzen, doch heute sollte Gruber das Gespräch führen. Wenn dem Weihbichler jemand gesteckt hätte, wie sehr Zeilhofer in den Seilen hing, hätte der ihn sofort als Hauptsachbearbeiter abgezogen.

Gruber belehrte Aischa über die Folgen einer Falschaussage. Gleiches hatte er bei ihrem ersten Gespräch, nach Haschbergers Ermordung auch getan, doch offensichtlich ohne Erfolg, weshalb die Tonlage des Beamten jetzt eindringlicher ausfiel. Dann konfrontierte Gruber sie geradewegs mit Doktor Müllers Aussage.

Entsetzt sah sie zur Küchentür, um sich zu vergewissern, dass sie tatsächlich geschlossen war. Da ihr nichts anderes übrig blieb, bestätigte sie, dass Haschberger daran getüftelt habe, wie er den Deal abwickeln könnte.

Die Frage war, woher sie und Stefan so viel Geld haben sollten und wie man das regeln könnte, ohne mit dem Finanzamt Probleme zu bekommen.

Grubers Nachhaken, weshalb sich der Haschberger plötzlich so spendabel gegeben hatte, quittierte sie mit einem Schulterzucken, ergänzte aber, dass der Stefan ja immerhin sein Sohn gewesen war.

Das erste Mal habe er sich gemeldet, nachdem Aischas Mann, Herr Baumeister, verstorben sei, gab sie zu Protokoll. Haschberger habe davon gesprochen, dass er sich über Aischas und vor allem Stefans Zukunft Gedanken gemacht habe.

Aischa war völlig perplex gewesen, damit hatte sie ja nun überhaupt nicht gerechnet. Sie beteuerte jedoch, Geld hin und Geld her, dass es ihr lieber gewesen wäre, wenn Vater und Sohn das Gespräch miteinander aufgenommen hätten. Aber von der Idee war Haschberger ganz und gar nicht begeistert. Er hatte von den abfälligen Sprüchen gewusst, die Stefan in der Stadt fallen ließ, sobald ihn jemand auf seinen Vater angesprochen hatte – was er ihm aufgrund seines eigenen Verhaltens aber auch nicht übel nahm. Nur mit ihm reden, das hatte er dennoch nicht wollen.

Überdies hatte der Haschberger ein zusätzliches Problem. Er hatte nicht abschätzen können, ob Stefan dichtgehalten hätte. Wegen des Grundstücks gewiss, wenn es ums Geld geht, hält jeder die Klappe, hatte er zu Aischa gesagt. Aber er hatte nicht gewusst, ob Stefan herumerzählen würde, dass er Kontakt zu seinem Vater hatte.

Anette wäre darüber gewiss nicht erfreut gewesen. Er habe sie genau gekannt, sagte Aischa, und der Florian habe ihr zugetraut, umgehend auszuziehen und die Scheidung einzureichen. Dies hätte ihn zwar nicht ruiniert, doch es wäre sehr, sehr teuer geworden.

Solange Anette aber von nichts wusste und mit ihrer Kreditkarte nach Lust und Laune durch die Gegend kurven konnte, hatte Haschberger gesagt, war er in der Lage, im Verborgenen zu treiben, was er wollte.

Nachdem Aischa ihre Giftpfeile in Anettes Richtung verschossen hatte, nippte sie in aller Ruhe von ihrem Schwarztee.

Auf Grubers Nachfrage hin konnte sich Aischa Haschbergers Sinneswandel lediglich mit dem zunehmenden Alter erklären. Um von Altersmilde zu sprechen, wäre es sicherlich zu früh gewesen, aber er schien ihr nicht mehr derselbe wie früher.

Er hatte nur eine einzige Bedingung gestellt: Stefan hätte nichts davon erfahren sollen – zumindest vorerst. Den Zeitpunkt hätte Haschberger selbst bestimmen wollen.

Gruber tadelte Aischa eindringlich für ihr vorsätzliches Verschweigen wichtiger Informationen.

Nun war Stefan an der Reihe. Es brodelte mehr in ihm, als er sich anmerken ließ, als er sich an den Küchentisch setzte. Dass er seine Ruhe wollte, daraus machte er hingegen keinen Hehl. Doch statt ihn mit Fragen zu belästigen, bat Gruber Stefans Mutter, das Wort zu ergreifen.

Marianne saß am Küchentisch. Eigentlich wollte sie längst gegangen sein, aber Monika, Zeilhofers Frau, hatte sie dazu gebracht zu bleiben. Wo sollte sie auch hin? Außerdem hatte das Ehepaar versprochen, ihr beizustehen, wodurch sie sich nicht alleine abmühen musste, das Begräbnis zu organisieren und Ernstls Wohnung aufzulösen.

Zeilhofer hatte angekündigt, heute extra früh nach Hause zu kommen, was Marianne sehr recht war. Schon der Gedanke, die Wohnung ihres Vaters alleine zu betreten, versetzte ihr eine Heidenangst.

Monika hatte eben noch abgespült und düste jetzt mit dem Staubsauger umher. Nach erfolglosen Versuchen, mit Marianne ins Gespräch zu kommen, hatte sie sich dem Haushalt gewidmet. Das Patenkind ihres Mannes war zwar geblieben, hatte aber darum gebeten, nur dasitzen zu dürfen, ohne reden zu müssen.

Seitdem starrte Marianne hernach aus dem Küchenfenster. Am liebsten wäre sie zur Arbeit gegangen, anstatt mit Monika zum Leichenbestatter zu fahren, aber es war besser so. Im Hotel würde sie am Ende Korbinian über den Weg laufen.

Völlig erstarrt hatte Stefan gelauscht. Ein Beben der Stärke acht hatte sein Weltbild erschüttert. Der für ihn verhassteste Mensch auf Erden soll sich um ihn gesorgt haben? Der Mann, der Stefans Geburt am liebsten hatte rückgängig machen wollen, hatte beabsichtigt, für seine Zukunft vorzusorgen? Florian Haschberger hatte alles Schlechte für ihn verkörpert. Sollte sich Stefan geirrt haben?

Als Aischa zu reden aufhörte, saß Stefan still da. Es fiel ihm merklich schwer, etwas darauf zu erwidern. Es war zwar nicht wie in einer Fernsehschnulze, in der der Sohn erfuhr, dass ihn sein Vater abgöttisch geliebt, ihm Hunderte von Briefen geschrieben und auf der ganzen Welt nach ihm gesucht hatte, aber Stefan erfuhr gerade, dass ihn der Haschberger als sein eigen Fleisch und Blut betrachtet hatte.

Das Geständnis von Akin hatte ihn auch schon nachdenklich gestimmt: Sein Vater war für einen jungen Türken in die Bresche gesprungen und hatte dafür mit seinem Leben bezahlt! Bisher war Stefan eigentlich der felsenfesten Überzeugung gewesen, dass die Ablehnung des Vaters mit der türkischen Mutter zusammenhing.

Mit kehliger Stimme bat er darum, gehen zu dürfen. Aischa wollte noch etwas sagen, heraus kam jedoch nur ein heiserer Seufzer. Stefan verließ die Wohnung. Als die Tür ins Schloss fiel, brach Aischa vor den Augen der Beamten in Tränen aus.

In der Zwischenzeit hatte Marianne das Haus ihres Taufpaten verlassen. Selbst Monikas stumme Anwesenheit war ihr zu viel geworden. Um nicht auch noch Termindruck zu haben, hatte sie rasch beim Bestatter angerufen und ihr Gespräch um drei Stunden nach hinten verschoben.

Marianne hatte sich davor gefürchtet, aber es half nichts, sie musste alleine sein. Zumindest für ein oder zwei Stunden. Sie fuhr mit dem Auto in die Innenstadt. Obwohl man ihr dort vermutlich einen Strafzettel verpassen würde, parkte sie in der Kirchgasse hinter der Martinskirche.

In der Kirche zündete sie ein Kerzerl vor der Jungfrau Maria an und warf etwas Geld in den Opferstock. Sie stand vor den flackernden kleinen Flammen.

Ihr Großonkel Johannes kam ihr ins Gedächtnis. Der hatte hier für die Sophie gebetet. Über sechzig Jahre lag das jetzt schon zurück. Aber sich hinsetzen und jetzt wie der Hannes beten, das konnte sie nicht und verließ die Kirche.

Die Stufen der Fürstentreppe würden sie zur Burg hinaufführen. Marianne wollte sich bewegen – allein, mit sich und ihren Gedanken.

Es zog sie automatisch dorthin, wo sie früher mit ihren Eltern spazieren gegangen war, die Sonntagnachmittage im Streichelzoo verbracht, den Dammhirschen zugeschaut und die Enten gefüttert hatte. Dorthin, wo sie sich als Teenager zurückgezogen hatte, um Entscheidungen zu treffen. Es war auch der Ort, an dem sie sich versteckt hatte, um im Stillen zu weinen. Vogelgesang, Natur und die Einsamkeit verschlungener Pfade beruhigten sie seit jeher und machten ihre Gedanken klarer.

Marianne war vom Fußmarsch durchgeschwitzt. Ihr Herz pumpte, die Haut war feucht, die Luft frisch, und die Sonne blendete bei strahlend blauem Himmel.

Gestern hatte sie eine dumpfe Taubheit überkommen, als hätte sie ihren Körper verlassen müssen, um den tiefen Schmerz überwinden zu können. Doch jetzt fühlte sie, dass sie immer noch am Leben war.

Vom Schanzl aus, einem Aussichtspunkt in der Nähe der Burg, schaute sie auf die Orte, mit denen sie besondere Momente verband. Da bimmelte ihr Handy: Korbinians Nummer erschien im Display.

»Wir sollten wohl doch noch warten, Herr Doktor«, sagte die Krankenschwester.

»Ja, schaut fast so aus«, grummelte der. »Fix, je mehr wir den zurückholen, desto höher steigt der Blutdruck; viel zu hoch!« Er drehte sich zu der Schwester. »Bitte rufen Sie mal Doktor Schweiger an, der soll dazukommen.«

Als Doktor Schweiger vor dem Bett des im Koma liegenden Patienten stand, machte er immer wieder »Hm«. Sein Blick wanderte zwischen Krankenblatt und den Anzeigen der Apparaturen hin und her. »Der liegt jetzt schon seit dem 30. Juni so da?«

Die Schwester nickte, obwohl der Arzt sie nicht einmal anschaute. Im Grunde hätte er ja auch überhaupt nicht zu fragen brauchen. Es stand alles in den Akten, und die hielt er in der Hand. »Ungern. Aber hilft ja nix«, murmelte er vor sich hin. Zur Schwester gewandt sagte er: »Verabreichen Sie ihm wieder was – und morgen oder übermorgen versuchen wir's noch mal.«

Zeilhofer und Gruber waren zurück in die Dienststelle gekommen, wo sie von einem Kollegen bereits mit einer brandaktuellen Neuigkeit erwartet wurden. Gruber fragte zweimal nach, ob er richtig gehört hätte.

»Ja, sie sagen, sie haben den Haschberger umgebracht!«

Gruber stand der Mund offen.

Weihbichler, Zeilhofers und Grubers Oberboss, war zufällig unten an der Pforte gewesen, als die drei Männer durch die Tür marschiert kamen. Natürlich hatte er sich sogleich eingemischt und eine erkennungsdienstliche Erfassung angeordnet, Foto, Fingerabdrücke, Personalien und so weiter. Ohne Diskussionen hatten die drei auch sofort eingewilligt, erzählte der Kollege Gruber und Zeilhofer.

Die beiden hasteten nach oben. Hektisch nach Luft schnappend sagte Zeilhofer zu Gruber: »Fingerabdrücke von dem Franzosen, hier drei, die sich stellen, und die Aussage von dem Türken: Langsam wird's interessant!«

Heute früh hatte Korbinian das Zimmermädchen abgewimmelt. Die Sonne stand inzwischen tief über den Dächern, und er lungerte immer noch im Bett herum. Eine der Decken lag verwurschtelt auf dem Fußboden. Daneben lag eine leere Flasche Wodka. Ausgedrückte Zigaretten türmten sich im Aschenbecher, und selbst eines der Trinkgläser hatte er mit stinkenden Stumpen vollgestopft.

Er hustete und räusperte sich, als er stocksteif ins Bad ging. Am Rand des Waschbeckens entdeckte er die zweite Flasche Wodka. Er hatte sich vorhin schon gewundert, weil er sie vom Bett aus nirgendwo sehen konnte.

Der Inhalt würde noch für drei ordentliche Schlucke reichen. Er schob sie trotzdem beiseite und stützte sich mit einem Arm am Waschbecken ab.

Langsam putzte er sich die Zähne. Die Kopfschmerzen waren weg. Zumindest solange er sich nicht ruckartig bewegte. Ansonsten bekam er wieder dieses Stechen an den Schläfen.

In der Dusche zählte er von sechzig rückwärts; so lange wollte er unter dem erbarmungslos kalten Wasserstrahl ausharren. Da es ihm aber ohnehin die Luft abschnürte, hielt er einfach die Luft an. Nach dieser Tortur war ihm allerdings schwindliger als zuvor. Leicht benommen kraxelte er aus der Kabine.

Magnesiumpulver und Kopfschmerztabletten sollten ihn – wieder einmal – auf Vordermann bringen. Es war die dritte Tablette innerhalb von drei Stunden.

Als er sich in frische Kleidung verpackt hatte und vor der Zimmertür stand, zauderte er, marschierte zurück ins Badezimmer, nahm die Wodkaflasche und kippte den Inhalt in die Toilette. Aus dem Abfalleimer zog er die Plastiktüte von der Tankstelle heraus, steckte die Flaschen hinein, schüttete alle Zigarettenkippen dazu und schlich damit nach unten.

Vor dem Gebäude roch es nach feuchtem Sommer, und vereinzelte fette Regentropfen klatschten auf trockenes Kopfsteinpflaster. Er ging die Gasse entlang, in der sein Wagen abgestellt war, bis zu einem Abfalleimer auf dem Bürgersteig. Dort stopfte er die Tüte so fest hinein, als müsse er ein wildes Tier bändigen.

Er überlegte. Essen würde nicht schaden. Eingefallene Wangen, rot geränderte Augen und eine fahle Gesichtsfarbe; Korbinian sah beileibe nicht gesund aus. Binnen fünf Minuten zündete er sich die zweite Zigarette an, und schließlich schlich er doch wieder auf sein Zimmer. Er wollte einen neuen Versuch starten, endlich Marianne zu erreichen.

Zeilhofer kam aus dem Toilettenraum und wäre fast mit Weihbichler zusammengestoßen.

»Christian«, sagte Weihbichler. »Wollt grad zu dir, aber jetzt läufst mir ja eh übern Weg.« Zeilhofer erwiderte nichts. »Bin ja mal gespannt«, sagte Weihbichler weiter, »was das mit dem Franzosen auf sich hat.«

»Ach, echt?«, fragte Zeilhofer.

Weihbichler schaute ihn von der Seite an und kniff die Augen zusammen. »Verarschst du mich grad?«

Zeilhofer rollte die Augen. »Sag mir bittschön, was du willst, hab heut noch genug zu tun, mir pressiert's!«

»Das lass ich dir jetzt durchgehen, weil das mit deinem Spezl passiert ist, klar?« Dann gab ihm Weihbichler einen Klaps auf die Schulter. »Gratulation! Hab mit dem Staatsanwalt telefoniert und ihm gesagt, dass es bloß noch eine Sache von ein paar Stunden ist, bis der Sachverhalt geklärt ist.«

»Ein Blödsinn ist das Ganze«, wurde Zeilhofer unvermittelt laut. »Gar nix klärt sich auf!«

»Ach, jetzt hör mir auf, du alter Schwarzseher«, konterte Weihbichler lächelnd. »Die drei haben sich gestellt und sind kooperativ.«

»Wird bloß alles komplizierter, so schaut's aus.« Zeilhofer spähte nebenbei auf die Armbanduhr. »Du, wir reden hernach. Ich muss jetzt noch mal rein zu denen. Bleibst du da, oder soll ich dich daheim anrufen?«

»Ruf mich an, aber ...«

»Hernach reden wir, hernach«, unterbrach Zeilhofer, bereits drei Schritte weiter in Richtung Vernehmungszimmer.

Dort saß Gruber und ließ sich zum vierten Mal vom selben Mann das Tatgeschehen schildern. »Und mehr haben Sie nicht zu sagen?«, fragte der Beamte gerade. »Ich wiederhole also: Sie haben zu dritt mit Fäusten auf Herrn Haschberger eingeschlagen. Als er am Boden lag, haben Sie gemeinsam auf ihn eingetreten und ihm schlussendlich mit einem Stein den Schädel eingeschlagen. Anschließend sind Sie mit Ihren beiden Mittätern davongelaufen. Stimmt das so?«

Sein Gegenüber nickte, als sich die Tür öffnete und Zeilhofer hereinkam. Gruber schaute ihn auch gleich genervt an und verdrehte die Augen. Dieselbe Geschichte also, zum vierten Mal ... Zeilhofer ging sofort zurück in den Gang.

Korbinian hockte im Schneidersitz auf dem Bett. Daneben hatte er einen Aschenbecher auf die Matratze gestellt, und vor ihm lag das Handy.

Er zuckte auf. Das Telefon vibrierte. Er hoffte auf Marianne oder zumindest auf seinen Therapeuten. Vorhin hatte er diesem auf den Anrufbeantworter gesprochen. Es rief jedoch bloß dieser Zeilhofer von der Kripo an. Er bat ihn, schnellstens ins Revier zu kommen. Korbinian sollte Fotografien anschauen.

Das passte ihm überhaupt nicht. Ihm war schlecht, und die Vermutung lag nahe, dass er wie eine Wagenladung Schnaps stinken würde. Trotzdem stimmte er zu, irgendwann innerhalb der nächsten eineinhalb Stunden in der Dienststelle aufzutauchen. Zeilhofer hatte es eilig, warum auch immer ...

Gekrümmt wie ein krankes Tier hockte Korbinian weiter auf dem Bett und starrte ins Leere ... er hatte ja noch ein wenig Zeit.

Schon zum dritten Mal wählte Zeilhofer Akins Handynummer, doch die Mailbox des türkischen Augenzeugen war das Einzige, was er zu hören bekam. Über die Festnetznummer erreichte Zeilhofer zumindest die Mutter des jungen Mannes, die sprach jedoch nur wenig Deutsch. Nach anfänglichen Problemen konnten sie sich aber dann doch ausreichend verständigen. Akin hatte heute früh die Wohnung verlassen und sie ihn seither nicht mehr gesehen.

Zeilhofer schaute auf die Wanduhr: Halb neun. Heute waren Überstunden angesagt. Er ging hinüber zu Gruber. Der saß nach wie vor im Vernehmungszimmer. Gegenwärtig sprach er mit dem zweiten der drei Männer, und Zeilhofer bat seinen Kollegen, heraus in den Gang zu kommen.

Korbinian paffte unentwegt. Trotz rastlosen Tatendrangs war ihm jede Bewegung eine Mühsal, und die Stimmung schwankte im Minutentakt. Darüber hinaus zauberte auch der zwanzigste Blick auf das Handy keine Antwort von Marianne herbei.

Hunger und Magenschmerzen vermischten sich zu anhaltender Übelkeit. Wann was von beidem überwog, konnte er nicht mal mehr unterscheiden. Er legte seine Hand auf Höhe des Magens. *Ich kann doch nichts essen und einfach so weiterleben, als ob nichts wäre? Das geht doch nicht!*

Korbinian setzte sich an die Bettkante und hielt sich den Kopf. Der Körper schüttelte sich ein paarmal, so als würde er jeden Moment in Tränen ausbrechen. Vielleicht wäre das sogar besser gewesen – befreiender.

Bevor die nächste Welle unbezwingbarer Emotionen über ihn hereinbrechen würde, versuchte er, seine Gedanken zu sortieren. Er stand auf und ging zum Fenster.

Ich bin schuld an seinem Tod …

»Was fällt denn dir überhaupt ein, dass du unserm Buben wegen der blöden Katze vom Nachbarn eine Watsch'n gibst?«, schrie der Mann.

»Ja spinnst du? – Der hat's erwürgt und dem Viech auch noch in die Augen geschaut dabei.«

»Na und?«, sagte er gleichgültig.

»Ich krieg vor meinem eigenen Kind Angst! Kapierst du das nicht?«, schrie sie ihm entgegen.

Daraufhin packte er sie fest an den Oberarmen. »Mach deine Arbeit und halt dich da raus. Ich bring ihm schon alles bei, was er können muss.«

»Da misch ich mich schon ein! Was willst denn dagegen machen, mich wieder schlagen?«, sagte sie unerschrocken, riss sich aus seinem Griff und trat einen Schritt zurück. »Damit kannst mich nimmer schrecken. «

»Dann schau ich mal, ob ich das nicht doch noch schaff«, sagte er leise und zog den Ledergürtel aus seiner Hose.

»Zefix, so was hab ich auch noch nicht erlebt«, schimpfte Zeilhofer. »Die drei geben zu, den Haschberger umgebracht zu haben, aber kein einziger Fingerabdruck passt, und parallel sitzt der andere in Frankreich. Da stimmt der Fingerabdruck, und jetzt gibt ihm seine Frau ein Alibi, sodass er nicht einmal in Landshut gewesen sein kann.« Er kratzte sich am Hinterkopf.

Gruber fügte an: »Die da drin erzählen immer das Gleiche. Sie stammen aus Dresden, waren zur *LaHo* da, haben den Haschberger erschlagen und sind hinterher abgehauen.«

»Haben die wenigstens was wegen dem Humpen gesagt?«

»Kein einziges Wort, und ich hab zigmal nachgefragt, ob es ein Detail gibt, das sie vergessen haben.«

»Täter ohne Täterwissen. Pfff!«, zischte Zeilhofer. »Die Fingerabdrücke passen nicht, und die sagen weder was vom Humpen noch wie der Haschberger am End zu den ganzen Verletzungen gekommen ist. Da fehlt einfach was! Wenn das stimmt, was der Türke erzählt hat, hat einer von denen den Humpen auf den Kopf gekriegt. Wenn wir den wenigstens hätten, könnten wir nach DNA suchen und vergleichen.«

Gruber fragte: »Hast du die andern beiden erreicht?«

»Bloß den Lallinger.«

»Da bin ich gespannt! – Vielleicht sind's ja doch die gleichen gewesen. Ich mein, der Türke hat von drei Männern gesprochen, und bei deinem Ernstl waren's auch drei. Vielleicht erkennt der Lallinger die ja.«

Die drei Männer hatten den Mord an Haschberger gestanden, jedoch beteuerten sie vehement, nichts mit der Sache vom Ernstl zu tun gehabt zu haben. Angeblich hatten sie sich gestern Nachmittag noch in Dresden aufgehalten. Dortige Kollegen überprüften derzeit die Angaben.

Gruber glaubte trotzdem nicht daran, dass das mit Ernstl zufällig ausgerechnet vor der Haustür des einzigen Mordzeugen passiert war.

Korbinian schlenderte abseits der Altstadt an der Isar. Es war derselbe Weg, den er gejoggt war. *Da war die Welt noch in Ordnung.* Inzwischen war das mit Ernstl geschehen, und aus jetziger Perspektive erschienen ihm die vorherigen Probleme fast schon lächerlich.

Zwar hatte er sich vorhin nochmals kurz geduscht, aber das Gefühl, wie ein Alkoholschmuggler zu riechen, bekam er nicht los, weswegen er zur Dienststelle den Umweg an der Isar ging. Währenddessen versuchte er erneut, seinen Therapeuten mit dem Handy zu erreichen.

Obwohl ihre letzte Sitzung über ein Jahr zurücklag, und vermutlich auch genau deshalb, brauchte er ihn jetzt, dringend! Im Grunde hätte er ihn schon viel früher gebraucht. Schon vor Wochen.

Zum wiederholten Male bekam er die Ansage der Mailbox zu hören. Kein Wunder. Korbinian hätte tagsüber anrufen sollen und nicht erst am Abend.

In der Altstadt drängten sich derweil schon wieder Menschen auf den Tribünen. Hier hinten, wo Korbinian entlangging, beschränkte sich das Ganze auf vereinzelte Radfahrer und Fußgänger. Etwas weiter vorne sah er zwar ein paar Tische, die man bewirtete, jedoch saßen da auch nur ein paar Gäste.

Korbinians Kippe hing lustlos aus dem Mundwinkel, und die Hände hatte er ganz tief in die Hosentaschen gesteckt. Als er einen Fuß vor den anderen setzte und auf die Kieselsteine am Boden starrte, vernahm er eine bekannte Männerstimme.

»Hallo, Herr Lallinger«, sprach ihn diese dann auch direkt mit Namen an. Korbinian blickte auf. »Ah, Herr Kopp«, sagte er. »Entschuldigen Sie, hätte Sie beinahe übersehen.«

»Kein Problem, Sie schauen aber nicht gerade fit aus.«

»Hartes Wochenende«, sagte Korbinian.

Der Weg war nicht sehr breit, und die Tische und Stühle standen bis zur Mitte herein. Der Steuerberater saß mit drei Männern bei Weißbier und Kaffee beisammen. Ganz Geschäftsmann reichte ihm Kopp halb stehend die Hand zur Begrüßung. Auch die anderen Männer streckten Korbinian nacheinander die Hände entgegen.

Zwei von Kopps Begleitern waren Korbinian unbekannt, doch jetzt gerade durchdrang ihn ein Kribbeln. Er drückte Eduard Roschmann die Hand, und dieser sagte auch gleich: »Ah, wir kennen uns von der Versammlung her, stimmt's?«

»Stimmt«, gab Korbinian zögerlich zurück.

Roschmann sagte: »Schauen Sie nicht so überrascht«, und lächelte. »Ich achte immer darauf, wer in meinen Vorträgen sitzt, und kann mir Gesichter gut merken.«

Korbinian gab ein Höflichkeitslächeln zurück und erwiderte: »Das zeichnet Sie aus. Ich möchte aber nicht weiter stören und wünsche noch einen schönen Abend.« Ohne eine Erwiderung abzuwarten, drehte er sich postwendend um und entfernte sich.

»Ihnen auch«, rief ihm Kopp hinterher, wandte sich wieder in die Runde seiner Begleiter und sagte: »Der war bei mir zwecks der Sache mit dem Haschberger.«

Roschmann zog die Augenbrauen nach oben. »Ach ja? Warum denn das?«

»Ist ein Journalist aus München.«

Roschmann blickte Korbinian hinterher und fragte Kopp: »Ähm, hat der Ihnen eine Karte gegeben?«

»Ja, hab sie in meinem Geldbeutel.«

Roschmann lächelte geschäftig und fragte: »Könnte ich die haben? Kontakte zu Journalisten muss man sich ja schließlich warmhalten.«

»Versteh schon«, sagte Kopp. »Netzwerken und so.« Er zog die Geldbörse heraus und zückte Korbinians Karte. »Hinten hat er draufgeschrieben, wo er in Landshut erreichbar ist.«

Roschmann griff nach dem Kärtchen, und während er es las, fragte er: »Und Sie, Sie brauchen die wirklich nicht mehr?«

»Die können Sie behalten. Ich hab mit dem nix am Laufen.«

Roschmann steckte die Karte in die Brusttasche seines Hemdes. »Übrigens schade, Herr Kopp, dass Sie nicht auf unserer Veranstaltung waren. Ich würde mich freuen, Sie auf der nächsten begrüßen zu dürfen.«

Kopp schüttelte den Kopf. »Sorry, Herr Roschmann. Da bin ich echt der Falsche. Also: Herr Doktor Müller, Herr Burgmeier, dann denke ich, sind wir uns einig, wie wir das machen, oder?«

Halb wach fasste sich Akin an den Hinterkopf. Er ertastete eine fette Beule, die höllisch wehtat. Erst jetzt öffnete er die Augen: Finsternis – totale Finsternis. Mit den Händen tastete er panisch sein Umfeld ab und schrie einen Laut des Entsetzens und der Angst. »Halt dein Maul da drin! Du kommst schon noch dran«, hörte er dann aus dem dunklen Nichts eine Männerstimme.

Korbinian stand vor der Dienststelle. Sein Handy vibrierte. *Endlich!*

»Marianne – hallo?«, sprach er in das Gerät, noch bevor sie überhaupt imstande war, etwas sagen zu können. Hinterher hauchte sie ein leises *Ja*.

»Wie geht's dir?«, fragte Korbinian. Sie schwieg. »Marianne«, sagte er laut. »Bist du noch da?«

»Ja, ja, Korbinian. Du ... ich muss dir was sagen.«

»Wollen wir uns treffen? Ich würde dich gern sehen«, entgegnete er und biss sich sofort auf die Unterlippe. Marianne holte so tief Luft, dass es selbst Korbinian durch das Telefon hören konnte. Er sollte nicht so aufdringlich sein. Dann sagte sie leise: »Falscher Zeitpunkt, Korbi.«

»Aber das versteh ich doch. Nimm dir die Zeit, die du brauchst, und du kannst dich jederzeit bei mir melden. Egal wann! Ich möchte für dich da sein.«

Erneut atmete sie geräuschvoll und sagte daraufhin ein energisches und lautes *Nein!* Ein zweites »Nein« kam dann sehr viel leiser über ihre Lippen. »Du verstehst nicht«, erklärte sie weiter. »Wir werden uns überhaupt nimmer sehen!«

In Korbinians Ohren begann es zu rauschen. Gleichzeitig war er nicht imstande, auch nur einen Mucks zu erwidern. Ohne eine Reaktion seinerseits abzuwarten, hauchte sie: »Mach's gut, Korbi.«

Obwohl es in der Leitung inzwischen piepte, hielt er das Handy weiter an sein Ohr und starrte hypnotisch die Neustadt entlang.

Hätte sich Korbinian daraufhin nicht an eine Hausmauer gelehnt, wäre er einfach umgefallen. Die Welle – da war sie wieder!

Akin saß auf dem Boden, den Oberkörper an die Wand gelehnt. Alles war feucht und kühl. Er hatte so lange geschrien und an die Wände getrommelt, bis ihm die Hände schmerzten. Dann hatte er in der Dunkelheit alles abgetastet und nochmals minutenlang gegen die Tür geschlagen.

Zumindest pochte jetzt die Beule am Hinterkopf nicht mehr. Er stand auf, tastete sich die Wand entlang bis zur Ecke und urinierte.

Während er mit Kopp und den anderen Herren weiter beisammensaß, wischte Roschmann nervös mit dem Zeigefinger auf dem Display seines Smartphones herum. Er googelte nach Lallinger.

»Herr Roschmann, alles gut bei Ihnen?«, fragte Kopp.

An Roschmanns Hals waren rote Flecken erschienen. Er schluckte und sagte abwesend: »Ja, alles gut«, ohne den Blick vom Telefon abzuwenden. »Ich lese nur gerade etwas sehr Interessantes.«

Im Onlinearchiv einer Münchner Tageszeitung überflog er einen Artikel von Korbinian Lallinger und Norbert Aumüller aus dem Jahre 2009. Durch aufwendige Recherchen hatten die Journalisten einen historischen Kriminalfall aus dem Jahre 1920 aufgeklärt und Details des Massakers im bayerischen Wolfsham ans Licht gebracht.

Roschmann beugte sich zu Herrn Burgmeier und flüsterte in dessen Ohr: »Wir müssen heute unbedingt noch wegen diesem Journalisten sprechen.«

Burgmeier schaute fragend. »Der, der grad da war?«

Roschmann nickte.

»Entschuldigung, könnten wir wieder zurück zum Thema kommen?«, warf Kopp in die Runde. »Meine Frau wartet zu Hause.« Er schaute zu Burgmeier. »Sie sind sich also absolut sicher, dass Sie das tun wollen?«

»Die Frage erübrigt sich, alles schon vereinbart«, mischte sich Roschmann ein. Dennoch schaute Kopp weiterhin nur Burgmeier an und konterte: »Ich fragte aber nicht Sie!«

Gruber saß gespannt mit am Tisch, während Korbinian die Fotografien aufmerksam musterte. Zeilhofer stand im Gang und telefonierte. »Marianne, es tut mir echt leid, dass ich nicht nach Hause gekommen bin.«

»Christian, das passt schon, tu dich da nicht so runter«, sagte Marianne. »Hab ja die Monika.«

»Aber du bleibst heute schon noch mal bei uns über Nacht, oder?«, erkundigte er sich.

»Ja, wenn's euch nicht stört, wär mir das schon lieber.«

»Na Mädel, ist doch klar. Du bleibst bei uns, so lang du magst. Warts ihr beim Bestatter?«

»Ja, schon«, antwortete sie kleinlaut, und Zeilhofer sagte: »Mir pressiert's leider. Wir reden hernach. Ich muss jetzt wieder zurück.«

Gruber schaute gefrustet, als Zeilhofer ins Büro kam. Lallinger hatte auf den Fotos niemanden erkannt.

»Glauben Sie denn überhaupt, Sie würden die Burschen erkennen, wenn Sie die sehen würden?«, wollte Zeilhofer wissen. »War ja doch eine Stresssituation, und da ist es manchmal schwer ...« Zeilhofer stockte, denn Korbinian starrte unentwegt zum Fenster.

»Hallo«, hakte Zeilhofer extra laut nach. Mit den Worten »Ähm, hör Ihnen schon zu«, kehrte Korbinian aus seiner Trance zurück und sagte: »Ach, ich weiß auch nicht. Aber ich denke schon. Bei den Fotos waren sie jedenfalls nicht dabei.«

»Na gut, Herr Lallinger.« Zeilhofer klang verdrossen. »Dann danke, dass Sie nochmals vorbeigeschaut haben, und – ist Ihnen noch etwas eingefallen, das Sie uns gestern nicht erzählt haben?«

»Nein, leider nicht.«

»Hast du inzwischen was von dem Akin gehört?«, fragte Gruber.

»Nein«, antwortete Zeilhofer. »Die Mutter hat gesagt, dass sie sich meldet, sobald er auftaucht. Auf seinem Handy hab ich's vorhin aber auch noch mal probiert. Keine Ahnung, wo der ist.«

»Na gut, dann rufen wir jetzt den Weihbichler und den Staatsanwalt an, oder?«

Korbinian spazierte schnurstracks in die Altstadt hinüber und setzte sich in ein Straßencafé neben einer Tribüne. Bei 22 Grad wehte ein angenehm warmes Lüftchen über das Kopfsteinpflaster.

Zuerst bestellte er sich einen doppelten Espresso, und der Kellner schmunzelte, als Korbinian hinterher sagte: »... und einen Wodka-Martini, bitte. Aber die blöde Olive können Sie weglassen.«

Zeilhofer saß zu Hause und trank eine Tasse grünen Tee. Nicht weil er wollte, sondern weil Monika ihm eine vorgesetzt hatte. Marianne saß ihm am Küchentisch gegenüber. Vor sich hatte sie ein Kuvert gelegt und sagte: »Christian, kannst dir bitte mal den Brief anschauen? Weiß nicht so recht, was ich damit machen soll. Magst ihn mal lesen?«

»Freilich«, sagte Zeilhofer und las Johannes' Brief an Sophie.

Nach der Lektüre schob er die Blätter andächtig über den Tisch. »Ernstl hat mir mal davon erzählt gehabt. Tragisch.«

Ihre Augen waren feucht. »Der Brief ist schon über sechzig Jahre alt, und so was Trauriges mag ich eigentlich gar nicht haben, aber wegwerfen kann ich den ja auch nicht.«

»Weißt, was du machst? Denn kopierst du dir, und das Original gibst im Stadtarchiv ab.«

»Wir freuen uns immer, wenn sich Leut finden, die sich der armen Viecher annehmen.«

»Ich kümmere mich schon gut um ihn«, sagte der junge Mann lächelnd und blickte hinunter zu dem Bernhardiner. Als er anschließend ganz stolz mit dem Wagen seines Vaters vor der Haustüre vorfuhr, erwartete ihn dieser bereits und öffnete sofort die hintere Wagentür. Der Hund sprang heraus.

»Ein Prachtviech! Schon was anderes wie eine Katze, gell«, sagte der Vater, griff ins Halsband und führte den Hund hinter das Haus zum Treppenabgang, der in den Keller führte.

Den größten der Räume hatte er im Vorfeld mit Plastikfolie ausgelegt. Selbst an den Wänden hatte er welche mit Klebestreifen befestigt.

Dort angekommen, schaute er seinen Sohn an, der ihm gefolgt war. »So, Bub! – Ich lass dich jetzt mit ihm da allein.«

Der Hund hechelte, und die Zunge hing ihm seitlich aus dem Maul. Dann drückte er sich an den Oberschenkel des jüngeren der beiden Männer und schleckte dessen Hand ab.

»Alles Gute zum Geburtstag«, sagte der Alte. »Jetzt bist volljährig und musst selber wissen, was du tust.«

Sein Sohn blickte nach unten zu dem Bernhardiner, der sich immer noch an seinen Oberschenkel drückte, anschließend schaute er zu den Utensilien auf dem Tisch.

Lange und kurze Fleischermesser, ein Holzprügel, eine Säge, eine Beißzange, sogar ein Hammer lag dabei. Neben ein paar Schüsseln aus Edelstahl waren auch Kabelbinder und ein Seil hergerichtet.

Zusätzlich drückte ihm der Vater noch etwas in die Hand und sagte: »Das kannst um den Kopf schnallen. Dann kann er dich nicht beißen.«

Akin wachte auf. Er hörte Schritte und Männerstimmen. Plötzlich brüllte jemand: »Was wollt ihr von mir. Ihr Scheißkerle, was fällt euch ein!«

»Ach, halt's Maul«, schrie ein anderer.

Es machte einen Knall. Schlüssel schepperten.

Drei Tage später: Donnerstag, 11. Juli 2013

Die Kirche war gerammelt voll, und die Sterbebilder hatten gerade mal für die Hälfte der Anwesenden gereicht. Obwohl sich Ernstl seit dem Tod seiner Frau nicht mehr mit vielen getroffen hatte, bewegte sein Schicksal zahlreiche frühere Weggefährten.

Auf dem Friedhof stand Marianne jetzt zwischen Zeilhofer und dessen Frau Monika. Gleich dahinter hatte sich Stefan hingestellt. Er und Zeilhofer hatten sich vorhin mit einem Kopfnicken begrüßt.

Nach und nach trafen alle Trauergäste ein und versammelten sich um das ausgehobene Loch in der Erde.

Zeilhofer flüsterte: »Hast du eigentlich was von dem Lallinger gehört?«

Marianne schüttelte den Kopf. »Da, schau.« Sie deutete auf die gerichteten Kränze mit Abschiedsgrüßen auf den Schleifen. »Er ist danebengestanden und hat nicht einmal einen Kranz schicken lassen.«

»Hm, komisch«, flüsterte Zeilhofer. »Ich hätt ihn noch mal gebraucht, aber der geht nicht ans Telefon. Im Hotel haben sie gesagt, dass sie ihn am Montag das letzte Mal gesehen haben. Ausgecheckt hat er bisher aber auch nicht, und seine Buchung geht noch bis Montag.«

»In dem hab ich mich gescheit getäuscht«, flüsterte sie und schnäuzte sich.

Freitag, 12. Juli 2013

Eine Frau, mit Kopftuch und in Schwarz gekleidet, erschien an der Pforte der Landshuter Polizeidienststelle. Sie meldete ihren Sohn, Akin, als vermisst. Seit Montag früh sei er nicht mehr zu Hause aufgetaucht, und an sein Handy gehe er auch nicht. Zeilhofer und Gruber erfuhren hinterher von ihren Kollegen davon.

»Zwei Todesfälle, zwei Zeugen, beide sind seit Montag verschwunden«, murmelte Zeilhofer daraufhin nachdenklich.

Akins Mutter befand sich wieder in ihrer Wohnung, als die beiden Ermittler beschlossen, ihr einen Besuch abzustatten. Anschließend wollten sie nochmals in Korbinians Hotel nachfragen ... ebenso bei dessen Arbeitgeber und ihren Kollegen von der Kripo in München.

Aischa kam mit zwei prall gefüllten Einkaufstüten nach Hause. Stefan saß am Küchentisch und tippte auf dem Handy herum. Sie sagte etwas. Er blieb stumm.

»Was ist denn los?«, fragte sie, setzte sich neben ihn auf die Bank und legte ihre Hand auf seine Schulter.

»Ach, lass das«, entgegnete er, schob sich an das andere Bankende und stand auf. Genervt verschwand er im Gang. Aischa folgte ihm und forderte: »Bleib stehen!«

Die letzten Tage hatten sich die beiden viel über den Mord an Stefans Vater und die Dinge, die er seither erfahren hatte, unterhalten. Stefans Stimmung schwankte in der Folge mehr als üblich. Doch vorhin, als sie das Haus verlassen hatte, schien eigentlich alles in Ordnung.

Sie standen sich jetzt im Gang gegenüber, doch er drehte sich schweigend um und ging in sein Zimmer. Bevor er die Türe ganz zumachte, flüsterte er durch den Spalt: »Du warst immer für mich da, und ich bin dir auch dankbar. Aber alles, was ich wollt, war eine normale Familie, und das waren wir nie.«

Aischa versteinerte. Tränen lösten sich. Ihren Versuch, sich zu rechtfertigen, sprach sie vor verschlossener Tür: »Ich hab doch bloß das getan, was ich fürs Beste gehalten hab ...«, gab sie zittrig von sich und ballte ihre Hände zu hilflosen Fäusten. »... für mich und vor allem für dich«, fügte sie verzweifelt hinzu.

Angebiedert hast du dich und deine Herkunft verleugnet, urteilte Stefan in Gedanken. Er liebte und missachtete sie zugleich.

»Das tut mir alles so leid«, hauchte Aischa. Doch Stefan blieb erbarmungslos stumm ...

Nachdem der eine die Schreie des anderen vernommen hatte, hatten sich Akin und Korbinian getrennt von einer Mauer und zwei unüberwindbaren Stahltüren einander vorgestellt. Drei Tage lag dies nun schon zurück.

Obwohl Akin nicht allzu gut Deutsch sprach, reichte es zumindest aus, um seine Identität zu lüften. Seither drehten sich Korbinians Gedanken noch mehr im Kreis.

Korbinian stand auf. Alles war steif, und er stützte sich an die Wand. Trotz Dunkelheit hatte er inzwischen jeden Millimeter abgetastet. Die Ziegel waren nicht verputzt, und die rauen Betonfugen waren deutlich zu spüren.

Mittlerweile musste er darauf achten, wie er sich bewegte. Genau wie Akin urinierte auch er in eine Ecke. Dass Urin über den Boden läuft, konnten sie aber nicht ändern. Entsprechend stank es auch.

Und wenn er ein größeres Geschäft verrichten musste, tat er das in der anderen Ecke. Zumindest verteilte sich Kot nicht so eigenmächtig wie Urin. Aber da sie nichts zu essen bekamen, hatte sich dieses Problem ohnehin seit zwei Tagen erübrigt.

Seit er hier eingesperrt war, bekam er einen halben Liter Wasser am Tag in einer Plastikflasche, die mitten in der Nacht plötzlich in den Raum geworfen wurde. Zum Leben zu wenig, zum Sterben zu viel.

Korbinian rieb sich vorsichtig die Hände. Aus Panik hatte er irgendwann so sehr gegen die Tür gedroschen, dass die Knöchel aufgeschlagen waren.

In der Polizeidienststelle:

»Zefix«, schimpfte Zeilhofer.

»Was hast denn wieder?«, fragte Gruber.

»Ach, zwecks unserm supertollen Kollegen. Der Maschmeyer untersucht doch die Sach auf'm Friedhof in Achdorf.«

Gruber nickte stumm.

»Ich hätt was für den, aber ich mag mit dem Deppen gar nicht reden.«

Gruber lächelte. »Soll ich's ihm sagen, oder schreibst ihm eine E-Mail?«

»Ich schreib ihm eine Mail. Glaub nämlich, dass das Nazis waren, die dort so randaliert haben.«

»Wie kommst denn da drauf? Die schmieren doch meistens irgendwo ein Hakenkreuz hin. Da war aber keins.«

»Hab einen alten Brief gelesen, und dadurch ist mir was eingefallen.«

»Was denn, Zeilhofer? Lass dir doch nicht alles so aus der Nase ziehen.«

»Wir haben doch in Landshut ein KZ gehabt. Die Toten von dort hat man in Achdorf auf dem Friedhof eingegraben. Und weil's ja momentan die Versammlungen beim Burgmeier gibt, laufen vielleicht grad ein paar Braune ein bisserl aus'm Ruder und meinen, die haben Oberwasser.«

Am Abend:

Das dritte *LaHo*-Wochenende wurde eingeläutet. Die Teilnehmer waren alle in ihre Kostüme geschlüpft, und der Zehrplatz hatte die Pforten geöffnet. Im Laufe des Tages hatte es allerdings einen unangenehmen Temperatursturz gegeben, und das Wetter erinnerte eher an September oder an einen milden Oktober: grauer Himmel bei knappen zwanzig Grad und leichter Regen.

Stefan und Marianne standen an der *Ritterschenke* auf dem Zehrplatz, geschützt unter dem Vordach aus zusammengenagelten Brettern und Balken. Die Rückseite des Ausschanks grenzte an den Grünstreifen des Isarufers.

Ernstls Begräbnis lag zwar keine dreißig Stunden zurück, und Marianne war auch nicht hier, um zu feiern, doch mittlerweile hatte sie den fünften Tag in Folge in Zeilhofers Haus verbracht.

Heute Nachmittag hatte dann Stefan angerufen und gefragt, ob sie sich treffen könnten. Monika hatte ihr sofort auffordernd zugenickt, als sie den Inhalt des Telefonats mit angehört hatte.

Herumsitzen war keine Lösung, würde nichts ändern, und über kurz oder lang musste sie sich ja wieder dem normalen Leben stellen. Trotzdem empfand Marianne das Treffen jetzt eher als Pflichtaufgabe.

Zumindest kam ihr das Wetter entgegen: trübe, grau und melancholisch, und der Zehrplatz war dadurch auch nicht so vollgepfercht.

Lustlos stand sie neben Stefan und nippte an einer Weinschorle. Sie sprach nicht viel. Stefan dafür umso mehr. Er war durcheinander, orientierungslos, wütend und traurig; so beschrieb er sein Inneres bei einem Humpen Met.

Korbinian wurde von seltsamen Geräuschen geweckt. Plötzlich – da war es schon wieder. Ein metallisches Scheppern, und zwei Männer unterhielten sich jetzt. Zuerst wollte Korbinian seine Kräfte sammeln und an die Tür schlagen oder draufloskrächzen. Aber wozu? Die letzten Tage hatte es auch nichts gebracht. Akin ging es scheinbar nicht anders, zumindest hörte Korbinian nichts von ihm.

Dann summte ein Motor, der nach ein paar Sekunden gleich wieder verstummte. Etwas raschelte, zuerst leise und dann lauter, als ob es direkt vor der Tür wäre.

Gruber hatte Meike erst vor einer Woche kennengelernt. Jetzt stand er vor ihrer Wohnungstür. An der Auslage für Gemüse im Supermarkt hatte ihr Gespräch über reife Avocados mit dem Austauschen der Telefonnummern geendet.

Meike war erst vor Kurzem nach Landshut gezogen, wodurch es natürlich auf der Hand lag, dass Gruber sie in die »Geheimnisse« der *LaHo* einweihen wollte. Das zog immer. Vor allem, wenn es das erste Date war, man ohnehin nicht wusste, was man sagen sollte, und es einem vor Nervosität die Kehle zuschnürte.

Gruber wusste jedoch nicht, ob sie bei solchem Wetter die Hochzeit überhaupt interessieren würde. Das meiste spielte sich ja draußen ab, und es regnete leicht.

Meike öffnete jetzt die Tür, und beide mussten schallend lachen. Sie trugen beide eine hellblaue Jeans, ein weißes T-Shirt und eine schwarze Lederjacke ...

Korbinian hörte jemanden sagen: »Die rechte oder die linke?«

»Ist mir wurscht. Wer ist noch mal wo?«

»Der Türke ist da.«

Dann schepperte ein Schlüssel. Gleich darauf hörte Korbinian Akin leise wimmern. Dem ging es mittlerweile offenbar noch schlechter als Korbinian. Es raschelte wieder, und die Worte der Männer wurden undeutlich, bevor einer ziemlich laut sagte: »So!«

Korbinian hielt sein Ohr an das Türblatt und hörte plötzlich einen Schlag, gefolgt von einem gedämpftem Schrei wie durch Watte, der in ein Wimmern überging.

Eine der Stimmen sagte: »Du hältst gefälligst deine Augen offen, hast du gehört?«

Ein weiterer Schlag war zu hören – noch einer und noch einer. Das Wimmern wurde lauter. Ein Motor begann zu summen.

Korbinian schob sich auf dem Boden fort, in die hinterste Ecke des Raumes. Dahin, wo er immer uriniert hatte. Er drückte seinen Rücken fest an die Wand und zog die Beine zu sich, als wolle er sie vor einem schnappenden Tier in Sicherheit bringen.

Er zitterte und wurde panisch. Plötzlich sprang er auf, stürzte durch den Raum und trommelte an die Tür. Die Maschine ging aus, und zwischen Korbinians Schlägen gegen die Metalltür kehrte Akins Wimmern zurück. Anders als vorher klang es jetzt schwächer, hoffnungsloser ...

»Ja, Sebastian. Servus!«

»Hallo, Marianne, find's gut, dass du rausgehst«, sagte Gruber.

Marianne und Sebastian Gruber hatten sich erst vergangene Woche kennengelernt, durch die Sache mit ihrem Vater und den polizeilichen Ermittlungen.

»Das ist Meike«, sagte Gruber und drehte sich zu seiner Begleiterin. »Meike, das ist Marianne. Und das ist Stefan, wenn ich mich nicht irre, oder?«

Stefan nickte. Marianne und Stefan standen nach wie vor an der *Ritterschenke*. Obwohl es immer noch leicht regnete, hörte man von weiter hinten auf dem Zehrplatz Fanfaren und Trommeln.

»Meike, was magst denn trinken?«, fragte Gruber.

»Was du auch magst«, antwortete sie.

»Komm, wir gehen da ein bisserl vor. Da steht der Barkeeper.« Er drehte sich nochmals zu Marianne. »Wünsch euch einen schönen Abend.«

»Jetzt hat er's überstanden.«

Als Korbinian das hörte, kniff er die Augen zu und biss die Zähne zusammen. So sehr, dass es wehtat. *Das kann doch alles nicht wahr sein!*, dachte er und murmelte: »Nein! Ich werde hier nicht verrecken.« Er kniete sich hin, schloss die Augen und faltete die Hände.

»Der Herr ist mein Hirte, mir wird nichts mangeln.

Er weidet mich auf einer grünen Aue und führet mich zum frischen Wasser.

Er erquicket meine Seele und führet mich auf rechter Straße um seines Namens willen.

Und ob ich schon wanderte im finsteren Tal, fürchte ich kein Unglück, denn – du bist bei mir.«

Der Schlüssel schepperte im Schloss. Die Tür ging auf, und Korbinian öffnete die Augen. Das eindringende Licht blendet so sehr, dass es schmerzte. Er nahm allen Mut, alle Leidenschaft und alle Kraft, die er in sich trug, und schrie, so laut er konnte.

Keine Worte. Er schrie einfach und schleuderte diese Laute jener schemenhaften Gestalt entgegen, die im Türstock erschienen war.

Korbinian fauchte wie ein Tier, sprang auf und rannte mit der Kraft eines Verzweifelten drauflos. Er überrannte den Mann einfach und donnerte dabei mit dem Kopf an den Türstock, bevor er selbst zu Boden stürzte.

Die tagelange Gefangenschaft, ohne Nahrung und fast nichts zu trinken, hatte Korbinian geschwächt, dennoch hatte er es geschafft, mit seinen panischen, unkontrollierten Bewegungen auch seinen Gegner zu Boden zu werfen. Das Überraschungsmoment war auf seiner Seite gewesen.

Mit zusammengekniffenen Augen, das Licht tat jetzt höllisch weh, versuchte er eilig, sich zu orientieren. Hier ging es um sein nacktes Überleben. Im Bruchteil einer Sekunde stand er wieder auf den Beinen und sprang einfach beiseite. Er wusste nicht, wohin, aber er wusste auch, dass er in Bewegung bleiben musste. Außerdem hakelte der Typ, den er umgerannt hatte und der immer noch am Boden lag, nach seinen Beinen und versuchte so, ihn am Weiterkommen zu hindern.

Ein zweiter Mann, den Korbinian lediglich wie durch einen Schleier erahnen konnte, stand im hinteren Teil des riesigen Raumes, in den Korbinian durchgebrochen war, und schrie: »Ja spinnt der!«

Korbinian spähte schnell umher, suchte nach einem Ausgang und erkannte schemenhaft eine Treppe.

»Du Drecksau, du, bleib da«, hallte es hinter ihm. Die andere Stimme schrie: »Schnapp dir den doch, du Depp!«

Korbinian hatte sich hastig die Treppe hochgekämpft und rannte jetzt durch einen Gang auf eine Tür zu. Hinter sich hörte er Schritte ...

Der Himmel war grau, und es dämmerte. Endlich konnte Korbinian wieder mehr erkennen, ohne bei grellem Licht die Augen zusammenkneifen zu müssen. Keuchend verschwand er um die nächste Ecke. Ohne zu denken, lief er geradeaus und verschwand im Dickicht eines angrenzenden Waldes.

Nackte Angst und der panische Wille zu überleben holten aus seinem Körper das Letzte heraus, trieben ihn vorwärts. Äste auf dem Waldboden knackten, andere schlugen ihm ins Gesicht, einer ritzte Korbinians Wange. Er bemerkte es nicht einmal.

»Ich find dich schon«, hallte es zwischen den Bäumen, doch Korbinian blieb keine Wahl. Er musste Kraft für einen neuen Sprint sammeln, blieb stehen und stützte sich auf die Knie. Dabei rang er nach Luft und spähte ringsum. Schwaches Licht schien zwischen den Bäumen herein. An manchen Stellen war es aber auch schon finster.

Außer seinen Atemgeräuschen und dem Schlagen seines Herzens konnte er nichts hören. Aber der andere musste hier trotzdem irgendwo sein. Korbinian konzentrierte sich und hielt den Atem an. Ganz leise nahm er jetzt ein Rauschen wahr. Es erinnerte ihn an etwas, er kam aber nicht sofort dahinter, woran. Einen Augenblick später war es klar: Autos in der Ferne!

»Ich find dich schon, dann spielen wir«, hörte er schon wieder von irgendwo inmitten der Bäume.

Der Regen hatte aufgehört. Musikgruppen zogen durch das Lager, und die Besucherzahl war angestiegen. Marianne nippte an ihrer Weinschorle. Es war immer noch die erste, während Stefan gerade einen zweiten Krug Met bekommen hatte.

Direkt vor der Schenke stellten sich mehrere Reisige mit ihren langen Spießen auf, und Zuschauer bildeten gerade einen Kreis. Der Männerchor tönte ...

Der in den Krieg will ziehen,
der soll gerüstet sein,
was soll er mit ihm führen?
Ein schönes Frauwelein,
ein langen Spieß, ein kurzen Degn,
ein Herren wölln wir suchen,
der uns Geld und Bscheid soll gebn.

Vater und Sohn saßen im Wohnzimmer. Aus dem Lautsprecher des Fernsehers tönte: »I, Barack Hussein Obama, do solemnly swear that I will execute the Office of President of the United States faithfully and will to the best of my ability preserve, protect and defend the Constitution of the United States.«

Der Alte sagte: »Na super, jetzt haben die Amis doch echt einen Neger gewählt.«

Die beiden verfolgten die öffentliche Amtseinführung des 44. Präsidenten der USA, und der Sohn schüttelte den Kopf mit den Worten: »Der junge Bush war mir lieber.«

Die Fernsehbilder zeigten Hunderttausende Menschen vor den Stufen des Kapitols in Washington. Sie jubelten dem neuen mächtigsten Mann der Welt zu.

»Unglaublich«, sagte der Junge.

»Verblendete Deppen!«, urteilte der Alte.

Es läutete an der Haustür. Der Sohn stand auf und kam mit zwei Besuchern zurück. Der Vater reichte ihnen im Sitzen die Hand und ließ dann die Gelenke an den Fingern knacken.

»Wir waren gerade in der Gegend und haben noch ein paar Fragen wegen Ihrer Vermisstenanzeige. Können wir

uns setzen?«, fragte einer der Besucher. Der Sohn blieb derweil im Türstock stehen.

»Also«, sagte einer der Männer mit fester Stimme und beugte sich im Sessel nach vorne. »Leider haben wir von Ihrer Frau immer noch keine Spur. Sie kann Opfer eines Gewaltverbrechens geworden sein, einen Unfall gehabt haben – oder: Sie hat sich schlicht und einfach aus dem Staub gemacht und Sie verlassen.«

Korbinian hastete aus dem Wald und sprang über einen angrenzenden Graben. Als er auf der gegenüberliegenden Seite in der Schräge landete, rutschte er mit den Beinen nach unten, krallte sich in das nasse Gras und kraxelte hoch.

Dann stand er keuchend an einer Landstraße. Sie schlängelte sich eine Anhöhe hinunter. Kein Auto weit und breit, nur verlassene Felder in der Dämmerung und hinter ihm der Wald, aus dem er gekommen war.

Doch weiter unten mündete die Straße in eine Schnellstraße. Die war es wohl auch, deren Rauschen er vorhin gehört hatte. In der Ferne sah er Scheinwerfer vorbeihuschen. Regen setzte ein. Der Himmel war fast schwarz.

Korbinians Muskeln brannten. Die Lunge pumpte. Jede Unebenheit ließ ihn fast stürzen, doch er rannte immer weiter. Seine Arme baumelten in alle Richtungen. Um die wilden Bewegungen zu kontrollieren, fehlte mittlerweile die Kraft.

Korbinian erreichte die Schnellstraße. Regentropfen klatschte ihm ins Gesicht, Autos rauschten vorüber. Mit einer Hand stützte er sich auf einen Straßenpfosten und schaute zurück. »Scheiße«, keuchte er mit dünner Stimme.

Es war fast schon dunkel, trotzdem sah er, wie sein Verfolger die Anhöhe herunterkam ... schnell!

Wer weiß, wie lange Korbinian winken müsste, um einen der Fahrer dazu zu bringen anzuhalten. Bis dahin wäre dieser Verrückte längst hier, und am Ende würde der noch den Autofahrer killen.

Rechts führte die Straße schnurstracks in die Stadt, er sah die Lichter. Erst jetzt bemerkte er, dass er auf dieser Straße nach Landshut gefahren war. Hinter den Bäumen, am gegenüberliegenden Straßenrand, verlief die Isar.

Er passte eine Lücke ab und sprintete hinüber. Er schrie dabei, um sämtliche Kraftreserven zu mobilisieren. Ein hupendes Auto verfehlte ihn knapp.

Korbinian drehte sich um: Der Wahnsinnige stand ihm jetzt direkt gegenüber und starrte ihn an ... mit einer Axt in der Hand. Autos rauschten zwischen ihnen durch.

Bis zur Stadtgrenze waren es wohl mehr als tausend Meter. Das konnte Korbinian unmöglich noch schaffen. Und wer sollte ihm dort helfen? Unbedarfte Passanten?

In die andere Richtung erblickte Korbinian, außer Bäume und Wiesen – nichts! Er drehte sich um.

Hinter den Sträuchern verlief der Fluss ...

»Rutschts einmal«, sagte einer. Er trug das Wams eines Reisigen und hielt einen über vier Meter langen Spieß in der Hand. »Fix, passt nicht unter's Dach«, schimpfte er.

»Ach geh«, sagte ein anderer und lachte.

Ein paar von denen, die gerade noch ein zweites Lied zum Besten gegeben hatten, versammelten sich unter dem Vordach der Schenke. Der Wirt hatte angeboten, ihnen die

Humpen zu befüllen. Doch unter dem Vordach waren begehrte Plätze. Es regnete ja wieder, und um die Spieße nach unten zu nehmen, war es viel zu voll.

Also stellten sie sich mit ihren »Werkzeugen« an den Rand, sodass sie im Trockenen waren und ihre Gerätschaften seitlich in die Höhe ragten.

»Kurt, Wein oder Bier?«, fragte der, der dem Wirt am nächsten war. Kurt wollte Bier.

»Franz, und du? Kriegst auch was, auch wennst zur Hofküch gehörst.«

Franz streckte den Bauch heraus und trat unruhig von einem Bein auf das andere, bevor er wortkarg »Weinschorle« antwortete und seinen Humpen nach vorne reichte.

Marianne und Stefan standen direkt daneben.

Der Regen war wieder etwas leichter geworden und zeichnete kleine Kreise auf die Oberfläche. Anfangs trat Korbinian hilflos ins Leere. Um mit Fußtritten und Armschlägen die Richtung zu bestimmen, fehlte aber ohnehin die Kraft, und die Strömung wäre auch sonst zu stark gewesen. Er konnte sich ebenso gut im Fluss treiben lassen.

Mehrfach verschwand er von der Oberfläche, wobei er zweimal den Mund voll Isarwasser bekam, und so ausgetrocknet, wie er war, schluckte er einfach.

Sein Verfolger war ihm wohl nicht nachgesprungen. Zumindest hatte Korbinian nichts mitbekommen. Um Kraft zu schonen, ließ er sich kurz in Rückenlage treiben. Die Strömung würde ihn direkt nach Landshut hineinbringen. Er musste nur darauf achten, dass er nicht völlig absaufen würde.

In der Mitte des Flusses trieb er unter einer Brücke durch. Fußgänger mit Regenschirmen blieben darauf stehen, und einer schrie: »Da – da schwimmt einer in der Isar!«

Korbinian drehte sich von Rücken- auf Brustlage und erkannte schemenhaft die Bretterwand um den Zehrplatz. Immer mehr Menschen blieben jetzt auch trotz Regen am Ufer stehen und schauten auf ihn. In Korbinian keimte das zaghafte Gefühl, es tatsächlich geschafft zu haben.

»Kurti, was ist denn da vorn los?«, sagte der Franz aus der Hofküche zu seinem Kameraden.

»Was weiß denn dich?«, erwiderte Kurt. »Keine Ahnung, warum sich die in den Regen stellen.«

»Na so schlimm regnet's auch nicht. Komm«, forderte Franz.

»Ach Mensch, es regnet«, sagte Kurt. »Außerdem müssen wir wieder ins Lager rein.«

»Komm, nimm deinen Spieß. Fünf Minuten«, sagte Franz und schwenkte mit dem Kopf in Richtung Ufer. »Dein Bier trinkt dir schon keiner aus.«

»Nix da, das nehm ich mit.«

Marianne und Stefan kamen zwar nicht unter dem Vordach der Schenke hervor, dennoch zwängten auch sie sich an die Ecke und schauten.

»Da ist einer in der Isar«, sagte jemand lautstark.

»Na der darf aber schauen, dass er vorm Maxwehr rauskommt«, sagte Stefan kleinlaut. »Sonst häckselt's den durch!«

Da rannte mit einem Mal Sebastian Gruber an Marianne und Stefan vorüber, während sich am Ufer ein Mann mit dem Aufdruck *Wasserwacht* auf seinem T-Shirt postierte. Gruber kam dazu und sagte: »Kripo Landshut, Sie oder ich?« Da hatte er bereits die Lederjacke ausgezogen und nach hinten ins nasse Gras geworfen.

»Zusammen«, meinte der andere. Gruber nickte, und beide sprangen ins Wasser. Korbinian war schon so weit getrieben, dass er sich in wenigen Augenblicken ohnehin auf Höhe der *Ritterschenke* befinden würde.

Dass sich zwei Helfer durch die starke Strömung zu ihm hinarbeiteten, entging ihm, während eines mittlerweile panischen Versuchs, selbst die Richtung zu bestimmen. Er schlug um sich. Wasser spritzte. Dann verschwand er von der Oberfläche.

An der Stelle, an der ihn Gruber aufgrund des Sogs der Strömung vermutete, begann er zu tauchen und mit gespreizten Händen das dunkle Wasser in alle Richtungen zu durchkämmen. Ein paar Meter flussabwärts ragte unerwartet eine Hand aus dem Wasser. Der Mann von der Wasserwacht packte zu ...

Es rumpelte. Ein Mann drehte sich um. Dann machte es einen Patscher, und Wasser spritzte vom Boden hoch. Ein knapp drei Meter hohes Brett war auf nasses Gras gekippt, ein zweites folgte sogleich. Mit wuchtigen Schlägen auf der anderen Seite hatte jemand die Nägel aus dem Holz getrieben.

Unbeobachtet hinter einer Bude hatte sich der Mann vorhin die Hose geöffnet. Ohne extra einen Toilettenwagen aufzusuchen, wollte er als Wildbisler sein Geschäft verrichten.

Jetzt stand er da, hielt seinen Penis in der Hand und beobachtete mit offen stehendem Mund, wie sich ein Kerl mit einer weißen Gummischürze um den Bauch und einer Axt in der Hand durch das Loch im Bretterzaun zwängte.

Dreißig oder vierzig Leute standen am Ufer und verfolgten sensationsgierig die Rettungsaktion. Manche mit Regenschirm, andere waren pitschnass, und natürlich wurde eifrig fotografiert.

Korbinian wurde von den Helfern aus dem Fluss gezogen. Wasser tropfte von seinen Haaren und die Kleidung hing vollgesogen an ihm. Sobald er festen Boden unter den Füßen spürte, wich jegliche Spannung aus seinem Körper und er sackte zusammen.

Kurt und Franz standen vorne mit dabei. In der einen Hand hielt Kurt den Spieß, die Spitze ragte zwischen die Baumwipfel am Ufer. Mit der anderen hielt er seinen Humpen und trank daraus, während Franz nach vorne trat und aufmerksam jede Regung Korbinians und dessen Helfer verfolgte. »Krankenwagen und Polizei hat vorhin schon einer angerufen. Können wir sonst noch was tun?«, fragte er.

Gruber kniete neben Korbinian im matschigen Gras, schaute auf und schüttelte den Kopf. Da sagte jemand im Hintergrund: »Was'n das für einer?«

Grubers Aufmerksamkeit war jedoch einzig auf Korbinian gerichtet, und er fragte diesen gerade, wie er sich fühle. Franz und Kurt drehten sich allerdings um und schauten in die andere Richtung.

Inmitten der Menschen stürmte ein Mann schnurstracks auf sie zu. Viele sprangen reflexartig beiseite, andere stieß er so heftig mit den Schultern, dass sie fast das Gleichgewicht verloren.

Der Blick des Mannes glich der eines Tieres auf Beutefang. »Du Drecksau, du, ich hab dich gleich!«, schrie er keuchend und schwang eine Axt nach oben.

Kurt nahm den Kopf erschrocken zurück, riss die Augen auf und warf den Humpen weg. Er stand genau in Laufrichtung. Später hatte er nicht einmal mehr sagen können, weshalb er getan hatte, was er getan hatte.

»Um Gottes willen«, kreischte eine Frau.

Immer noch neben Korbinian kniend, drehte sich Gruber um. Kurt hatte den Spieß in einem Winkel von dreißig Grad auf dem Boden abgestützt, die Spitze auf Brusthöhe ... Die Entschlossenheit, mit der dieser Psychopath auf Korbinian zustürmte, hatte den Spieß mit einer solchen Wucht durch seine Brust getrieben, dass die Spitze Blut tropfend nach hinten herausragte.

Geschockt hielt Kurt den Spieß immer noch fest. Als er losließ, kippte der durchbohrte Körper beiseite.

Franz stand versteinert daneben und sagte leise: »Geh leck mich am Arsch! Kurti – schau, was du gemacht hast.«

Noch mehr Leute rannten herbei, und der Regen legte jetzt richtig los. Weiter hinten auf dem Zehrplatz hörte man derweil trotzdem ein im Chor geschrienes »Hallooo!« und Trommelschläge.

Korbinian blickte durch die Baumwipfel nach oben in den wolkenverhangenen grauschwarzen Himmel und hauchte: »Danke«, als ihm fette Tropfen ins Gesicht klatschten ... ein Blitz schlug irgendwo am Horizont ein.

Mariannes Glas glitt ihr aus Hand, und sie sagte zu Stefan: »Bring mich bitte heim. Sofort!«

Zeilhofers Handy lag auf dem Küchentisch und bimmelte ...

Einsatzfahrzeuge rasten die Anhöhe hoch. Es regnete in Strömen, und Blitze erhellten die finstere Nacht. Umliegende Baumwipfel bogen sich im Wind. Auf Blitze folgte Donner.

Während sich bewaffnete Beamte dem Bauernhof näherten, wurde Korbinian bereits im Krankenhaus versorgt. Soeben hatte man ihm die zweite Infusion angelegt.

Das Einsatzkommando traf auf dem Bauernhof ein. Die Eingangstür des Wohnhauses stand sperrangelweit offen. Licht schien vom Gang in den Hof heraus. Bewaffnete Beamte sicherten zuerst den Gang und arbeiteten sich anschließend Zimmer für Zimmer vor. Im Wohnzimmer entdeckten sie einen alten Mann.

Völlig unaufgeregt saß er auf dem Sofa und starrte in den Fernseher. Er hatte eine Gummischürze umgebunden, die ebenso blutverschmiert war wie seine Hände bis über die Unterarme zu den Ellenbogen hoch. Selbst im Gesicht hatte er rote Spritzer. Auch nach Aufforderung der Beamten, aufzustehen, starrte er weiter reaktionslos auf den Bildschirm.

Bereits auf der Kellertreppe lag ein beißender Fäkalgeruch in der Luft. Unten glich das Ganze dem Schlachthaus eines Metzgers. Der riesige Vorraum war bis unter die Decke weiß gefliest, und zwei offen stehende Stahltüren führten in enge

Kammern ohne Licht. Fenster gab es nicht. Ketten hingen herum, an denen Fleischerhaken baumelten. Beißzangen, daneben Fleischermesser, eine Tüte Kabelbinder und allerlei anderes Zeug lagen auf einem Edelstahlschrank.

Der Boden und selbst die Wände waren mit durchsichtiger Folie abgedeckt. Es raschelte unter ihren Füßen, als die Beamten auf einen großen Holztisch zugingen.

Gruber, er hatte noch immer die nasse Kleidung an, lief sofort die Treppe retour nach oben. Im Hof übergab er sich.

Zeilhofer starrte derweil auf einen zerfledderten Leichnam. Er kannte diesen jungen Mann. Es lag noch keine Woche zurück, als er seinetwegen mit dem Ernstl telefoniert hatte. Zeilhofer wollte ihm eine Lehrstelle als Fliesenleger verschaffen.

Um ihr Opfer auf dem Holztisch zu fixieren, hatten sie ihm lange Stahlnägel durch die Hand- und Fußgelenke geschlagen. Neben dem Rumpf lag eine blutverschmierte Stichsäge, mit der sie stückweise die Extremitäten abgetrennt hatten. Die Körperteile hatten sie in eine weiße Plastikwanne geworfen.

Begonnen hatten sie wohl gleich unterhalb der Gelenke, da Hände und Füße immer noch lose an das Holz genagelt waren. Von da, zum Rumpf hin, hatten sie alle paar Zentimeter weitergemacht.

Die Bauchdecke war halb geöffnet. Auf Höhe der untersten Rippe endete der Schnitt. Die Haut und das Fleisch waren vom Sägeblatt richtig zerfetzt worden.

In Akins Mund steckte ein Stück Holz, und damit er es nicht ausspucken konnte, hatte man Klebeband um seinen Kopf gewickelt. Zeilhofer blickte in Akins Augen. Sie zu schließen hatte man ihm verweigert. Die Lider waren mit Klebeband nach oben gezogen.

Aufgebrochene Riechampullen mit Ammoniak lagen auch da ... das Opfer hatte möglichst lange bei Bewusstsein bleiben sollen.

Der alte Mann im Wohnzimmer war der alte Burgmeier. Seine Festnahme verlief völlig unspektakulär: kein Geschrei, keine Gegenwehr, keine Diskussionen.

Der durchbohrte Leichnam von Burgmeiers Sohn war inzwischen von einem Bestattungsunternehmen abtransportiert worden. Morgen würde dieser nach München in die Rechtsmedizin überführt.

Den Abtransport von Akins Überresten hatte man auch gerade veranlasst. Zeitgleich wurden alle Gebäude des Bauernhofs von oben bis unten auf den Kopf gestellt.

In der Scheune, in der die Versammlungen stattgefunden hatten, fand man auch nichts weiter als ein paar ausrangierte Gerätschaften, das Podest für den Redner und Bierbänke.

Im Dachgeschoss des kleineren Stadels neben der großen Scheune offenbarte sich den Beamten ein anderer Anblick. Gleich vorne an der Treppe entdeckten sie zugeschnürte Plastiksäcke mit toten Tieren darin, Vögel, Hasen, selbst Katzen und Hunde.

Mit ihren Taschenlampen leuchten sie daraufhin in den hinteren Teil des Dachbodens. Aus der Finsternis tauchte ein großer verstaubter Tisch auf. Die Männer näherten sich.

Auf dem Tisch standen abgebrannte Kerzen, dahinter war eine hölzerne Rückwand in einem 90-Grad-Winkel angebracht. Bilder von Hitler, Göring und Göbbels waren mit Reißnägeln daran befestigt. Und in zwei Meter Höhe hing eine Hakenkreuzfahne mit seltsamen Flecken vom Dachbalken – ein Altar mit Gruselfaktor.

Der Regen klatschte auf die Schindeln über ihnen, und es tropfte herein, als die Beamten in der Schräge zwischen gigantischen Spinnennetzen vier blaue Fässer entdeckten.

Die verstaubten schwarzen Deckel waren luftdicht mit einem Spannring aus Metall verschlossen. Zwei Beamte öffneten den ersten Spannring und nahmen den Deckel ab. Ein Dritter leuchtete mit einer Taschenlampe.

In dem Fass fanden sich mehrere Plastiksäcke von unterschiedlicher Schwere und Größe. Die Beamten hoben den ersten Sack vorsichtig heraus, und der Geruch war grauenvoll. Die erfahreneren Polizisten unter ihnen allerdings wussten, wonach es roch. Es roch nach Tod.

In dem ersten Sack fanden sie den abgetrennten Oberarm eines Menschen. Am Grad der Verwesung ließ sich sofort erkennen, dass diese Gräueltat schon vor langer Zeit stattgefunden hatte.

Später in der Nacht:

Seit seiner Einlieferung bekam Korbinian eine Infusion nach der anderen und hatte strikte Bettruhe.

Nach Burgmeiers Verhaftung saßen Zeilhofer und Gruber an seinem Krankenbett. Das Klinikpersonal konnte überhaupt kein Verständnis dafür aufbringen, dass dieses

Gespräch nicht bis zum nächsten Morgen warten könnte. Doch Zeilhofer bestand darauf, obwohl Korbinian bereits auf dem Zehrplatz mitgeteilt hatte, dass er auf dem Burgmeier-Hof gefangen gehalten worden war. Er hatte diesen sofort erkannt, als er dort aus dem Haus kam.

Korbinian schien der Besuch trotz seines Zustandes sogar gelegen zu kommen. Er mochte nicht alleine sein, nicht schon wieder.

Das Zimmer, Korbinian war einzeln untergebracht, lag im dritten Stock. Einzig das Dämmerlicht über dem Bett, hinten an der Wand, war angeschaltet. Regen trommelte aggressiv an die Fenster, in denen sich der Raum widerspiegelte.

Doch dann erhellte ein Blitz den Himmel, und alle drei schauten nach draußen. Ein zweiter Blitz, weiter hinten am Horizont, folgte. Es donnerte Furcht einflößend.

»Die Natur spielt mit uns«, flüsterte Korbinian und erzählte anschließend, dass die Entführung Montagabend stattgefunden hatte. Nach der Befragung auf der Dienststelle war er in die Altstadt gegangen und hatte seinen Kummer bei Wodka-Martini ertränkt. Hinterher war er angesoffen ins Hotel zurückgekehrt.

Korbinian war perplex gewesen, als ihm dort Denis am Eingang gegenübergestanden hatte. Er hatte sich in Begleitung eines anderen Mannes befunden, den Korbinian aber nicht kannte.

Dass die beiden auf ihn gewartet hatten, ahnte er nicht, wie auch. Korbinian war von Denis in ein Gespräch verwickelt worden, und eh er sich's versah, war er im Laderaum eines Kleinlasters aufgewacht, gefesselt und mit Klebeband auf dem Mund. Wie das im Detail vor sich gegangen war: keine Ahnung.

Während Korbinian den restlichen Hergang schilderte, kam ihm die vorherige Begegnung an der Isar in den Sinn: Kopp, Roschmann und die beiden anderen Männer, die er nicht kannte.

Burgmeier seniors erste Vernehmung, die ebenfalls noch in der Nacht durchgeführt wurde, beschränkte sich im Grunde auf Schweigen und Trauern um seinen Sohn.

Warum Korbinian? Warum Akin? Warum überhaupt die Folter? Auf alle Fragen verweigerte Burgmeier die Antwort. Stattdessen erklärte er in die geschockten Gesichter der Beamten, dass ihnen das mit dem Türken richtig Spaß bereitet hatte.

Burgmeiers Anwalt, man hatte ihn spät in der Nacht verständigt, blickte zu Boden, und zum weiteren Entsetzen aller sagte Burgmeier auch noch, dass sie schon ein bisschen enttäuscht gewesen wären: Akin hatte nicht sehr lange durchgehalten.

Der Anwalt stand kurz davor, die Fassung zu verlieren.

Samstag, 13. Juli 2013

Trotz jener aufreibenden Nacht machten sich Zeilhofer und Gruber noch vor acht Uhr morgens auf den Weg, Kopp aus dem Bett zu läuten.

Auf der Hinfahrt sprachen sie über die Ereignisse. Von dem aufgespießten Burgmeier abgesehen, hatte es im Vorfeld zwei Tote gegeben. Beide Zeugen der Todesfälle hatte man auf den Hof verschleppt. Korbinian hatte überlebt, Akin nicht.

»Wo liegt der genaue Zusammenhang?«, fragte Gruber laut. »Dass einer da ist, liegt auf der Hand.« Er klopfte auf das Lenkrad. Heute fuhr ausnahmsweise mal er.

Was war Roschmanns Rolle in diesem Spiel? Hatte auch Kopp etwas damit zu schaffen? Und diesen Denis gab es auch noch. Außerdem saßen drei Männer in U-Haft, die die Tat gestanden hatten – wobei viele Fragen offen geblieben waren.

Wer für die Verstümmelung von Haschberger infrage käme, lag nach der grausigen Entdeckung bei den Burgmeiers im Grunde auf der Hand. Doch hatten eben andere den Mord gestanden, von den Verstümmelungen jedoch nichts erzählt. Und die Fingerabdrücke von dem Franzosen, was war mit denen?

Denis stand seit letzter Nacht auf der Fahndungsliste. Die Suche nach ihm gestaltete sich schwieriger als vermutet. Sie hatten eine Personenbeschreibung und lediglich einen Vornamen.

Wenigstens Eduard Roschmanns offizielle Wohnungsanschrift lag nun vor. Er wohnte im Zentrum von Leipzig, hielt sich dort gegenwärtig aber nicht auf.

Kopp öffnete die Haustür. Die Haare standen ihm in alle Richtungen, und er trug einen Morgenmantel.

»Morgen«, nuschelte er den Beamten entgegen. »Heut ist Samstag, bloß, falls Sie das vergessen haben.«

»Vorstellen brauchen wir uns ja nimmer«, entgegnete Zeilhofer sachlich. »Können wir ins Haus gehen, wir haben Ihnen Fragen zu stellen!«

Sie traten in den Gang, und Gruber sagte: »Ich hoffe, wir haben Ihre Frau nicht aufgeweckt.«

Kopp wirkte überrumpelt und kratzte sich am Hinterkopf. »Ähm, nein, nein, die ist zurzeit bei Ihren Eltern auf Besuch. Bitte setzen Sie sich doch hin.« Er deutete vom Gang aus in das Wohnzimmer. »Kaffee?«

»Nein danke, kein Kaffee«, sagte Zeilhofer, ging voraus und hockte sich in einen Ledersessel. Er schaute auf das Tischchen vor dem Sofa. »Oha, gestern noch eine Privatparty gehabt?«

Kopp war hinter Zeilhofer gegangen, nahm sofort die Flasche Rum, auf die der Beamte gedeutet hatte, und antwortete: »Nein, nein, musste mich etwas entspannen.« Er ging rasch in die Küche und stellte die Flasche ab.

Als Kopp sich auf das Sofa gesetzt hatte, stieg Zeilhofer sofort ins Thema ein. Was das Treffen mit Roschmann anging, wiegelte der Steuerberater aber sogleich ab: »Meine Herren, Sie wissen doch, Paragraf 203, Absatz 1, Nummer 3, Strafgesetzbuch, außerdem Paragraf 57, Absatz 1 …«

»Herr Kopp«, unterbrach Zeilhofer. »Lassen Sie's bleiben, hier geht es um zwei Mordfälle, und so, wie's aussieht, haben Sie dazu gewichtige Informationen mitzuteilen.«

»Um zwei?«, fragte Kopp erstaunt.

Zeilhofer nickte abwartend. Im Grunde wusste Kopp: Er konnte jetzt weiter diskutieren, ob er Auskunft geben müsste oder nicht, aber Paragrafen und Artikel hin oder her, rechtlich gesehen wurde bei solchen Zusammenhängen die Schweigepflicht außer Kraft gesetzt.

Er lenkte umgehend ein und erzählte von dem Kontakt zu Roschmann. Im folgenden Gespräch kam heraus, dass Kopp am Montag zuvor, wie Korbinian es gesagt hatte, mit Eduard Roschmann, Burgmeier senior und Herrn Doktor Müller ein Treffen gehabt hatte.

»Aha, der Herr Doktor …«, kommentierte Zeilhofer.

Gruber wies Kopp darauf hin, dass er sich überlegen sollte, einen Rechtsanwalt anzurufen. Kopp erklärte, dass er sich in der Sache nichts vorzuwerfen habe und schon gar nichts zu verschleiern oder zu verschweigen. Einen Anwalt würde er nicht benötigen, stellte er selbstbewusst klar.

Er erzählte weiter, dass ihm die Angelegenheit von Haus aus seltsam vorgekommen war. Der alte Burgmeier hatte nahezu seine kompletten Felder und Wiesen an Roschmann sprichwörtlich verschenken wollen. Ein Millionenwert! Und wie sie das am besten hinbekommen konnten, hatten sie Montagabend beraten.

Doktor Müller sollte bei Bedarf als Strohmann fungieren. Ob dies wirklich nötig wäre, hatten sie aber noch nicht abschließend entschieden.

Kopp war es, der den Herrn Doktor zu diesem Zweck vorgeschlagen hatte. Er kannte ihn über Haschberger und wusste, dass sich der Kerl, solange die Kasse stimmte, so ziemlich für alles missbrauchen ließ.

Was Burgmeier seniors Beweggrund für diesen seltsamen Entschluss war, hatte Kopp nicht erfahren. Er hatte Burgmeier zweimal danach gefragt, aber keine Antwort erhalten, erzählte Kopp, als Zeilhofer von der Dienststelle angerufen wurde.

Mit ungläubigen Zügen im Gesicht sagte er in sein Handy: »So einen Schmarrn hab ich ja noch nie gehört!«

Burgmeiers Sohn, er hieß ebenso Martin wie der Alte, war durch sein Auftreten mit Springerstiefeln und Bomberjacke schon seit Jahren aufgefallen. Eine Straftat, in die er verwickelt gewesen wäre, war jedoch niemals bekannt geworden.

Im Zuge der Obduktion hatte man ihm nun die Fingerabdrücke abgenommen und in die Datenbank eingespeist. Was die Beamten daraufhin zu sehen bekamen, war in kaum einem Lehrbuch nachzulesen.

Zurück auf der Dienststelle, ließen sich Gruber und Zeilhofer das Ganze nochmals genau erklären. Nach fast vierzig Jahren Polizeidienst stieß selbst Zeilhofer an die Grenzen seines kriminalistischen Sachverstandes.

Papillarleisten und Minutien bilden mit Bögen, Schleifen und Wirbeln den Abdruck auf unseren Fingerkuppen. Jeder ist einmalig – das wird jedenfalls allgemeinhin als Tatsache angenommen, die absolute Individualität des Fingerabdrucks.

Doch ist ein Irrtum wirklich ausgeschlossen?

Die Forensik forscht nach mindestens zwölf Übereinstimmungen in den Abdrücken, um anschließend keinen Zweifel mehr an der Identität aufkommen zu lassen. Unzählige Straftäter wurden und werden anhand ihrer Fingerabdrücke verurteilt.

Der Abdruck von André Bernard, der ihm aufgrund eines Vergehens in München abgenommen und in die Datenbank gespeist wurde, wies fünfzehn Übereinstimmungen mit dem Abdruck auf, den man auf dem Stein an der Landshuter Isar gefunden hatte. Laut Rechtsmedizin hatte man Florian Haschberger mit jenem Stein den Schädel eingeschlagen.

Die Wirbel und Furchen von Burgmeier junior wiesen aber einundzwanzig identische Merkmale mit dem Fingerabdruck auf besagtem Stein auf! Die Linien an den Händen dieser beiden Männer waren keinesfalls völlig identisch, jedoch gab es einen gewissen Grad an Übereinstimmung, der für die Forensik ausreichte, um als Beweis zu gelten. Solche Gleichheiten sind ebenso selten wie verblüffend, doch es gibt sie. Die Wahrscheinlichkeit, solche Übereinstimmungen innerhalb der Datenbank eines Landes zu finden, ist nahe an null, allerdings eben immer noch im Bereich des Möglichen.

Korbinian saß am Bettrand. Sein nacktes Hinterteil schaute aus dem Patientenhemd. Eine Schwester hatte ihm vorhin einen Plastikbeutel aus dem Schrank auf das Nachtkästchen gelegt. Dort hinein hatten sie gestern seine nasse Kleidung und die Schuhe gesteckt.

Vor fünf Minuten hatte ihm dann ein Pfleger eröffnet, dass er in einer Stunde das Krankenhaus verlassen dürfe und bitte darauf achten solle, sich weiter zu schonen.

Und jetzt saß er da, im Hemdchen, hob frustriert den Plastikbeutel in die Höhe und schaute ihn an. *Na toll!* Er hatte kein Handy, keine Geldbörse, von Kreditkarten ganz zu schweigen, und obendrein nur nasses, stinkendes Zeug anzuziehen.

Er schleuderte den Beutel so heftig in die Ecke, dass er platzte, und begann zu weinen. Kurz darauf klopfte es an der Tür. Er strich sich übers Gesicht, schniefte heftig und sagte: »Herein.«

Die Tür ging auf, und ein Mann mit schulterlangen Haaren fragte: »Servus, bist du der Lallinger?«

Korbinian saß da, mit hängenden Schultern, und nickte.

»Dürfen wir reinkommen?«, fragte der Mann.

»Klar!«

»Wir wollten mal schauen, wie's dir geht. Ich bin übrigens der Kurt, und das ist der Franz.«

In ein paar Minuten wollten sie zu Doktor Müller fahren. Müller hatte am Telefon zwar gesagt, dass ihm das Ganze heute noch weniger passen würde als sonst; heute war ja Samstag, und immerhin hatte er als Ritter verschiedene Termine mit Anwesenheitspflicht, doch Zeilhofer hatte ihm klargemacht, dass diese Termine bei Weitem nicht die Wichtigkeit hatten wie ein Gespräch mit ihnen.

Noch hockte der Beamte in seinem Sessel und hatte seit dem Telefonat mit Müller auch nichts mehr gesagt. Gruber las derweil Vernehmungsprotokolle durch – zum x-ten Mal.

Zeilhofers Telefon läutete. Ergebnisse von den Untersuchungen und Analysen lagen vor: Bei den Flecken auf der Hakenkreuzfahne in Burgmeiers Stadel handelte es sich nicht, wie angenommen, um das eingetrocknete Blut von Tieren, sondern um Menschenblut, von drei verschiedenen Personen. Eine von ihnen war der junge Martin Burgmeier.

Die blutbespritzte Hakenkreuzflagge führte die Beamten bei Ihrer Internetrecherche zu einer Begebenheit im Nationalsozialismus, der ein hoher symbolischer Charakter zukommt.

Beim Hitlerputsch am 9. November 1923 waren beim Marsch auf die Feldherrnhalle in München drei NSDAP-Aktivisten erschossen worden. Das Blut der drei hatte eine mitgeführte Hakenkreuzflagge getränkt.

Ab 1926 hatte man jene Flagge als Symbol und Kultgegenstand in der NSDAP verwendet. Später wurden Parteifahnen und SS-Standarten durch Berührung mit der Blutfahne »geweiht«.

Burgmeiers Sohn hatte sich also eine eigene Blutfahne geschaffen. Hier war es aber nicht das Blut gefallener Kameraden, sondern eigenes.

Um zu erfahren, wessen Blut sich noch auf der Fahne befand, wurden Analysen von Burgmeier seniors Blut sowie dem von den drei Männern, die in U-Haft saßen, angeordnet.

Es gab noch mehr Neuigkeiten: Die zerstückelten und verwesten Leichenteile aus den Fässern gehörten alle zu einer weiblichen Person. Man hatte der Frau den Schädel eingeschlagen, sie zerstückelt, in Säcke gesteckt und in die Fässer gestopft. Ein Blick in alte Akten führte zu einem schweren Verdacht, wessen Frauenleiche auf diese Weise verschwunden sein könnte.

Jeder hatte vermutet, dass sich Martin Burgmeiers Mutter und Frau des Seniors vor vier Jahren aus dem Staub gemacht hatte. Bei so einem eigenwilligen Patriarchen wie dem Burgmeier hatte das auch niemanden gewundert.

Dies hatten die damaligen Ermittler sogar in die Akten geschrieben, und es entsprach der protokollierten Meinung eines Nachbarn. Dessen Bauernhof lag ein paar Hundert Meter von dem der Burgmeiers entfernt.

Die Untersuchungen sollten in den nächsten Tagen abgeschlossen sein, sagte eine Frauenstimme am Telefon zu Zeilhofer. Dann würde man wissen, ob die Frau Opfer ihrer eigenen Familie geworden war.

»Na ist ja logisch«, platzte es dann wie ein Urknall aus Zeilhofer heraus. Vor Erregung und Tatendrang wuchtete er sich sofort aus dem Sessel.

»Der Müller soll zu uns reinkommen. Wir fahren jetzt nicht raus«, sagte er zu Gruber. »Wir reden jetzt sofort mit dem Burgmeier und den drei andern. Der Müller muss halt warten, falls er schon früher da ist.«

Burgmeier saß im Vernehmungszimmer, sein Anwalt neben ihm. Der war ohnehin da gewesen, um das weitere Vorgehen zu besprechen.

»Herr Burgmeier, bedenken Sie bitte, dass Ihr Schweigen absolut niemandem mehr hilft«, offenbarte Gruber. »Sie werden so oder so einen zweifachen Mordprozess vor sich haben. Wir wissen inzwischen auch von der Frauenleiche.«

Bei Erwähnung der Frauenleiche hob Burgmeier den Kopf, als wolle er etwas sagen, starrte aber doch wieder nur stoisch auf den Boden.

»Außerdem wird Ihr Sohn dadurch nicht wieder lebendig«, setzte Gruber nach.

Burgmeier verschränkte die Arme, und der Anwalt bat sich aus, kurz alleine mit seinem Mandanten sprechen zu dürfen. Gruber und Zeilhofer verließen das Zimmer.

Draußen sagte Zeilhofer: »Kümmer dich drum, dass die drei andern geholt werden. Ich möcht sie gleichzeitig dahaben, falls offene Fragen sind. Ich geb jetzt erst eine Ruh, wenn ich weiß, wer den Haschberger so zugerichtet hat, wo der Humpen ist und weswegen der Alte da drin alles diesem Roschmann überschreiben wollt ...« Zeilhofer bewegte seinen Zeigefinger durch die Luft, als wolle er dirigieren. »Am meisten bin ich drauf gespannt, wie die drei den Fingerabdruck erklären!«

Gruber war schon zwei Schritte weg, als Zeilhofer noch anfügte: »Und sag bitte du dem Maschmeyer Bescheid. Ich mag mit dem nicht reden. Sag ihm bittschön, dass wir davon ausgehen, dass die Störung der Totenruhe am Friedhof auf das Konto vom Burgmeier geht. Der soll uns aber jetzt nicht dazwischenfunken, da drum kümmern wir uns später.«

Kurt und Franz hatten Korbinian zurück in dessen Hotel begleitet und mit zweihundertfünfzig Euro in bar ausgeholfen.

Auch Kurt hatte mit den gestrigen Ereignissen zu kämpfen. Er hatte einem Menschen einen Holzspieß durch die Brust gerammt. Kein Wunder, dass er gestern noch Beruhigungstabletten gebraucht hatte. Am Montag wollte er als Erstes zum Hausarzt gehen.

Korbinian war nahezu unfähig, diesem Mann in die Augen zu sehen. Er war dankbar, so sehr, dass er es nicht in Worte fassen konnte. Gleichzeitig sah er in diesem Mann aber auch etwas, das ihn zunehmend bedrückte. Er offenbarte ihm seine eigene Schwäche. Korbinian war neben Ernstl gestanden und hatte nichts getan ...

Für den Nachhauseweg hatte sich Korbinian nochmals in die nasse Kleidung gezwängt, aus der er jetzt schleunigst rauswollte. Er ging mit dem Ersatzschlüssel von der Rezeption rasch auf sein Zimmer, die beiden warteten so lange im Erdgeschoss. Nachdem er sich umgezogen hatte, trank er mit Kurt und Franz vor dem Hotel einen Kaffee.

Zeilhofer beabsichtigte, mit den drei geständigen Männern zu sprechen. Einzeln natürlich. Jetzt rief er allerdings erst einmal bei Anette Haschberger an ...

»Hier Zeilhofer. Frau Haschberger, ich hätte eine kurze Frage, bei der Sie mir sicherlich helfen können.«

Sie machte einen zustimmenden Laut.

»Hatte Ihr Mann einen von diesen kupfernen Humpen?«

»Ja klar, ein jeder, der bei der *LaHo* mitmacht, hat so einen«, sagte sie.

»Und wissen Sie, ob er den in der Mordnacht dabeigehabt hat?«

»Herr Zeilhofer, kennen Sie einen *Hochzeiter*, der ohne Humpen ins Lager geht?«

»Dann geh ich jetzt davon aus, dass sich sein Humpen definitiv nicht bei Ihnen daheim befindet.«

»Ganz sicher nicht, das wüsst ich«, erwiderte sie.

»Frau Haschberger, Sie haben mir sehr geholfen.«

»Na dann. Auf Wiederhören, Herr ...«

Zeilhofer unterbrach: »Halt, Frau Haschberger. Ich bin noch nicht fertig. Hatte der Humpen von Ihrem Mann eine Kennzeichnung? Ich weiß, dass sich viele so eine draufmachen lassen.«

»Ja, schon. Er hat sich seine Initialen auf die Unterseite ritzen lassen.«

»Wenn ich Sie jetzt richtig verstehe, müsste auf der Unterseite des Humpens ›F. H.‹ oder ›H. F.‹ eingraviert sein, oder?«

»Richtig.«

Nach der Verabschiedung drehte er sich zu Gruber, der das Gespräch mit angehört hatte. »So, auf geht's! Jetzt reden wir mal mit dem Haunkofer da drin.« Haunkofer hieß einer der drei Täter, die sich freiwillig gestellt hatten.

»Jetzt reden wir bittschön mal Klartext«, eröffnete Zeilhofer das Gespräch. »Aber zuerst möcht ich wissen, ob Ihnen zu Ihrer bisherigen Aussage noch was eingefallen ist?«

»Nein, warum auch?«

»Na gut, das muss ich wohl vorerst akzeptieren. Erzählen Sie mir jetzt bitte nochmals alle Details der Mordnacht.«

Erik Haunkofer verdrehte die Augen und sagte: »Wenn's denn sein muss ...« Am Ende von Haunkofers Ausführungen beugte sich Zeilhofer über den Tisch: »Sie bleiben also dabei, dass Sie zu dritt waren. Sie und die beiden anderen Männer, die sich gemeinsam mit Ihnen gestellt haben?«

»Ja, klar! Wieso fragen Sie schon wieder? Seien Sie doch froh.«

»Und hat es von dem Herrn Haschberger irgendwelche Gegenwehr gegeben?« Zeilhofer legte den Kopf schief. »Hat er auf einen von Ihnen eingeschlagen oder – oder irgendetwas anderes gemacht?«

Haunkofer rutschte an die Stuhllehne, strich sich über die Stirn und erklärte: »Was hätt denn so einer gegen uns machen können. Wir sind jung und waren zu dritt.«

»Hat er was gemacht oder nicht?«

»Geschubst, und einmal wollt er zuschlagen, aber wir waren schneller.«

»Aha«, wurde Zeilhofer laut und fragte: »Und mit was wollt er zuschlagen?«

»Ja mit was wohl, mit seinen Fäusten halt.«

Zeilhofer warf seinen Kugelschreiber auf den Tisch, und Gruber fragte: »Nachdem Sie ihm mit einem Stein auf den Kopf geschlagen haben, waren Sie sich da sicher, dass der Herr Haschberger tot war?«

»Ach, was soll ich denn jetzt darauf sagen.«

»Das, was Ihnen dazu einfällt, und am liebsten wär mir die Wahrheit«, sagte Zeilhofer.

»Schauen Sie: Das war ein alter Mann …«

»Na so alt war er auch nicht«, fiel ihm Zeilhofer ins Wort. »Ich bin genauso alt.«

»Na gut, dann war er eben kein alter Mann. Aber trotzdem haben wir zu dritt auf den eingeprügelt. Auch auf den Kopf, und am Schluss hab ich ihm noch den Stein rübergezogen. Ob er da schon tot war, wie wir weg sind, oder ob er hinterher gestorben ist, kann ich nicht sagen. Zum wie vielten Mal hab ich Ihnen das jetzt schon erzählt?«

»Aber es war so, wie Sie gesagt haben: Sie haben ihn ausschließlich mit Faustschlägen, Fußtritten und am Schluss mit dem Stein verletzt«, resümierte Zeilhofer ungeachtet der Gegenfrage. »Und hinterher sind Sie drei die restliche Nacht beisammengeblieben?«

Haunkofer nickte und die beiden nachfolgenden Vernehmungen endeten mit deckungsgleichen Aussagen.

Gruber ging hinüber in das Zimmer, in welchem sich Burgmeier und dessen Anwalt befanden. »So, wir sind gleich so weit. Mein Kollege muss bloß noch kurz in die Akten schauen und ein Telefonat führen.«

»Wird auch Zeit«, raunzte Burgmeier. »Ist doch reine Schikane, mich hier so lang sitzen zu lassen!«

Gruber sagte: »Schikane wär was anderes, glauben Sie mir.«

Gleich darauf kam Zeilhofer, sprach kein Wort, setzte sich im 90-Grad-Winkel zu Burgmeier an den Tisch und richtete seine Unterlagen. Anschließend stützte er die Ellenbogen auf den Tisch und schob den Kopf nach vorne, als er sagte: »Also?«

»Was, *also*?«

»Ruhig bleiben, Herr Burgmeier«, sagte der Anwalt und griff auf den Unterarm seines Mandanten.

»Zu welchem Ergebnis sind Sie und Ihr Anwalt denn gekommen?«, fragte Gruber. Er saß Burgmeier gegenüber.

Der Rechtsanwalt antwortete: »Herr Burgmeier wird Ihnen alle Fragen beantworten.« Hinterher drehte er sich zu diesem und schob die Augenbrauen nach oben. »So ist es doch, oder?«

Burgmeier zog trotzig den Arm zurück und nickte mürrisch.

»Ähm, Herr Zeilhofer«, sagte der Anwalt. »Bitte behandeln Sie Herrn Burgmeier nicht von oben herab. Er möchte kooperieren.« Hinterher blickte er sorgenvoll zu seinem Mandanten, als handele es sich bei ihm um eine Flasche Nitroglyzerin.

»Herr Burgmeier, wie ist Ihre Beziehung zu Herrn Roschmann?«, fragte Zeilhofer.

»Kann euch doch wurscht sein! Ich kann doch mit meinem Zeugs machen, was ich will.«

Der Anwalt zuckte zusammen und strich sich mit der Hand übers Gesicht. »Herr Burgmeier, bitte!«, säuselte er dabei durch die Finger.

Zeilhofer konterte: »Hm, ich hab nix von Ihrem Zeugs gesagt, wie Sie Ihren Besitz grad genannt haben. Was haben Sie denn damit vorgehabt?«

»Ja, was wollts ihr eigentlich von mir?«

Der Anwalt schüttelte den Kopf. Zeilhofer stand auf und erhob die Stimme: »Was wir von Ihnen wollen? Sie sind blutverschmiert auf Ihrer Couch gesessen. In Ihrem Keller ist eine verstümmelte Leiche gelegen und eine andere im Stadel zerstückelt in Plastiksäcken. Ja sagen Sie mal, geht's noch?«

Er drehte sich zu Burgmeiers Rechtsbeistand. »Mein lieber Herr Rechtsanwalt, reden Sie noch mal mit Ihrem Mandanten. So geht's nicht. Wir lassen Sie noch mal allein, und dann hoff ich, dass wir vernünftig weitermachen können. Gruber, komm – Abflug!«

Auf dem Gang atmete Zeilhofer ein paarmal tief ein und aus. »Gruber, so was wie grad ist das Schlimmste an unserem Beruf.«

Bis sich Zeilhofer im Nebenzimmer an den Tisch gesetzt hatte, hatte auch sein Gesicht wieder eine normale Farbe angenommen.

»Also, Herr Haunkofer«, die zweite Runde stand an: »Sie waren also zu dritt, oder?«

»Stimmt.«

»Und Sie haben gesagt, dass Sie dem Herrn Haschberger mit besagtem Stein auf den Kopf geschlagen haben, richtig?«

»Na wie oft soll ich denn das jetzt noch sagen.«

»Warum, bleibt Ihnen etwa die Spucke weg? Ein Glas Wasser?«

Sein Gegenüber reagierte nicht.

»Themawechsel, Herr Haunkofer: Wir wissen inzwischen, dass man Sie vor ein paar Jahren bei einer Demonstration in Berlin festgenommen hat.«

»Ja, und? Stimmt, kann ich ja schlecht abstreiten.«

»Und leugnen Sie den Holocaust immer noch? Darum ging's ja damals, oder?«

»Dazu sag ich nichts.«

»Aha, dazu sagt er nix! Kennen Sie einen Eduard Roschmann oder einen gewissen Denis?«

Kleinlaut hatte Korbinian Kurt und Franz vorhin gebeten, ihn nochmals zu begleiten. Eigentlich hätten die beiden längst auf dem Zehrplatz sein müssen, doch aufgrund der Ereignisse hatten sie mit ihren Gruppenführern vereinbart, den Veranstaltungen an dem Wochenende fernzubleiben.

Einundzwanzig Grad, der Himmel war bewölkt. An vereinzelten Bäumen hingen abgeknickte Äste. Die Bäume, die der Sturm letzte Nacht vollständig entwurzelt hatte, waren bereits in den frühen Morgenstunden von Technischem Hilfswerk und Straßenarbeitern beseitigt worden. Vor der Friedhofsmauer, dort, wo auch mehr Bäume standen, arbeiteten gerade einzelne Frauen und Rentnerehepaare an den Gräbern.

Kurt und Franz blieben weiter hinten stehen. Die letzten Meter an Ernstls Grab wollte Korbinian ohne die beiden gehen. Kieselsteine knirschten unter seinen Schuhen.

Es ist nicht fair. Es ist einfach nicht fair! Ernstls Leben war so viel mehr wert als meines.

Wenn Korbinian gestorben wäre, wären wohl zehn oder zwanzig Leute zum Begräbnis erschienen, wenn überhaupt. Dort hätte auch keine Tochter geweint. Wenn Korbinian könnte, würde er tauschen, anstatt mit diesem Gefühl weiter durchs Leben torkeln zu müssen. Ab heute würde er mit einem Gespenst an seiner Seite weiterleben. Er grübelte, wie er der Verantwortung, dass er am Leben geblieben war, gerecht werden konnte.

An der Grabstelle ließ er seinen Tränen hemmungslos freien Lauf.

Gerade schleppte eine alte Frau eine grüne Gießkanne an Korbinian vorüber. Bei jedem ihrer schwankenden Schritte schwappte Wasser heraus.

Sie bemerkte den weinenden Mann am Grab, schaute auf das Holzkreuz, an dem Ernstls Sterbebild angetackert war, senkte ihren Blick und wackelte weiter.

Kurt, Franz und auch Korbinian standen mit dem Rücken

zum Eingang, als sich eine Frau näherte. Es war Marianne, und als sie näher kam, erkannte sie, dass sich jemand am Grab ihres Vaters befand. Sie stoppte und stellte sich abwartend hinter einen großen Grabstein.

»Jetzt frage ich noch einmal: Sie behaupten also immer noch, dass Sie und Ihre beiden Freunde Herrn Haschberger ermordet haben?«

»Seid Ihr Bayern eigentlich schwer von Begriff?«, warf ihm Haunkofer über den Tisch zu.

Zeilhofers Augen überkam ein finsterer Schatten. Unter dem Tisch ballte er beide Hände zu Fäusten, und sein Gesicht wechselte schon wieder die Farbe. Er drehte sich zu Gruber und machte einen Schwenk mit dem Kopf. Die beiden verließen das Zimmer und gingen am Büro einer Schreibkraft vorbei. Die Tür stand offen.

Da schrie plötzlich einer: »Ja sag einmal, Zeilhofer, glaubst du, ich hab nix anders zu tun, als auf euch zu warten, oder wie?«

Der Mann, es war Doktor Müller gewesen, hatte im Büro der Schreibkraft auf Zeilhofer gewartet. Er trug bereits das Kostüm für die spätere Veranstaltung und schritt jetzt hastig auf Zeilhofer und Gruber zu.

»Schönes Kostüm«, erwiderte Zeilhofer entgegen seiner vorherrschenden Stimmungslage völlig ruhig und ergänzte: »Sie haben ja gar keine Rüstung an?«

Gruber schritt ein: »Ähm, Herr Doktor Müller, danke, dass Sie da sind. Es dauert noch ein bisschen.«

Zeilhofer und Gruber gingen in ihr Büro, und Zeilhofer telefonierte mit den Kollegen, die heute Bereitschaft hatten. Auf Burgmeiers Hakenkreuzflagge gab es Blutspuren von drei Männern. Von den dreien, die hier in U-Haft saßen, gehörte jedoch keiner dazu.

Die Kollegen sollten unverzüglich Erkundigungen über den Bekanntenkreis der Burgmeiers einholen. Hauptsächlich ging es um die Freundschaften des Juniors.

Als Zeilhofer hinterher zu Hause anrufen wollte, um sich zwischendurch nach Mariannes Wohlbefinden zu erkundigen, begann sein Handy in der Hand zu bimmeln. Ein Kollege rief an ...

Als ob nichts Außergewöhnliches vorgefallen wäre, war Eduard Roschmann vor seinem Hotel in Landshut gesessen. Als Beamte der Landshuter Polizei an seinem Tisch auftauchten, hatte er sich total überrascht gegeben.

Die Ermittler hatten in allen Hotels der Stadt nachgefragt, ob sich ein gewisser Eduard Roschmann unter den Gästen befand. In fünfzehn Minuten seien sie mit Roschmann auf der Dienststelle, wurde Zeilhofer von einem Schutzpolizisten am Telefon mitgeteilt.

»Hat's Probleme gegeben?«, wollte Zeilhofer wissen.

»Überhaupt nicht, ganz im Gegenteil. Der wirkt eher wie ein Geschäftsmann, der in allen Belangen kooperieren will. Wir kommen gleich.«

Gruber und Zeilhofer besprachen sich ... am Ende sagte Zeilhofer: »Ich glaub, der Weihbichler sollt jetzt kommen. Ruf den bitte an. Ich probier's beim Staatsanwalt. Wär mir lieber, wenn alle zwei dabei sind.«

Kurz darauf wurde Roschmann von den Kollegen auch schon ins Büro geleitet. Roschmann schritt sofort durch den Raum auf Zeilhofer zu und war der Erste, der die Hand zur Begrüßung ausstreckte. Selbstbewusst und fast schon ein bisschen zu fest, als wäre es eine Kraftprobe, drückte er Zeilhofer und Gruber die Hand. »Sie brauchen wohl zuerst meinen Ausweis, oder?«, sagte er und wirkte auf Zeilhofer mehr wie ein Verkäufer von Bausparverträgen als wie ein rechtsradikaler Rattenfänger: Janker, Jeans, weißes Hemd, ergraute Haare – und die Duftnote, die er mitbrachte, war alles andere als dezent.

Gruber und Zeilhofer übergaben den Herren postwendend in die Obhut von zwei Kollegen. Sie gingen derweil zurück zu Burgmeier und dessen Anwalt. Der wirkte bedrückt, während sein Mandant grimmig schaute und beim ersten Anblick sagte: »Am Arsch könnts mich alle lecken, und zwar kreuzweise. Brauchts euch gar nicht hinsetzen, bringt nix!«

Zeilhofer schob den Stuhl, auf den er sich gerade hatte setzen wollen, wieder an den Tisch. »Wir weisen Sie darauf hin, dass Sie heute noch dem Ermittlungsrichter vorgeführt werden.«

»Schon recht, ihr zwei. Servus!«, sagte Burgmeier und schaute zum Fenster. Der Anwalt zuckte hilflos die Schultern.

Da klopfte es an der Tür. Ein Kollege schaute herein und sagte: »Zeilhofer, Gruber, kommts ihr bitte mal heraus zu mir.«

Auf dem Gang wurden die beiden darüber unterrichtet, dass Roschmann erklärte, alles erzählen zu wollen, was er wusste. Er verlangte allerdings, ausschließlich mit den leitenden Ermittlern zu sprechen. Darauf hatte er bestanden.

»Meine Personalien habe ich Ihrem Kollegen schon genannt«, sagte Roschmann. »Also können wir sofort …«

Gruber unterbrach: »Jetzt setzen wir uns erst mal alle hin und reden.«

»Belehren brauchen Sie mich nicht, wir können gleich ins Thema einsteigen«, entgegnete Roschmann.

»Langsam, langsam«, konterte Zeilhofer und winkte mit den Handflächen nach unten.

»Rechtsanwalt brauch ich auch keinen, bin selbst einer.«

Zeilhofer hob unleidig das Kinn. »Oha! Mal ganz was Neues, dass wir einen dahaben, der uns erklärt, wie alles abläuft.«

»Erlauben Sie?«, fragte Roschmann.

»Was denn?«, fragte Gruber zurück.

Roschmann zog den Janker aus und legte ihn über die Stuhllehne, was Gruber mit »Ach so« kommentierte.

Zeilhofer musterte diesen Kerl mit argwöhnischen Blicken.

»Wie weit sind Sie denn?«, erkundigte sich Roschmann, krempelte die Hemdsärmel nach oben, setzte sich und beugte sich interessiert über den Tisch.

»Jetzt gibt's erst einmal eine Belehrung …«, erwiderte Zeilhofer.

»Jaja, Paragraf 52 Strafprozessordnung et cetera. Lassen Sie's!«

»Gar nix lassen wir! Gruber«, forderte Zeilhofer seinen Kollegen auf, das Wort zu ergreifen.

Gruber tat anschließend allen Formalien Genüge, ob Roschmann wollte oder nicht. Hinterher, und irgendwie war das ja klar, ergriff Roschmann unverzüglich das Wort.

»Wie wollen wir's machen? Wollen Sie mir Fragen stellen, oder soll ich einfach mal loslegen?«

»Wenn Sie so fragen ...«

Roschmann wurde für einen Moment still, bevor er mit tiefer Stimme leise zu erzählen begann ...

Wie meist, wenn Burgmeier junior in der Klemme gesessen hatte, was öfters vorgekommen war, hatte man Roschmann zumindest erzählt, war er auch dieses Mal bei seinem Vater angekrochen gekommen.

Drei Stunden nach Haschbergers Ermordung hatte er sich dem Vater anvertraut. Er und zwei Freunde hatten »über die Stränge geschlagen«, und Papa sollte helfen.

»Also doch«, murmelte Zeilhofer.

Roschmann erzählte weiter, dass der alte Burgmeier angeblich getobt haben soll, aber dennoch zu seinem Stammhalter hielt, so wie immer halt. Burgmeier senior hatte daraufhin Denis, der eigentlich Dietmar Neumann hieß, um Hilfe gebeten ...

Gruber unterbrach, und Zeilhofer und er verließen rasch das Zimmer. Mittels eines Telefonates ordnete Gruber eine Fahndung nach diesem Neumann an. Denis war vermutlich eine Art Pseudonym in der Szene, was freilich keine Straftat darstellte. Doch jetzt hatten sie den richtigen und vollständigen Namen! Als die Beamten gemeinsam zurückkamen, fuhr Roschmann mit seinen Ausführungen fort.

Nachdem der alte Burgmeier auf Dietmar Neumann, alias Denis, zugekommen war, hatte dieser den Tätern daraufhin Hausarrest erteilt. Etwas Besseres war ihm im ersten Moment nicht eingefallen. Roschmann wurde erst einen Tag später informiert.

In den nachfolgenden drei Tagen hatten sich die Täter hauptsächlich in Denis' Wohnung versteckt gehalten. Wieso hätte die Polizei auch dort nach ihnen suchen sollen? Wenn, dann wär sie auf den Burgmeier-Hof gekommen und hätte nach dem Junior gefragt, oder Beamte wären in den Wohnungen der beiden Mittäter aufgetaucht. Doch nichts geschah. Niemand kam!

Dann hatte Denis den vermeintlich rettenden Einfall: Nach dem, was die drei ihm erzählt hatten, waren die Straßen zum Tatzeitpunkt menschenleer gewesen, und wie es aussah, gab es tatsächlich nur einen direkten Zeugen: Den Ausländer, der verängstigt davongelaufen war. Also hatten sie damit begonnen, nach ihm zu suchen.

Zeilhofer schob sich unleidig auf dem Stuhl umher. Dieser Roschmann schien mit allen Wassern gewaschen. Er beschuldigte sich selbst geradeheraus der Mitwisserschaft, und dem Anschein nach juckte ihn das nicht im Geringsten.

Roschmann sagte, dass er, als er von dem Ausraster der drei neuen Kameraden erfahren hatte, ebenfalls fürchterlich getobt habe, so wie der alte Burgmeier. Trotzdem hatte auch er sich bereit erklärt zu helfen. Doch diese Hilfe sollte mit barer Münze abgegolten werden.

Der alte Burgmeier müsste sich von einem Großteil seines Besitzes trennen, um den Sohn damit vor dem Gefängnis zu retten. Burgmeier hatte der Forderung zugestimmt. Dazu, erklärte Roschmann, würde er aber später noch etwas sagen.

Anschließend war Denis jeden Tag mit den drei Tätern stundenlang durch Landshut gefahren. Sie hatten Sonnenbrillen und Baseballmützen getragen und Ausschau nach dem Zeugen gehalten.

Sie hatten darauf gehofft, ihn an einer Fußgängerampel stehen zu sehen oder auf dem Gehweg herumspazieren. Selbst vor einschlägigen Lokalen und sogenannten Kulturvereinen, in die normalerweise nur Türken und andere Ausländer gingen, hatten sie im parkenden Wagen gewartet. Und ihr Plan ging auf.

Als sie Akin tatsächlich gefunden hatten, hatten sie ihn bis vor seine Wohnung verfolgt, um vorsorglich auch dessen Adresse zu erfahren. Später kehrten sie zurück und wollten ihn, sobald es die passende Gelegenheit gegeben hätte, entführen. Bei ihrem ersten Anlauf, das dann auch zu tun, war es aber zu einem Zwischenfall gekommen, und einer der drei hatte einen Mann, der sie angepöbelt hatte, auf den Bürgersteig gestoßen.

Gruber schaute zu Zeilhofer. An dessen Schläfe traten Äderchen hervor. Dennoch verhielt er sich ruhig und lauschte weiter.

Bei dieser Geschichte war Denis aber nicht dabei gewesen, sagte Roschmann. Der hatte lediglich bei der Suche geholfen. Alles andere hätten die drei, die Haschberger erschlagen hatten, dann alleine mit dem jungen Türken regeln sollen.

Zeilhofer unterbrach: »Und wie sollte das Regeln, wie Sie das eben genannt haben, denn ausschauen?«

Roschmann zog gleichgültig die Mundwinkel nach unten und sagte: »Tja, wenn man von jemandem identifiziert werden kann und man das verhindern will, gibt es nur zwei Möglichkeiten.«

»Haben Sie das angeordnet?«, wollte Zeilhofer wissen.

»Ich?«, erwiderte Roschmann mit lauter Stimme. »Aber ich doch nicht! Ich bin gewissermaßen ein Zaungast, der vielleicht drei Äpfel vom Nachbarn gestohlen hat, aber den Baum, den haben andere gefällt.«

»Na gut, darüber reden wir später noch mal.« Gruber notierte sich etwas. »Erzählen Sie doch bitte weiter.«

Roschmann nickte selbstzufrieden und fuhr mit seinen Ausführungen fort. Martin Burgmeier soll angeblich der Schlimmste von den dreien gewesen sein. Nach Roschmanns Kenntnis war er es auch, der Haschbergers Schädel mit einem Stein zerschmettert hatte.

»Entschuldigen Sie: Aber kennen Sie die Identitäten der beiden Mittäter?«, fragte Gruber.

»Nein, ich kenne die überhaupt nicht. Sie waren auch auf keiner Versammlung. Die drei gehörten ohnehin zu uns.«

»Sie sagen, die haben zu ›Ihnen‹ gehört, aber Sie hätten sie nicht gekannt?« Gruber legte die Stirn in Falten.

Roschmann erklärte: »Schauen Sie: Ich bin nicht von hier. Den eigentlichen Kontakt mit den Leuten haben ja andere. Und logischerweise hat sich im Vorfeld bereits eine kleine Gruppe von Leuten gebildet, die beim Verein dabei wären, so oder so, dafür hätten die nicht auf die Versammlung gehen brauchen. Als Einzigen hab ich mal ganz kurz den jungen Burgmeier kennengelernt, den beiden anderen bin ich nie begegnet und hab auch nie nach deren Namen oder so gefragt.«

Die Beamten machten enttäuschte Gesichter – bis Roschmann ergänzte: »Aber Dietmar, also Denis, der kann Ihnen da sicher weiterhelfen.«

»Den müssen wir erst einmal finden«, warf Gruber ein.

»Ach, ich muss den doch nur anrufen«, sagte Roschmann und lehnte sich zurück.

Gruber: »Und Sie glauben, der würde einfach so kommen? Ich meine, immerhin könnte er sich ja auch selbst belasten.«

»Sie meinen wohl so wie ich?«, fragte Roschmann und grinste sogar dabei.

»Na dann: bitte anrufen«, sagte Zeilhofer.

Roschmann nahm das Telefon zur Hand und tippte darauf herum. Anschließend sprach er in das Gerät: »Hallo, Denis, ich sitze in der Landshuter Polizeistation, und ich möchte, dass du auch kommst. Wir machen reinen Tisch!« Roschmanns Ton war dominant und die Stimme so fest, als könnte ein Akrobat darauf einen Seiltanz absolvieren. »Wo du bist, ist mir egal. Schaffst du es in zwanzig Minuten?« Roschmann schaute zu den Beamten. »Gut! Frag an der Pforte nach Herrn Zeilhofer und Herrn Gruber.« Er beendete das Telefonat, und Gruber flüsterte: »Warum kompliziert, wenn's einfach auch geht.«

»Ich widerspreche«, erwiderte Roschmann.

»Aha, er widerspricht«, sagte Zeilhofer und blickte Roschmann in die Augen.

»Ja, ich widerspreche! Was denken denn Sie, wie schwierig das ist, sich bei solchen Leuten wie Denis so viel Respekt zu verschaffen, dass ich ihn anrufen kann und sage, er soll zur Polizei kommen, und der das dann auch macht?«

Die beiden Beamten verließen kurz das Zimmer, denn Doktor Müller saß immer noch im Büro daneben. Zeilhofer gab Gruber die Anweisung, ihn nach Hause zu schicken. Sie hätten heute doch keine Zeit mehr für ihn. Zeilhofer wollte derweil auf die Toilette.

Müller tobte, und als er das Revier verließ, flogen seine Haare bei jedem Schritt, so erregt war er über die Frechheiten und Schikanen der Polizei. Er würde sich beschweren, maulte er, obwohl ihm ohnehin keiner zuhörte.

Die Beamten gingen wieder zu Roschmann. Falls Denis inzwischen auftauchen würde, müsste er warten, bis sie Roschmanns Geschichte zu Ende gehört hatten. Und dieser erzählte auch bereitwillig weiter: Was die Täter mit Akin vorgehabt hätten, erklärte er nochmals mit bestimmtem

Tonfall, entzog sich seiner Kenntnis, und er wollte es auch gar nicht wissen.

Letzten Endes hatten sie sogar vereinbart, dass sich ohnehin nur noch der alte und der junge Burgmeier um alles kümmern sollten, sobald man Akin geschnappt hatte. Alle anderen seien nur helfende Statisten gewesen.

Sobald die drei Akin auf dem Hof abgeliefert hatten, hatten sich die zwei anderen verabschiedet und die Burgmeiers tun lassen, was sie eben tun mussten, um Akin als Belastungszeugen mundtot zu machen.

Parallel hatte sich Roschmann darum gekümmert, passende Sündenböcke zu organisieren. Diese hatten sich freiwillig bereit erklären müssen, den Mord an Haschberger auf sich zu nehmen.

Roschmann verfügte über Kontakte in alle Gesellschaftskreise, und drei desillusionierte, arbeits- und kinderlose Männer, die unverheiratet waren, aufzutreiben, war letztlich leichter, als er gedacht hatte.

Alle Beteiligten waren Mitglieder verschiedener Kameradschaften, die sich unter der Federführung einzelner Köpfe, wie beispielsweise Roschmann einer war, immer mal wieder für Projekte zusammentaten.

Nach dem Absitzen ihrer Haftstrafen hätte jeder der drei »Sündenböcke« zweihunderttausend Euro aus dem späteren Verkauf von Burgmeiers Grundstücken erhalten sollen. Eine Schenkung oder einen fingierten Verkauf hätte Kopp einfädeln sollen.

Burgmeier senior war auf den gekommen, weil er früher Mandant von dessen Partner, dem Haschberger, gewesen war, und da Burgmeier aus der Vergangenheit gewusst hatte, dass diese Kanzlei mit zwielichtigen Geschäften Erfahrung hatte, war ein Treffen arrangiert worden.

Gruber unterbrach: »Weshalb lächeln sie jetzt so? An was denken Sie?«

»Ach, find es lustig, dass wir eine Kanzlei angeheuert hätten, um den Mord an einem ihrer eigenen Besitzer zu vertuschen.« Roschmann erzählte weiter, dass auch ein gewisser Doktor Müller bei diesem Treffen dabei gewesen war. Kopp hatte ihn mitgebracht, als Person seines Vertrauens vorgestellt und als potenziellen Strohmann ins Spiel gebracht.

Auf Grubers Frage, ob Kopp und Müller über die genauen Hintergründe informiert wurden, sagte Roschmann: »Um Himmels willen, glauben Sie, wir sind total verblödet?«

»Sie haben ja alle Hebel in Bewegung gesetzt, um die Burgmeiers, beziehungsweise den Junior, zu decken«, fasste Gruber zusammen. »Aber wie konnten Sie denn sicher sein, dass das alles funktionieren würde?«

»Konnten wir nicht«, sagte Roschmann und zuckte die Schultern. »Mir war natürlich klar, dass es ein Restrisiko gibt. Aber, Sie haben es ja richtig erkannt: Wir haben alles nur Mögliche getan, sogar passende Täter präsentiert. Mehr hätten wir nicht tun können.«

»Ja, und dass es unter keinen Umständen zu einer Gegenüberstellung mit dem Augenzeugen kommen würde, darum sollten sich die Burgmeiers kümmern, wie auch immer sie das tun wollten.«

»Stimmt«, erwiderte Roschmann. »Ohne Zeugen fällt es schwer, jemanden zu identifizieren, und wenn man parallel andere hat, die die Schuld auf sich nehmen ... was will man mehr?«

Gruber: »Was hätten Sie eigentlich getan, wenn es doch zu einer Gegenüberstellung gekommen wäre?«

»Nichts, warum denn auch?«, sagte Roschmann. »Alle, die da zur Auswahl stehen, müssen sich ähnlich sehen. Und erzählen Sie mir nicht, dass wenn man jemanden nur einmal zu Gesicht bekommen hat, und dies auch noch in einer Stresssituation, dass man hinterher zu einhundert Prozent behaupten kann, dass es exakt die Person war und nicht die, die bei der Gegenüberstellung danebensteht. Vorausgesetzt: Alter, Größe und Statur et cetera sind hinreichend ähnlich. Und wenn's gewesen wär, hätte man immer noch alles abstreiten können. Nichts leichter als das. Noch dazu, wenn es auch noch bereits jemanden gibt, der die Tat gestanden hat und der Personenbeschreibung ähnelt.« Roschmann nickte den eigenen Worten zu. »Tja ... dann!«

Leider musste Gruber zustimmen, sagte aber: »Und Fingerabdrücke?«

»Restrisiko.« Roschmanns Miene war regungslos.

»Warum, Herr Roschmann? Warum?«, warf Zeilhofer ein.

Roschmann schob den Kopf zurück. »Was, warum?«

»Warum haben Sie Burgmeier überhaupt geholfen, und warum erzählen Sie uns das alles?«

Roschmann fixierte Zeilhofer und sagte: »Wenn Sie erlauben, Herr Zeilhofer, dann würde ich später darauf zu sprechen kommen, einverstanden?« Zeilhofer grunzte, und Roschmann erwiderte: »Wie meinen?«

Gruber fügte an: »Er meint: einverstanden.«

»Aha, das war also die bayerische Variante von ›Ja‹.«

»Na, na«, erwiderte Zeilhofer.

»Ähm, Herr Roschmann, sprechen Sie doch bitte einfach weiter«, versuchte Gruber, die Situation zu retten. Roschmann nickte und erklärte, dass ihnen bei besagtem Treffen, bei dem man das Finanzielle hatte besprechen wollen, dieser Lallinger über den Weg gelaufen war.

Kopp hatte ihn gekannt und zu Roschmann gesagt, dass das ein Reporter sei, der in der Sache mit dem Haschberger ermitteln würde. Und nach dem, was Roschmann über diesen Mann im Internet herausgefunden hatte, war klar, dass er eine Gefahr für sie darstellte. Noch dazu, weil er sich auf der Versammlung herumgetrieben hatte und sie nicht einschätzen konnten, was er bereits wusste.

Also besprach Roschmann sich mit dem alten Burgmeier, wohl wissend, dass sich der Alte dann darum kümmern würde, wie auch immer das aussah.

Zeilhofer schüttelte den Kopf, und Roschmann fragte: »Kann ich Ihnen behilflich sein?«

Zeilhofer sagte: »Jetzt wird's ja immer schöner. Sie tun ja grad so, als hätten Sie sich die Hände in keinster Weise selber dreckig gemacht und täten da überhaupt nicht mit drinstecken.«

Zeilhofers Worte schienen Roschmann nicht zu rühren. Mit gleichgültigem Gesichtsausdruck beteuerte er nochmals, dass er nicht gewusst hatte, was die Burgmeiers vorhatten. Er hätte sie lediglich darauf aufmerksam gemacht und gesagt, dass sie sich auch um Lallinger kümmern mussten, wenn Burgmeier junior straffrei ausgehen sollte.

»Und was hatte es mit dieser Vereinsgründung, diesem Denis und Ihnen, Herr Roschmann, überhaupt auf sich?«, hakte Zeilhofer nach. »Wie war die Verbindung nach Landshut und zur Familie Burgmeier überhaupt zustande gekommen?«

In einem Chatroom hatte Burgmeier junior einen geheimnisvollen Mann kennengelernt und seinem Vater davon erzählt. Am nächsten Tag hatte der Junior jenem »Mann aus dem Internet« zu verstehen gegeben, dass die Burgmeiers in Landshut alle Vorhaben rechter Kameradschaften unterstützen würden. Daraufhin hatte der unbekannte Chatter Denis und Roschmann informiert.

Die beiden waren die Männer an *der Front*, und Burgmeier senior hatte, wie versprochen, seinen Hof zur Verfügung gestellt. Kurz zuvor hatte es aber noch ein Riesentrara gegeben, als einer der Kameraden (so nannte ihn Roschmann) den Wohnsitz nach Landshut verlegt hatte. Es hatte Zeitungsartikel mit Fotos und allem Drum und Dran gegeben.

Schlechter hätte es zu Anfang gar nicht laufen können, erklärte Roschmann. Dieser Artikel war es nämlich auch, der die Bevölkerung wachgerüttelt und zum Widerstand bewogen hatte. Zu viel Publicity, noch bevor sie richtig Fuß fassen konnten, war das Schlimmste, was ihnen passieren konnte.

Der Mann, der Grund für den Artikel war, war eben jene Person, die Burgmeier junior im Internet kennengelernt hatte und der anfangs als Mittelsmann zu Roschmann und Denis fungierte.

Ursprünglich hatten sie sich für Landshut etwas Spezielles ausgedacht. Einen Verein, der sich nicht nur mittels einer freiwilligen Bürgerwehr um die allgemeine Sicherheit kümmern, sondern auch gegen das Verwässern der deutschen Kultur vorgehen sollte. Mit diesen Themen hätten sie zwei Bereiche abgedeckt, die alle angingen: Angst vor Verbrechen und das daraus resultierende Verlangen nach Sicherheit sowie die Angst vor einer sich rasend schnell verändernden Welt durch Globalisierung und dem hieraus entstehenden Verlust der eigenen Identität.

»Wobei wir mit Identität die eigenen Wurzeln aus Traditionen und Kultur meinen«, erklärte Roschmann. Zusätzlich wollten sie noch irgendetwas Nützliches für Kinder und Familien tun. »Was das gewesen wäre, wussten wir noch nicht im Detail, war aber egal. Denn alles, was man in diesem Bereich macht, kommt immer gut«, sagte Roschmann schmunzelnd.

Außerdem hatten sie vor, sich als große Aufklärer und Klartextsprecher zu präsentieren. Sie wollten Informationen über Ausländer verbreiten, die eben nicht in den aktuellen Nachrichtensendungen zu hören und zu sehen waren. »Natürlich hätten alle diese Informationen auch den Tatsachen entsprechen müssen«, sagte Roschmann. »Allerdings hätten wir sie im Vorfeld selektiert, um ausschließlich negative Aspekte herauszustellen. Wir wenden eben dieselben Praktiken an wie die ganzen Politiker. Man erzählt nur einen Teil der Wahrheit, aber gerade genau den, mit welchem sich der eigene Standpunkt rechtfertigen lässt.« Er lachte lauthals. »Nichts ist leichter als das, und bei den Bundestagswahlen fallen doch auch alle drauf rein!«

Mithilfe guter Rhetorik und dem Auslassen verschiedener Aspekte hätten sie rechte Gedanken über die Hintertür mittels Kultur, Sicherheit und Aufklärung in die Köpfe der Leute säen wollen.

Roschmann lachte schon wieder, so als wären all die Menschen, die es zu beeinflussen galt, nichts weiter als willenlose Marionetten, und als bräuchte man sich im Vorfeld lediglich ein paar Gedanken dazu machen, an welchen Fäden man ziehen musste. »Tja, meine Herren«, sagte er. »Das wäre der Plan gewesen, aber dann hatte es im Vorfeld eben diesen blöden Artikel gegeben, und hinterher haben diese drei Vollidioten noch einen umgebracht. Das ist die Kehrseite, wenn man sich mit solchem Müll von Menschen umgeben muss, um seine Ziele zu erreichen. Ein paar von diesen Kerlen sind schlecht zu kontrollieren.«

»Und der, über den es den Artikel gegeben hat, wie war seine weitere Rolle bei dem Ganzen?«, fragte Gruber.

»Der ist ständig auf Tauchstation. Den hab ich selbst auch nur zweimal zu sehen bekommen. In der Regel hält er sich aus allem raus und fungiert nur noch als Aufreißer im Internet.«

Im Zuge der Ermittlungen hatten Zeilhofer und Gruber die Akte dieses mysteriösen Mannes ja bereits gesichtet: Zwei abgeleistete Haftstrafen für Volksverhetzung und schwere Körperverletzung hatten ihn wohl vorsichtiger gemacht.

Mittlerweile agierte diese Person nur noch als Mittelsmann zwischen den Kameradschaften. Das stand auch so in den Unterlagen, und dafür musste er dank Computer und Smartphone nicht einmal mehr vor die Haustür gehen.

Zeilhofer fragte: »Warum ist der überhaupt nach Landshut gezogen?«

»Ach, was weiß denn ich«, sagte Roschmann. »Der zieht ständig um.«

Aus ihren Unterlagen zog Gruber jetzt ein Blatt Papier und legte es so, dass Roschmann die Notizen nicht lesen konnte.

Der Fingerabdruck des Franzosen auf dem Tatwerkzeug war geklärt worden. Dahinter setzte er den ersten Haken. Die Anwesenheit der drei geständigen Männer hatte sich ebenso erklärt. Da setzte er den zweiten Haken. Welche Konsequenzen die aufgrund ihrer Falschaussagen zu erwarten hätten, musste der Staatsanwalt entscheiden.

Welche drei Männer vor Akins Wohnung aufgetaucht waren und wer Ernstl zu Boden gestoßen hatte, war nun auch klar. Es waren dieselben, die über Haschberger hergefallen waren. Einer davon war Burgmeier junior. Die beiden anderen Identitäten mussten noch geklärt werden.

Auch Kopps und Doktor Müllers Rollen in diesem Verwirrspiel wurden aufgedeckt, weitere Vernehmungen, zur Bestätigung, stünden an.

Doch einige Punkte blieben bislang unbeantwortet: der Verbleib des Humpens und die Herkunft von Haschbergers weiteren Verletzungen. Nicht zu vergessen: Warum war dieser Roschmann so kooperativ?

Es klopfte an der Tür. Ein Uniformierter bat die beiden Ermittler, nach draußen zu kommen.

Gleich darauf standen sie Denis alias Dietmar Neumann im Gang gegenüber. Der wollte jedoch mit Herrn Roschmann, wie er ihn nannte, sprechen. Doch die Beamten verneinten.

Dietmar Neumanns Verhalten schwankte zwischen Ablehnung und erzwungener Kooperation. Ein Schutzpolizist sollte kurz auf ihn achten. Gruber und Zeilhofer wollten sich derweil in ihrem Büro beraten. Doch da platzte eine Kollegin in Zivil herein. Sie gehörte zur Spurensicherung und trug einen durchsichtigen Plastikbeutel in der Hand. »Das haben wir bei dem Burgmeier in der Küche gefunden«, sagte sie. »Gehört dem Herrn Lallinger. Irgendeiner sollt ihm das zurückgegeben.«

In dem Beutel befanden sich Korbinians Handy, Geldbörse und der Zimmerschlüssel des Hotels.

»Ich ruf ihn schnell an, dann kann er's abholen«, sagte Zeilhofer.

»Dann läutet aber das Handy da«, erwiderte Gruber und deutete auf den Beutel.

»Dann ruf ich halt im Hotel an.«

»Nee, lass mal«, sagte Gruber. »Der Lallinger hat schon genug durchgemacht. Der soll sich ausruhen. Das Hotel ist ja bloß die Neustadt runter. Ich lauf schnell hin. Kannst ja mit dem Weihbichler den Neumann vernehmen.«

Weihbichler sollte jetzt jeden Moment in der Dienststelle eintreffen. Der Staatsanwalt würde sich verspäten, hatte der am Telefon ausrichten lassen.

Kurt und Franz hatten sich vor einer halben Stunde verabschiedet. Jetzt war Korbinian wieder alleine, lag auf dem Bett und glotzte ins Leere. Er schüttelte den Kopf, als wolle er damit endlich dieses depressive Zeugs aus dem Schädel kriegen, und jetzt weiter so im Bett liegen, das wollte er auch nicht. Doch um erneut rauszugehen, fehlte ihm die Kraft.

Außerdem war ihm heute eines klar geworden: Er musste möglichst schnell aus Landshut verschwinden. Er würde sich zwar in München derselben Einsamkeit gegenübersehen, aber hier in Landshut hatte er Marianne und Ernstl kennengelernt. Und jetzt: Marianne wollte nichts mehr mit ihm zu tun haben, und Ernstl, der war tot.

Aber heute noch aufzubrechen war undenkbar. Der Gang auf den Friedhof hatte seine Kraftreserven erschöpft. Die Autofahrt, das Kofferschleppen; heute unmöglich. Trotzdem begann er schon einmal damit, den Koffer zu packen.

Den Rest hätte er morgen früh in fünf Minuten erledigt, da wollte er sich endgültig aus dem Staub machen.

Zeilhofer und Weihbichler, der mittlerweile eingetroffen war, saßen Dietmar Neumann gegenüber. Nach der Belehrung durch Zeilhofer und der Frage nach einem Rechtsanwalt erklärte Neumann: »Wenn Herr Roschmann sagt, ich soll Ihnen alles erzählen, mach ich das, auch wenn's mir nicht gefällt. Und wenn ich sowieso alles erzähle, warum sollte ich dann einen Rechtsanwalt brauchen?«

»Na Herr Neumann, Sie haben Rechte, und auf die sollten Sie nicht verzichten«, mischte sich Weihbichler ein, was Zeilhofer mit einem bösen Blick quittierte.

»Muss ich jetzt hier alles zweimal sagen, oder wie?«, erwiderte Denis.

»Ruhig bleiben, Herr Neumann«, sagte Zeilhofer, dachte allerdings: *Siehst, Weihbichler, das hast davon. Halt einfach die Klappe.* Dann sagte er: »Sie sind volljährig und bei geistiger Gesundheit. Wenn Sie nicht wollen, dann eben nicht.«

Weihbichler schüttelte den Kopf.

Gruber ging ohne Eile die Neustadt entlang. Er würde später ohnehin erfahren, was Neumann zu Protokoll gegeben hatte. Den Plastikbeutel mit Korbinians Sachen hielt er in der Hand.

Auf Höhe der Rosengasse blieb ein Auto stehen, und der Fahrer hinter dem Steuer drückte auf die Hupe. Es war Meike, und Gruber winkte, woraufhin sie auch gleich den nächsten Parkplatz ansteuerte. Zehn Meter weiter vorne wurde nämlich gerade eine Lücke frei, was hier, Samstagnachmittag, einem Jackpot glich.

Gruber wartete auf dem Bürgersteig. Es passte gut, denn er wollte sich noch wegen gestern Abend entschuldigen. Da hatte er sie einfach stehen lassen und Korbinian aus dem Wasser gefischt.

Derweil war auch der Staatsanwalt auf dem Revier eingetroffen. Zeilhofer hatte ihn schon ungeduldig erwartet und präsentierte ihm nun die Informationen, die er und Weihbichler soeben von Neumann erhalten hatten. Der Staatsanwalt sollte unverzüglich zwei Durchsuchungsbeschlüsse und zwei Haftbefehle erwirken.

Zu dieser Zeit erfuhr Gruber, dass er überhaupt kein schlechtes Gewissen zu haben brauchte. Meike schien schwer beeindruckt, einen solch tatkräftigen Mann an der Obst- und Gemüsetheke im Supermarkt kennengelernt zu haben ...

»Magst vorn im Hotel einen Espresso mit mir trinken? Ich muss da dienstlich hin, aber ein Viertelstündchen geht schon.«

Korbinian hatte sich gerade aus der Dusche gehangelt. Die Haut war schrumpelig. Aus Langeweile hatte er sich länger als sonst geduscht.

Nackt, ohne sich abzutrocknen, legte er sich aufs Bett und glotzte an die Decke. Schon wieder! Kurz darauf klopfte es an der Zimmertür. *Auch das noch!* – Er fragte laut: »Wer ist denn da?«

»Sebastian Gruber, Kriminalpolizei. Ich hätte was für Sie, Herr Lallinger.«

»Einen Moment bitte.« Korbinian eilte durch das Zimmer. Er konnte ja nicht nackt auf dem Bett liegen bleiben und »Herein« rufen. *Das könnte zu leichten Missverständnissen führen.*

Als er in der Tür ins Badezimmer stand, er wollte sich ein Handtuch um die Hüfte wickeln, sagte er laut: »Kommen Sie herein, glaube, ist offen.«

Als Gruber ins Zimmer kam, war Korbinian hinter der Tür verschwunden und rief: »Bin gleich da.«

»Kein Stress«, antwortete der Beamte. Das Bett war zerknautscht, die Kleidung schlampig im Zimmer verstreut, und ein Koffer lag aufgeklappt auf dem Boden. Unbedarft ging Gruber auf eines der Fenster zu. Vielleicht würde er Meike nochmals sehen, wie sie zum Auto ging. Die Schreibplatte war zwischen den beiden Fenstern an der Wand angebracht, und Gruber stand jetzt direkt daneben. Er stutzte und bekam eine Gänsehaut.

»Frau Haschberger, ist Ihr Sohn zu Hause?«, fragte Zeilhofer.

Die Kamera über der Haustür war seit zwei Tagen defekt, und Anette hatte nichts Böses ahnend aufgemacht. Perplex stand sie jetzt fünf Polizisten gegenüber.

Korbinian kam aus dem Bad und fummelte noch am Handtuch herum. »So, bin schon da«, sagte er. »Entschuldigen Sie meinen Aufzug.« Er schaute mehr auf sich selbst und das Handtuch, ob er es auch fest genug um die Hüfte gewickelt hatte.

»Sie bleiben jetzt genau da stehen, wo Sie sind!«

Korbinian blickte erstaunt auf und sagte: »Wie bitte?« Zuerst schaute er auf Gruber – dann zum Schreibtisch. »Oh mein Gott«, flüsterte er und senkte den Kopf ...

Karin schlug außer sich auf ihren Bruder ein. Ein Beamter ging dazwischen und sagte: »Frau Haschberger, beruhigen Sie sich doch bitte!«

Anette Haschberger saß währenddessen regungslos auf dem Sofa im Wohnzimmer. Zeilhofer stand neben ihr und fragte kleinlaut: »Können wir was für Sie tun?«

Mit paralysiertem Blick ins Nirgendwo schüttelte sie den Kopf.

»Wir machen es kurz und schmerzlos. Glaub nicht, dass die lang brauchen.« Zeilhofer meinte die Kollegen von der Spurensicherung. Sie befanden sich im Zimmer von Anettes Sohn Alexander.

Der war inzwischen mit angelegten Handschellen aus dem Haus geleitet worden. Die Hände auf dem Rücken fixiert, kraxelte er in einen Einsatzwagen.

Alexander war völlig ruhig geblieben, als hätte er die Beamten ohnehin längst erwartet. Geduldig ließ er alles über sich ergehen, sprach kein Wort und wirkte geradezu erleichtert. Einzig als Karin auf ihn losgegangen war, hatte er energisch gesagt: »Er war's aber nicht!«

Zeilhofers Handy klingelte.

»Servus, ich bin's, Gruber. Ich brauch sofort die Spusi im Hotel.«

»Hä? Spinnst jetzt?«

»Und du musst auch gleich kommen«, sagte Gruber.

»Kann nicht, wir verhaften grad den Buben vom Haschberger!«

»Wie bitte?«

»Wurscht jetzt«, wiegelte Zeilhofer ab. »Ruf in der Inspektion an, die sollen dir jemanden schicken. Hoffe, sind noch welche da.«

Gleichzeitig wurde ein weiter Mann verhaftet, Thomas Hofner. Der verhielt sich nicht so ruhig wie Alexander Haschberger. Einem Beamten hatte er postwendend die Nase gebrochen und sie alle als »Hurensöhne« beschimpft.

Sein Vater war derweil ins Schlafzimmer gelaufen und mit einem alten Flobert-Gewehr zurückgekommen. Außer gezogenen Dienstwaffen, wildem Geschrei, blauen Flecken und eben einer gebrochenen Nase geschah aber nichts.

Mit Handschellen auf dem Rücken wurde Hofner, nach Rasierwasser duftend, in Lederhose und T-Shirt, abgeführt. Er hatte von den Vorkommnissen der letzten vierundzwanzig Stunden nichts mitbekommen und sich auf eine Kneipentour mit Freunden vorbereitet.

Sie hätten im Grunde nicht mehr viel zu befürchten, war die letzte Information gewesen, die er von Denis erhalten hatte.

Der Hauseingang grenzte direkt an den Bürgersteig. Kopp suchte nach dem Namen. Bei Haschberger drückte er dreimal hintereinander auf die Klingel. Gleich darauf summte die Eingangstür. Eine Sprechanlage gab es nicht.

Im Treppenhaus roch es nach feuchtem Keller und Putzmittel. Als er nach oben ging, kam er an einer Stelle vorbei, an der der Putz abgebröckelt war.

Im dritten Stock stand Johanna in der Tür. »Ja, bitte?«, fragte sie überrascht. Sie trug eine abgewetzte Strickjacke, ein verwaschenes grauweißes T-Shirt und eine ausgebeulte Jogginghose. »Entschuldigen Sie bitte meinen Aufzug.«

»Frau Johanna Haschberger?«, fragte Kopp.

Sie nickte.

»Hab schon Angst gehabt, Sie wären heut auf der *LaHo* unterwegs. Ist ja Samstag«, sagte er außer Puste.

Sie zog die Jacke schützend zusammen, verschränkte die Arme und sagte: »Ach, ich mach mir nicht so viel aus Weggehen.«

Kopp musterte sie von oben bis unten.

»Um was geht's denn, bitte?«, fragte sie.

»Mein Name ist Kopp, und ich war Geschäftspartner Ihres verstorbenen Exmannes, Florian Haschberger.«

Die Tür ins Büro stand offen. Marianne lehnte am Türstock und redete mit Herrn Wimberger, dem Hotelbesitzer.

»Marianne, nimm dir nächste Woche ruhig auch noch Urlaub. Das passt schon.«

»Ich weiß auch nicht«, erwiderte sie.

»Ach, jetzt hör schon auf«, sagte ihr Chef. »Du machst sonst eh nie Urlaub.«

»Brauchts mich wirklich nicht? Ist doch *LaHo*.«

»Marianne«, erwiderte der Hotelier eindringlich.

»Na ja, wenn ich so überleg«, sagte sie leise. »Die Wohnung vom Papa wär ja auch noch auszuräumen.«

»Na eben, siehst. Du kannst den Urlaub gut brauchen. Und wennst jemand zum Tragen brauchst, rufst an. Hast gehört.«

»Was'n da los?«, sagte Marianne daraufhin. Sie hatte ihren Kopf nach hinten gereckt und aus der Fensterfront zur Neustadt geschaut. »Sind die zu faul, dass die die paar Meter zu Fuß hergehen?«, kommentierte sie einen Streifenwagen, der vor dem Eingang zum Stehen gekommen war.

»Was meinst denn?« Wimberger stand auf und kam aus dem Büro. Dann riss er die Augen auf. »Ähm ... glaub, die kommen zu uns.«

In Erwartung seiner Kollegen hatte Gruber schon die Zimmertür angelehnt. Korbinian ließ er auch weiterhin keine Sekunde aus den Augen. Durch das geöffnete Fenster drang Straßenlärm herein. Gruber lehnte am Sims. Korbinian saß auf dem Bettrand. Beide schwiegen.

Das Handtuch war immer noch um Korbinians Hüften gewickelt. Nach vorne gebeugt, die Ellenbogen auf die Knie gestützt, hielt er sich die Hände vors Gesicht.

Kopp setzte sich an den Tisch. Aufmerksam schweifte sein Blick durch den Raum. Auf Putz verlegte Stromleitungen, ein gelber Nikotinschleier an den Wänden, der PVC-Belag unter den Füßen wellte sich.

In einem Zimmer offenbarten sich alle Besitztümer der Frau Johanna Haschberger: die Kochnische, ein Schrank, ein altes Fichtenbett und ein kleiner Röhrenfernseher, der auf einer Holzplatte stand, die sie auf einen Getränkekasten gelegt hatte.

Kopp war aus einem sogenannten besseren Hause gekommen, und auch als Erwachsener hatte er vom ersten Tag an immer gutes Geld verdient. Seit er bei Haschberger in die Kanzlei eingestiegen war sogar noch um einiges mehr. Ihm wurde gerade bewusst, dass ihm ein Aspekt seines Landshut, das er in- und auswendig zu kennen glaubte, bislang völlig verschlossen geblieben war. Es lebten dort Menschen derart spartanisch – ein solches Leben hatte mit seinem Umfeld so überhaupt nichts zu tun. Er wäre noch nicht einmal auf die Idee gekommen, sich Tisch und Stühle aus Plastik ins Haus zu stellen.

»Möchten Sie einen Kaffee?«, fragte Johanna.

»Gern.« Kopp stellte einen Lederkoffer neben sich auf den Boden.

»Ist aber bloß Pulverkaffee. Ist der auch okay?«

Kopp schaute gerade auf das Bett. Die Decke lag verdreht, und das Kissen war eingedrückt. Johanna räusperte sich, und Kopp sagte geistesabwesend: »Ja ... ja, ja klar, passt doch wunderbar.«

»Entschuldigen Sie bitte«, sagte Johanna.

»Was denn?«, fragte Kopp.

»Die Unordnung. Hab mit keinem Besuch gerechnet.«

Mehr und mehr überkam Kopp ein wohliger Schauer. *Es ist richtig, und es ist sogar mehr als das.* An diesen Moment würde er sich sein Leben lang erinnern, war ihm gerade klar geworden.

Völlig außerstande, auch nur irgendeine Reaktion zu zeigen, wurde Marianne Zeuge, wie Korbinian von zwei Schutzpolizisten nach draußen geleitet wurde. Er hatte sich angezogen, trug jetzt Jeans und ein schlabberiges T-Shirt und blickte zu Boden.

Dahinter kam Gruber die Treppe herunter, gefolgt vom Hotelbesitzer. Er war den Polizisten vorhin nachgelaufen. Gruber blieb mit ihm am Tresen stehen, und sie besprachen das weitere Vorgehen.

Der Kriminalbeamte konnte noch nicht genau sagen, wann die Kollegen von der Spurensicherung kommen würden. Heute herrschte Hochkonjunktur bei der Landshuter Kripo. Jedenfalls durfte Korbinians Zimmer niemand betreten, bis die Polizei Freigabe dazu erteilen würde.

»Frau Haschberger«, sagte Kopp. »Der Florian hat vor Jahren mit mir eine Absprache getroffen, die Sie betrifft.« Dann trank er von dem Kaffee.

Johanna sagte: »Der Florian, wegen mir?« Postwendend griff sie nach ihren Zigaretten.

»Ja, wegen Ihnen«, erklärte Kopp und stützte die Ellenbogen auf das Tischlein. »Er hat wohl viel an Sie gedacht ...« Er kam nach vorne.

»Obacht!«, sagte Johanna. Die Plastikhalterungen hatten nachgegeben, und ihre Tasse war übergeschwappt, was Kopp mit den Worten »Den werden Sie nimmer lange haben« kommentierte. Dann lächelte er zufrieden und wollte wissen, ob er hier auch rauchen dürfte.

»Ja, freilich.«

Lächelnd deutete er auf ihre Zigarette und sagte: »Machen Sie Ihre mal aus?«

Johanna schaute fragend.

»Jetzt kriegen Sie eine gescheite von mir«, sagte er, zog eine Packung Marlboro heraus und streckte ihr eine über den Tisch. Nebenbei schaute er auf ihre Zigarettenschachtel, irgendeine Billigmarke aus einem Discounter.

Nachdem beide eine frische Zigarette zwischen den Fingern hielten, sagte er: »Also: Der Florian hat an Sie gedacht. Aber das ist nix Offizielles. Bin ja auch kein Notar.«

»Sie haben sich wohl gut vertragen, oder?«, fragte sie.

Kopp lächelte: »Na ja, so direkt kann man das nicht sagen. Aber das tut ja jetzt nix zur Sach. Ich halt mich jedenfalls an meine Absprachen. Und heut mach ich das auch ganz besonders gern!«

Er zog intensiv an der Zigarette, legte sie hinterher in einer der Kerben am Aschenbecher ab, stand auf und griff nach seinem Koffer. »Darf ich mal Ihr Bett benutzen?«

Johanna verstand nicht, und er ergänzte: »Sie sehen gleich, was ich mein. Aber der Tisch ist zu klein.« Er legte den Koffer auf die zerknautschte Decke. »Ich würde Ihnen empfehlen, dass Sie das nicht herumerzählen.«

»Ich kapier zwar immer noch nicht, was Sie meinen«, entgegnete sie. »Aber ich komm ja eh mit keinem zusammen.«

Er klappte den Koffer auf, und Johanna stockte der Atem. Ihre Augen begannen zu schimmern, sie hielt die Hand an den Mund und stammelte: »Jesusmaria!«

Er lächelte. »Den Koffer lass ich Ihnen auch da.« Dann strich er zuerst über ihre Schulter und rieb sich anschließend die Hände. »So«, sagte er. »Und jetzt möcht ich noch mal eine Tasse von Ihrem wunderbaren Kaffee.«

Zeilhofer und Weihbichler saßen Alexander Haschberger und dessen Rechtsanwalt gegenüber. Obwohl die Tat ihres Sohnes mit nichts zu überbieten war, hatte Anette umgehend ihren Familienanwalt angerufen.

»Ich sag's Ihnen noch mal«, holte der junge Haschberger gerade aus. »Wir haben einen Mann verprügelt, der ein *Hochzeitskostüm* angehabt hat, und ja, der Burgmeier hat ihm einen Stein auf den Kopf geschlagen. Ob der gleich tot war, weiß ich nicht. Aber dann sind wir gleich weg, und den Humpen haben wir liegen lassen.«

»Waren Sie alkoholisiert?«, fragte Weihbichler.

»Freilich hab ich was getrunken gehabt. Hat jeder von uns.«

Zeilhofer schüttelte den Kopf und sagte: »Und Sie wollen uns jetzt ernsthaft erzählen, dass Sie Ihren eigenen Vater nicht erkannt haben?«

»Ich hab's doch schon gesagt«, wurde Alexander laut. »Er war's nicht!«

Zeilhofer und Weihbichler blickten einander an.

Haschberger sagte weiter: »Was glauben denn Sie, wie blöd ich geschaut hab, wie ich am nächsten Tag erfahren hab, dass er das gewesen sein soll?«

»Sie wissen aber schon, dass die Beerdigung Ihres Herrn Vater am kommenden Montag um zwei Uhr ist, oder?«, sagte Zeilhofer.

Haschbergers Augen glänzten, als er ein »Ja!« schmetterte und die Arme verschränkte.

Das Gefühl, das Kopp gerade hatte, war ihm bisher fremd gewesen, und es überraschte ihn, wie gut es tat. Er hatte anderen schon oft Geschenke gemacht, aber das hier war anders.

Kopps Frau hatte teuren Schmuck bekommen, sein Vater einen Fernseher für dreitausend Euro, sie hatten sich gefreut, sehr sogar. Dennoch war diese Freude eine andere gewesen.

Johannas Augen, ihr Blick und einfach alles an ihr drückten eine unausgesprochene Demut und Dankbarkeit aus. Hier ging es nicht um eine weitere Uhr, die in einem Schmuckkästchen verschwinden würde, nicht um einen Dreitausend-Euro-Fernseher, der den alten, der tausend Euro gekostet hatte, ersetzen sollte.

Hier ging es um die ständige Angst, nicht über die Runden zu kommen, eine Last, die irgendwann den Stärksten unter sich erdrückt. Hier ging es um Demütigung, Einsamkeit, Entbehrung und Scham vor sich und anderen.

Die Verzweiflung darüber, aus Armut ein Leben leben zu müssen, das man als perspektivlose Existenz bezeichnen konnte, hatte Johanna vor vielen Jahren zerbrochen. Mit ihren Geldsorgen kam auch die Einsamkeit, die alles nur noch schlimmer machte.

Kopp nippte vom Kaffee und sagte: »Es sind 75.000 in bar und rund 50.000 in Gold!«

Sie begann zu weinen.

Gruber, Zeilhofer, Weihbichler und der Staatsanwalt trafen sich im Büro. Der Staatsanwalt sollte über den Sachstand unterrichtet werden. Zeilhofer ergriff als Erster das Wort.

Die Aussagen von Thomas Hofner und Alexander Haschberger waren identisch. Nachdem man sie erst einmal auf die Inspektion gebracht hatte, gaben sie sich beide sofort geständig.

Sie bestätigten ebenso, dass sie und Burgmeier junior vor Akins Haus gewartet hatten und Burgmeier den Ernstl zu Boden gestoßen hatte.

Doch wo war der Humpen, was war mit Florian Haschbergers Verletzungen, und weshalb behauptete dessen Sohn, dass das Opfer nicht sein Vater gewesen sei, erkundigte sich der Staatsanwalt. Und auch die Kooperation dieses Herrn Roschmann erschien mehr als befremdlich.

Gruber saß in seinem Sessel und hielt den Obduktionsbericht von Florian Haschberger in der Hand. Er griff zum Telefon und wählte die Nummer der Rechtsmedizin in München.

Obwohl der Verfasser des Berichtes vermutlich nicht da wäre, es war Samstag, wollte er ihn nochmals erklärt und bestätigt haben, um auf Nummer sicher zu gehen. Eine dafür kompetente Person wäre allemal erreichbar. Alle lauschten, Gruber hatte den Lautsprecher angemacht.

Nach dem Telefonat sagte Zeilhofer: »Bevor wir uns jetzt mit dem Lallinger zusammensetzen, möcht ich noch mal mit dem alten Burgmeier reden.«

»Herr Burgmeier, wir wissen ja, dass Sie zur Sache nichts beitragen wollen«, sagte Zeilhofer. »Oder hat sich das inzwischen geändert?«

Burgmeier starrte aus dem Fenster.

Gruber setzte sich halb auf die Tischkante und sagte: »Aber vielleicht könnten Sie uns ja trotzdem etwas erklären. Sie haben den jungen Mann in Ihrem Keller gefoltert und ...«

»Ja und?«, raunzte Burgmeier dazwischen.

Gruber ließ sich nicht provozieren und redete weiter: »... dass Ihnen so was gefällt, liegt ja leider auf der Hand. Aber: Was hat Sie denn daran am meisten fasziniert?«

»Die Augen!«

Gruber war erschrocken. Im Grunde hatte er nicht damit gerechnet, dass Burgmeier etwas sagen würde. Aber anscheinend war der so sehr davon angetan, dass er für einen Moment vergessen hatte, eigentlich nichts sagen zu wollen.

»Schon mal so was gesehen?«, wollte er dann sogar von den Beamten wissen.

»Ähm, was?«, fragte Gruber.

»Wenn einer ums Überleben kämpft, haben Sie da schon mal einem in die Augen gesehen?«

»Nein, und da bin ich auch gar nicht scharf drauf.«

»Unglaublich, was man da sieht.«

Gruber schluckte. »Ansichtssache! Eher ein Fall für unseren Psychologen. Aber wenn ich Sie richtig verstanden habe, wäre ein Toter für Sie oder Ihren Sohn uninteressant gewesen. Stimmt das?«

Im Hotel hatte sich Korbinian noch geweigert, etwas zu sagen. Nicht weil er nicht gewollt hätte, er konnte nicht. Jetzt, als die Beamten ins Vernehmungszimmer kamen, stand er sofort auf und krächzte verzweifelt: »Ich hab keinen umgebracht!« Sobald er lauter sprach, kehrte die Heiserkeit, die er sich aufgrund der hoffnungslosen Schreie im Keller der Burgmeiers zugezogen hatte, zurück.

Belehrt war Korbinian bereits worden, und die nochmalige Frage nach einem Rechtsanwalt beantwortete der Journalist aus München abermals mit einem leisen »Nein«.

»Bitte laut und deutlich, Herr Lallinger«, erwiderte Zeilhofer. »Sie wollen also keinen Rechtsanwalt, obwohl Sie sich selbst belasten könnten. Stimmt das?«

»Ja!«, meinte Korbinian gefasster.

Zeilhofer sagte forsch: »Dann klären Sie uns mal darüber auf, wie Sie an den Humpen von Herrn Haschberger gekommen sind und weswegen Sie ein aufklappbares Rasiermesser besitzen, obwohl wir im Badezimmer einen elektrischen Rasierer gefunden haben.«

Gruber hatte den Humpen sowie das Rasiermesser auf dem Schreibtisch im Hotel entdeckt. Als er den Humpen vorsichtig hochhob, staunte er nicht schlecht, was er erblickte. »F. H.« war auf die Unterseite eingeritzt.

»Kennen Sie die Begriffe Zwangshandlung und Zwangsstörung?«, fragte Korbinian. »Hab deshalb auch einen Therapeuten. War aber schon lange nicht mehr bei dem.«

Die Beamten schwiegen.

»In Stresssituationen muss ich schneiden, egal was. Das ist ein Zwang, ob ich will oder nicht! Und es beruhigt mich umso mehr, je feiner eine Klinge ist. Darum das Rasiermesser.«

Gruber schloss die Augen. Er hatte einen fürchterlichen Verdacht, und Korbinian erzählte, dass er in jener Nacht zwar müde war, aber wieder einmal nicht einschlafen konnte. Also ging er spazieren und hatte wie so oft das Rasiermesser eingesteckt.

Allerdings war er in der Nacht nicht mit dem Vorsatz aus dem Hotel gegangen, das Messer zu benutzen. Er hatte es oft dabei, einfach so, schon aus Gewohnheit. An manchen Tagen, wenn ihn der Zwang überkam, weil er Stress empfand, brauchte er es einfach, um sich zu beruhigen. Doch in dieser Nacht war es tatsächlich reiner Zufall, dass er das Messer dabeihatte.

Korbinian versicherte mit dünner Stimme, dass er bis dahin niemals Mensch oder Tier damit verletzt hatte. Ab und an ritzte er einen Baum an, wenn er spazieren ging, mehr nicht, und zu Hause hatte er oft rohes Fleisch zerschnitten. Anschließend war es im Abfall gelandet. Aber damit tat er ja niemandem weh, erklärte er.

Als er in der Nacht diesen Mann regungslos liegend an der Isar fand, geriet er verständlicherweise in Panik und überprüfte natürlich auch sofort Puls und Atmung. Aber da war es schon zu spät.

Anfangs wollte er unverzüglich die Polizei alarmieren, doch als er so neben dem Leichnam kniete, kam er zum Vorschein, der Dämon in ihm. Die Situation, mitten in der Nacht einen Toten zu finden, hatte ihn überfordert, wie es wohl bei jedem anderen auch der Fall gewesen wäre.

Der Adrenalinschub, Nervosität, Angst und Unsicherheit hatte dann Stress erzeugt. Auch das wäre bei jedem anderen der Fall gewesen. Doch Korbinians Reaktion auf solch einen Zustand war eben eine andere als bei anderen: Sobald er sich einer stressigen Situation gegenübersah, kroch ein anderes Ich in ihm hoch. Ein Ich, das ihn zwang, etwas zu tun, das eigentlich völlig irrational ist.

Er war am Boden gekniet, hatte sich über den Leichnam gebeugt und sah die unversehrte Haut. Bereits da war es Korbinian schwergefallen, sich seiner Zwänge zu erwehren. Aber da hatte er noch alles im Griff.

Als er die Straße entlanggeschaut hatte und im Licht der Laternen absolut niemanden sehen konnte, da wurde ihm klar, dass er völlig alleine war. Die Chance, unentdeckt zu bleiben, hatte seinen inneren Widerstand am Ende vollständig zum Erliegen gebracht. Er hatte den Leichnam dann unter einen Strauch gezerrt. Zuerst waren es nur die Unterarme gewesen, an denen er sich zu schaffen gemacht hatte.

Er drückte die feine Klinge auf die Haut, bis sie aufging. Dann pflügte er langsam den Arm entlang. Die Haut klaffte auseinander, und obwohl das Licht der Laternen unter den ausladenden Ästen des Strauchs schwach war, konnte er das Fleisch unter den Hautschichten sehen. Er beschrieb es als eine Art Wahn, in den er daraufhin verfiel.

»Dann konnte ich mich nicht mehr dagegen wehren … ich musste einfach«, flüsterte er.

Zeilhofer räusperte sich und sagte: »Und dann haben Sie die Augen ausgehöhlt und Nase und Ohren abgetrennt.«

Angeekelt von sich selbst, kniff Korbinian die Augen zu, presste die Lippen aneinander und nickte.

Im Raum machte sich Stille breit.

Um eine Tat nachvollziehen zu können, versuchten Zeilhofer und Gruber für gewöhnlich einen *fassbaren* Beweggrund herauszuarbeiten, doch Gier, Neid, Hass oder Eifersucht gab es hier nicht. Hier gab es einen Zwang und eine Gelegenheit, ansonsten nur Ekel und Entsetzen. Genau wie bei den Burgmeiers.

Korbinian erklärte, dass er den Humpen letzten Endes nur aus Angst wegen seiner Fingerabdrücke mitgenommen hatte. Immerhin hatte er ihn einmal kurz angefasst.

Erst nachdem er die Leiche *bearbeitet* hatte, hatte er sich über mögliche Spuren Gedanken gemacht.

Ihm wurde bewusst, dass er die Haut an Halsschlagader und Handgelenk angefasst hatte, um den Puls zu überprüfen, und die Kleidung auf Brusthöhe, um zu spüren, ob der Mann noch atmen würde.

Ihm war aber auch bekannt, wie schwierig es war, auf Kleidung Fingerabdrücke zu nehmen. Außerdem war der Mann ja auch auf der *Landshuter Hochzeit* gewesen und mit zig Personen in Kontakt gekommen.

Über die Hautstellen, die er berührt hatte, rieb er fest mit dem Handrücken. Ob das helfen würde, hatte er nicht gewusst. Allerdings wusste er von den Schwierigkeiten, brauchbare Fingerabdrücke auf der Haut einer Leiche zu finden.

Wegen seiner Hautpartikel sorgte er sich nicht. Da müsste Korbinian erst einmal zu den Verdächtigen gehören, damit man diese mit den Spuren am Leichnam vergleichen konnte. Erkennungsdienstlich war Korbinian aber noch nie erfasst worden, also konnte es auch keinen Abgleich geben.

Er hatte weder die Lederschuhe noch den Ledergürtel angefasst, und während er schnitt, fungierte die Klinge als Zwischenstück und erübrigte jede weitere Berührung.

Den Humpen aber hatte er angefasst, und den nur abzuwischen war ihm zu gefährlich. Darum hatte er ihn mitgenommen.

Die Kleidung, die er dabei getragen hatte, hatte er am nächsten Morgen in die Badewanne im Hotel geworfen und mit Duschgel gewaschen.

Gruber bestätigte, dass man in Korbinians Schrank in einem Plastikbeutel angeschimmelte Kleidung gefunden hatte. Außerdem war noch nasse Kleidung im Badezimmer gewesen. Die Spusi wertete gerade die Spuren daran aus. Am Ende der Aussage bebte Korbinians Körper. Bisher war es ihm relativ gut gelungen, jene Nacht aus seinen Gedanken zu verbannen. In seinem Unterbewusstsein hatte es jedoch gebrodelt, und wenn es gar nicht anderes ging und er kurz davor war, völlig durchzudrehen, hatte er seine

Zwangserkrankung als Ausrede vor sich hergeschoben. Und außerdem: Böse war Korbinian ja nie gewesen, urteilte er über sich selbst. Böse waren andere!

Böse waren solche Menschen wie die, die Haschberger umgebracht hatten, oder die, die den jungen Türken gefoltert hatten, die waren böse!

Er hatte weder jemanden getötet noch gefoltert. Er hatte auch nichts gegen Ausländer, so wie Roschmann und Denis. Gleichwohl wusste er natürlich, dass er etwas Schreckliches getan hatte.

Und jetzt, nachdem er alles laut ausgesprochen hatte, fiel sein Selbstbetrug zusammen wie ein Kartenhaus. Seine zwei Wesen konnten sich nicht länger voreinander verstecken, die Verdrängung hatte ein Ende – er hatte im Grunde gegen sich selbst ermittelt, so weit war er gegangen.

Die Chance auf eine Beziehung mit Marianne und eine dauerhafte Freundschaft mit Ernstl hatten das Leugnen der eigenen Tat dann nur noch weiter verstärkt. Ihm war völlig klar, dass er das alles wieder verlieren würde, sobald herauskäme, was er getan hatte. Ein Zustand, der sein Inneres vor eine Zerreißprobe stellte. Doch jetzt hatte er seine Tat in der Realität vor anderen ausgesprochen, und sein inneres Empfinden kehrte sich nach außen. Gruber rief einen Doktor ...

»So, Herr Roschmann. Wie schaut's jetzt aus?«, sagte Zeilhofer. »Klären Sie uns jetzt bitte mal da drüber auf, wie es kommt, dass Sie sich so kooperativ gegeben haben?«

»Mitarbeit ist ja nie verkehrt«, erklärte Roschmann mit tiefer Stimme. Dann schmunzelte er und sagte: »Um das

Strafmaß zu mildern.« Sein Blick wanderte zum Fenster. »Außerdem will ich aussteigen aus dem Ganzen.«

»Ach ja, wie das denn? Glauben Sie jetzt auf einmal nicht mehr an den Schmarrn vom Adolf?«

Roschmann reagierte nicht weiter darauf, griff lediglich in die Brusttasche seines Hemdes und schob einen Zettel über den Tisch. »Bitte rufen Sie mal bei dieser Nummer hier an«, sagte er und machte es schon wieder: Roschmann grinste herablassend und selbstgerecht. »Mein Deckname lautet *Balthasar*.«

Zeilhofer schlug mit der Faust auf den Tisch und ging mit Gruber in ihr Büro. Gruber sollte anrufen. Zeilhofer hätte am Ende bloß das Trommelfell des Gesprächspartners verletzt, so sauer, wie er war.

Geheime Telefonnummer, Deckname – es war offensichtlich, wie sehr man sie hier an der Nase herumgeführt hatte! Und tatsächlich: Am anderen Ende der Telefonleitung meldete sich ein Beamter des Verfassungsschutzes, woraufhin Zeilhofers Zornesröte einen beängstigend dunklen Farbton bekam.

Balthasar war V-Mann, und sogar Dietmar Neumann, alias Denis, arbeitete nebenher als Informant. Dessen Deckname lautete *Melchior*.

Doch dies änderte zumindest nichts daran, dass Roschmann, ebenso wie Denis, eine Anklage zu erwarten hatte. Alles Weitere mussten Richter und Staatsanwaltschaft entscheiden, nicht die Polizei und schon gar nicht Zeilhofer.

»Am meisten stinkt mir, dass die Typen am End auch noch Geld vom Staat dafür gekriegt haben«, polterte er. Ein kleiner Trost war ihm zumindest, dass er Roschmann und Denis, Verfassungsschutz hin oder her, umgehend in U-Haft nehmen konnte.

Die drei Männer, die Roschmann angeworben hatte, um die Tat freiwillig auf sich zu nehmen, wurden aus der Haft entlassen. Einen Freiheitsentzug aufrechtzuerhalten war rechtlich nicht möglich. Um sie aufgrund ihrer falschen Darstellung dennoch zu belangen, wurde alles Weitere vom Staatsanwalt veranlasst.

Burgmeier senior, Haschberger junior und die beiden Mittäter wurden einem Ermittlungsrichter vorgeführt und wanderten in Untersuchungshaft.

Auch Korbinian würde für das, was er getan hatte, angeklagt. Doch in Untersuchungshaft wurde er nicht genommen.

Zwei Tage später, am Montag, bestätigte ein Therapeut in München, dass Korbinian einer seiner Patienten gewesen war. Mehrere Jahre lang hatte er sich dort wegen Alkoholismus und jener Zwangsstörung in Behandlung befunden.

Es ging um rohe Steaks und andere Lebensmittel, die er zerschneiden musste, um ruhiger zu werden. Nichts, was andere in Gefahr gebracht hätte. Der Therapeut war es auch, der Korbinian empfohlen hatte, sich Knetmasse zu kaufen.

Und Korbinian hatte gute Fortschritte gemacht, weshalb er die Therapie vor einem Jahr auf eigenen Wunsch abgebrochen hatte. Als Rechtfertigung hatte er angegeben, endlich ein normales Leben leben zu wollen, ohne *Psychodoktor*. Er war so gut in der Therapie vorangekommen, dass er dachte, den Rest mit dem Studium von Fachliteratur bewältigen zu können.

Korbinian hatte sich stark genug gefühlt, die Tür in ein neues Leben selbst aufzustoßen!

Montag, 15. Juli 2013

Haschbergers Beisetzung fand um vierzehn Uhr statt. Es regnete.

Zweifellos war Haschberger ein Mann mit vielen Geheimnissen, worüber die strenge Sharon, die mit Latexstiefeln über den Friedhof stakste, ein Lied singen konnte. Selbst die strengsten Blicke des Herrn Pfarrer brachten sie nicht dazu, ihr Dekolleté zu verhüllen. Immerhin fand sich zahlungskräftiges Potenzial unter den Trauergästen.

Während der Pfarrer vor der Grabstätte redete, hielt Kopp die Hand seiner Frau ganz fest. Trotz des schlechten Wetters trug sie eine verdächtig große Sonnenbrille. Gestern war sie nach Hause zurückgekommen, dann hatten sie sich wieder gestritten und er zugeschlagen.

Und auch Stefan Baumeister stand vor der Urne. Er hatte keinen Regenschirm dabei, wollte sich aber auch nicht unter den seiner Mutter stellen. In diesem Moment konnte er ihre Nähe einfach nicht ertragen. Aber nicht nur die ihre, er wollte überhaupt keine Nähe zu irgendjemandem.

Marianne hatte Stefan und seine Mutter zum Begräbnis begleitet. Nicht einmal unter ihren Schirm wollte er sich stellen. Also stand sie weiter hinten, abseits der restlichen Trauergäste und ihrem Meer aus schwarzen Schirmen.

Der Regen war Stefan egal und das Sakko ebenso, auch wenn er es sich extra für die Beerdigung gekauft hatte. Den größten Teil der Zeit starrte er zu Boden. Die Haare tropften, und das schwarze Sakko glänzte vor Nässe. Sollten die Leute doch reden, scheißegal!

Florian Haschberger: unseriöser Geschäftsmann, Ehebrecher und treuloser Vater, zumindest Stefan gegenüber.

Nichtsdestotrotz hatte er auch eindeutig eine andere Seite gehabt, und das alles zog Stefan den Boden unter den Füßen weg.

Anette Haschberger hingeben blieb dem Begräbnis fern. Ihr Hausarzt hatte ihr zwar vor zwei Stunden eine Beruhigungsspritze verabreicht, aber es ging einfach nicht. Der Schock über die Tat ihres Sohnes Alexander, der den eigenen Vater erschlagen hatte, machte es ihr unmöglich, das Haus zu verlassen.

Karin wurde von einer Freundin gestützt. Sie hauchte in Richtung Urne: »Papa, ich brauch dich doch!«

Die Reisigen hatten gerade einen Kranz niedergelegt und sich unter die Trauergäste gemischt. Es waren an die vierzig oder fünfzig Kameraden aus Haschbergers *Hochzeits-Gruppe* gekommen. Kurt war auch dabei.

Als einer von ihnen zu Zeilhofer gesagt hatte, dass sich der, der den Haschberger umgebracht hatte, warm anziehen könne, wenn ihn einer aus der Gruppe in die Finger kriegen würd, hatte niemand geahnt, dass Kurt denjenigen schlussendlich mit einem Spieß durchbohren würde.

Ganz hinten stand eine einzelne Frau. Zehn Meter hinter der letzten Reihe zwischen anderen Gräbern. Es war Johanna. Trotz Regen trug auch sie eine Sonnenbrille. Schimmernde, verquollene Augen, rote Nase und alle paar Momente eine Träne; am liebsten wollte sie so überhaupt nicht aus dem Haus gehen. Mit der dunklen Brille fühlte sie sich ein klein wenig sicherer.

Der Daumen ihrer Rechten strich ständig über den Ringfinger. Sie musste sich erst wieder daran gewöhnen, den Ehering zu tragen.

Am selben Tag in München, etwa zur gleichen Uhrzeit:

Der Öffner summte, und Korbinian stemmte sich gegen die schwere Eingangstür. In der einen Hand schleppte er einen Koffer, in der anderen hielt er einen Zettel. Vor zwei Stunden hatte er seinen Arzt darum gebeten, ihn auszustellen.

Eine Frau stand an der Pforte und nahm ihn in Empfang. »Herr Lallinger?«, fragte sie.

Korbinian nickte.

»Ich habe gerade mit Herrn Doktor Rottmann telefoniert. Glauben Sie mir, es ist das einzig Richtige, was Sie tun. Kommen Sie bitte mit.« Sie machte eine Handbewegung. Korbinian folgte in das Zimmer zur Patientenaufnahme, und ein junger Mann im Arztkittel fragte: »Hatten Sie schon einmal einen stationären Aufenthalt in einer Psychiatrie?«

Korbinians Augen waren glasig, und die Unterlippe vibrierte. Er legte die Versichertenkarte auf den Tisch und schüttelte den Kopf.

Währenddessen war jener geheimnisvolle Organisator rechter Netzwerke, der eine Vorliebe für anonyme Chatrooms hatte, gerade dabei, seine Wohnung auszuräumen, um sich aus Landshut zu verabschieden. Offiziell hatte er nichts verbrochen.

Tage später ...

Eigentlich hatten die Ärzte gesagt, er solle länger bleiben. Die ersten fünf Tage war ihm auch nichts anderes übrig geblieben, denn da hatte er sich nicht einmal daran erinnern können, wer er denn überhaupt war.

In der Zwischenzeit waren fast alle Erinnerungen zurückgekehrt, und seither gab es kein Halten mehr. Jetzt stand er da, auf einen Stock gestützt, und schüttelte ungläubig den Kopf. Selbst der Name war schon in den Grabstein graviert. Die Situation war mehr als surreal, eigentlich unfassbar.

Kieselsteine knirschten. Eine junge Frau kam näher und sagte: »Papa, komm, in einer Viertelstund sollst doch auf der Polizei sein.«

Er hob den Kopf, schaute in den blauen Himmel und sagte: »Meinst, der Herrgott wollt mir eine zweite Chance geben?«

Sie stand jetzt neben ihm und strich behutsam über seinen Oberarm. »Weiß nicht. Weiß bloß, dass ich froh bin, dass ich dich wiederhab.«

Er drehte sich zu ihr, legte die geöffnete Hand an ihre Wange und sagte kleinlaut: »Mein Mädel, du hast mich immer mögen, gell? Egal, was ich gemacht hab.«

Ihre Augen wurden feucht, und er sprach leise: »Weißt: Ich bin nicht so bös, wie viele meinen.«

»Komm jetzt«, entgegnete sie und ging einen kleinen Schritt seitwärts.

Bevor sie gingen, drehte sich der Mann aber nochmals zur Grabstelle und murmelte: »Mach's gut, Alfred.« Als sie hinterher das Friedhofstor passierten, schmunzelte er.

Sie fragte: »Was hast denn?«

»Schad, dass die *LaHo* schon vorbei ist.«

Sie stellte sich vor ihn, hielt seinen Kopf mit beiden Händen und sagte: »Mei du wieder! Komm her.« Dann drückte sie ihm ein Bussi auf den Mund.

Zwanzig Minuten später:

»Wir wären auch jederzeit zu Ihnen gekommen, noch dazu, wenn Sie so schlecht beieinander sind«, sagte Gruber. »Mein Kollege kommt gleich.«

Im selben Moment kam Zeilhofer durch die Tür marschiert. »Herr Haschberger«, sagte er laut. »Grüß Sie, kommt nicht oft vor, dass ich meinen Mordopfern begegne.«

Gruber räusperte sich und meinte: »Mein Kollege hat seine eigene Art Humor.« Haschberger hingegen lächelte. »Keine Sorge: Ich hab zwar schon meine eigene Todesanzeige und meinen Grabstein gesehen, aber mein Humor ist noch nicht eingegraben.«

Zeilhofer zog die Augenbrauen nach unten und sagte: »Wir müssen uns bei Ihnen und Ihrer Familie entschuldigen.« Dabei reichte er Karin die Hand und schaute betroffen. »Eigentlich wollt ich das auch Ihrer Frau Mutter sagen, hab gemeint, sie wär auch dabei.«

Haschberger erwiderte: »Warum denn entschuldigen?«

»Hätt nicht passieren dürfen, das ganze Missverständnis«, sagte Zeilhofer.

»Wenn's doch bloß ein Missverständnis und sonst nix weiter gewesen wär«, entgegnete Haschberger.

»Ja, sicherlich, ein Mord ist immer ein Mord zu viel.« Zeilhofers Augen wurden glasig. »Mein Beileid wegen Ihrem Freund, kann mitfühlen, hab selber einen verloren.«

Dann schnaufte er laut, das Hemd spannte sich um den Bauch, und er murmelte: »Glaub langsam echt, dass ich zu alt für die Arbeit bin.« Er wischte sich etwas aus dem Auge. Gefasster sagte er dann: »Schildern Sie uns doch bitte die Ereignisse von besagtem Wochenende.«

Karin saß neben ihrem Vater und lauschte seinen Worten ebenso wie die beiden Beamten …

Der erste *Hochzeits-Freitag* war gewesen wie immer: lustig und lang. Alle hatten sich gefreut, dass es wieder losging, und auf dem Zehrplatz hatte Haschberger Besuch von einem Freund bekommen, mit dem er auch den restlichen Abend verbracht hatte. Da zu Hause ohnehin alle ausgeflogen waren, hatte ihm der Haschberger angeboten, dass er bei ihm übernachten könnte.

Gegen vier Uhr früh ließen sich die beiden von einem Taxi in Haschbergers Haus fahren. Dort hatten sie anschließend noch eine Flasche Rotwein geleert.

Am Samstag war Florian Haschberger dann schon den ganzen Tag übel und er hatte einen rätselhaften Druck hinter dem Brustbein gespürt. Normalerweise wäre er auch, wie üblich, einer der Letzten am Zehrplatz gewesen, doch nicht in dieser Nacht. Mit dem Taxi hatte er aber nicht nach Hause fahren wollen, er wusste ja, dass er dort alleine gewesen wäre. Also war er zu dem alten Kameraden gegangen, der die Nacht zuvor bei ihm geschlafen hatte. Der hatte ihm nämlich am Vortag angeboten, dass er jederzeit bei ihm übernachten könnte, wenn er eine Schlafstätte in der Nähe der Altstadt bräuchte.

Der Name des Freundes aus Jugendtagen war Alfred Stöckmüller gewesen, er hatte alleine in einer Mietwohnung in der Nähe des Maxwehrs gewohnt.

Freunde hatte Alfred nicht viele und Familie schon längst keine mehr, außer einem Bruder in Hamburg. Doch der hatte Alfred ebenso wenig interessiert wie Alfred ihn.

Obwohl sein und Haschbergers Leben völlig verschieden verlaufen waren, hatten sich die beiden immer noch prima verstanden. Alfred empfand Florian gegenüber keinerlei

Neid, auch wenn er selbst seit fünf Jahren arbeitslos war. Irgendwie wollte er auch gar nicht mehr arbeiten, selbst wenn er gekonnt hätte, und er sagte immer: Jeder nach seiner Fasson, und bei dem Stress, den sich Florian wegen des ganzen Geldes auftat, sei ihm auch jeder Cent vergönnt.

In jener Nacht hatte Alfred zu Hause vor dem Fernseher mit einer Flasche Rotwein seine eigene Privatparty gefeiert. Als der Haschberger kurz nach Mitternacht an der Tür geläutet hatte, hatte Alfred einen Pegel, der weit über Haschbergers lag.

Doch im Gegensatz zu Alfred hatte sich Haschberger einfach nur in Ruhe hinlegen wollen. Alfred hingegen war richtig aufgedreht und voller Tatendrang.

»Fast schon ein bisserl lästig«, sagte Haschberger.

Das Einzige, worauf ihm der Alfred trotz allem immer schon ein wenig neidisch war, erklärte Haschberger, war die Teilnahme an der *Landshuter Hochzeit*.

»Aber für so was war der Alfred zu chaotisch. Probentermine auch in den Jahren, in denen gar keine *Hochzeit* ist, und feste Regeln, das war alles nix für den. Er ist halt ein Luftikus gewesen«, sagte Haschberger und lächelte wehmütig.

Und trotzdem hatte der Alfred damit angefangen, alle vier Jahre zur *Hochzeit* zu fragen, ob er nicht für ein paar Stunden in Haschbergers Kostüm schlüpfen könnte. Aber so etwas war strikt verboten, und wenn das aufgeflogen wäre, hätte der Florian nie mehr mitmachen dürfen. Jedes Mal, wenn der Alfred gefragt hatte, hatte er sich auch eine Absage eingehandelt.

Auch in dieser Nacht hatte er wieder damit angefangen und den Vorschlag gemacht, dass sich der Florian ja derweil sowieso in seiner Wohnung ausschlafen würde.

Und in dieser Nacht war alles anders: Haschberger hatte nicht rumdiskutieren wollen. Er hatte Schmerzen, und ihm war speiübel, allerdings nicht vom Alkohol, er hatte ja fast nichts getrunken. Er wusste nicht, was los war, und wollte sich nur hinlegen.

Der Alfred hatte ihm daraufhin einen Morgenmantel gegeben. Haschberger zog das Kostüm aus, schlüpfte in Alfreds Mantel und hatte sich sofort auf das Sofa gelegt.

Sein Freund hatte sich gleich darauf das Kostüm übergezogen, war durch die Wohnungstür stolziert und auf Tour gegangen. Dummerweise hatten beide eine sehr ähnliche Statur, und das Kostüm schien für beide gleichermaßen wie gemacht.

Irgendwann war Haschberger dann mit noch viel schlimmeren Schmerzen als vorher aus dem Halbschlaf erwacht, hatte sich in den Gang geschleppt, wo das Telefon stand, und den Notarzt angerufen. Das war's mit Haschbergers Erinnerung.

Als Nächstes war er zig Tage später in der Klinik aufgewacht. Aus Erzählungen im Krankenhaus hatte er erfahren, dass man aufgrund des Notrufes die Wohnungstür aufgebrochen hatte.

Nachdem er aus dem Koma erwacht war, konnte er sich anfangs an überhaupt nichts erinnern. Doch im Laufe der folgenden Tage waren immer mehr Erinnerungen zurückgekehrt.

Die Pfleger hatten sein wirres Gerede zunächst für Hirngespinste und Folgen des künstlichen Komas und der Medikamente gehalten. Doch nach einiger Zeit und dem Überprüfen verschiedener Fakten hatten alle ziemlich blöd aus der Wäsche geschaut. Auch Florian Haschberger selbst, nachdem er erfahren hatte, dass er das eigene Begräbnis überlebt hatte.

Haschberger verstummte an dieser Stelle. Karin schniefte, und Zeilhofer ergriff das Wort: »Dann bin wohl jetzt ich dran, was zu sagen ...«

Die Identifizierung des Leichnams, erklärte er, hatten sie anhand offensichtlicher Fakten vorgenommen. Die Identifikation war zunächst über eine Markierung des Kostümes erfolgt. Bei jedem *Hochzeiter* standen auf der Innenseite, hinten am Kragen, Buchstaben und Ziffern, welche auch ein Kürzel für die jeweilige Gruppe darstellten.

Die Förderer, die Veranstalter der *Hochzeit*, führten da ja peinlich genaue Listen, wer welches Kostüm aus dem Fundus ausgehändigt bekommen hatte. Ein einziger Anruf und ein Blick in das Verzeichnis hatten ausgereicht: Es war der Haschberger Florian gewesen!

Das Alter der Leiche hatte ja auch noch gepasst, und außerdem hatte der Tote auch noch Haschbergers Handy dabei. Sonstiges, wie Ausweispapiere, hatte man bei der Leiche nicht gefunden.

Zeilhofer erklärte weiter: Da der Haschberger nicht nach Hause gekommen war, man einen Mann seines Alters, mit seinem Telefon und in seinem *LaHo*-Kostüm, erschlagen an der Isar gefunden hatte ... ein klarer Fall!

Der Abgleich der DNA von der Leiche und der Zahnbürste, die Karin den Beamten mitgegeben hatte, war eigentlich nur noch Routine – und auch der hatte gepasst. Der DNA-Beweis hatte alles untermauert, obwohl ohnehin kein Zweifel bestand.

»Ja, die Zahnbürste«, sagte Haschberger. »Die hab ich dem Alfred gegeben, wie der die Nacht davor bei mir geschlafen hat. Wir haben immer ein paar neue zu Hause, und die ist dann liegen geblieben.«

»Hat denn der Herr Stöckmüller bei Ihnen im Bett geschlafen?«, erkundigte sich Gruber.

»Ja, ich schlaf ja schon seit Jahren von meiner Frau getrennt, und jedes Schlafzimmer hat ein Doppelbett und ein eigenes Bad. Der Alfred und ich waren so besoffen, dass wir uns mit der Flasche Rotwein und zwei Gläsern ins Doppelbett gelegt haben. Dann haben wir noch geratscht, bis wir eingeschlafen sind. Die Zahnbürste hab ich ihm Samstag in der Früh gegeben. Die Karin hätt genauso gut die Zahnbürste daneben nehmen können, das wär meine gewesen.«

Zeilhofer schüttelte den Kopf. »Unglaublich!« Hinterher erklärte er, dass das Gesicht des Opfers dermaßen entstellt gewesen war, dass sie trauernden Angehörigen einen solchen Anblick unmöglich antun hätten können. Wenn dies nicht der Fall gewesen wäre, hätte auch nichts dagegen gesprochen, dass man Karin, sie war die Einzige, die danach gefragt hatte, die Leiche gezeigt hätte.

Umgekehrt hatte man ihn im Krankenhaus für den Alfred gehalten, weil er in dessen Wohnung gefunden worden war und er keinen Ausweis bei sich hatte – da wurde die erstbeste Erklärung für die richtige genommen.

»Und wie gesagt«, sprach jetzt Gruber. »Sie waren ja auch wie vom Erdboden verschluckt. Es hat ums Verrecken einfach alles zusammengepasst!«

»Und der Alfred, der liegt jetzt eingeäschert in meinem Familiengrab.« Haschberger stockte und schüttelte hilflos den Kopf. »Von meinem Buben erschlagen. Da wär's gleich gescheiter gewesen, ich wär nimmer aufgewacht, dann hätt ich das nicht erfahren müssen.«

Karin rutschte mit ihrem Stuhl näher an ihren Vater. Er schaute sie mit glasigen Augen an.

»Aber Ihr Sohn, der Alexander, hat der den Herrn Stöckmüller nicht gekannt?«, fragte Gruber. »Ich mein, wenn das schon so ein guter Freund von Ihnen war.«

»Nein, die Freundschaft zum Alfred war eine reine Männerfreundschaft und hat mit der Familie nix weiter zu tun gehabt. Wo der das letzte Mal bei mir daheim war, das ist ja bestimmt schon zehn Jahre her.« Haschberger schaute zu seiner Tochter. »Karin hätt den auch nimmer gekannt, oder?«

Sie schüttelte den Kopf.

Ihr Vater sagte weiter: »Wir haben uns halt ein- oder zweimal in der Woche schnell in der Stadt auf ein Weißbier getroffen.«

Nach der Verabschiedung hockte Zeilhofer hinter dem Schreibtisch und starrte aus dem Fenster ...

Haschberger blieb vor dem Polizeigebäude stehen. »Karin, wart bitte kurz, kann noch nicht so schnell.«

»'tschuldigung, magst dich hinsetzen?«, fragte sie. »Wir gehen noch mal rein, komm. Gleich neben der Tür ist eine Bank.«

»Nein, nein, bloß kurz stehen bleiben.« Wie schon auf dem Friedhof schaute Haschberger in den Himmel. »Schön, nicht?«, sagte er.

Auch Karin schaute jetzt nach oben. »Was meinst denn?«

»Das Blau und das Weiß«, sagte er. »Schön, nicht?«

»Oh mei, Papa, glaub, du brauchst erst einmal eine Auszeit, so kenn ich dich ja gar nicht.«

Anfangs lächelte er, doch dann schaute er seine Tochter ernst an und sagte: »Karin, ich werd weggehen von der Mama.«

Enttäuscht, aber dennoch gefasst senkte sie ihren Kopf. Er strich ihr über die Schulter, und sie flüsterte: »Glaub, ist eh schon lang überfällig.«

»Komm, fahr mich bitte zur Aischa«, erwiderte er.

»Wie bittschön?«, wurde Karin laut. Sie hatte ihren Kopf regelrecht in die Höhe geworfen und sagte: »Zu derer?«

»Nein, nein, von der mag ich nix. Möcht mit dem Stefan reden. Ist auch schon lang überfällig.«

Zeilhofer hockte jetzt schon seit einer Viertelstunde einfach nur da und starrte. Gruber beobachtete ihn vom anderen Schreibtisch aus. Dann schnellte Zeilhofer abrupt aus dem Sessel und stampfte durch das Büro in den Gang hinaus.

Gruber blieb sitzen, bis er Zeilhofer laut sagen hörte: »Maschmeyer, wo steckst denn?« Zeilhofer stand zwei Büros weiter im Türstock und hielt die Klinke fest. Es war die Tür in das Büro des Kollegen, nach dem er gerade so übertrieben laut gefragt hatte. Eine andere Tür ging auf.

»Was willst denn, Zeilhofer, bin ja da«, sagte Maschmeyer. »Soll ich jetzt etwa dankschön sagen, weil ihr die gefunden habts, die den Friedhof verwüstet haben? Da wären wir auch selber draufgekommen.«

Zeilhofer richtete sich auf und stemmte die Hände in die Hüften. Mit herausgestrecktem Bauch sagte er: »Kannst dich noch an unsere Schulzeit im Gymnasium erinnern?«

Aischa hatte die Wohnungstür geöffnet, und ihr besorgter Blick war sofort auf Florians Gehstock gerichtet. Karin hingegen hatte sie nicht einmal gegrüßt.

»Ja Florian, ich war total baff, wie ich davon gehört hab«, sagte Aischa. »Aber – dass du bei mir vorbeischaust?«

Während er den Stock fest mit der rechten Hand umklammerte, richtete er den Körper schmerzvoll gerade und erwiderte: »Aischa! Ich red jetzt mit dem Stefan.«

Ihre Augen wanderten nervös hin und her. Einen Moment rang sie nach Worten, bis es aus ihr herausplatzte: »Nein, das machst nicht!«

»Doch, mach ich schon«, sagte Florian laut. Dann schrie er durch die geöffnete Eingangstür an Aischa vorbei in den Wohnungsgang: »Stefan, bist du da? Ich bin's, dein ...«

Aischa unterbrach ebenso schreiend: »Schleich dich!« Hinterher griff sie zur Tür und wollte sie zuschlagen, doch Florian hatte den Stock in den Rahmen gesteckt.

Karin stand schockiert daneben. Mit einer solchen Reaktion hatte sie keineswegs gerechnet. Dass die Stimmung getrübt wäre, ja, sicherlich, aber das! Die Heftigkeit der Reaktion konnte sie sich nicht erklären.

Ihr Vater schrie erneut: »Stefan! Komm her, wenn du da bist.«

Aischa schob den Stock mit ihrem Fuß aus der Tür und versuchte, sie ein zweites Mal zuzuschlagen. Doch trotz seines lädierten Zustandes war Florian flinker, als sie dachte. Er hatte einen Schritt nach vorne gemacht und den Fuß über die Schwelle gesetzt. Aus einem Reflex heraus schrie Karin: »Papa, tu dir nicht weh!«

»Dein sauberer Herr Papa tut sich schon nicht weh«, kreischte Aischa. »Der soll sich einfach bloß schleichen!«

Jetzt kam Stefan in den Gang. Sein erster Blick zeugte von seltener Freude darüber, seinen tot geglaubten Vater zu sehen. Das Gekreische seiner Mutter konnte er jedoch ebenso wenig einordnen wie Karin, da ging es ihm wie seiner Halbschwester.

Er kam an die Tür und stellte sich neben seine Mutter. Zwei- oder dreimal schrien sich Aischa und Florian noch gegenseitig an, bis Stefan von den Blicken seines Vaters eindringlich fixiert wurde und der sagte: »Bub, ich will mit dir reden – allein!«

»Nein, Stefan, du brauchst ihn nicht«, bellte Aischa dazwischen. »Ich bin für dich da!« Dann zog sie fast schon flehend an Stefans Hemd.

Der junge Mann trat einen Schritt zurück in den Gang. Die Situation schien mehr als befremdlich, er wusste nichts damit anzufangen. Und alle schauten jetzt auf ihn, auch Karin.

Einen Moment später griff Stefan abrupt nach dem Wohnungsschlüssel. Er war in einem Korb gelegen, der neben der Tür an der Wand hing. Stefan zwängte sich an seiner Mutter vorbei und sagte: »Kommt, wir gehen in ein Café.«

Aischa versteinerte. Ihr Sohn machte zwei Schritte in Richtung Treppe und drehte sich nochmals um. Sie wurzelte immer noch in der geöffneten Tür. Er sagte: »Du bist meine Mutter.« Seine Worte hallten im Treppenhaus. »Ich liebe dich, und das wird immer so bleiben. Aber ich mag auch endlich mal mit meinem Vater reden.«

Aischa blieb weiterhin zur stummen Salzsäule erstarrt. Stefan blickte auf den Gehstock seines Vaters und drückte den Knopf für den Fahrstuhl. Er, Karin und ihr gemeinsamer Vater waren schon im Erdgeschoss, zwischen Fahrstuhl und dem Hauseingang, als sie oben im vierten Stock einen Knall hörten. Aischa hatte heftig die Wohnungstür zugeschlagen.

»Spinnst du, Zeilhofer«, schrie Weihbichler.

»War schon lang fällig«, sagte Zeilhofer kleinlaut.

»Ja, du kannst doch dem keine reinhauen! Was, wenn dich der jetzt anzeigt?«

»Chef, ganz ehrlich: Das ist mir so was von wurscht! Die blöde Sau, die blöde – soll froh sein, dass ich bloß einmal hingelangt hab.«

»Du hast dem die Nase gebrochen, du Depp! Geht doch nicht!«

»Was sein muss, muss sein! War eine alte Rechnung vom Ernstl und von mir. Jetzt geht's mir besser.«

Weihbichler stellte sich nah an Zeilhofer heran und flüsterte: »Quasi psychischer Stress wegen deinem Verlust, oder?« Dann grinste Weihbichler, stieß an Zeilhofers Schulter und sagte: »Das kriegen wir schon wieder hin. Weiß doch selber, dass das ein Depp ist.«

Stefan und sein Vater saßen vor einer Eisdiele in der Altstadt. Damit sie nicht so weit gehen mussten, hatte Karin vorhin einfach in der Anwohnerzone hinten in der Ländgasse geparkt.

Jetzt setzte sich Karin an der Isar auf eine Holzbank und schaute in den Himmel. *Stimmt, echt schön*, dachte sie, ließ sich das Gesicht von der Sonne wärmen und lächelte. Dann dachte sie an Stefan. Sie hoffte, ihn zukünftig besser kennenzulernen. Immerhin hatten sie denselben Vater. Hinterher seufzte sie schwer und dachte an Alexander im Gefängnis ...

Stefan hatte inzwischen einen doppelten Espresso bestellt. Sein Vater begnügte sich mit einem Kamillentee. Er hatte Schmerzen. Jede Bewegung glich einem Kampf mit etwas Unsichtbarem, als ob er in einer trägen Masse steckte, gegen die er bei jeder Bewegung ankämpfen musste. Außerdem hatte er seit der Operation ständig das Gefühl, zu wenig Luft zu bekommen. Entsprechend schwer atmete er auch jetzt. Vielleicht sogar noch etwas schwerer als die letzten Tage. Mit schlaffer Stimme sagte er gerade: »Stefan, ich wollt dir eigentlich nie erzählen, warum alles so gekommen ist, wie's gekommen ist. Ein Vater sollt nie schlecht über die Mutter des Kindes reden. Aber jetzt ist so viel Zeit vergangen, und ... ach ...« Dann blickte er Stefan an und sagte kleinlaut: »Ich liebe dich mehr als mein Leben, weißt du das überhaupt?«

Nach zwanzig Minuten hatte er Stefan seine Sicht der Dinge erzählt. Dass sich sein Vater nie gemeldet hatte und es so aussah, als würde ihn der eigene Sohn nicht interessieren, hatte Gründe.

Als Florian von Aischas Schwangerschaft erfahren hatte, war er sofort bereit gewesen, Anette zu verlassen. Aber durch einen Zufall hatte sich zur gleichen Zeit herausgestellt, dass parallel noch ein anderer Mann aus Landshut ein Verhältnis mit Aischa hatte.

Florian hatte daraufhin die Liebesschwüre dieser Frau infrage gestellt und auf einen Vaterschaftstest bestanden. Er war trotz des anderen Mannes der leibliche Vater, hatte der Test ergeben.

Später wollte er seinen Sohn regelmäßig sehen, in der Erziehung mitwirken und auch sonst den väterlichen Pflichten nachkommen, wobei er den Begriff »Pflichten« sofort wieder relativierte, nachdem er ihn Stefan gegenüber ausgesprochen hatte. »Pflicht hört sich blöd an, weil ... du warst – du bist doch mein Bub. Ich wollt da sein für dich, an deinem Leben teilhaben!«

Aber eines war klar gewesen: Ein Leben mit Aischa wäre für ihn nicht mehr infrage gekommen. Die Schwangerschaft hatte einfach alles verändert. Aischa hatte zwei Gesichter, und ihre andere Seite kam zum Vorschein, als sie bemerkte, dass sie mit Kind eben nicht so weiterleben konnte wie bisher. Und einen Mann, der sich am Ende sogar noch eingemischt hätte, wollte sie schon gar nicht. Andererseits hatte sie Stefan trotzdem bei sich behalten wollen. Florian hätte also zahlen sollen, sich aber ansonsten bittschön raushalten. Was er dann auch getan hatte.

Denn obwohl sie damals nur gebrochen Deutsch sprach, hatte sie es vor dem Familiengericht fertiggebracht, Florian als notorischen Lügner und treulosen Mann hinzustellen. Immerhin hatte er Aischa geschwängert, während er mit einer anderen verheiratet war. Man hatte ihr das alleinige Sorgerecht zugesprochen und Florian aus Stefans Leben ausgesperrt.

Im Grunde hatte sie schon ein solides Leben gewollt, da war sich Florian sicher. Sie wollte sich in Deutschland integrieren, auch heiraten und Kinder bekommen, nur war ihr das Ganze viel zu schnell gegangen. Zu jener Zeit hatte sie zuallererst einmal leben wollen, sich ausleben, in allen Facetten: Männer, Alkohol, die neue Freiheit genießen.

»Auf der Suche nach Liebe war die damals garantiert nicht«, sagte Florian wehmütig. »Sie ist immer noch hübsch, deine Mutter«, fügte er an. »Und damals haben sich die Männer um sie gerissen, so toll hat sie ausgeschaut.« Er nippte vom Tee. »Heiraten wollt sie erst viel später, und ich glaub auch, dass sie den Baumeister richtig geliebt hat. Wahrscheinlich war da die Zeit dann reif dafür. Zu meiner Zeit hätt ich die in den Keller sperren müssen, um sie zu bändigen.«

Florian konnte sehen, wie Stefans Kieferknochen arbeiteten und er zornig die Zähne zusammenbiss, bis er sagte: »Soll das jetzt heißen: Du hättest Kontakt mit mir wollen, und sie hat dich daran gehindert?«

»Hm, was heißt gehindert?« Florian neigte den Kopf zur Seite. »Das Sorgerecht hat sie bekommen, und ich war halt nicht gerne gesehen. Logisch kannst jetzt sagen, dass du ja älter geworden bist und so und ich später schon mehr Kontakt hätt suchen können, aber ich hab dann noch zwei Kinder gehabt und ... und ...«

Stefan richtete sich im Sessel auf und murmelte: »Versteh schon.« Dann sprach er lauter: »Und was war das mit dem Grundstück?«

»Das sollt eigentlich für dich sein. Nur für dich! Aber ich hab mir gedacht, dass ich zuerst mit Aischa da drüber red. Wir zwei waren uns ja total fremd, und du hast über mich auch entsprechend schlecht geredet und ...«

Stefan unterbrach kleinlaut: »Tut mir leid.«

»Ach Schmarrn, nix braucht dir leidtun«, sagte sein Vater. »War ja selber schuld!« Dann legte er die Hand auf Stefans Schulter. »Tut mir leid, dass das mit dem Grundstück nicht geklappt hat.«

»Das ist mir doch egal«, wurde Stefan laut. »Bin jung und kann arbeiten.«

Florians Augen funkelten. »Bin stolz auf dich«, sagte er und tätschelte den Oberschenkel seines Sohnes.

»Weißt, was mich ein bisserl stutzig macht?« Während er sprach, rutschte Stefan im Sessel weiter nach unten und machte es sich bequem. »Mama hat immer gut über dich geredet, hat ja sogar ihren Glauben gewechselt und so weiter und sofort ...«

Sein Vater unterbrach: »Glaub, ich weiß schon, was du meinst. Schätz, dass ihr die wilde Zeit im Nachhinein vielleicht ein bisserl peinlich war und dass sie sich als brav hinstellen wollt und ...« Er stockte. »Ich glaub ihr sogar, dass sie heut vieles anders machen würd.« Florian breitete die

Arme aus und lächelte: »Kann man einem seine Vergangenheit vorwerfen? Es sollt doch immer eine zweite Chance geben, oder?«

Stefan reagierte nicht und trank den Espresso aus.

»Also mein Bub«, sagte Florian. »Ich bitt dich drum, deinem Alten eine zweite Chance zu geben – aber deiner Mutter genauso. Trag ihr nix nach; was war, das war!«

Die Augen seines Vaters begannen zu schimmern, und Stefan sah, wie sich – ganz langsam – eine Träne löste ...

Hinterher, in der Kanzlei Haschberger & Kopp:

»Ja spinnst du?«, polterte Kopp, stand auf, kam vor und schlug mit der Faust auf Haschbergers Schreibtisch.

Florian saß ruhig in seinem Sessel, und so wie früher hatte er den Juniorpartner in sein Büro gebeten.

Und so wie Kopp reagierte, war es schon richtig gewesen, für dieses Gespräch so lange zu warten, bis die Angestellten nach Hause gegangen waren.

Karin wartete derweil im Auto vor der Kanzlei und telefonierte mit einer Freundin, was ohnehin länger dauern konnte.

»Wenn du glaubst, ich lass dich einfach so gehen, dann hast dich getäuscht! Und meine Alte hast du auch noch gefickt!«, schrie Kopp.

Florian atmete schwerfällig und sagte entsprechend träge: »Jetzt setz dich erst mal wieder hin. Und außerdem: Die ist zu mir gekommen.« Er zuckte mit den Schultern. »Wenn ich's nicht gewesen wär, dann ein anderer. Also reg dich da drüber nicht so auf. Wenn du sie nicht halten kannst, kann ich nix dafür.«

»Ich hau dir gleich eine rein, wennst nicht sofort dein blödes Maul hältst!«

»Langsam reiten, gell«, erwiderte Florian wenig beeindruckt. Dann beugte er den Oberkörper vorsichtig nach vorne, stützte die Ellenbogen auf den Tisch und griff mit den Händen ineinander. »Reden wir lieber übers Geschäft.«

Kopp grunzte und setzte sich.

Haschberger sagte: »Also: Ich hör auf, mein Entschluss steht fest. Basta!« Er blickte entschlossen über den Tisch. »Und da kannst jetzt sagen, was du willst.«

Kopp schnaufte wild und konterte: »Ja glaubst du, ich hab dir jahrelang den Rücken freigehalten, mit Steuererklärungen von Bäckereifachverkäuferinnen, bloß damit du dich um die großen Dinger kümmern kannst, und jetzt ...« Er stand schon wieder auf und schlug auf den Tisch. »... und jetzt soll ich dich so einfach gehen lassen?«

»Mei, was willst denn machen? Du hast alles gewusst! Mein Freund – du hängst genauso drin.« Florian richtete sich im Sessel auf. »Und jetzt hock dich endlich hin und gib eine Ruh! Machst dich ja lächerlich mit deinem Gehabe.«

Kopp setzte sich, warf die Beine übereinander und schaute trotzig aus dem Fenster.

Haschberger sagte: »Übrigens warst es doch du, der mich sogar angetrieben hat, noch mehr krumme Dinger zu drehen, bloß, dass wir noch mehr Kohle machen. Dazu hätt ich Depp dich niemals gebraucht. Ich wollt eigentlich kürzertreten, aber ich hab mich ja in geistiger Umnachtung von dir bequatschen lassen, so weiterzumachen. Und ich Rindviech hab auch noch alles mit dir geteilt!«

»Florian«, erwiderte Kopp leise. Sein Ton klang jetzt mehr als versöhnlich, sogar schon zuckersüß. »Wir zwei, wir haben die doch alle ausgelacht. Wir sind ein super Team, und Kohle scheffeln macht doch Spaß.«

»Ha«, stieß Haschberger belustigt aus. Nur etwas zu laut und zu spontan. Vor Schmerzen fasste er sich an die Narbe an der Brust, als er weitersprach: »Schau, wie nett du auf einmal wieder sein kannst, wenn's um Pulver geht. Aber glaub mir, mit normalen Steuererklärungen kannst immer noch genug verdienen.«

Kopps Zähne mahlten aufeinander, und sein Unterkiefer verkrampfte sich.

Haschberger sprach weiter: »Pass auf: Du brauchst mir jetzt nix zahlen. Geld ist mir inzwischen wurscht, und wenn ich von der Anette weggeh, hab ich sowieso keines mehr, aber ...«

Kopp unterbrach: »Wie? Du gehst von Anette weg?«

»... aber«, sagte Florian daraufhin lauter, »... wenn ich fünfundsechzig bin, zahlst mich aus, so wie ursprünglich vereinbart, und wenn der Umsatz bis dahin weniger wird, ist mir das auch wurscht. Bin fertig mit dem Ganzen!« Nach diesen Worten lehnte er sich erleichtert zurück in den Sessel. Außerdem geh ich jetzt dann sowie erst mal auf Reha.

Kopp: »Da traust mir aber ganz schön, findest nicht?«

Florian lächelte: »Auch wennst möchtest, du kannst mich ja gar nicht auffliegen lassen, weil's dich dann auch erwischt. Apropos trauen: Warst du bei der Johanna?«

Kopp nickte.

»Na siehst, ich kann dir schon vertrauen.« Dann zwinkerte Haschberger über den Tisch. »Dank dir!«

Das Fenster gegenüber der Tür war vergittert und das Zimmer schmucklos, kahle weiße Wände, ein quietschender Aktenschrank, ein Tisch, zwei abgewetzte Stühle.

Korbinian hatte sich vorhin den ersten Arzt geschnappt, der ihm in die Quere kam, und um ein Gespräch gebeten. Er musste einfach etwas loswerden.

Nun saßen sie am Tisch, und nach dem Überfliegen der Krankenakte schaute der Arzt Korbinian an.

»Ich mach es kurz«, sagte Korbinian.

»Moment, Herr Lallinger«, erwiderte der Arzt und kniff die Augen zusammen. »Mich würde vorab eines interessieren: Warum haben Sie überhaupt an einer Leiche herumgeschnitten? In den Unterlagen steht, dass sie das auch selbst angeekelt hat.«

Korbinian strich sich mit der Hand übers Gesicht. »Ich kann es Ihnen nicht genau sagen. Ist wohl mit einem trockenen Alkoholiker vergleichbar, dem man eine Flasche von seinem Lieblingsbier vor die Nase stellt, ihn damit alleine lässt und versichert, dass nie jemand erfahren würde, ob er sie getrunken oder in den Ausguss geschüttet hat.«

Der Arzt brummte und schrieb etwas in die Krankenakte.

Korbinian sagte weiter: »Sie wissen ja, wo meine Probleme liegen. Ich wollte Ihnen eigentlich nur mitteilen, dass Sie mit mir machen können, was Sie wollen. Nehmen Sie mich in Studien auf oder was auch immer, solange es hilft. Von mir aus auch Elektroschocks, aber ...«

Der Arzt unterbrach amüsiert: »Nein, nein, so was machen wir schon lange nicht mehr.«

»Und wenn doch, wär's mir egal. Heilen Sie mich bitte. Egal wie – bitte!« Korbinian blickte zum Fenster und sah die Gitterstäbe. *Er wollte fliegen ...*

Später Abend:

Nach ihrem Gespräch hatte sich Anette sofort ins Auto gesetzt, um nach München zu fahren. Florian war gerade vorsichtig die Treppe heruntergekommen und stand jetzt auf den Gehstock gestützt im finsteren Wohnzimmer.

Nachdenklich blickte er in den Garten. Die Solarzellen hatten während des Tages genug Sonne bekommen und verwandelten das Grundstück jetzt in einen verwunschenen Garten mit kleinen bunten Lichtern. *Vielleicht tanzen da draußen ein paar Elfen durchs Gras*, dachte Florian.

Dass er sich trennen wollte und er ohnehin schon immer gewusst hatte, dass sich Anette ihre Brüste garantiert nicht für ihn hatte machen lassen, hatte sie vorhin ziemlich kaltgelassen.

So richtig wütend war sie erst geworden, als er gesagt hatte, dass das Haus verkauft wird. Er hatte sich hier sowieso noch nie wohlgefühlt.

Von sich und seinem Leben auf seltsam melancholische Weise amüsiert, schüttelte er verwundert den Kopf. Dann drehte er sich um, stützte sich wieder auf den Stock und schritt durch den Raum. Die Möbelstücke tauchten schemenhaft in der Dunkelheit auf, aber er kannte hier ohnehin alles in- und auswendig. Er ging zur Kommode, auf die er vorhin das Handy gelegt hatte, und rief die Taxizentrale an.

Die Nacht war heiß – 24 Grad.

Gelbes Laternenlicht flimmerte in der Straße. Auf dem Namensschild neben der Glocke stand Haschberger. Das Türschloss summte, im Treppenhaus ging Licht an, und von oben hörte man, dass jemand die Wohnungstür öffnete. Kurz darauf flüsterte eine Frauenstimme: »Hallo, wer ist denn da?« Als Antwort hörte sie nur ein lautes Atmen, das sich die Treppe herauf näherte. Sie fragte nochmals: »Wer ist denn da?«

»Hast es schon gehört, den Alfred haben s' erschlagen«, hallte es.

Versteinert blieb die Frau im Türstock stehen. Durch das Geländer konnte sie jetzt einen Mann erkennen, der sich schwankend, Stufe für Stufe, nach oben hievte.

Jede Pore ihres Körpers begann zu kribbeln. Unfähig, einen Laut von sich zu geben, hielt sie sich die Hand vor den Mund. Ihre Knie wurden zittrig. Aufgeregt blickte sie an sich hinunter. Leider hatte sie, wie meist, in ihrer ausgebeulten Jogginghose und mit ausgewaschenem T-Shirt die Tür geöffnet. Jahrelang war ihr das egal gewesen.

Ein erleichtertes »Ahhh« drang durch das Treppenhaus, als der Mann die letzte Stufe erklommen hatte. Die beiden standen sich jetzt gegenüber.

»Sag jetzt nichts! Es ... es tut mir leid, und ich möcht endlich wieder heim.«

Sie wurzelte vor ihrer Wohnung, in ausgeleierter Kleidung, mit herabhängenden Armen, funkelnden Augen und einem Feuerwerk an wirren Gedanken. »Heim?«, hauchte sie.

Er nickte und senkte schniefend den Kopf. Tränen liefen über seine Wangen. Als er wieder aufblickte, sah er den Ehering an ihrer Hand.

Noch am selben Tag, an dem er Johanna kennengelernt hatte, hatte Florian damals für diesen Ring zu sparen begonnen. Auch damals war Sommer, ein extrem heißer Sommer, und die *Landshuter Hochzeit*, vor fast vierzig Jahren ...

Landshut: »Rechte« gestoppt, aber vier Festnahmen – ein Polizist verletzt

Passauer Neue Presse, 25.02.2012

Jeder vierte V-Mann an Straftaten beteiligt

Unter den V-Leuten aus der Neonaziszene gibt es offenbar viele, die Straftaten begangen haben. Das berichtet das ARD-Politikmagazin *Report Mainz*, das nach eigenen Angaben 50 V-Leute identifiziert und deren Wirken analysiert hat.

Zwölf der 50 V-Männer hätten während ihrer Tätigkeit Straftaten begangen, also fast jeder Vierte, teilte die Redaktion von *Report Mainz* mit. Dazu gehörten unter anderem Nötigung, Körperverletzung, Aufruf zum Mord, Waffenhandel, Bombenbau, Sprengstoff- und Brandanschläge. Mindestens sechs von ihnen seien vom Verfassungsschutz sogar vor drohender Strafverfolgung gewarnt worden.

www.tagesschau.de, 02.04.2013

Die größten Lügen der Forensik

»Wann Fingerabdrücke nicht die Wahrheit sagen«

Welt der Wunder, Heft 1/14 (erschienen 2013)

Menschen, die Tiere quälen, belassen es selten dabei …

PETA Deutschland e. V., aus der Informationsbroschüre für Staatsanwälte, Richter, Polizeibeamte und Pädagogen

»Einige Straftäter töten Tiere als Generalprobe für menschliche Opfer und töten oder quälen Tiere, weil diese für sie symbolisch Menschen darstellen.«
FBI Special Agent Alan C. Brantley

Kohl wollte offenbar jeden zweiten Türken loswerden

»Kanzler Kohl sagte, [...] über die nächsten vier Jahre werde es notwenig sein, die Zahl der Türken um 50 Prozent zu reduzieren – aber er könne dies noch nicht öffentlich sagen«, heißt es demnach in dem geheimen Gesprächsprotokoll vom 28. Oktober 1982.
[...] »Deutschland habe kein Problem mit den Portugiesen, den Italienern, selbst den Südostasiaten, weil diese Gemeinschaften sich gut integrieren«, zitiert Protokollant Coles den Kanzler, der gerade vier Wochen im Amt ist. »Aber die Türken kämen aus einer andersartigen Kultur.«
[...] Als Beispiel für das »Aufeinanderprallen zweier verschiedener Kulturen« nennt Kohl Zwangsehen und Schwarzarbeit der Türken.
SPIEGEL ONLINE, 01.08.2013

Kohl verteidigt seine Äußerungen über Türken

Kohl hatte den Ansatz von 1982 in seiner späteren Politik ohnehin nicht weiterverfolgt: 1993 setzte er gegen innerparteiliche Widerstände durch, dass Ausländer der dritten Generation, die in Deutschland geboren wurden, den deutschen Pass bekommen konnten, und erleichterte damit die Einbürgerung. Die Migranten trügen »ganz erheblich zum Wohlstand der Deutschen« bei und sicherten deren Renten mit, erklärte Kohl.
SPIEGEL ONLINE, 02.08.2013

F42 Zwangsstörung

Wesentliche Kennzeichen sind wiederkehrende Zwangsgedanken und Zwangshandlungen. Zwangsgedanken sind Ideen, Vorstellungen oder Impulse, die den Betroffenen immer wieder stereotyp beschäftigen. Sie sind fast immer quälend, die betroffene Person versucht häufig erfolglos, Widerstand zu leisten. Die Gedanken werden als zur eigenen Person gehörig erlebt, selbst wenn sie als unfreiwillig und häufig abstoßend empfunden werden. Zwangshandlungen oder -rituale sind Stereotypien, die ständig wiederholt werden. Sie werden weder als angenehm empfunden noch dienen sie dazu, an sich nützliche Aufgaben zu erfüllen. Die betroffene Person erlebt sie oft als Vorbeugung gegen ein objektiv unwahrscheinliches Ereignis, das ihr Schaden bringen oder bei dem sie selbst Unheil anrichten könnte. Im Allgemeinen wird dieses Verhalten als sinnlos und ineffektiv erlebt, es wird immer wieder versucht, dagegen anzugehen. Angst ist meist ständig vorhanden. Werden Zwangshandlungen unterdrückt, verstärkt sich die Angst deutlich.

Taschenführer zur ICD-10-Klassifikation psychischer Störungen, 6., überarbeitete Auflage entsprechend ICD 10-GM, Seite 168, Verlag Hans Huber, Bern, 2012

Landshut und seine Hochzeit

Historische Bauten, Kopfsteinpflaster, malerische Gassen; alles in der niederbayerischen Regierungshauptstadt zeugt von ihrer 800-jährigen Geschichte.

Am Fuße der Burg Trausnitz spaziert man im Schatten der Martinskirche mit dem höchsten Backsteinturm der Welt durch die Fußgängerzone der prächtigen Altstadt, in der man von farbenfrohen, jahrhundertealten Satteldachbauten, Residenzen und Herrschaftshäusern umgeben ist.

Die meisten der rund 67.000 Einwohner pflegen die bayerische Sprachtradition sowie althergebrachte Bräuche und Feste. Neben zahlreichen Handwerks- und zwei Brauereibetrieben prägen innovative Hightech-Firmen und die 1978 gegründete Hochschule das Städtchen an der Isar. Aufwendige Bauten erinnern an die Zeit als Hauptstadt des Herzogtums Bayern und Residenz der Wittelsbacher.

An den Ufern der Großen und Kleinen Isar fügen sich gotische Gebäude, zahlreiche Kirchen, Museen und Denkmäler mit der Moderne ihrer Einwohner zu einem aufgeschlossenen Ort für jedermann ...

Die *Landshuter Hochzeit*, auch *LaHo* genannt, ist ein detailgetreues historisches Fest und Dokumentarspiel, das alle vier Jahre stattfindet und das größte dieser Art in Europa ist.

Anlass ist die Hochzeit des bayerischen Herzogs Georg des Reichen mit Hedwig, Tochter des polnischen Königs Kasimir IV., von 1475.

Zwischen 1881 und 1883 fertigte man ein Gemälde im Rathausprunksaal an, das an die historischen Ereignisse der Fürstenhochzeit von 1475 erinnern sollte.

Knapp zwanzig Jahre später, 1902, gab genau dieses Bildnis Anstoß zur Gründung des Vereins *Die Förderer*, dem Veranstalter des Festspieles. Das erste Mal fand der nachgestellte Hochzeitszug 1903 statt.

Über vierundzwanzig Tage findet das Spektakel an vier Wochenenden statt. Jeweils sonntags werden historische Umzüge durchgeführt, die den Höhepunkt des Festes ausmachen. Doch auch Reiter- und Ritterspiele, nachgespieltes Lagerleben, Mummenschanz, Musik- und Gesangsdarbietungen, Fahnenschwinger sowie allerlei andere Aufführungen gelten als Publikumsmagnet.

Die Umzüge verlaufen durch die Alt- und Neustadt, und am Ufer der Isar befindet sich ein Zehrplatz, der in monatelanger Kleinstarbeit errichtet wird. Regionale Schreinereien und zahlreiche ehrenamtliche Helfer – alle packen mit an, um das historische Lagerleben mit authentischen Unterkünften nachzustellen.

Die jeweiligen Lager der verschiedenen Gruppen werden hinter hüfthohen Bretterzäunen nachgestellt. Nach strikten Regeln trennt er Mittelalter und die Zuschauer der Moderne.

Solange ein *Hochzeiter* sein Kostüm trägt, unterliegt er einigen Auflagen: Kein Handy, keine Zigaretten, keine Brillen, Piercings oder Ohrringe, und wenn man eine Tätowierung hat, die sich unter dem jeweiligen Kostüm nicht verbergen lässt, wird die Teilnahme verweigert. Selbst Bärte und Glatzen sind nur mit einer Ausnahmegenehmigung zugelassen.

Die über 2.500 Teilnehmer verteilen sich auf verschiedene Gruppen, deren Mitglieder auch nach besonderen Fähigkeiten und Körpergröße auserkoren werden. Alles ist genau geplant.

Ausschließlich Landshuter schlüpfen in die Rollen der Fürsten, Edeldamen, Stadtknechte, Reisigen und Gaukler. Jeder Einzelne muss sich bewerben und ein Auswahlverfahren durchlaufen.

Erst nachdem ein Gremium nach streng festgelegten Regularien der Teilnahme des Anwärters zustimmt, steht ihm nichts mehr im Wege, einer der Teilnehmer der *Landshuter Hochzeit* zu werden.

Und dennoch ist die Nachfrage riesig! Teils muss ein Losverfahren entscheiden, wer sich am Schluss *Hochzeiterin* oder *Hochzeiter* nennen darf und eines der begehrten Kostüme erhält.

Und ebenjenen auserkorenen Landshutern, die es bis hinter den Zaun geschafft haben, gestattet man nur zu bestimmten Uhrzeiten oder bei speziellen Ausnahmen, ihren abgesperrten Bereich zu verlassen. Landshuter nennen jenes Zaunszenario auch mal liebevoll den *Streichelzoo*.

Die Tribünen des danebengelegenen Turnierplatzes fassen rund 8.000 Zuschauer. Neben anderen Spektakeln treten dort mutige Ritter im Turnier mit der Lanze gegeneinander an. Weitere Veranstaltungsorte finden sich in der Residenz, im Rathausprunksaal und auf der Burg Trausnitz.

Das Spektakel zieht an jedem Wochenende mehr als 100.000 Besucher aus aller Welt in den Stadtkern, und weit über 500.000 Besucher strömen zu den *Hochzeitswochen* nach Landshut.

Traditionelles Symbol der Festspiele ist unter anderem das *Buchskranzl*. Auch bei der ungarischen Königshochzeit 1476 setzte die Braut dem Bräutigam einen Buchskranz als Liebesgabe auf. Dieser Kopfschmuck der Mädchen wird auch als Freundschaftsgabe und Glücksbringer genutzt.

An den Ledergürteln der Teilnehmer baumeln neben jenen Buchskränzen auch kupferne Humpen, ein weiteres Wahrzeichen der *Landshuter Hochzeit*.

Ein lautes, zugerufenes *Hallooo* ist der typische *Hochzeitsgruß*. Man begrüßt damit nicht nur Besucher, sondern verwendet es als verbales Symbol der guten Laune und des ausgelassenen Feierns. Und ein weiterer historisch belegter Huldigungsruf klingt und hallt durch alle Straßen und Gassen der Regierungshauptstadt Niederbayerns ...

Himmel Landshut – Tausend Landshut
Himmel Landshut – Tausend Landshut
Himmel Landshut – Tausend Landshut
Landshut – Hallooo!

Ein paar Worte zum Schluss ...

Zuallererst möchte ich meinen Literaturagenten, Herrn Thomas Montasser, erwähnen. Der vorliegende Krimi gestaltete sich als widerspenstige Zangengeburt, und Sie, lieber Herr Montasser, fungierten als geduldiger Geburtshelfer erster Güteklasse. Danke!

Ebensolcher Dank gilt Frau Mariam Montasser sowie dem kompletten Team der *Montasser Medienagentur* in München.

Doch ohne Verlag kein Buch. Lieber Norbert Treuheit, ich danke auch Ihnen und dem gesamten Team des ars vivendi verlags. Besonders erwähnen möchte ich hierbei Frau Franziska Müller, Frau Ulla Meckler, Frau Elisabeth Kolb und Herrn Stefan Imhof.

Nicht zuletzt gilt es, meinem Lektor, Herrn Stephan Naguschewski, Danke zu sagen.

Um die Idee eines Buch in die Wirklichkeit zu bringen, braucht es aber nicht nur einen Autor, einen Agenten und einen Verlag, sondern auch die richtigen Orte, an denen sich der Autor wirren Gedankenspielen hingeben kann und einzelne Wörter zu Sätzen formuliert, die im Idealfall sogar für andere verständlich sind ...

Wie bei meinem ersten Krimi, *Blutwinter*, gehöre ich immer noch zur Spezies der Caféhausschreiber. Der vorliegende Roman wurde in verschiedenen Landshuter Lokalitäten verfasst.

Danke an Ludwig Kellermann und das ehemalige *BLAUE-STUNDE*-Team. Ich bedauere es sehr, dass ihr eure Pforten schließen musstet.

Ebensolcher Dank gilt dem *Café CHOCOLAT*. Bernd Tremmel und sein Team haben mich bereitwillig aufgenommen.

Auch Rita & Franz Wenninger gaben mir in Ihrem *Café KREUZER* eine Autorenheimat – und das bereits viele, viele Jahre lang. Danke, Rita, danke, Franz!

Danke ebenso an das *BÖRSENCAFÉ*.

Falls jemand wissen möchte, wo sich in den Gasträumen die Steckdosen befinden: Ich kenn mich aus.

Wie man anhand der obigen Zeilen feststellen kann, betrachte ich meine beiden bisher verfassten Kriminalromane gewissermaßen als Gemeinschaftswerk. Ganz besonders aber diesen!

Zahlreiche Ereignisse, abseits des Schreibens, stemmten sich mit erbarmungsloser Wucht gegen die Fertigstellung von *Böse sind die anderen*, weshalb ich die Gelegenheit nutzen möchte, um einigen Menschen ganz herzlich Danke zu sagen.

Obwohl ich euch ständig vernachlässige, bildet ihr das Umfeld, das es mir ermöglicht zu schreiben.

Helmut Pielmeier, Nicoletta und Georg Barbita – unsere Freundschaft währt bald 30 Jahre und ist eine wichtige Konstante in meinem Leben.

Danke auch an: Tanja und Christian Bachmeier, Andrea und Helmut Franz, Kurt Jugl, Harald Huber, Violetta und Ralf Seeberger, Udo Jasiaczyk, Christian Achilles, Haschke Stefan, Thomas Guth, Eugen Streibl, Magda und Mario Qafoku, Karim Aly, Silke und Thomas Baumgartner, Regina und Christian Föckersperger, Franz Dollmann, Michael Dillinger, Josef Tschannerl, Claus Nussrainer, Daniela Weber und Ingo Buchner und Marika Motowidlo.

Ganz besonders erwähnen muss ich hier Susanne Wachtel. – Du warst die Erstleserin der Rohfassung von *Böse sind die anderen* und mir im Schreiben und vor allem im Leben stets eine Stütze. Danke Susi!

Weitere Erstleser waren Frau Andrea Geisselmann, Frau Gertrud Geisselmann, Herr Kurt Jugl und Herr Udo Jasiaczyk. – Danke für eure Meinungen zum Buch sowie den fachlichen Rat bezüglich Psychologie, Polizeiarbeit und der Landshuter Hochzeit. Nur mit eurer Hilfe konnte ich durch die stürmische See der Recherche und Unsicherheit navigieren!

Danke auch an Maria Gruber, meinen Vater, Ursula Bauer und meinen Bruder Hans. Passt bitte gut auf euch auf!

Obwohl er diese Zeilen niemals lesen wird, ist es mir ein Bedürfnis, auch Holger Dennhardt zu erwähnen. – Holger, du warst ein Mensch von sehr seltener, wertvoller Art und mir ein besserer Lehrer als ich dir. Die Lücke bleibt für immer. Leb wohl, mein Freund – wir haben einen Termin … irgendwann!

Danke an den Verein *Die Förderer*, die Veranstalter der Landshuter Hochzeit, ohne deren Genehmigung es diesen Krimi so nicht geben könnte. Für den zur Verfügung gestellten historischen Stadtplan, der in diesem Buch abgedruckt ist, gilt mein Dank dem *Verkehrsverein der Stadt Landshut*.

Im Buch abgedruckte Liedtexte des Chors der Reisigen:
Seite 248 »Fehde Sang«
Seite 301 »Der in den Krieg ziehen will«, 1. Strophe

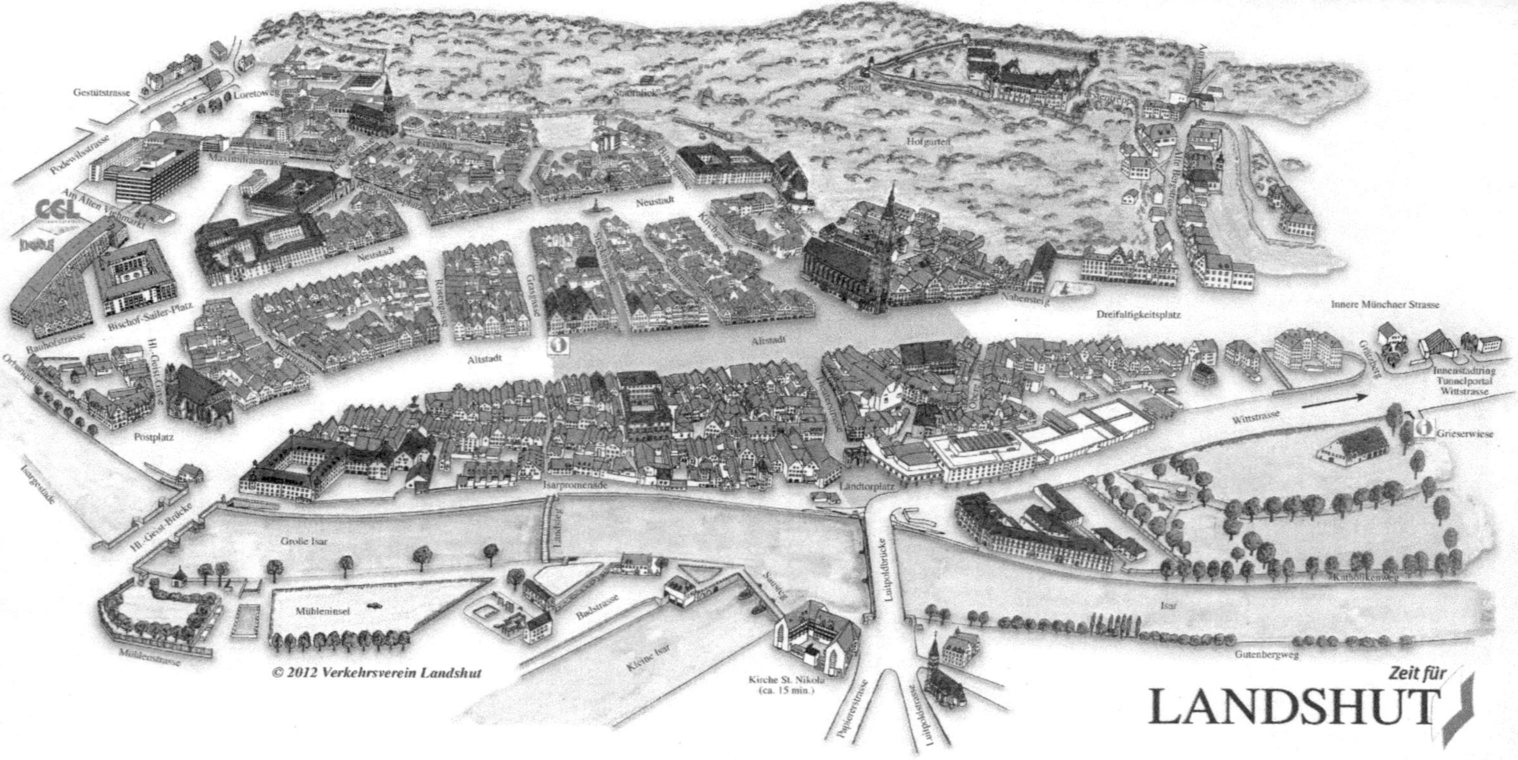
Gestütstrasse
Loretoweg
Podewilsstrasse
Am Alten Viehmarkt
Maximilianstrasse
Neustadt
Bischof-Sailer-Platz
Bauhofstrasse
Hl.-Geist-Gasse
Postplatz
Isargestade
Hl.-Geist-Brücke
Große Isar
Mühleninsel
Mühlenstrasse
Landsteg
Isarpromenade
Altstadt
Rosengasse
Grasgasse
Hofgarten
Alte Bergstrasse
Nahensteig
Dreifaltigkeitsplatz
Innere Münchner Strasse
Innenstadtring
Tunnelportal
Wittstrasse
Grieserwiese
Landtorplatz
Luitpoldbrücke
Badstrasse
Kleine Isar
Kirche St. Nikola
(ca. 15 min.)
Papiererstrasse
Luitpoldstrasse
Isar
Gutenbergweg
© 2012 Verkehrsverein Landshut
Zeit für
LANDSHUT